暗杀大师 1

暗杀艺术家

[美] 丹尼尔·席尔瓦 著
王臻 译

THE KILL ARTIST

DANIEL SILVA

江苏凤凰文艺出版社
JIANGSU PHOENIX LITERATURE AND ART PUBLISHING, LTD

读客外国小说文库

激发个人成长

GABRIEL ALLON
Series

THE
KILL ARTIST

加百列·艾隆

档　案

性　　别： 男

年　　龄： 不详

国　　籍： 以色列

职　　业： 前以色列情报机构“摩萨德”特工，修画师

身体特征： 中等个头，体形瘦削，些许白发，祖母绿色眼睛，下巴中间有深深凹陷

特　　长： 暗杀、修复古画

爱　　好： 听歌剧、驾驶帆船出海、修理古董汽车

语　　言： 流利的英语、法语、德语、希伯来语、意大利语，也懂阿拉伯语和西班牙语

常用武器： 伯莱塔点二二口径手枪

早年，在以色列贝扎雷艺术学院学习绘画。

后被招募进入摩萨德，任“天谴”行动主力，三年内暗杀十三人，纪录至今无人能破。

行动结束后，长居欧洲十多年，以修画师的掩护身份不定期执行暗杀任务。

因妻儿在维也纳一次行动中无辜遇害，申请退出组织，隐居英国康沃尔郡。

十年后，得知维也纳事件主谋浮出水面，为复仇而重出江湖。

献给婕米，正因为有了你，此作才得以成书，献给一切与此书有关的人和事。

耶和华晓谕摩西说：“你打发人去窥探我所赐给以色列人的迦南地，他们每支派中要打发一个人，都要作首领的。”

——《圣经·民数记》13：1–2

“你的战斗，是诡诈之道。”

——摩萨德座右铭

目　录

序　幕

维也纳，1991年1月

修画师摘掉放大眼镜，关掉了一排荧光灯泡。晚间的教堂一片昏暗，他的瞳孔需要时间去适应。待视觉恢复后，他检查了画面上一块小小的油彩——就在圣人斯蒂芬腿部箭伤的下方。经过了数百年，那块油彩已经彻底磨损了。如今，修画师已经精心修复了磨损。如果不借助专门的设备，几乎分辨不出修复部分同原作有何不同，他的工作的确做得非常到位。

修画师蹲在工作台上，擦拭着画笔和调色板，又将他的颜料收进一个长方形的抛光木盒里。悬在高空的教堂玻璃窗原本就蒙了尘垢，此时夜幕降临，将它们彻底抹黑了。大雪像一袭毯子，蒙住了晚高峰时分的维也纳，寻常日子里的喧嚣声也因此哑了下去。此时的斯蒂芬大教堂太安静了，纵然出现一位中世纪的教堂司事，悄步穿过大堂的中轴，修画师恐怕也不会惊讶。

他从高高的脚手架上爬下来，悄无声息地落在礼拜堂的石板地上，迅捷得像一只家猫。有一小股游客一直在看着他工作，已经好几分钟了。依照惯例，修画师是不喜欢观众的——真的不喜欢，有时候他会用灰色的帆布将工作台罩住。他戴上一顶毛线帽，套上一件双排扣短外套；与此同时，今晚的人群也疏散开来。他本能地一边向他们道着晚安，一边记下每一张面孔，将它们永久地记录在心里，如同油彩落在了画布上。

一位姿色诱人的德国女孩想同他搭话，她说的是蹩脚的意大利语。修画师迅速地答了话，用的是柏林口音的德语——他的母亲战前曾住在柏林的夏洛特堡区。他说自己急着赶赴一个约会，没时间闲聊了。德国女孩子往往会让他不踏实。他的目光条件反射性地在她身上游走了一遍——扫过她丰满的胸部，又上上下下地扫过她的双腿。她把他的注视错解成了挑逗，于是脑袋一歪，隔着一缕垂下来的头发向他抛去一个浅笑，又提议到广场对面的咖啡馆去喝一杯。修画师向她道歉，说是他非走不可了。“再说了，”他抬头望着教堂高高的穹顶，“这里是斯蒂芬大教堂，小姐，不是谈情说爱的酒吧。”

片刻以后，他走出大教堂的正门，径直从斯蒂芬广场横穿过去。他个子中等，不足六英尺高，一头黑发在额头处掺杂了些许灰白。他的鼻子很长，鼻梁处棱角分明，犹如木雕一般。他的嘴唇圆满，下颚轮廓清晰，颧骨又宽又方正，双眼里透出俄罗斯大草原的气息——形状如杏仁，颜色是不自然的绿色，眼神非常机敏。他的视力绝佳，这是天生使然，同要求严苛的工作性质倒没什么关系。他的步伐充满自信，既不是傲慢的大摇大摆，也不是军人正步；他的脚步轻捷爽利，目标明确，似乎是毫不费力地穿过了大雪覆盖的广场。他的左臂夹着盛颜料和画笔的盒子，并习惯性地放在左胯上——就在那个部位，他佩戴着一个金属的物件。

他沿着红塔大街走去。那是一条宽阔的商业步行街，两侧点缀着明亮的商店和咖啡馆。他时而在橱窗前驻足，瞥一眼万宝龙钢笔或是劳力士手表，虽然这些东西他是用不着的。他在一个大雪覆盖的香肠摊上买了一份德式芝士香肠，却一口也没吃就丢进了一百码以外的垃圾桶里。接着，修画师走进一间电话亭，向投币口里塞了一先令，在键盘上胡乱敲了一个号码。与此同时，他始终在扫视着周围的街面和店铺。电话里传来预先录制的语音，告诉他号码输错了。于是修画师挂了听筒，捡回一先令退币，继续向前走。

他的目的地是犹太区的一家意大利小餐厅。纳粹得势以前，维也纳住着二十万犹太人，他们垄断了这座城市的文化和商业生活。如今维也纳只剩下数千位犹太人，他们主要来自东方，而所谓的犹太区其实就是一些服装店、餐厅、夜总会，集中在犹太广场。维也纳人称这个区为“百慕大三角”，在修画师听来，这隐约有点侮辱的意思。

修画师的妻子和儿子正在等他——座位在餐厅后部，面对店门，这是她按照他的吩咐安排的。男孩坐在母亲旁边，两片玫瑰色的小嘴唇正吮吸着几根奶油意大利面。他望了她片刻，暗自赞美她的美丽，一如他鉴赏一件艺术品：技巧如何，结构、构图又如何。她的皮肤是淡橄榄色的，鹅卵形的双眼，一头黑色长发拢向颈后，又从正面一侧的肩头垂下来。

他走进餐厅，吻了儿子的额头，用意大利语同吧台后的侍者聊了几句，然后坐下。他的妻子为他斟了葡萄酒。

“别太多。今晚我还得工作。”

“教堂的工作？”

他抿起嘴唇，轻轻点了点头。

“你收拾行李了吗？”他问道。

她点点头，然后抬头看着吧台上方的电视。特拉维夫正响起防空警报，伊拉克的飞毛腿导弹正向以色列呼啸而去。特拉维夫的市民戴上防毒面具钻进了防空掩体。镜头变了：一团火光，从黑沉沉的夜空向城市方向坠去。修画师的妻子伸手握住了他的手。

“我要回家。”

“很快。”修画师又给自己斟了些酒。

她的车就停在餐厅外的街边，那是一辆深蓝色的奔驰，维也纳牌照，是从伯尔尼的一家小型化工公司租用的。他把孩子安置在后座，替他系好安全带，又吻了一下妻子。

“如果我出了什么状况，6点以前没有到达，你知道该怎么做吗？”

“去机场，把密码和审核号码给他们，他们会照料我们的。”

“6点，”他重复道，“如果我6点前没有走进大门，你们直接去机场。把车留在停车场，扔掉钥匙。你懂我的意思吗？”

她点点头，“6点前你一定要到家。”

修画师关上车门，隔着车窗简短地挥了挥手，随即迈步走开了。在他的前方，在老城区的众多房顶之上，耸立着大教堂光彩闪耀的尖顶。再过一夜，他想，然后回家几个礼拜，直到新的任务下达。

在他身后，他听见奔驰启动的声音有异，就好像旧唱片播放时选错了转速。修画师停下脚步，蓦地转过身。

“不要！”他惊叫起来，然而她已经再次旋动了车钥匙。

第一部

归 队

1

康沃尔郡，纳瓦斯港，现在

机缘巧合，蒂莫西·皮尔与陌生人在7月的同一个礼拜里抵达了这个村子。在一道潮沟的溪流上游，他和母亲搬进了那座破败欲坠的村舍。同行的还有母亲的最新一任情人——德里克，一位在困顿中奋斗的剧作家。此人不但酗酒，而且讨厌孩子。陌生人的到来则是在两天后。他搬进了当地老工头的房子，就位于牡蛎养殖场的溪流上游。

这个夏天皮尔没什么事情可做——德里克和他的母亲要么在闹哄哄地做爱，要么就热情满满地沿着崖岸远足——于是他下定决心，要查明陌生人的确切身份，以及他来康沃尔郡究竟要做些什么。皮尔认定，调查的第一步要从监视开始。他十一岁了，又是离了婚的父母的独子，因此在监视侦察方面，他是很有一套的。同所有侦察高手一样，他需要一处稳妥的观察点。他选定了自己卧室的窗口，那里恰好可以俯瞰溪沟，视野不受阻挡。他在储物间里找出一副古旧的蔡司望远镜，又在村里的商店买了一本小小的笔记本和一支圆珠笔，用来做观察记录。

皮尔注意到的第一件事，就是这位陌生人喜爱古旧的东西。他开的是一辆名爵古董跑车。透过窗户，皮尔往往可以看到他趴在引擎跟前，一趴就是几个小时，后背从引擎盖下面露出来。皮尔的结论是：

这个男人具有非凡的专注力，还具有异常坚忍的意志力。

过了一个月，陌生人消失了。几天过去了，一周过去了，接着又是两周过去了。皮尔担心陌生人发现了他，然后逃跑了。皮尔失去了习以为常的侦察任务，闲得无聊起来，于是开始惹祸。他把石块扔进了村里茶叶店的窗户，不幸被逮住。德里克罚他在卧室里关禁闭，整整一周。

不过有天晚上，皮尔成功地带着望远镜出逃了。他沿着码头走，经过陌生人的昏暗小屋，又走过牡蛎养殖场，站在溪流同赫尔福德河的交汇点上，望着一支支帆船顺着潮汐驶进来。他把望远镜举到眼前，察看站在舵轮后的那个人影。

陌生人又回到纳瓦斯港了。

那是艘老旧的双桅船，已经急需修缮；陌生人对它悉心照顾，一如他对那辆善变无常的名爵跑车。他每天都会为它辛苦忙碌几个小时：打磨，涂上光漆和油漆，抛光金属部件，更换缆绳和帆布。天气热的时候，他会打赤膊。皮尔不由自主地将陌生人的身体同德里克的作了比较。德里克一身疲软赘肉；陌生人则坚实健硕，谁要是敢同他打一架，一定会后悔的。到了8月底，他的肤色已变得黝黑，几乎同甲板上细心涂抹的上光漆一个颜色了。

他每次一上船，就会出航好几天。那时皮尔就追踪不到他，只能想象陌生人可能会去哪里。顺着赫尔福德河出海了？在蜥蜴角到圣迈克尔山一带？或是去了彭赞斯？也许去了圣艾芙角吧。

接着，皮尔想到了另一种可能。康沃尔郡一向以海盗著称；没错，这一带至今还有不少走私犯。也许陌生人驾船出海是去同货轮碰头，然后将违禁品运上岸。

陌生人又一次返航的时候，皮尔站在窗前牢牢地盯着，指望能发现他从船上卸下什么违禁货品。然而当陌生人从船头跃上栈桥时，他手里只有一个帆布包和一只塑料垃圾袋。

陌生人航海只为游乐，不为牟利。

皮尔拿出笔记本，将“走私犯”几个字划掉。

一份大件邮包于9月的第一周送达。那是个扁扁的木箱，几乎有谷仓的门那么大。那是一辆从伦敦来的货车，押货的是一个焦躁不安的男人，穿着细条纹的衣服。从此，陌生人的生活节奏立即颠倒了过来。到了晚上，他的顶层楼板会放出燃烧的火光——不是寻常的光，据皮尔观察，那是非常纯净的白光。早晨，皮尔出门上学，他会看见陌生人驾着双桅船顺着溪流而下，或是修理着那辆名爵跑车，又或者穿着一双破登山鞋沿着赫尔福德路的步道脚步沉重地走。皮尔猜想他是在午后睡觉的，虽说他这样的男人似乎可以很久都不用休息。

皮尔不知道陌生人整宿都干了些什么。一天深夜，他决定看个究竟。他穿上一件毛线衫，套上外套，没有告诉母亲就溜出了村舍。他站在码头上，抬头望着陌生人的小屋。窗户开着，空气里飘着一股刺鼻的气味，那是一种介于外用酒精和汽油之间的味道。他还能听见音乐——大概是歌声，也许是歌剧吧。

他正要向房舍凑得再近些，只觉得有一只手沉重地搭在肩上。他扭过身，看见德里克站在面前，双手叉腰，怒目圆睁。“你这见鬼的在这儿干什么？”德里克说，“你母亲都急坏了！”

“她要是真那么担心，干吗派你来？”

“回答我的问题，小子！你为什么站在这儿？”

“不关你事！”

黑暗中，皮尔看不到他是怎么出手打人的。用的是手掌，正中头部的一侧，出手沉重，足以让他耳朵轰鸣。泪水立即涌上了皮尔的双眼。

“你不是我父亲！你没有权力！”

“你也不是我的儿子，不过只要住在我的房子里，你就得听我的。”

皮尔想逃，可德里克却粗鲁地揪住了他的外套领子，将他凌空举起。

“放开！”

“不管怎样你都得回家去。”

德里克走了几步，然后僵住了。皮尔转过头，要看看是怎么回事。这时他看到了陌生人，就站在路中央，双臂插在胸前，脑袋微微偏向一侧。

“你要干吗？”德里克喝道。

“我听见了吵闹声。我想也许是出了什么问题。”

皮尔意识到，这是他第一次听见陌生人说话。他的英语完美无误，然而其中还是有一丝口音。他的语言也和他的身体一样，坚定、紧凑、简洁，没有多余。

“没有问题，”德里克说，“只不过是一个小孩跑到了他不该去的地方。”

“也许你该待他像个孩子，而不是像条狗。”

“也许你该他妈的管好你自己的事情。”

德里克放开了皮尔，狠狠盯着这个短小精悍的男人。一时间，皮尔担心德里克会去揍他。他记得陌生人虬结坚实的肌肉，印象中，他是个很会打架的男人。德里克似乎也觉察到了这一点，因为他只是抓住了皮尔的手肘，领着他朝村舍的方向走去。半路上，皮尔回头瞥了一眼那陌生人，只见他仍然站在路上，双臂交叉，像一名哨兵。然而等皮尔回到自己房间，再次向窗外望去，陌生人已经不在了。只有光亮还在，依然是那纯净而尖锐的白光。

到了深秋时分，皮尔感到很挫败。他甚至连陌生人最基本的信息都没弄清楚。他依然是个无名氏——哦，他在村里听到过两个传说，都是模模糊糊的拉丁文名字；他也没弄清楚陌生人半夜里的所作所为究竟是何勾当。于是皮尔决定采取一次莽撞大胆的行动。

次日早晨，皮尔看着陌生人爬上名爵跑车，向村子中心飞驰而去，这才沿着码头一阵疾跑，然后从敞开的后院窗子溜进了房子。

他注意到的第一件事，是陌生人将客厅当成了卧室。

他迅速爬上楼梯。一阵寒意笼罩了他。

大多数墙体都被打通了，开辟出一间敞厅。正中央是一张白色大桌，桌子的一侧摆着一架显微镜，上面有一个可伸缩的长臂。另一张桌子上全是一瓶瓶化学品，皮尔认为奇怪的味道就来自这里。桌子上还有两套奇怪的光学仪器，上面装着高倍数的放大镜片。在一副高高的可伸缩支架上，装着一排荧光灯泡，这就是小屋诡异白光的光源了。

还有其他一些仪器，皮尔不认识，然而这些东西并没有让他警觉。在一对沉重的木制画架上，安置着两幅画。一幅大的，面貌非常古旧，大约是什么宗教主题的作品，有些地方已经剥落。第二座画架上的作品是一位老男人、一位年轻妇人和一个孩子。皮尔查看了右下角的签名：伦勃朗。

他转身打算离去，却见那陌生人就在眼前。

“你在干吗？”

“对、对不起，”皮尔结结巴巴地说，“我还以为你在家。”

“正相反吧。你认定了我不在，因为我出门的时候，你一直从你卧室的窗户监视我。说实在的，你整个夏天一直都在监视我。”

“我猜你也许是个走私犯。”

“你凭什么这么想？”

“那条船。”皮尔扯着谎。

陌生人浅浅一笑：“现在你知道真相了。”

“还没有。”皮尔说。

“我是个修画师。油画是很古老的东西，有时候需要做些修复，就像一幢老房子。”

“或是一条船。”皮尔说。

“对极了。”

“有些画，就像这些，是很值钱的。”

“比一艘帆船还值钱？”

“值钱多了。不过现在你知道这里有些什么了，问题就来了。”

“我谁都不会告诉的，”皮尔哀求道，“真的。”

陌生人伸出手抚着自己又短又硬的头发。“我也许需要一个助手，”他柔和地说，“我不在的时候好有个人照看一下家里。这份工作你愿意做吗？”

“愿意。”

“我就要出海了。你愿意跟我一起去吗？”

“愿意。”

“你要不要问问你父母？”

“那男的不是我父亲，我妈不会在乎的。”

“你确定吗？”

“当然。”

“你叫什么名字？”

“我叫皮尔。你呢？”

然而陌生人只顾环视房间，确认皮尔没有把他的东西弄乱。

2

巴黎

如果艾米莉·派克没有在那场酒气熏熏的晚宴上遇到那个叫路尼的男人，陌生人的隐居生涯纵然躁动不安，却也不会受到搅扰。那是在10月下旬的一个雨夜。晚宴的组织者是一名叫蕾拉·哈里发的约旦学生。同陌生人一样，艾米莉·派克也过着自我放逐的生活——毕业以后她就搬到了巴黎，期望可以治愈受伤的心灵。然而她在身体上却与陌生人没有丝毫相似。她的步态散漫，略微有些跛脚。她的双腿太长，胯太宽，胸部太过沉重，于是她一旦行动起来，身体各个部分似乎都在互相掣肘。她的衣橱也没什么花样，褪色牛仔裤，膝盖上开了时髦的裂口，一件夹棉的夹克衫让她看起来好像一个巨大的枕头套。还有她的那张脸——一张波兰农妇的脸，这是她母亲常说的。圆脸蛋，厚嘴唇，大下巴，一双棕色的眼睛挤得太近了。“我看，你不光有你父亲的长相，”她母亲说，“恐怕还有你父亲脆弱的心。”

艾米莉是10月中旬在蒙马特博物馆遇到蕾拉的。蕾拉是索邦大学的学生，她有一头乌亮的头发和一双棕色的大眼睛，美貌惊人，气场强大。她在安曼、罗马和伦敦长大，能流利地说五六种语言。她所有的一切恰恰是艾米莉没有的，美貌、自信、大都会气质。慢慢地，艾米莉向蕾拉吐露了她的全部秘密——母亲如何让她觉得自己丑陋无比；她被未婚夫抛弃后心里的痛楚；她心头最深切的恐惧：担心再也不会有人爱她。蕾拉向她保证，一切都可以搞定。蕾拉承诺给艾米莉介绍一个男人，保管她可以就此忘掉大学里的那个男孩和那段愚蠢的恋情。

事情发生在蕾拉组织的晚宴派对上。她邀请了二十位客人造访她在巴黎蒙帕纳斯的小公寓。他们挤在一切可以腾出来的空间里进餐：沙发上、地上、床上。一切都是巴黎波西米亚风格的，街角烤肉店里买来的烤鸡、一大堆韦尔特沙拉、芝士，还有喝不完的廉价波尔多红酒。其他几位也是索邦大学的学生。有一位艺术家、一位年轻的德国散文家、一位意大利伯爵的儿子；一位长相漂亮的英国男生，一头金发，名叫罗德·雷；还有一位爵士乐手，他能像艾尔·迪·米欧拉那样弹奏吉他。房间里的动静犹如巴别塔。交谈声时而英语对法语，时而英语对意大利语，又或是意大利语对西班牙语。艾米莉望着蕾拉在公寓里走来走去，同其他人相互亲吻着面颊，点着香烟。蕾拉信手拈来的交际本领和组织天才让她赞叹称奇。

“他来了，你知道的，艾米莉——这个男人会和你共浴爱河。”

路尼。路尼是从南边的什么地方来的，那个小镇艾米莉从没听说过，好像是在尼斯那一带的山里。路尼家里不算有钱，却很少花时间去打工，又或者是根本不乐意工作。路尼爱周游四方，爱博览图书，蔑视政治——“政治是心志孱弱者的健身操，艾米莉。政治和真实的生命毫无关系。”路尼的面孔放在人群里毫不引人注目，然而仔细观察，你会发现他非常耐看。路尼的眼睛会闪出神秘的热情，这让艾米莉琢磨不透。蕾拉晚会的当夜，路尼就和她上了床，这让她尝到了以往想也想不到的滋味。路尼说他要在巴黎逗留几周——“能不能让我住在你家里，艾米莉？蕾拉这儿没房间了。你知道蕾拉这人。她有太多的衣服、太多的东西、太多的男人。”是路尼让她再次快乐起来。

路尼也最终会使她治愈的心再次破碎。

他已经开始渐渐远去了。她可以感到他在慢慢成长，每天都在和她疏远。他独处的时间越来越长，每天都会失踪几个小时，然后毫无征兆地重新出现。如果她问他去了哪里，他的回答都是含糊其辞。她怀疑他去见另一个女人了。在她的想象中，那是位纤瘦的法国姑娘——一个床上功夫无师自通的女孩子。

那天下午，艾米莉穿过蒙马特区的狭窄街道，一路逛到了诺文街。她站在一家小酒馆的深红雨篷下，贴着窗户向里窥望。路尼正坐在走道附近的一张桌前。有个男人和他在一起，深色头发，比他小几岁。艾米莉走进酒馆的时候，那个男人站起来，迅速走了出去。艾米莉脱下外套坐下来。路尼为她倒了酒。

她问道："那男的是谁？"

"一位老相识而已。"

"他叫什么名字？"

"吉恩。"他说，"你要不要……"

"你的朋友忘记了他的背包。"

"这是我的。"路尼说，伸出一只手按住了它。

"真的？我以前从没见你背过。"

"相信我，艾米莉，这是我的。你饿吗？"

你又在转移话题了。她说："其实我饿极了。我一整个下午都在顶着寒风走路。"

"真的吗？为什么呢？"

"就是想想心事。没什么大不了的事。"

他从椅子上拿走了背包，放在脚边："你都想了些什么？"

"真的没什么，路尼，没什么要紧的。"

"你一向把所有秘密都告诉我的。"

“是的，可你从来不告诉我你的秘密。”

“你还在为背包的事别扭吗？”

“我没有为这个别扭。就是好奇，仅此而已。”

“好吧，如果你一定要知道，那就告诉你，这是个惊喜。”

“给谁的？”

“给你！”他微笑着，“我本打算等一下再给你的。”

“你给我买了一个背包？真够有创意的，路尼，你也太浪漫了。”

“惊喜是包里面的东西。”

“我不喜欢惊喜。”

“为什么？”

“因为根据我的经验，惊喜本身总是满足不了对惊喜的期望值。我已经失望过太多次了，我不想再失望一次。”

“艾米莉，我永远不会让你失望的。我太爱你了。”

“哦，路尼，我情愿你没说过这话。”

“可这偏偏就是事实。咱们吃点东西，好吗？然后再散散步。”

泽福·伊利亚胡大使站在奥赛博物馆的中央大厅里，用尽所有的外交手段掩藏着自己无以复加的厌倦。尽管巴黎的秋天沉闷阴郁，他依然晒得黝黑，精瘦得不亚于体育健将。这一刻，他的情绪急躁，如同一盆炭火。他最烦这类集会。伊利亚胡并不排斥艺术，只是没有时间涉猎此道。他依然保持着以色列集体农场的工作态度，在外交生涯之余，他还从金融投资中获得了数以百万计的利润。

有人为了说服他参加今晚的开幕式，列出了这么一条理由：他可以借此机会同法国外交部长获得一段非官方的相处时间。法国和以色列的关系正处于冰冻期。法国方面的愤怒缘自两名以色列情报官员被捕——他们有意收买法国国防部的一位文官。以色列也愤怒，因为法国最近同意向以色列的一个阿拉伯敌国出售战机和核反应堆技术。然而当伊利亚胡向法国外交部长攀谈的时候，部长全然不理会他，并故意同埃及驻法大使热络地谈论起中东和平进程的问题来。

伊利亚胡生气了——又生气，又无聊，又没趣。明天晚上他就要回以色列了。表面上，他是要出席外交部的一个会议，然而他同时也计划在红海边的埃拉特逗留数日。他盼望着这次行程。他想念以色列，想念那里的喧嚣声、松木的气味、通往耶路撒冷路上的尘土、加利利山区的冬雨。

一名身穿白色紧身衣的侍者为他递上了香槟。伊利亚胡摇摇头："给我点咖啡，谢谢。"他在人头攒动的人群中寻找着自己的妻子汉娜，他看到她了，就站在大使馆的代办摩西·塞维尔旁边。塞维尔是位专业的外交家，高傲、矜持，这样的气质完全符合巴黎，符合他的岗位。

侍者回来了，端来了一个银色托盘，上面托着一杯清咖啡。

"不需要了。"伊利亚胡说，他从人群中分开一条路来。

塞维尔问："同外交部长的交流如何？"

"他不搭理我。"

"混蛋。"

大使向他的妻子伸出手去："咱们走。一堆废话，我受够了。"

"别忘了明天早晨，"塞维尔说，"8点钟和《世界报》的编辑一道用早餐。"

"我情愿去拔牙。"

"很重要的，泽福。"

"别担心。我会一如既往地保持我的魅力的。"

塞维尔摇摇头："那再会了。"

亚历山大三世桥是艾米莉在巴黎最喜欢的景点。夜晚，她喜欢站在优雅的桥拱正中，朝巴黎圣母院方向眺望塞纳河。右侧是教堂的金顶，耸立在巴黎荣军院之上；左侧则是大小皇宫。

晚餐后，路尼带艾米莉来到桥上，向她展示惊喜。他们沿着栏杆，经过桥上的装饰灯、小天使和仙女雕像，一直来到桥面的正中。路尼从背包里取出一个方形的小礼盒递给了她。

“给我？”

“当然是给你！”

艾米莉像个孩子一样撕掉包装彩纸，打开了皮革质的盒子。里面是一只镶着珍珠和钻石的祖母绿手镯，一定花了他不少钱。“路尼。我的上帝啊！太美了！”

“我来帮你戴上。”

她伸出胳膊，挽起了外套的袖子。路尼将手镯绕过她的手腕，合上了箍扣。艾米莉在街灯的灯光下举起手。接着她转过身，用后背靠住了他的胸，然后凝视着河面：“我想就这样死去。”

然而路尼却没再听她的。他的脸上全然没了表情，棕色的双眼盯住了奥赛博物馆。

端着一大盘唐杜里炭烤鸡的侍者其实是受命来监视大使的。他从紧身衣的口袋里拿出一部手机，按了一个键盘，拨通了一个预存的号码。两声铃声后，一个男人的声音响起，背景是巴黎的车流声。

“喂。”

“他走了。”

挂机声。

伊利亚胡大使牵着汉娜的手，带她穿过人群，偶尔停下来向某位客人道晚安。在博物馆的大门口，一对保镖迎上他们。他们看上去还是男孩，不过一想到这些训练有素的杀手能够不顾一切地保护他的生命，伊利亚胡就感到很踏实。

他们走进了夜晚的寒气。加长豪车正在等待，引擎已经发动起来。一名保镖坐在了司机旁边，另一名同大使和夫人坐在后排。汽车启动，驶入贝尔歇斯大街，随后沿着塞纳河岸疾速驶去。

伊利亚胡仰靠在座椅上，闭上了眼睛："到家后叫醒我，汉娜。"

"那是谁啊，路尼？"

"没谁。拨错号了。"

艾米莉再次闭上双眼，然而过了一会儿，另一个声音传来：两辆车在桥上相撞了。一辆小货车追尾一辆标致轿车，柏油路面上撒满了玻璃碎屑，道路为之阻塞。两名司机跳下车来，开始用疾速的法语厉声呼喝着对方。艾米莉听得出他们不是法国人——是阿拉伯人，也许是北非的。路尼抓起他的背包，走上马路，穿行在静止的车辆之间。

"路尼。你要干什么？"

然而他似乎充耳不闻，继续往前走，不是走向出了事故的车辆，而是走向阻塞在车流中的一辆黑色加长豪华轿车。他一边走一边拉开背包拉链，从里面拽出一件东西：一支小小的便携冲锋枪。

艾米莉无法相信她所看到的一切。路尼，她的爱人，这个溜进她的生活又偷走她的心的男人，此时正横穿亚历山大三世桥，手持一支冲锋枪。一刹那间，支离的片段聚到一起：总是隐约感到路尼有什么事瞒着她；他会没来由地失踪很长一段时间；酒馆里深色头发的陌生人；还有……蕾拉？

接下来她看到的，犹如特效处理的慢镜头，一切似乎都发生在昏暗的水下。路尼跑着穿过桥面，将背包丢在了豪华车底下。一阵炫目的火光，一股炽烈汹涌的热浪。枪声、尖叫声。有人骑在一辆摩托车上，戴着黑色的滑雪面罩，一双深潭般的眼睛从风镜后面射出冷冷的光，湿润的嘴唇从面罩的开口处闪出光泽，一只戴着手套的手，紧张地转动着车把手。然而真正引起艾米莉注意的，是那双眼睛。那是她所见过的最美丽的眼睛。

最后，她听见巴黎警车的鸣笛声从远处传来。她把目光从摩托车手身上移开，只见路尼穿过杀戮现场，慢慢向她走来。他将用尽的弹夹从枪里弹出来，漫不经心地换上新弹夹，拉上了枪栓。

艾米莉一步步向后退着，直到抵住了栏杆。她转过身来，低头望着乌黑的河水在她身下缓缓流过。

“你是个魔鬼！”她用英语尖叫起来，因为太紧张了，她的法语已经不受她控制，“你是个天杀的魔鬼。你他妈的究竟是谁？”

“别指望从我手上逃脱，”他说的是同一种语言，“那样只能把事情弄得更糟。”

接着他举起武器，往她的心口射了几枪。子弹的冲击力将她推出了栏杆以外。她感到自己向河面跌下去。她伸开手臂，看到了手腕上的镯子。不久之前，她的爱人路尼刚刚送给她的镯子。多么美的手镯，多么恐怖的羞辱。

她撞到了水面，滑进了表面以下的水流。她张开嘴，肺里灌进了寒冷的河水。她尝到了自己血水的味道。她看到一道亮丽的白光，听见母亲在喊她的名字。接下来唯有黑暗，无边而静寂的黑暗。还有寒冷。

3

以色列，太巴列

纵然巴黎发生了那起事件，如果没有传奇间谍大师阿里·沙姆龙的复活，陌生人照样可以保持隐居的状态。那天夜晚，其实是没有必要叫醒沙姆龙的，因为他从很久以前起就已失去了安然入睡的能力。千真万确，他在夜晚太过活跃了，以至于他的私人警卫队长拉米给他起了个绰号：太巴列的夜鬼。起初沙姆龙以为这是因为自己年岁大了。最近，他过了六十五岁生日，而且平生第一次想到，自己迟早有一天也是要死的。在一次不大情愿的年度检查中，他的医生壮着胆子建议道："我仅仅是提个建议啊，阿里，你知道上帝可以证明我从来没给过你什么医嘱，更别说命令你了。"他的建议是让沙姆龙减少咖啡因和香烟的摄入。目前的数字是每天十二杯黑咖啡和六十支浓烈的土耳其香烟。沙姆龙感到这样的建议略微有些可笑。

沙姆龙被迫中断他的间谍生涯后，偶然反躬内省，这才想明白造成自己慢性失眠的缘由。他撒过太多谎，布置过太多骗局，以至于他有时候分辨不清事实和虚构、真实和假象。再有就是杀戮。他亲手杀过人，他差遣过年轻的男人们替他杀人。充满背叛和暴力的生活最终来讨债了。有些人发了疯，有些人油尽灯枯。而阿里·沙姆龙则被判处了永远不得安睡的徒刑。

沙姆龙为了摆脱这份煎熬，采取了一个不太平的办法，不少人就是用这个办法来应对疯狂或绝症的。他变成了一个夜游神，游荡在俯瞰加利利海的砂岩色别墅里。夜色柔和晴好的时候，他会坐在露台上，盯着湖水和月光里的上加利利地区。有时候他会溜进自己的工作室，热情地投入他的爱好——修理古旧无线电收音机。这是唯一一项能使他彻底忘却工作、获得释放的活动。

有时候他还会晃荡到安全门口，在岗位亭里同拉米和其他男孩混几个小时，喝着咖啡抽着烟，讲讲故事。拉米最喜欢抓捕艾希曼[1]的故事。每次有新来的小伙子加入警卫队，拉米都会请求沙姆龙再讲一遍。这样一来，新人就会明白，他在这里获得了一项了不起的权利——保护沙姆龙的权利，沙姆龙是超人，是以色列的复仇天使。

有天夜里，拉米再次请求他讲这个故事。同以往一样，它勾起了许多回忆，其中有些并不令人愉快。此刻，沙姆龙手里没有能让他忘我片刻的旧收音机，外面又凄风苦雨，没地方安坐。于是他躺在床上，睁大双眼，梳理新的行动计划，回忆经历过的案例，剖析对手，找寻他们的弱点，计划着如何摧垮他们。当那个特殊的电话响起，两声尖锐的铃响如同一道赦令，沙姆龙如释重负般伸出手。老人感激这位从天而降的交谈伙伴，他缓缓地将听筒对着自己的耳朵。

拉米从警卫室走出来，看着老人咚咚作响地沿着车道走下来。他秃顶了，发福了，戴着镶有钢制边框的眼镜。他脸上的皮肤干燥，皱纹如纵横的沟壑——就好像巴勒斯坦的内盖夫地区，拉米心想。同往常一样，他穿一条卡其布裤，一件古旧的皮夹克，右胸上

[1] 艾希曼（Adolf Eichmann，1906—1962），纳粹头目，曾逃亡阿根廷，后被以色列抓捕，被处以绞刑。

还裂了一道口子，就在腋窝下面一点。在同行圈子里，这道裂口的来历有两种说法，有人认为是子弹撕裂了夹克——那是50年代一次奇袭约旦的报复行动。还有人说是垂死挣扎的恐怖分子留下的——当时沙姆龙在开罗的僻静小巷里将他勒死。沙姆龙始终粗暴地坚持说，事实比传说平淡多了——夹克是被车门一角剐破的。然而行里的人都不把这话当真。

他一路走，姿势如同在抵御背后袭来的侵犯，手肘撑开，低着头。那是沙姆龙式的踱步，那脚步似乎在说："别他妈挡道。不然我把你的卵蛋揪下来当早点。"拉米看着老人，感到自己脉搏加速了。如果沙姆龙要他去跳崖，他就会跳。如果老人让他悬浮在空中，他也会想个法子去办的。

沙姆龙走近了，拉米看清了他的脸。他嘴巴周围的沟壑稍微加深了些。他生气了，拉米从他的眼睛里看得出来。然而在他干枯的唇间，似乎还露出一丝微笑。这微笑究竟是从何而来的呢？如果不是紧急情况或是很糟糕的消息，首脑人物一般是不会在午夜后受到打搅的。接着拉米想到了理由，这位太巴列的夜鬼感到释然，仅仅是因为在这样一个不眠的夜晚，他用不着无所事事，连与之作战的敌人都没有。

四十五分钟后，在特拉维夫市北的扫罗王大道，沙姆龙的装甲标致车驶进了一座办公楼的地下车库。一架私人专用电梯将他直接载入顶层的私人办公室里。奎因·埃斯特是他坚忍耐劳的高级秘书。她为他准备了一包崭新的香烟，就摆在与咖啡机相邻的写字台上。沙姆龙立即点起一支，坐了下来。

他重回岗位的第一个行动就是搬走前任留下的北欧式样的浮华

家具，将它们捐献给帮助俄国移民的慈善机构。现在，办公室看起来更像一位前线将军的作战室了。它更注重机动性和实用功能，而不是花样和优雅。沙姆龙选用的写字台，是一张又宽大又呆板的图书馆书桌。正对窗户的墙面是一排金属制的文件柜。在写字台后面的书架上，摆放着一部三十年前制造的德国产短波收音机。沙姆龙根本用不着无线电监听部门的每日简报，因为他自己就能流利地说六种语言，能听懂的语种更在一打以上。收音机如果出了问题，他更可以自己修理。事实上，他几乎可以维修一切电子产品。曾有一次，他的高级下属来参加一个为期一周的策划会议，却发现沙姆龙正盯着一堆拆散的零件——那是奎因·埃斯特的录像机。

办公室里唯一散发现代化气息的是写字台对面的一排大屏幕电视机。他用遥控器，一台一台地分别调整好频道。他的一只耳朵已经失聪，于是将音量调得很高，直到三个男播音员的声音——一个法国人、一个英国人、一个美国人——在房间里制造出猛烈的噪声为止。

外面，在埃斯特的办公室和他的办公室之间的房间里，沙姆龙的高级下属们已经聚集在一起，犹如一群信徒在焦躁地等待着谒见他们的导师。他们是策划部的埃利，他就像一只机灵的小狗；服务执行官塔尔穆迪克·莫迪凯；还有来自欧洲司的天才型人物约西，他曾是牛津的高材生；勒夫，他是行动部的主任，有一副火暴脾气，在宝贵的闲暇时光，他最喜欢收集肉食类昆虫。似乎只有勒夫对沙姆龙没什么畏惧感。每隔几分钟，他就会将见棱见角的脑袋伸出门外，对着楼道吆喝："看在上帝的份上，阿里！什么时候啊？今天晚上吧？我希望是今晚。"

然而沙姆龙并不着急，因为他可以肯定，关于那天晚上巴黎发生的种种，自己所知比其他人更多。

沙姆龙在椅子里坐了整整一个小时，虎着脸，一支接一支地抽烟，看着一台电视里的CNN国际频道、另一台里的BBC和第三台里的法国国家电视台。通信员有什么要说的，他并不格外在意——他们此刻所知几乎为零，沙姆龙知道，他只消打个电话，花不了五分钟，爆一个小料，就足够让这些人享用不尽了。沙姆龙想听的，是亲眼见证刺杀事件的目击者。他们能说出他想知道的信息。

有个德国女孩在接受CNN采访，她描述了暴力袭击之前发生的车祸："有两辆车，一辆面包车，一辆轿车。大概是辆标致吧，我不能确定。没过几秒钟，桥上的交通就堵住了。"

沙姆龙用遥控器给CNN按了静音，调高了BBC的音量。一名来自象牙海岸的出租车司机描述着杀手：深色头发，穿戴齐整，长得挺好看，很酷。事故发生时杀手曾和一个女孩子一起走在桥上。"是个金发女孩，身材有一点笨重，外国人，肯定不是法国人。"不过出租车司机没有看到别的，因为炸弹爆炸的时候他藏在仪表盘下面，枪声停止之前就再也没抬起过头。

沙姆龙从衬衫口袋里取出一个磨旧的皮革面笔记本，小心地在桌面上铺开，翻到空白的一页。用他那动作精准的小手写下一个单词——

女孩。

沙姆龙的目光回到了电视机上。一位容貌美丽的英国女人，名叫比阿特里斯，正在向BBC的通信员回顾事故经过。她描述了一场交通事故，一辆货车和一辆轿车相撞，由此带来道路堵塞，于是大使的座驾被困在了路上。她描述了杀手如何撇下他的女朋友，又如何边走边从包里抽出武器，如何将背包抛向加长豪车的车底，等着其中的炸弹引爆，然后平静地走上前，射杀了车内的每一个人。

接着比阿特里斯描述了杀手如何缓缓走向女孩——那个不久之前他还热情亲吻的女孩，如何将几颗子弹射进她的胸膛。

沙姆龙舔了舔铅笔的笔尖，在“女孩”下面写下了一个名字——

塔里克。

沙姆龙拿起了他的加密电话，接通了他属下巴黎站的负责人乌兹·纳沃特：“他们在招待会上安排了内线。有人向外面的同伙通知了大使离开现场的消息。他们知道他的行车路线，于是制造了一起交通事故，阻塞桥上的交通，让司机无路可逃。”

纳沃特同意这个说法。他已经习惯性地同意沙姆龙的所有意见。

“在博物馆内有很多有价值的艺术品，”沙姆龙继续道，“我想里面应该装有精密的监控系统，你以为呢，乌兹？”

“那当然，头儿。”

“告诉咱们在法国的同行朋友，我们想立即派一个团队去巴黎，监督对事件的调查行动，并给他们提供必要的支持。然后你动手把那些录像带弄好，装在袋子里给我送来。”

“收到。”

“那桥上又是怎么回事？桥上有警方的监控摄像吗？要是运气好，我们可能看到袭击的全程——包括他们的准备工作。”

“我会去查的。”

“豪华轿车还留下了什么东西？”

“不多。油箱爆炸，大火几乎把什么都烧了，包括尸体，我估计。”

“他是怎么逃走的？”

“他跳上一辆摩托车的后座，几秒钟的工夫就溜了。”

“有这个人的资讯吗？”

“没有，头儿。”

“有什么线索？”

“就算有，巴黎警方也不会和我分享的。”

“他们的其他同伙怎么样了？”

“都跑了。他们都是一把好手。绝了，头儿。”

“死去的女孩是什么人？”

“一个美国人。”

沙姆龙闭上眼，轻声骂了一句。他最不愿意看到的就是美国人牵涉进来。“美国方面通知了吗？”

“大使馆一半的人这会儿都在桥上了。”

“这女孩总该有个名字吧？”

“艾米莉·派克。”

“她在巴黎做什么？”

“显然她是刚毕业，想给自己放几个月的假。”

“多美妙。她生前住在哪儿？”

“蒙马特。有一个法国的侦探小组正在那里开展工作，查看当地的情况，问讯调查，想找到点线索。”

“他们查到什么有意思的东西吗？”

“我还没听说，头儿。”

“挑一个早晨去蒙马特。你亲自查看一下，问几个问题。别太声张，乌兹。也许她住的房里或是当地咖啡馆有人见过她的小情人。”

“好主意，头儿。”

“再替我做件事。请你把塔里克卷宗里的照片带在身上。”

“你认为是他操刀干的？”

“目前我想保留这种推测。”

“即使有人见过他，那些旧照片也派不上用场。从当初到现在，他改头换面过一百次了。”

“别拿我开玩笑。”沙姆龙按下了闪动的绿灯，掐断了电话。

天还没有亮，沙姆龙的标致加长车就疾驰过海岸平原，朝耶路撒冷的方向，驶进了犹太山脉。沙姆龙摘下眼镜，揉着双眼下湿冷的皮肤。自从他中断了退休生涯重返老本行以来，已经过了六个月。他所接受的是一项简单的使命：重新稳定情报部门的军心。因为一系列高度公开的行动严重破坏了这个部门，他的任务就是重振士气，恢复这个机构昔日的团队精神。

他已经成功找到了症结所在——失败的记录并不比以往多，比如他的前任，也曾折戟沉沙，在策划刺杀宗教极端分子头目的行动中铩羽而归；然而令人惊叹的成功记录也没有增加。沙姆龙比谁都清楚，他们这个部门之所以威名赫赫、令人胆寒，可不是靠四平八稳的常规游戏赢来的。想当初他们曾偷过米格战机，在敌人和友人的地盘安插过间谍，以牙还牙地对付过威胁以色列人民的势力。沙姆龙不想给自己的办公室留下一个保守的传统，让后人连错误都不敢犯。他给后人留下的团队，手要伸得长，要敢于进攻。这个系统，要让全世界的同行们摇头叹息、琢磨不透。

他知道他的时间不多。扫罗王大道的机构里并非人人都欢迎他的归来。有人认为沙姆龙的时代已经过去了，所以沙姆龙应该留在太巴列，和自己的旧收音机较较劲，至于手中的火炬，还是传给下一代吧。沙姆龙的反对派们会说，像莫迪凯这样的人当然有资格成为领袖，这么多年他一直在各项行动中奋力拼搏嘛。埃利也是当首领的料，他们还说，只要他在执行官的位置上再镀镀金，就可以准备做第一把手了。甚至行动部的勒夫也被认为是个好苗子，虽然勒夫有时候控制不好自己的脾气，而且多年来他还做过被敌人利用的事情。

沙姆龙被他们弄得很不解。因为他仅仅做了个保姆，根本没有权力对扫罗王大道的高层人员做任何调整，但他被一群猎食者包围着，一旦找到弱点，他们就会随时出击。而活火山一般的勒夫则是最有威胁性的，因为他给自己的定位，就是刺杀恺撒的布鲁图。

沙姆龙心想：可怜的小勒夫，他真不知道自己是在和谁玩儿呢。

“泽福·伊利亚胡是我的好朋友，”沙姆龙落座后，总理说道，“是谁对他下了毒手？”

他倒好咖啡，将它贴着桌面推了过去，他沉静的棕色眼睛盯住了沙姆龙。同往常一样，沙姆龙觉得盯住自己的是一头绵羊。

“我说不准，不过我觉得有可能是塔里克。”

只要一提塔里克，就不用说出姓氏了，没有必要。他的履历深刻在沙姆龙的脑子里。塔里克·阿尔·胡拉尼，上加利利地区一位村长的儿子，在南黎巴嫩的西顿外的一座难民营里出生、长大，在贝鲁特和欧洲接受了教育。他的哥哥曾是“黑色九月[1]”的成员，被沙姆龙亲自领导的一个特别单位刺杀了。塔里克倾尽平生之力决意为兄报仇。他参加了黎巴嫩的巴解组织[2]，参加了内战，接着又接受了17军[3]的一个秘密岗位。上世纪80年代，他在“铁幕”后接受了全面训练——在东德，在罗马尼亚，在莫斯科，后来又从17军调到了巴解组织的情报和安全机构“黑色九月”。最终他成了一个特别单位的领导

[1] 黑色九月（Black September），巴勒斯坦激进派组织，曾策划实施多起恐怖活动，如震惊世界的慕尼黑惨案。

[2] 巴解组织（PLO），全称为“巴勒斯坦解放组织”，是一个巴勒斯坦阿拉伯人的政治及准军事组织。他们专注于在约旦河至地中海一带建立一个独立的巴勒斯坦国，并意图取代以色列。

[3] 17军（Force 17），17军是巴解运动发起人阿拉法特的个人警卫部队，是参与秘密行动的军事单位。

人。这个单位的使命就是向以色列的保密机构和外交人员开战。90年代初，因为反对和以色列的谈判，他同阿拉法特分道扬镳了。他成立了一个紧密的小规模恐怖组织，致力于一个目标：破坏阿拉法特的和平进程。

一听到塔里克的名字，总理目光一闪，随即平复，静静地审视着沙姆龙："你依据什么认定是塔里克干的？"

"根据事件的初步描述，袭击行动完全具备他个人的办事特征，计划、执行都很精细。"沙姆龙点上一支烟，挥手扇去烟雾，"杀手很冷静，极其残忍。还有一个女孩。这的确是塔里克的风格。"

"所以你要告诉我，这是你的直觉？"

"不仅仅是直觉，"沙姆龙说，直接回应着总理的疑问，"我们最近收到一份报告，塔里克的组织打算恢复行动。也许您还记得我当面简报过此事，总理阁下。"

总理点点头："我还记得你建议我不要扩散这个消息。如果我们警告过外交部，泽福·伊利亚胡今天早晨也许还活着。"

沙姆龙灭掉香烟："我不喜欢把大使的被刺归咎于我的机构。泽福·伊利亚胡也是我的朋友，而且还是同事。他为机构服役过十五年，这也是我怀疑塔里克之所以针对他的原因。我当时不希望你扩散消息，为的是保护提供情报的线人。对关键情报，有时候这样做是必要的，总理。"

"别给我上课了，阿里，你能证明就是塔里克吗？"

"有可能。"

"如果你可以，那接下来呢？"

"如果我可以证明就是塔里克，我会征求你的许可，然后把他干掉。"

总理露出了微笑："干掉塔里克？你得先找到他。你真的认为机构已经做好准备了吗？像安曼那样的情况，我们经不起第二次了——尤其现在，和平进程处在这么脆弱的状态。”

“安曼的那次行动计划做得很糟，执行得更糟，部分原因是受到了干涉，以及当时在位的负责人施加了空前的压力。如果你授权给我全力对付塔里克，我向你保证这次的行动会大不相同，结果自然也会大不相同。”

“你凭什么知道你就能找得到塔里克？”

“因为我现在的处境比从前任何时候都更便于我找到他。”

“因为你的这个线人？”

“是的。”

“给我讲讲你的这个线人。”

沙姆龙略微一笑，挠了挠右手的大拇指：“在我接到通知说扫罗王大道不再需要我的服务之前，我亲手办过一个案子——一个长期打入潜伏的计划，花了很多年才有些眉目。现在，线人正在塔里克的组织里，负责策划和后勤方面的工作。”

“线人事先知道巴黎的计划吗？”

“当然不知道！如果线人向我发出预警，我会向所有相关的人发出警告的，哪怕为此不得不撤回线人。”

“那就干吧，”总理说道，“干掉塔里克。让他为伊利亚胡和这些年被害的所有人偿命。把他狠狠地干掉，保证他永世不得翻身。”

“眼下这个时候，对刺杀行动引起的后果，你做好准备了吗？”

“如果做得妥帖，不会有任何后果。”

“巴勒斯坦当局和他们在美国及西欧的朋友不会善罢甘休的，即使针对的是塔里克。”

“那就确保不要留下半点蛛丝马迹，保证你的特工不要被捕，不要像派往安曼的那对业余选手那样。我一旦签署命令，行动就由你全权负责，你除掉他，使用任何办法，只要你认为妥当——只管除掉他。只要像塔里克这样的人还在到处横行杀害犹太人，以色列的人民就不会允许我去谈什么和平。”

“我需要正式书面文件，然后才能展开行动。”

“今天你就能拿到。”

“谢谢你，总理阁下。”

“那么你对这项工作有什么设想呢？”

“我还以为你根本不打算干预呢。”

“我只想知道你把任务派给谁，这还算不上是干预吧？”

“我打算派艾隆。”

“加百列·艾隆？我记得维也纳事件之后他就离开机构了。”

沙姆龙耸耸肩。这种事情对加百列·艾隆这样的男人来说不算什么。“机构里已经很久没有人经手这样的案子了。他们只会把事情搞砸。不过我看中艾隆还有另一个原因。塔里克主要在欧洲行动，艾隆在欧洲大陆非常有经验。他懂得怎么把事情办得利索，不留痕迹。”

“他现在在哪里？”

“住在英格兰的什么地方。这是我最近一次得到的消息。”

总理不以为然地一笑：“找到塔里克比找到加百列·艾隆还容易些吧。”

“我会找到艾隆，艾隆也会找到塔里克。”沙姆龙嘴巴一抿，做了个鬼脸，露出一副听天由命的表情，“然后，事情就解决了。”

4

希腊，萨莫斯

从土耳其开来的轮船晚点了十二个小时，因为米卡勒海峡的风浪太大了。塔里克一向不喜欢坐船——被海水环抱无路可逃的感觉令他讨厌。他站在船头，立起衣领遮挡夜晚的海风，望着渐行渐近的萨莫斯。借着月光，他可以看到岛屿上两座最凸出的山峰：安珀罗斯山在前，柯启思山在后。

巴黎行刺后的五天里，他一路逃向东南，穿过欧洲，不断改换身份和护照，巧妙地变换自己的形象。他换了六次车。最后一辆是深绿色的沃尔沃旅行车，他将它留在了海峡一侧土耳其境内库萨达斯的一个联络站附近，由组织里的某个特工收回。

在亡命途中，他又勾上了三名女性：慕尼黑的一位侍者、布加勒斯特的一位理发师、索非亚的一位酒店服务员。他为她们每个人都编了一个不一样的故事。对德国女孩说的是，他是个意大利的纺织品推销员，正在去巴黎的路上；对罗马尼亚女孩说他是个埃及商人，有意在乌克兰做生意；对保加利亚服务员说他是法国人，父母很有钱，自己爱旅行，爱读哲学著作。他和她们做爱的方式也各不相同。他会抽打德国女孩，也不在意她满足与否；他带给罗马尼亚女孩许多次高潮，还送了她一只金镯子；保加利亚女孩有一头深色的头发，皮肤是橄榄色的，让他想起了巴勒斯坦的女孩。他们整夜地做爱，直到她不得不去值班为止。她离开的时候，他很悲伤。

轮船滑行着进入了港湾的庇护，在码头上拴好了缆绳。塔里克下了船，走向灯火通明的希腊式餐馆。门外停着一辆后视镜摔碎的深蓝色摩托车。这是事先约定的，他的口袋里就揣着车钥匙。他将自己的行李包系在车后座，然后启动了引擎。不久之后，他就沿着一条狭窄的道路，疾速驶向了群山。

他穿的衣服不适合夜间疾行。他的皮手套很薄，轻便皮鞋和黑色牛仔裤也不足以抵御寒冷。然而他还是敞开油门，驱动小小的摩托车，竭尽所能地沿着柯启思山麓的小丘向上疾驰。他在一段之字形路上放慢了一阵速度，随后又敞开油门，顺着小丘的下坡穿过一座葡萄园。驶过葡萄园，有一片橄榄树林，然后是一行高耸的丝柏树，背景则是星辰点点的夜幕。丝柏树的气味浓烈，弥漫在夜空中。某个地方，有人正用柴火烤着肉，这气味令他想起黎巴嫩。离开巴黎真好，他心想，回到地中海东岸真好。

道路一转，路面坑坑洼洼起来。塔里克放缓了速度。在如此不熟悉的道路上开这么快，是一件愚蠢的事。然而他近来已经习惯于那些冒险出格的事情了。离开巴黎以来，他第一次想到了那个美国女孩。他并不感到后悔，也没有丝毫负罪感。她的死，尽管很不幸，却是完全必要的。

他再次加大油门，猛冲下一道缓坡，进入一个小峡谷。他琢磨着自己的这种癖好：每次行动都要有女人陪伴。他猜想这与他在西顿难民营的成长经历有关。塔里克年幼的时候父亲就故去了，他的哥哥穆罕默德被犹太人谋杀了。塔里克由母亲和姐姐抚养长大。在难民营的蜗居里，他们只有一个房间，于是塔里克、母亲和姐姐只能挤在一张床上——塔里克在中间，头抵在母亲的胸前，姐姐瘦骨嶙峋的身体挤着他的后背。有时候他会清醒地躺着，听着炮击声或是以色列直升机有节奏的引擎声从难民营上空掠过。他会想到他的父亲，想到他如何抱恨而死，死的时候口袋里还揣着上加利利老家的钥匙；他还会想到可怜的穆罕默德。他恨极了犹太人，恨得胸口会痛。然而他从来没感到过恐惧。至少在床上，在属于他的女性的保护下，他没什么可怕的。

在梅索吉安镇和珀格斯镇之间，在嶙峋的山坡上，一座白色的别墅矗立在一块凸出的巨岩上。为了到达那里，塔里克必须横穿一座老葡萄园，攀上一段很陡的路。空气中弥漫着最近一次收获的气息。他关上发动机，耳边的风声静了下来。他将摩托车用支架抵住，抄上马卡洛夫手枪，穿过一座小花园，向别墅的大门走去。

他将钥匙插进孔内，慢慢转动，试探房里有没有异样的反应。接着他打开门，走进去，马卡洛夫手枪抄在手里。他关上门，客厅里亮起一盏灯，灯光里是一名消瘦的青年男子，只见他顶着一头长发，坐在一张破旧的沙发上。塔里克正打算开枪射杀他，却看见他的枪就放在身前的桌上，而他的双手举起，摆出了一个投降的姿势。

塔里克用马卡洛夫指着他的脸："你是谁？"

"我的名字叫艾哈迈德。凯末尔派我来的。"

"我差点杀了你，因为我从来没听说凯末尔要派你来。"

"你本该今天早上到达的。我没有别的地方可去。"

"轮船晚点了。你要是拿起电话问一声，早就能弄清楚了。他想要什么？"

"他想见面。他说有事情和你讨论，因为关系重大，实在不方便用寻常的联络方式。"

"凯末尔知道我不喜欢面对面的谈话。"

"他已经做好了特别的安排。"

“给我讲讲。”

“你介不介意把枪指向别处？”

“我介意，实话实说。我怎么知道你真的是凯末尔派来的？也许你的真名是伊扎克或是乔纳森。也许你是个以色列人。也许你是中央情报局的人。也许凯末尔也被收买了，你是派来杀我的。”

那青年沉沉地叹了口气，然后说道：“凯末尔想在三天后和你会面，就在苏黎世和布拉格之间的一趟列车上，在一间一等车厢的包间里。在那趟车上，你可以选择任何时间，只要你觉得安全。”

“你带了车票吗？”

“是的。”

“给我。”

艾哈迈德把手伸进了运动衫的口袋。

塔里克举起了马卡洛夫，“慢一点。”

艾哈迈德拿出车票，举起来给塔里克看清楚，然后扔在桌上。塔里克看了一眼车票，然后转眼凝视着坐在面前的男孩：“你在别墅里等了多久？”

“几乎一整天。”

“几乎？”

“下午的时候我去了一趟镇上。”

“去干吗？”

“我饿了。我也想在周围看看。”

“你会说希腊语吗？”

“一点点。”

太完美了，塔里克在心里嘲笑着。一个小伙子，只会说几句希腊语，一口阿拉伯口音，整整一下午都在港湾里逛。塔里克推演着接下来的故事：一个好管闲事的希腊店主看见阿拉伯人在镇上晃悠，起了疑心，给警局去了个电话。有个警员前来查看究竟。也许他还有个朋友或是表亲，就在希腊安全部门工作。该死！自己刚下轮船时没被逮个正着，那真是命大呀。塔里克问道：“你打算在哪里过夜？”

“我以为我可以住在这里。”

“绝对休想。去布提诺旅店，那里靠近港湾，开个房间价钱也合理。早晨搭轮渡回土耳其。”

“好吧。”

艾哈迈德俯下身去捡枪。塔里克连射了两枪，正中他的头部。

血污覆盖了石地板。塔里克看着尸体，心里只是隐约感到一阵失望。他一直盼望能在岛上休整几天，然后再投入下一项行动。他累了，精神消磨得厉害，头痛也更加严重。眼下，他又不得不准备出发了，就因为天杀的轮渡被风浪阻挡而晚点了，凯末尔又偏偏派了这么个笨蛋来传递这么重要的消息。

他把马卡洛夫手枪掖进腰带，拿起火车票，走出房去。

5

特拉维夫

乌兹·纳沃特于次日早晨前往特拉维夫。他来到沙姆龙的“黑色办公室”，这意味着，不论是勒夫还是其他高级下属，都不可能看到他的造访。他用那只粗壮的胳膊勾着一只光溜溜的金属质公文包，就是生意人爱用的那种，就好像里面装了太珍贵的东西，连皮革也不足以保证其安全。他搭乘的是以色列航空公司的航班，不过同其他旅客不同的是，没有人要求纳沃特开箱接受检查。他也没有被迫经历令人发疯的程序，没有遭受以色列航空保安部的问讯，更没有面对那些晒得黝黑的青年安保人员。他平平安安地走进了沙姆龙的办公室。刚一进屋，他就摆弄着公文箱的组合部件——这是离开巴黎大使馆之后他第一次打开箱子。他把手伸进箱子，只取出了一件东西：一盘录像带。

这盘录像，纳沃特数不清老头儿看了多少遍。二十遍，三十遍，也许五十遍。他抽了许多支廉价的土耳其香烟，纳沃特隔着烟雾，几乎看不清播放录像的屏幕。沙姆龙看得入了迷。他坐在椅子里，双臂交叠，头后仰着，为的是从黑边老花镜的缝隙处向外探望。他的鼻子向前戳着，好似一把匕首。纳沃特偶尔会对录像的背景做几句解说，然而沙姆龙此刻只能听见自己心里的声音。

“据博物馆的保安部说，伊利亚胡和他的陪同人员10点27分进入汽车，”纳沃特说道，“你可以在屏幕上看到有时间显示，阿拉伯人在10点26分拨打了报信电话。”

沙姆龙什么也没说，他按了一下遥控器的倒带键，又看了一遍录像。

“看他的手，”纳沃特屏住呼吸说道，“号码是预先输入手机的。他只是用大拇指按了两三下键盘，然后就开始通话了。”

沙姆龙没有任何反应，既没有对这个信息发生兴趣，也没有表示他认为此事与主题完全无关。

“也许我们可以从电信公司获得记录，”纳沃特说完，又补了一句，“也许我们可以找到他拨打的那个号码，让它带我们找到塔里克。”

沙姆龙没有开口，其实他本想告诉年轻的纳沃特，在塔里克和法国电信公司之间多半还隔着半打特工。像这样的查询，听起来挺聪明，却是绝对不会有结果的。

“给我说说，乌兹，”沙姆龙终于开口了，“那小子的银盘里放着什么吃的？”

“头儿，你说什么？”

“食物，法式开胃菜，他盘子里的。那是什么呀？”

“鸡肉，头儿。”

“什么样的鸡肉，乌兹？”

“我不知道，头儿，就是鸡肉。”

沙姆龙失望地摇摇头：“那是唐杜里烤鸡，乌兹。唐杜里，来自印度。”

“随你怎么说，头儿。”

“唐杜里烤鸡，”沙姆龙重复着，“这个有点儿意思。你应该注意到，乌兹。”

纳沃特领用了一辆机构的公车，超速飞驰在通往凯撒利亚的沿海大道上。他刚刚完成了一项非常漂亮的任务——从奥赛博物馆偷出来一盘录像带，然而老头儿唯一感兴趣的内容只是其中的鸡肉。究竟是肯德基还是唐杜里，又有何区别呢？也许勒夫是对的，也许沙姆龙真的是过气了，所谓“行将赴地狱的老人”啊。

最近在机构内部流传着一个说法：我们离上一次灾难越远，离下一次灾难就越近。沙姆龙会踩上一脚屎的，没跑儿。然后，他们就可以再次把他扫地出门，这次他就再也回不来了。

然而纳沃特发觉，他自己真的很在乎老头儿对他的看法。与其他同龄官员一样，他也极其尊敬沙姆龙。他多年来为老人做了很多事情，都是别人不愿干的脏活儿，都是必须对勒夫和其他人保密的事情。他愿意做任何事情，只要能挽回老人的威望。

他开进了凯撒利亚，在一幢距海边只有几条街的公寓楼前停好车。他走进了门厅，乘电梯到了四楼。他手上还保留着钥匙，不过还是选择了敲门。他事先没有打电话说自己要来。她身边也许还有别的男人——贝拉一向有很多男人。

她开了门，穿着褪色牛仔裤和一件破衬衫。她身材修长，面容美丽，那是一张似乎永远沉浸在哀痛中的脸。她略微掩藏了一下怨恨的表情，向纳沃特打了招呼，随即让开一条路请他进来。她的公寓充满了一股二手书店的气息和熏香的味道。她是个作家兼历史学家，阿拉伯事务的专家，有时候还给纳沃特的机构提供叙利亚和伊拉克政治的咨询服务。机构派纳沃特去欧洲之前，他们已经是情人了，他选择了前线而没有选择她，为此她有些瞧不起他。纳沃特亲吻着她，温柔地将她往卧室里拉。她略微反抗了一下，不过没有坚持。

过后，她说：“你在想什么呢？”

“沙姆龙。”

“他现在怎样？”

他尽可能多地讲给她听，不能说细节，只能讲主旨。

“沙姆龙工作起来什么样子，你知道的，”她说，“他要是想要什么，就会逼你，直到累垮了你为止。你有两个选择，一是回巴黎去，把这件事忘了；或者，你可以今晚开车去太巴列，看看老不死的到底是什么心思。”

“也许我根本不想知道。”

“放屁，乌兹。你怎么会不想知道呢。我要是对你说我再也不想见到你，你连眼都不会眨。可是老头儿朝你翻个白眼，你就瘫倒了。”

“你错了，贝拉。”

“错在哪里？”

“首先，如果你说再也不想见到我，我会立刻退出机构，求你嫁给我。”

她吻了他的嘴唇，说道：“我再也不想见你了。”

纳沃特微笑着闭上双眼。

贝拉说：“我的上帝，你真是个可怕的骗子，乌兹·纳沃特。”

“凯撒利亚有没有印度餐厅？”

“还真有一家，相当不错，也不远。”

“他们有没有唐杜里烤鸡？”

“你这等于在问，意大利餐厅有没有意大利面。”

“穿好衣服。咱们这就去。”

“我想自己在家做点菜。我不想出去。”

然而纳沃特已经提上了裤子。

“穿好衣服。我需要唐杜里烤鸡。”

接下来的七十二个小时，阿里·沙姆龙就好像嗅见了某种烟味。他疯狂地寻找着火源。一旦风闻他要来访，人们就会像房间里投进了手榴弹一样，全体奔逃。他在扫罗王大道的机构里四处逡巡，也不事先通知就闯进会议现场，督促下属更努力地寻找、更仔细地监听。最后一次见到塔里克的确切情况是怎样的？巴黎刺杀团队的其他成员怎么样了？截获了什么有意思的电子情报吗？他们之间有没有联络？他们有没有计划再次出击？勒夫在餐厅吃夜宵的时候对莫迪凯说：沙姆龙脑子烧坏了。杀人狂。最好将他隔离，免得传染。把他送进沙漠。让他上月球狂号去，直到病好为止。

本案的第二个突破，发生在纳沃特送来录像的二十四小时后。是调研处的那位瘦小的西蒙发现的。他光着脚，穿着运动衫奔进了沙姆龙的办公室，用咬裂的指甲紧紧攥着一份文件：“是穆罕默德·阿齐兹，头儿。他曾经是‘人阵[1]’的成员，阵线在和平进程的协议上签字以后，他就成了塔里克的人。”

“穆罕默德·阿齐兹是谁？”沙姆龙一边问，一边透过烟雾好奇地瞥着西蒙。

“就是奥赛博物馆的那个男孩。我让影像实验室的技师分析了监控录像，然后我在数据库里做了查询。错不了，那个打手机的侍者就是穆罕默德·阿齐兹。”

“你确定是阿齐兹？”

[1] 人阵（Popular Front），全称为“解放巴勒斯坦人民阵线”，是巴勒斯坦解放组织中的第二大组织。

"肯定，头儿。"

"你确定阿齐兹现在为塔里克工作？"

"我拿性命担保。"

"注意你的措辞，西蒙。"

西蒙把文件放在桌上，出去了。沙姆龙如今得到了他想要的：巴黎刺杀案中到处都是塔里克的痕迹，证据确凿。当天晚上，满眼疲倦的约西出现在沙姆龙的门前："我听到了些有意思的事儿，头儿。"

"说吧，约西。"

"我们部门在希腊的一位朋友刚刚给雅典站送了个消息。有个叫艾哈迈德·纳托尔的巴勒斯坦人数日前在萨莫斯岛遭人谋杀。头部中了两枪，尸体留在一座别墅里。"

"艾哈迈德·纳托尔是什么人？"

"我们不清楚。西蒙正在查寻。"

"别墅主人是谁？"

"这是最有意思的一件事，头儿。别墅出租给了一个英国人，名叫帕特里克·雷诺德。希腊警方正在寻找此人。"

"还有呢？"

"出租合同上留下了伦敦的地址，不过那里没有帕特里克·雷诺德。伦敦的电话号码也不是这个帕特里克·雷诺德的。照希腊和英国当局的意思，这个人不存在。"

老人要离开一段时间了——拉米能感觉得到。

即便是用太巴列夜鬼的标准来衡量，昨夜的沙姆龙也很不安稳。他长时间在露台上踱步，接着又花了几个小时摆弄一台古旧的飞科收音机——这是当天刚从美国送来的。他没有睡觉，没有打电话，只有一位访客：满脸悔意的乌兹·纳沃特。他在露台上同老人交谈了十五分钟，然后迅速离开了。他走出去的时候，那副表情让拉米想到了巴黎刺杀案发生的那天晚上，沙姆龙也是这副表情，其中有冷冷的坚决，也有自满自足的哂笑。

然而沙姆龙的西装袋最终证实了拉米的担忧——意大利产，黑色皮革，样式新颖的镀金带扣。这一切都和沙姆龙本人的风格大相径庭。光是一个后衣兜就能装下夜鬼所有的东西，还有空间再放一个钱夹。拎手上还垂下一个名牌：鲁道夫·赫勒，伯尔尼的地址，伯尔尼的电话号码。沙姆龙又要披挂上阵了。

早餐的时候拉米坐得远远的，就像是母亲一大早和孩子闹意见的姿态。他没有和沙姆龙同桌吃饭，而是站在吧台后面，粗鲁地翻弄着《晚祷报》的体育版。

“拉米，拜托了，”沙姆龙说道，“你是要看报，还是对报纸刑讯逼供？”

“让我跟你一起去吧，头儿。”

“我们不要再讨论这个问题了。我知道你可能觉得这难以置信，可我知道如何在战场上进退自如。你爹妈还没决定要不要生你的时候我就是情报员了。”

“你不是当年那个年纪了，头儿。”

沙姆龙放低了报纸，隔着半月形眼镜瞥着拉米：“不管什么时候，只要你准备好了，只管来试试我的身子骨。”

拉米伸手做出打枪的姿势，说道：“啪，啪，你就死了，头儿。”

然而沙姆龙微笑着，自顾自把报纸看完。十分钟后，拉米陪他走到大门口，替他将行李装进汽车后备厢。他伫立着看汽车开走，阿里·沙姆龙的影子消失在加利利的地平线上，只留下一团粉色的尘土。

6

苏黎世

施洛兹药业是全欧洲最大的制药企业，在全球也是名列前茅。它的研发实验室、工厂、配送中心遍布全世界，不过它的企业总部只是一座灰色的石质建筑，位于苏黎世独一无二的班霍夫街，距离湖岸不远。因为今天是星期三，各部门领导和企业的副主席都聚在第九层的会议室开周例会。马丁·施洛兹坐在主座，头顶悬着企业创始人、他的曾祖父沃特·施洛兹的肖像。那是一副优雅的身材，深色套装，一头银发梳理得很整齐。12点半的时候，马丁看了看表，站起身，宣布会议结束。几名执行官聚到他身边，想听听老板最后还有何吩咐。

凯末尔·阿佐里收拾好自己的东西，溜了出去。他是个高个子的精瘦男人，身材颀长，有贵族气质，还有一双淡绿色的眼睛。他能在施洛兹帝国里脱颖而出，不仅因为他的外表，还因为他有非同一般的身世。他是在黎巴嫩的一个巴勒斯坦难民营出生的，在贝鲁特大学短期进修过医学，后来就到欧洲找工作。他受雇于施洛兹公司，起初在销售部担任很低的职位。他干得很出色，短短五年就成了负责中东销售的部门主管。工作需要他常常出差，没时间成家，甚至没有什么个人生活。没时间结婚生子，凯末尔却从未因此而烦恼。他在许多方面都获得了补偿。一年前，他得到了提升，成了企业销售部的总监。马丁·施洛兹把他变成了百万富翁。他住的是一座豪华大宅，可以俯瞰利马特河，坐的是公司配的梅赛德斯-奔驰，还配了专职司机。

他走进了自己的办公室。房间大，天花板高，波斯挂毯，淡色的丹麦家具，正对着苏黎世的壮美景观。他在办公桌前坐下，浏览会议记录。

他的秘书走进房间："您好，阿佐里先生。会议想必还顺利。"

她对他说的是德语，他也用同样的语言完美无瑕地回应："非常好，玛格丽特。有什么留言吗？"

"我把它们放在您桌上了，阿佐里先生。您的火车票也在桌上，还有您在布拉格的酒店信息。不过，您得抓紧了。火车还有半小时就开了。"

他草草翻看了一遍电话留言，没什么太急迫的事。他穿上一件外套，戴上一顶软呢帽，又在脖子上围了一条丝质围巾。玛格丽特给他递过了公文包和一只小行李袋。

凯末尔说："我想利用火车上的时间处理些文件。"

"除非事情紧急，否则我不会打扰您。您的司机在楼下等着呢。"

"告诉他今天下午就放假了。我走路去中央火车站。我需要锻炼一下。"

凯末尔走过一座座亮闪闪的商店，这时雪花从班霍夫街上空飘落下来。他走进一家银行，从一个个人账户里取了一大笔现金出来。五分钟后他走出银行，现金已经塞进了公文箱的隐秘夹层里。

他走进中央火车站，穿过大厅，停下来查看有没有"尾巴"。然后走进一间报亭，买了一堆路上看的报纸。向收银员付钱的时候，他向四下里望了望，看看有没有人在盯着他。没有。

他走上月台。上车时间几乎要截止了。凯末尔踏进车厢，穿过走道，直奔一等车厢的包间。包间是空的。他挂起外套，刚一坐下来火车就开动了。他从公文箱里摸出了报纸，首先从《华尔街时报》的欧洲版看起，然后是《金融时报》《伦敦时报》，最后是《世界报》。

四十五分钟后，乘务员给他送来了咖啡。凯末尔开始查看一批南美洲的季度销售数字——一位成功的商业执行官，一刻也闲不下来的工作狂。凯末尔浅浅笑着，事实可远非如此。多年以来他过着双重生活，一边为施洛兹药业工作，同时担任巴解组织的特工。他的职业和光鲜的外表为他提供了最好的掩护，可以帮他往返于中东和欧洲之间，又不会引起安全和情报部门的怀疑。身为终极饿狼，他披着羔羊的外衣，出入于欧洲的精英和文化圈，同整个大陆上最有权势的商业领袖合作共事，混迹于最富有和最有名望的人群之中。然而从始至终他都效力于巴勒斯坦解放组织——维持联络网，招募新特工，策划行动，传递信息，收纳来自中东各地的捐款。他利用施洛兹的配送和运输系统，向行动地点运送武器、炸药。千真万确，他一想到治病救人的药物之中，竟然夹藏着恐怖和杀戮的利器，就会感到一种病态的快乐。

现在，他的处境更加复杂了。亚西尔·阿拉法特已经宣布放弃暴力，同犹太复国主义者展开谈判，凯末尔因此而震怒，秘密地同他昔日的同志塔里克·阿尔·胡拉尼合兵一处。凯末尔担任行动负责人和策划者，并规划塔里克的组织。他管理财务，运转联络网，看护武器炸药，策划行动，一切都在苏黎世的办公室里进行。他们形成了一种相当独特的搭档关系。塔里克，冷血的恐怖分子，残忍的杀手；凯末尔，以优雅体面的身份作掩护，为他提供实施恐怖袭击的工具。

凯末尔合上销售报告，抬眼望去。该死！他在哪里？也许是出了什么问题。

就在此时，包间的门开了，一个男人走进来，金色长发，戴着太阳镜、美式棒球帽，耳机里轰响着摇滚音乐。凯末尔想：上帝啊！这个傻瓜又是谁？这下塔里克更不敢露面了。

于是他说："对不起，你走错房间了，这些座位都有人订了。"

那个男人撩起一边的耳机，说道："我听不见你说什么。"他的英语是一副美国腔。

"这些座位都有人了，"凯末尔不耐烦地重复道，"快走，不然我要叫列车员了。"

然而男人却坐下来，摘下了太阳镜。"少安毋躁，我的兄弟。"塔里克用阿拉伯语柔声说道。

凯末尔不禁露出微笑："塔里克，你这杂种。"

"我派了艾哈迈德去希腊，他没有及时报到，我很担心，"凯末尔说道，"接着我就听说萨莫斯岛上的别墅里发现了一具尸体，我知道你们俩一定接过头了。"

塔里克闭上双眼，头微微倾向一侧："他是个草包。你选派信使的时候应当更经心些。"

"可你也没必要杀了他吧？"

"你还会再找一个的，更好的——我相信。"

凯末尔仔细地看了他一会儿："你感觉如何，塔里克？你好像……"

"挺好，"塔里克截住他的话头，说道，"阿姆斯特丹的事进展如何？"

"相当不错，是啊。蕾拉已经到了。她为你找了个女人，还有住处。"

塔里克说："给我说说她的情况。"

“她在红灯区一家酒吧工作，独自住在一条游船上。就停在阿姆斯托河上。”

“我什么时候去？”

“大约一周内出发。”

“我需要钱。”

凯末尔把手伸进公文箱，摸出个装满现金的信封递给塔里克。塔里克将它装进了外套的口袋。接着他的灰眼珠盯住了凯末尔。同以往一样，凯末尔很不自在，他感觉塔里克似乎在琢磨着，以什么方式在必要的时候杀了他。

“你大老远把我拽到这里，想必不是为了责备我杀了艾哈迈德，或是问候我的健康吧？还有别的什么吗？”

“有些有意思的新闻。”

“我听着呢。”

“扫罗王大道的人确信巴黎袭击是你操的刀。”

“他们可真聪明。”

“阿里·沙姆龙想要你的命，总理给他开绿灯了。”

“许多年前阿里·沙姆龙就想杀了我。这又算什么新鲜的消息？”

“因为他打算把任务交给你的 位老朋友。”

“谁？”

凯末尔微笑着向前一欠身。

7

伦敦，圣詹姆斯

作为一家从事艺术行当的公司，伊舍伍德艺术馆有时候还是挺景气的。它是一座破旧的维多利亚式库房，位于圣詹姆斯的一个僻静地段，名字叫梅森广场。夹在它两侧的分别是一家小型运输公司和一间小酒吧，酒吧里总有些以电动摩托车代步的漂亮女郎。艺术馆二楼的招牌上写得明白，这间画廊专营艺术大师早年的作品，主人朱利安·伊舍伍德是伦敦艺术品经营协会的资深成员，他的藏品唯有事先预约才能一睹真容。介绍里还说，他们在威尼斯和纽约也有画廊，尽管很久以前就关张了——伊舍伍德要么是没心思，要么根本没资金去更新这块招牌。所以它的内容自然也跟不上帝国江河日下的最新形势。

沙姆龙是12点半到达的。他已然换下了短夹克和卡其布裤子，换上了双排扣西装和丝质衬衫，配了条深色领带，外套灰色开司米大衣。不锈钢边眼镜换成了时髦的玳瑁边眼镜。腕上戴的是劳力士金表，右手小拇指戴了枚图章戒指。没有结婚戒指，宣示着对异性的开放。他的脚步从容，是典型的都市人姿态，一反平素冲锋陷阵的架势。

在一楼的入口，沙姆龙按了按裂了缝的门铃按钮。过了一会儿，扬声器传来了希瑟沉闷的嗓音——她是伊舍伍德这儿新来的又一位年轻而帮不上忙的助理中的最后一位。

“我的名字是鲁道夫·赫勒，”沙姆龙用德国口音的英语说道，“我是来见伊舍伍德先生的。”

“你有预约吗？”

“预约恐怕是没有，不过我和朱利安可是许多年的老友了。”

“请稍等片刻。”

片刻过去，又过片刻，接着是第三个片刻。终于，自动门的锁啪的一声弹开了。沙姆龙走进去，走上短短的一段吱吱呀呀的楼梯。在楼梯平台的地毯上有一大块棕色的污渍。希瑟就座的接待室在一张空写字台后面，面对一部沉默的电话。伊舍伍德的女孩子都是一个模式，漂亮的艺术院校毕业生，来这里工作是为了获得专业经验和人生经历。大多数都是一两个月就辞职了，要么是因为毫无希望的乏味，要么是因为伊舍伍德发不出工资。

希瑟正翻看着一份免费报纸。她微笑着，用一支咬烂了头的粉色铅笔指了指伊舍伍德的办公室。伊舍伍德的身影在敞开的门后闪动着。他穿着一身细条纹的丝质衣服，对着一部无绳电话快速地说着意大利语。

“你要是有胆就进去吧。”希瑟拖着长音，用懒洋洋的伦敦贵族腔说道。沙姆龙听着，暗自泛着酸水。“他很快就会讲完了。我给你弄点喝的吧？”

沙姆龙摇摇头，走了进去。他坐下来，审视着房间。书架上塞满了艺术家的专题介绍、账簿、老旧的作品名录；还有一副盖着黑天鹅绒的画架，是用来向买家展示作品的。伊舍伍德在一扇俯瞰梅森广场的窗户前踱着步。他停顿了一次，瞥了一眼沙姆龙，随即又慢条斯理地操作起传真机来。伊舍伍德有麻烦了，沙姆龙能感觉到。不过话又说回来，他一贯是有麻烦的。

朱利安·伊舍伍德对画作的选购和售卖的对象都非常挑剔。每次他的藏品从这扇门里出去，他都会带着忧伤的情绪目送一程。结果，身为画商的他却没有卖出太多的画——通常一年十五幅，景气时二十幅。80年代的时候他赚了不少钱，那年月只要有块巴掌大的地方做画廊，脑子又不太笨，都会赚到钱的。不过如今好光景不再了。

他把电话甩在凌乱的桌面上："不管你想要的是什么，回答都是'不行'。"

"你好吗，朱利安？"

"下地狱吧你！你为什么来这里？"

"把那姑娘支走一会儿。"

"不管姑娘在不在，给你的答话照样是'不行'。"

"我需要加百列。"沙姆龙平静地说。

"哎呀，我更需要他，所以不能给你。"

"你就告诉我他在哪儿，我得和他谈谈。"

"滚开！"伊舍伍德爆了粗口，"你以为你是谁，就这样闯进来，给我下命令？现在，你要是有兴趣买一张画，也许我还能帮得上忙。如果你此行和艺术没有关系，那就请海伦领着你出去吧！"

"她叫希瑟。"

"噢，上帝啊，"伊舍伍德沉沉地坐倒在书桌后的椅子上，"海伦是上个月的那个女孩。我压根就留不住她们了。"

"事情进展不妙啊，朱利安？"

"事情一直就没妙过，不过一切都要改观了，所以我才要求你爬回岩石下面，别烦我，也别烦加百列，让我们过太平日子吧。"

"一起午餐如何？"沙姆龙建议道，"你可以给我讲讲你的问题，也许我们可以找到互利互惠的办法。"

"这回你怎么那么热衷于达成妥协了？一直以来你可不是这样的

啊。”

“拿上你的外套。”

沙姆龙早有准备。他事先在杜克街的格林餐厅订了一个位子，在角落里，很安静。伊舍伍德点了水煮加拿大龙虾，又点了酒水单上最贵的一款桑塞尔白葡萄酒。沙姆龙的下巴略微紧绷了一下。他在公款消费上是出了名的吝啬，然而此刻，他需要伊舍伍德的帮助。如果为此在格林餐厅多花点钱，沙姆龙乐意买单。

在机构内部的语汇里，朱利安·伊舍伍德这样的人称之为“助手”，也就是协助机构做事的人。他们中有银行家，如果某个阿拉伯人拨了一大笔款子，他就会知会沙姆龙；或者某位特工有麻烦，大半夜要用钱，他也会及时出手；还有酒店大堂经理，如果沙姆龙需要查看某个房间，他就负责开门；他们还可能是他国情报部门里对以色列的同情派；又或是租车公司的职员，为沙姆龙的前线特工提供交通服务；他们当中还有记者，可以提供渠道，帮助沙姆龙传播谣言。再没有其他国家的情报部门能拥有如此庞大的编制外军团了。对于阿里·沙姆龙来说，这些散居各地的犹太人是一份秘密的馈赠。

朱利安·伊舍伍德是“助手”中的特殊成员。沙姆龙将他吸收进机构，就因为他是个相当重要的情报人员。因此沙姆龙对他总是格外有耐心，包容着他起起伏伏的情绪波动。

“让我来告诉你为什么你现在不能去找加百列，”伊舍伍德开口了，“去年8月有一幅很脏、很破损的画出现在赫尔市的一场拍品展示会上，那是一幅16世纪意大利的木版油画，是祭坛后的装饰品，名叫《牧羊者的爱慕》，画家佚名。这是最重要的部分，画家佚名。你有耐心听下去吗，赫勒先生？”

沙姆龙点点头。伊舍伍德继续说下去。

“我对那幅画若有所感，于是就在车里装了一摞书，赶去约克郡看个究竟。简单查看了一下作品，我对自己的直觉感到满意。所以，等到这幅很脏、很破损、画家佚名的作品在佳士得拍卖行庄严拍卖的时候，我就以低价把它拍下来了。”

伊舍伍德舔了舔嘴唇，身子前倾，露出一副鬼鬼祟祟的姿态：“我把画拿给加百列，他替我做了几个测试。X光、红外线摄影，还有别的老一套。他的检查更详尽，也确切证实了我的直觉。这幅赫尔市展示会上又脏又破的作品的确就是威尼斯圣萨尔瓦托雷大教堂祭坛后面遗失的那幅装饰画。作者恰恰是弗朗西斯科·韦切利奥，伟大的提香的兄弟。正因为如此，我需要加百列，正因为如此，我不会告诉你他在哪儿。”

斟酒侍者上来服务了。沙姆龙一边拨弄着桌布上一根脱了线的线头，一边听着伊舍伍德详细地讲述检查的过程。只听他不屑地哼哼着，呷着酒，沉思着。有几次，他的情绪不大安宁，不过片刻之后，他大声赞美了葡萄酒，迅速饮下一杯，随即又斟满。

等到他平复下来，他的嗓音变得充满忧思，眼睛也润湿起来。

“还记得当初吗，阿里？我曾经在新邦德街有一家画廊，紧挨着著名的格林画廊。如今我是付不起新邦德街的房租了。那儿全都是古驰、拉尔夫·劳伦，还有什么蒂芙尼、御木本。你知道是谁占了我的地盘吗？是那个恶心的贾尔斯·皮特威！他光在证券街就有两家画廊，年内他还计划再开两家。上帝啊，他扩张的速度就像埃博波拉病毒——能够变异，还能壮大，把好端端的生命都杀死。”

一位胖乎乎的画商，身穿粉色衬衫，臂上挽着位漂亮女孩子，从他们的桌边经过，伊舍伍德愣了很久才开口道：“你好，奥利弗。”又向他发出一个飞吻。

“这幅韦切利奥是一支奇兵，每隔几年我就需要一匹这样的黑马杀出来，就靠它们我才能在这行里站住脚。它们能敌得过我所有积压货赔的钱，一单一单小打小闹的生意全加在一起也抵不上这么一幅。”伊舍伍德停顿下来，喝了一大口酒，“我们都需要奇兵，需要黑马，需要绝地大反击，对不对，赫勒先生？我猜想，即使是你那条线上的人，也时常需要赢一个大彩头，弥补以往的失败。来，干杯。”

“干。”沙姆龙说，极浅地呷了一口。

“贾尔斯·皮特威本来也有可能买到这幅韦切利奥，可他放弃了。他放弃是因为他和他的伙计们根本就没做好功课。他们没本事鉴定，拿不准真伪。我是唯一知道底细的人，因为我是唯一做足了功课的人。贾尔斯·皮特威根本搞不清韦切利奥还是猫咪吃梨。他卖的东西是垃圾，上了层油彩的垃圾。你见过他的东西吗？彻底垃圾！不折不扣明信片似的垃圾！”

沙姆龙继续扮演着赫勒先生的角色，他说自己已经很久没去过那位声名不佳的皮特威先生的画廊了。

伊舍伍德身子一倾，罩住了桌子，眼睛睁大了，嘴唇湿乎乎的。“我要把这幅韦切利奥洗干净，为春天的拍卖会做好准备，”他用低低的声音说道，“如果准备不好，买家就跑了，尤其是这幅韦切利奥圣坛画。有可能下手的买家屈指可数。一旦买家信心受挫，我可能再也找不到下一个了。要是找不到下一位买家，我的韦切利奥就可能又是一件滞销的库存。‘烧掉了’，这是我们行里的话。你们可以‘烧掉’一个特工，我们就可能‘烧掉’一幅画。一件作品要么被疯抢，要么就永远尘封在画商的库房里。一旦一幅画‘烧掉’，就不值钱了，就像你们的特工。”

“我理解你的难处，朱利安。”

“你真的理解？全世界也许只有五个人能真正修复这幅韦切利

奥。加百列·艾隆恰好是其中之一，而其他四位绝对不可能放低身段为我这样的人工作。”

“加百列是个有天赋的人。不幸的是，我也需要他的天赋，而我的使命比一幅五百年的老画更重要一点。”

“啊，不要啊！我周围都是虎视眈眈的鲨鱼，银行也威胁要抛弃我。我一时半会儿到哪里再去找棵大树支持我？贾尔斯·皮特威有很多棵大树！劳埃德银行！趁着艺术圈和高端金融圈还在蜜月的时候，我得赶紧找个地方打造一条诺亚方舟！”伊舍伍德顿了一下，又说，“话又说回来，赫勒先生，人生中很少有什么东西比好画更重要。我才不管他们的年头有多老。”

“看来我应当选择更恰当的措辞，朱利安。”

“如果我急着脱手，我就得赔上裤子钱，”伊舍伍德说道，“一英镑能拿回三十便士就不错了。”

沙姆龙对他的恳求全然不为所动：“他在哪儿？”

“我为什么要告诉你？”

“因为我需要他，朱利安，我们需要他。”

“哦，上帝啊！别给我来这一套，这回它不管用了。我听说了你所有的故事，我也能料想事情的结局会怎样。顺便告诉你，加百列的感受也是一样的。他对你也已经受够了。”

“那就告诉我他在哪儿，又能有什么妨碍呢？”

“我太了解你了，所以没法相信你。脑子正常的人都不会相信你。”

“要么你告诉我们他在哪儿，不然我们就自己去找。得多花几天时间，不过我们总会找到他。”

“假如我告诉你，你打算如何报答我？”

“我已经找到一棵大树，在你卖掉韦切利奥之前帮你周转资金。”

“可靠的大树太难找了，就好像那幅韦切利奥。”

“我就认识一位，他一直有意进入艺术品交易行业。也许我可以代表你和他谈谈。”

“他叫什么名字？”

“我认为他会坚持匿名的。”

“如果加百列怀疑是我告诉了你……”

“他绝不会怀疑的。”

伊舍伍德舔了舔血色全无的嘴唇。

8

康沃尔郡，纳瓦斯港

老人到来的时候，陌生人正待在船上，没在家。皮尔从卧室窗户里看到他正在码头边的窄路上驾驶着一辆大奔驰。老人来到包工头的木屋前，按响了门铃，敲了门。隔着一道溪水，皮尔照样能听见老人的手指关节敲打木门的声音，短促、无情。他穿上一件套头衫，披上雨衣，从房舍里冲出去。过了片刻，他来到了老人背后，喘着气，脸蛋跑得热乎乎的。

老人问道："你是谁？"

有口音，皮尔注意到了——和陌生人一样的口音，不过更沉重。

"我叫皮尔。你是谁？"

然而老人忽略了他的问题："我来找住在这屋里的人。"

"他不在。"

"我是他朋友。你知道他在哪儿吗？"

皮尔什么也没说——陌生人的朋友怎么会不打招呼就找上门，真荒唐。老人朝码头方向一望，随后又盯住了皮尔："他驾船出航了，对吗？"

皮尔点点头。老人的眼神让这孩子颤抖。

老人看了看天。铅灰色的云层压在溪流上空，又厚又重，显然是裹挟着一场大雨，“这样的天气太不利于航海了。”

“他是把好手。”

“是，没错。他什么时候回来？”

“他从来都不说的。我会告诉他你来过。”

“其实，我打算一直等到他回来。”他的表情似乎在说，只要他决定了，就可以等待很长时间，“这附近有什么地方能弄点咖啡吗？”

皮尔指了指村子的方向。

然而老人没有到村里去买咖啡。事实上，他哪儿都没去。他只是钻进了奔驰车，像一尊雕像般坐在了方向盘后面。皮尔走到牡蛎养殖场附近，选定了一个观察点，顺着河流的方向遥望大海，等待着陌生人。午后时光过去了一半，河面上泛起了白色的浪花，一场暴风雨拉开序幕。4点钟左右天彻底暗下来。皮尔湿透了，冻得半死。就在他要放弃这场侦察使命的时候，只见一团淡蓝的灯光穿过水雾，逆着河流浮上来。又过了片刻，他听到了引擎有节奏的鸣声——这是陌生人精巧的木质双桅船，带着不足的燃料回家来了。

皮尔打开了手电，向陌生人发出了信号。双桅船温和地向右舷转舵，划破黑暗的河水，朝信号源头驶来。当船离海岸只有几米远的时候，陌生人喊道：“有什么问题吗？”

“有个男人在等你。”

“他想干什么？”

“他说他是你的朋友。”

“他告诉你名字了吗？”

“没有。”

皮尔听见他的声音从潮溪的另一侧传回来：“他什么表情？”

“不开心。”

“他有口音吗？”

“有点像你的口音，就是更重些。”

“回家吧。”

不过皮尔不愿意撇下他一个人走：“我在码头边等你，帮你系缆绳。”

“听我的话。”陌生人说，然后消失在甲板下面。

加百列·艾隆走进船舱里的厨房。在丙烷气炉上方的柜子里，他找到了自己的枪，那是一支九毫米口径的格洛克半自动手枪。加百列偏爱中等尺寸的型号，因为枪管较短，所以精度略欠，但便于隐藏。他拉动厚实的方形套筒，将第一轮子弹上入枪膛，把枪放进棕色防水衣的右侧口袋里。接着他关掉舷灯，重新爬上甲板。

双桅船绕过岬角，进入溪流。他放缓了速度，看见停在房舍外的奔驰，又听见门开了，电子警笛微弱的鸣声传了出来。车内的灯此前就熄灭了。来者是个行家。他把手伸进口袋，握紧了格洛克，手指扣在扳机圈的外沿。

不速之客横穿栈桥，沿着一小段石头台阶走下来，站在同水面平齐的最后一阶上。加百列一眼就认出了他，子弹形的头，饱经风霜的脸，独一无二的步态，好似拳击手正在走向拳台的中央。那一瞬间，他真想掉头驶向下游，回到暴风骤雨之中。然而他最终松开了握枪的手，将船靠向了码头。

沙姆龙心怀焦虑地参观了加百列的工作室，在那幅韦切利奥面前停下脚步。“那么，这就是伊舍伍德的绝地大反击，那幅韦切利奥圣坛画？想想看，一个这么优秀的犹太青年，竟对着这么一幅破画儿工作。我就是不理解怎么会有人为了这种东西浪费时间和金钱。”

“我不认为这有什么奇怪的。你对那个倒霉的朱利安干了什么，逼着他出卖了我？”

“我在格林餐厅请他吃午餐了。朱利安从来就不是克己苦行的人。”

“你来这里做什么？”

然而沙姆龙却不急着亮出底牌。“你还挺会独善其身的，”他说，“安置这么个房子一定花了你不少钱吧。”

“我是全世界最受敬重的修画师之一。”

“修复这幅韦切利奥，朱利安付了你多少钱？”

“这不关你事。”

“你不告诉我，朱利安也会说的。我更希望是你来告诉我。这里也许包含着什么真相。”

“十万英镑。”

“你看见钱了吗？”

“朱利安·伊舍伍德是什么人，咱们还不知道吗？他会在韦切利奥出手之后付给我钱，即使到了那会儿，我很可能还得逼着他把钱吐出来。”

“啊，这儿还有一幅伦勃朗。多少钱？”

“这个活儿很快，是为了去佳士得拍卖的。工作量不大，上一道清漆，也许再加点修整。我还没估算价格。”

沙姆龙从韦切利奥前走开，挪到了加百列放置油彩的推车前：“这些日子你用的什么身份？”

“没用你们给的那些，你就是因为这个纳闷吧？”

“意大利人？”

“是啊。你的身份呢？”

“鲁道夫·赫勒。”

“啊，赫勒先生，我最喜欢的名字之一。我相信赫勒先生近来的工作还不错吧？”

“有喜有忧。”

加百列打开了一整排荧光灯，将灯光投射在沙姆龙身上。

沙姆龙眼睛一眯：“加百列，把这玩意儿关了。”

“我知道你更喜欢在黑暗里工作，赫勒先生，不过我要看见你的脸。你想要什么？”

“咱们出去兜兜风。”

他们沿着一条高树夹道的窄路疾驰。加百列单手驾车，开得很快。沙姆龙请他开慢点，加百列却把油门踩得更狠了。沙姆龙使劲抽烟，想用烟雾来惩治他，加百列却把车窗往下一摇，车里立刻灌满了寒气。沙姆龙只好屈服，将烟头抛进车外的夜幕中。

“你知道巴黎的事了吗？”

“我看了电视，读了报纸。”

“他们干得不坏，巴黎那帮人——很久以来我们都没见过这么利索的身手了。他们的行动不亚于‘黑色九月’。他们不是砸几块石头的小贼，也不是身上绑了五十磅炸药闯进市场的傻小子。他们是专业高手，加百列。”

加百列专心开车，对沙姆龙抑扬顿挫的演说毫不在意。然而他心中已经有所反应，他并不喜欢这种受刺激的感觉。他的脉搏加快了，手心也湿了。

“他们有个很大的团队——十个，也许十二个特务。他们有钱、交通工具、假护照。三十秒的工夫就把一切都搞定了。一分钟之内，所有行动人员都撤离了桥面。他们都成功地逃脱。法国人什么收获也没有。”

“这些和我有什么关系？”

沙姆龙闭上眼睛，背了一段《圣经》的经文：“我向他们大施报应，发怒斥责他们。我报复他们的时候，他们就知道我是耶和华。”

“《以西结书》。”加百列说道。

“我认为如果有人杀了我的同胞，我就得杀了他，一报还一报。你认为对吗，加百列？”

“我曾经是这么认为的。”

“最好别改主意。我认为，如果有个小子拿起一块石头打算砸我，我就该在他没出手之前把他一枪撂倒。”沙姆龙的打火机在黑暗中亮起来，光影在他脸上的皱纹间摇曳着，“也许我是个老古董了。我还记得当年阿拉伯人烧光抢光了我们的定居点，我就挤在母亲的胸脯上，三七年大罢工的时候，阿拉伯人杀了我父亲。我有没有告诉过你？”

加百列打起精神，专注于康沃尔郡蜿蜒的道路，什么也没说。

“他们也杀了你父亲，在西奈[1]。你母亲呢，加百列？父亲死后她又活了多久？两年？三年？”

事实上，只有一年多一点，加百列心想。他还记得当年如何安葬了罹患癌症去世的母亲——就在一道山坡上，俯瞰着耶斯列山谷。“你想说明什么？”

“我的主旨就是，复仇是正当的。复仇是健康的行为。复仇是纯洁的行为。”

“复仇只能引来更多的杀戮，然后是更多的复仇。我们每杀一个恐怖分子，就会有下一个小子跟上来，拿起石头或是枪。他们就像鲨

[1] 西奈（Sinai），即西奈半岛，其西部边界是苏伊士运河，东北部边界为以色列–埃及国界。

鱼的牙齿，损毁了一个，就会在原来的位置再长出一个。”

“那咱们就该无所作为？这是你想说的，加百列？我们就该站在一边，坐以待毙，眼看着这帮杂种杀害我们的人民？”

“你知道我不是这个意思。”

梅赛德斯-奔驰穿过一座黑沉沉的村庄，沙姆龙沉默了一会儿。

“你看，这也不是我的主意。是总理，他希望和巴勒斯坦达成和平，可是如果极端分子总是往阳台上扔番茄，他就实现不了和平。”

“你从什么时候起变成了反战分子，阿里？”

“我个人的意见无关宏旨，我只是保密机构的公仆，执行他的命令而已。”

“胡说八道。”

“好吧，我认为我们签了和平协议以后也未必比先前更安全。你想听我的观点吗？除非犹太人都给他们赶下海，否则巴勒斯坦人心里的邪火就不会熄灭。我再告诉你一件事情，加百列。我情愿和一个不共戴天的仇敌在疆场上厮杀，也不愿意和一个披着朋友的外衣暗地里使绊子的敌人明争暗斗。”

沙姆龙揉着鼻梁上被玳瑁眼镜夹痛的地方。他老了，加百列从他的眼角能看得出来。即使是伟大的沙姆龙也逃不过时光的磨砺。

“你知道在安曼发生的事吗？”沙姆龙问道。

“我在报纸上读到了。瑞士也出了同样的事。”

“啊，瑞士。”沙姆龙柔和地说，就好像瑞士有一场他情愿忘掉的不幸恋情，“一场简单的行动，对吧？伊斯兰极端主义者的高层人物住在一幢公寓里，我们负责监听。太简单了。早年间我们闭着眼睛就能办的事。安装好设备，神不知鬼不觉地离开。可那帮蠢货，他们竟然忘了瑞士人是世界上最警觉的人。有个老太太打了个电话，整个行动团队都落入了瑞士警方手里。”

“太不幸了。”

“我要赶下一班飞机去苏黎世，求求咱们那些瑞士同道们，让他们别把这事儿公开。”

“我很想看看这场好戏。”

沙姆龙呼噜噜地笑了几声。加百列这才发现，他其实是有些想念老头儿的，虽说这样的想念感觉怪怪的。他们从上次见面到现在有多久了？八年？不，将近九年了。沙姆龙在爆炸事件后来过维也纳，帮忙打理乱局，确保加百列的真实使命不暴露。加百列此后又见过沙姆龙一次。当时他去了特拉维夫，告诉沙姆龙他要退出。

“我不知道什么地方搞错了，”沙姆龙说道，“人人都觉得如今和平已经唾手可得，我们的生存没有威胁了。他们不懂，和平只会使疯狂的人更加丧心病狂。他们不懂，我们必须都更加警惕地盯住未来的阿拉伯朋友，绝不比当年公开为敌的时候省心。”

“间谍是一项永无休止的使命。”

“但是如今的棒小伙子们在国防军服完役，立刻拔腿就跑，他们急着去赚钱，然后一边打手机一边坐在咖啡店里享受小资生活。当初我们选人，只挑最好的。比如你，加百列。如今只能选那些太笨的或者太懒的、逃避现实生活的人。”

“改变你的征兵策略吧。”

“我改了。不过我立刻就需要人。他得在欧洲开展行动，不用经过所在国政府的许可，也不会把事情弄到《泰晤士报》星期日的头条去。我需要你，加百列。我需要一位王子。我要你为机构贡献你的好身手，就像修复韦切利奥那样。我们的业务受了破坏。我需要你帮忙恢复它。”

“五百年光阴留下的污点和冷落，我能消解。十年的组织机构废弛，那可是完全不同的概念了。追查恐怖分子，恢复机构的工作，你还是找别人吧。我已经同别人签约了。”

沙姆龙摘下眼镜，朝镜片上哈气，又用丝巾擦拭着。“顺便告诉你，是塔里克。”他说道，借着车内微弱的灯光察看着镜片，“我跟你提过吗，加百列？是塔里克在巴黎杀害了大使和大使夫人。是塔里克用我同胞的血染红塞纳河。塔里克——你的老朋友。”

加百列猛踩一脚刹车，沙姆龙的眼镜撞在了挡风玻璃上。

加百列驱车穿过蜥蜴村，然后驶过一片光秃的草地，一直来到海边。他在灯塔附近的一处停车位停下车，熄灭了引擎。汽车在风中颤抖着。他带着沙姆龙走过一条通往崖岸的黑暗小径。空气中充满了淅淅沥沥的海水。一只海鸟冲他们尖叫。灯塔上的传信号角响起来，沙姆龙猛地转身，撑开双臂护住自己，似乎是要抵御敌人的暗中偷袭。

在崖岸的边缘，一家小咖啡店里灯火闪烁。店员正打算打烊，加百列略施魅力，请他们做了几份蛋饼，煮了一壶茶。沙姆龙扮演起了赫勒先生的角色，用一张湿纸巾揩去了山羊皮鞋上的尘土。为他们服务的女孩子戴了许多只耳环和手镯，走起路来好像一串风铃。她身上有点莉亚的味道——加百列看得出，沙姆龙也能看得出。

“你为什么觉得是塔里克干的？”

“你听说了那个女孩吗？美国女孩，就是那个他用来作掩护，后来又冷血杀害的女孩子。听说了吧？塔里克一贯喜欢女人。太糟糕了，她们的结局都一样。”

“这就是你了解的全部？就一个死去的美国女孩？”

沙姆龙对他讲了录像带的事，又讲了大使和夫人上车前一分钟，有个侍者打了一通神秘的电话。“他名叫穆罕默德·阿齐兹。他对供应餐饮的公司说自己是阿尔及利亚人。他不是侍者，也不是阿尔及利亚人。十年前，他曾是塔里克组织的一员，在塔里克的好几次行动中都充当了重要角色。”

手镯女孩来到他们桌前，为他们的茶壶添热水，沙姆龙立即沉默不语了。她走后，他继续问道：“你现在身边有女孩吗？”他问起别人的私事来一向百无禁忌。不论是敌是友，男人生活的每个角落都在他的问题范围之内。

加百列一边摇着头，一边张罗着茶水——牛奶在下，茶水在上，英格兰风味。沙姆龙往自己杯子里倒了三个糖包，粗鲁地搅拌着，又继续发问：“没有爱情？快乐远航的时候没往船上勾引个露水情人？”

“船上没有女人，只有皮尔。”

“是啊，皮尔。你的警卫员？”

“我的警卫员。”

“为什么不近女色，我能问吗？”

“不，你不能。”

沙姆龙微微皱眉。以前加百列的私生活一向对他毫不设防，他已经习惯了。

“那个女孩怎么样？”沙姆龙脑袋一伸，指向女侍者，“她盯着你看，眼睛都挪不开了，她对你一点诱惑都没有？”

“她是个孩子。”加百列说。

“你才是个孩子。”

“我都快五十了。”

“你看起来也就四十岁。”

“那是因为我再也不用为你卖命了。”

沙姆龙轻轻揩去嘴唇上的煎蛋：“也许你不敢再要女人，因为你害怕塔里克又要杀她。”

加百列猛地抬头，似乎是听见了一声枪响。

“如果你帮我干掉塔里克，也许这样你就可以原谅自己，不再为维也纳的事自责。我知道你一直在责怪自己，加百列。如果不是因为突尼斯的事，莉亚和丹尼根本就不用去维也纳。”

“闭嘴……”

“如果你帮我干掉塔里克，也许你就可以在心里放下莉亚，继续新的生活。”

加百列站起来，把一张揉烂的十英镑丢在桌上，走出店去。沙姆龙抱歉地对那女孩微笑着，轻手轻脚地跟在他后面。

走下崖岸，来到山脚下，在波尔佩尔湾的灰色沙滩上，伫立着一座废弃的救生瞭望台。月光带着湿气，穿透破碎的云层，又从海面上反射回来。加百列将手插入夹克口袋，心里想着维也纳。爆炸发生前的那个下午，那是他同莉亚最后一次做爱，也是平生最后一次做爱……当时莉亚坚持将卧室的百叶窗打开，尽管那扇窗正对相邻的公寓楼，而且加百列确信邻居正在看着他们。莉亚巴不得他们看。她发现在犹太人的观念里，有一种反常的理论——即使在饱受迫害的城市里，也要尽力追欢逐乐，即使是这位身份隐秘的意大利修画师和他的瑞士女朋友也不例外。加百列记得莉亚带着湿气的体温，还有她皮肤的咸味。之后他们睡着了。醒来时他发现她坐在床沿，望着他。“我希望这是你最后一次行动。我再也受不了了。我要离开机构，不管干什么都行，只要是正常人的工作。我们可以留在欧洲，你可以专门做你的修画师。答应我，加百列。”

沙姆龙也随他来到了沙滩。

加百列抬起头：“你为什么回到机构去？你为什么就不能留在太巴列，过安稳日子？他们一召唤，你怎么就回去了？”

“没有了断的事情太多了。我从来没听说过有人能干干净净什么尾巴也不留就离开保密部门的。我们离开的时候都有些未了的事。过去的行动，过去的宿敌。它们会把你拉回来，就像旧情人的回忆。同时，我也不能容忍阿尔萨斯和勒夫继续败坏我们部门的工作。”

“你为什么把勒夫留下？”

“我保留勒夫是因为迫于压力。勒夫向总理摊牌，说要是我赶他走，他是不会保持沉默的。总理最不愿意看到的就是特别行动部门陷于瘫痪。他认输了，勒夫就成了碰不得的人。”

“他是条蛇。”

“你说总理？”

“是勒夫。”

“还是条毒蛇，不过，玩蛇的人需要很小心。阿尔萨斯辞职的时候，勒夫自认是顺位继承的不二人选。勒夫不是个年轻小伙子了，他能感觉到王位正从手里滑落。如果我来得快，走得也快，勒夫或许还有机会。如果我做满任期，又如果我恋栈权力而且是个老不死，那么总理很可能会找一个更年轻的王子来继我的位。不用问，我不可能指望勒夫在扫罗王大道的机构里成为我的支持者。”

“他一向不喜欢我。”

“那是因为他嫉妒你，嫉妒你专业上的成就，嫉妒你的天赋，嫉妒你打掩护做个修画师就比他在机构里领的工资还多三倍。我的上帝，他甚至还嫉妒你有莉亚。你所拥有的就是他勒夫梦想拥有的一切，所以他就恨你。”

“他还想成为对付‘黑色九月’的团队一员。”

“勒夫很聪明，可他不是冲锋在第一线的材料，勒夫是坐在幕后的人。”

“他知道你在这里吗？”

“他什么也不知道，”沙姆龙冷冷地说，“假如你决定归队，他也会一无所知的。我会亲自和你联络，就像当初那样。”

“就算杀了塔里克也换不回丹尼，换不回莉亚。你听说了吗？我们在忙着刺杀‘黑色九月’成员的时候，根本没注意到埃及人和叙利亚人正准备把我们都赶下海。他们差点就成功了。我们杀了十三名‘黑色九月’成员，最终也没法挽回在慕尼黑惨遭屠杀的那些男孩，一个也换不回来了。”

“你说的是，不过这感觉痛快。”

加百列闭上双眼。那是一幢公寓楼，地点是罗马的安尼巴黎诺广场，昏暗的楼梯间里，站着一位干瘦的巴勒斯坦翻译，名叫瓦德尔·阿卜杜拉·兹威特，是“黑色九月”在意大利的行动组长。他还记得邻居练习钢琴的音乐声——很耳熟的一段，他不知道名字。一声闷响，令人晕眩，子弹穿透肉体击碎骨骼。加百列的另一颗子弹没有射中瓦德尔的身体，打碎了一瓶酒。那是瓶刚买来的酒，不知什么原因，加百列总是想起这瓶酒，黑色、紫色、棕色的酒浆，泼洒在石板地上，混合着将死之人的血。

他睁开眼，罗马的影像退去了。“痛快是短暂的，”他说，“可是接下来，你觉得你和被你所杀的人是一样的恶。”

“战争中总有士兵丧命。”

“一边盯着他的眼睛，一边把子弹射进他的身体，那感觉不像战争，更像谋杀。”

“这不是谋杀，加百列。这绝对不是谋杀。”

“你凭什么觉得我能找到塔里克？”

“因为我已经找到了替他工作的人。我认为通过这人我们就能找到塔里克。”

“他在哪儿？”

“就在这儿，英格兰。”

“具体点。”

“伦敦，这里就有个问题了。根据我们同英国情报部门的协议，我们如果在他们的领土上行动，就必须事先向他们通告。我倾向于违背协议，因为英国人会通知他们在中情局的朋友，中情局又会给我们施加压力，让我们以和平进程大局为重，取消行动。”

“这还真是个问题。”

“所以我才需要你。我需要有人在英格兰展开行动，还不会引起当地人的怀疑。他可以开展单纯的监视行动，而且不会横生枝节。”

“我监视这个中间人，他能带我找到塔里克？”

“听起来很简单，对吧？”

“这种事什么时候简单过，阿里？尤其是这里边还有你。”

加百列悄悄溜进房舍，将夹克甩在起居室的小床上。他立刻感到那幅韦切利奥正在牵引着他。一如既往，每次出门前，他会从无例外地在画作前再多耽搁片刻；每次回家时，他也从无例外地径直回到工作室，对着画作凝视一番。这是他每天下午睡醒后看到的第一件东西，也是每天早晨睡觉前看到的最后一件东西。这有点近乎于疯魔，不过加百列认定，只有着了魔的人才能做好修画师的工作。对于杀手，同样是这个道理。

他爬上楼梯，来到工作室，打开荧光灯，注视着古画。上帝啊，他修了多长时间了？六个月？七个月？韦切利奥当初多半只花了几周时间就完成了这幅圣坛画，加百列却要花十倍的时间去修复它。

他回想着自己所做的一切。两周时间研究韦切利奥本人，生平、影响、技法特征。一个月的时间具体分析《牧羊者的爱慕》，运用的是高科技设备：瓦尔德显微镜用来观察表面，X光片用来检查表面以下，紫外线用来观察过去的修复痕迹。分析检查过后，要花四个月清除污垢和黄色的清漆。这可不是收拾一张茶几，而是一项枯燥又费时的工作。加百列首先需要配置好恰到好处的溶剂，既可以溶解清漆层，又对画面毫无影响。他得用特制的棉签蘸上溶剂，在画面上捻着擦着，直到棉签上沾满了污渍为止。然后再换下一根棉签，直到整个画面都清理完为止。蘸，捻，擦，丢掉……犹如用牙刷清洗一艘战舰的甲板。如果效率高，他一天可以清理掉几个平方英寸的清漆污渍。

如今，他已经进入了整个工程的最后一个阶段：修复圣坛画的破损部分，这些都是数百年来积攒下来的破损。这是一项消耗心神的细致工作，他必须每天晚上花几个小时，眼睛凑在放大镜前，脸几乎贴着画面。他的目标就是要让肉眼看不出修复的痕迹。笔毫的运动轨迹、颜色、质感，一切都必须同原作一致。如果修复部位周围的油彩有裂缝，加百列就得在修复部分做出假裂痕。如果画家留下了一块独特的天青色光影，加百列就得花几个小时在调色板上配出一模一样的颜色。他的使命就是把画修得像没修过的样子。清除污渍，恢复原始的光华。

他需要睡眠，然而他更需要时间，同韦切利奥耳鬓厮磨。沙姆龙唤醒了他的热情，也使他的感觉更加敏锐。他知道这对他的工作有好处。他打开音响，等待音乐响起，然后将双目放大镜套在头上，就在歌剧《波西米亚人》的第一个音符响起来的时候，他拿起了调色板。他将少量乳液放在调色板上，又加入一点颜料，再用醇醚溶剂稀释，直到色调适度为止。修女的脸颊已经剥落了一块。为了修复它，加百列已经苦干了一个多星期。他用画笔蘸了蘸颜料，将放大镜的镜片调低，用笔尖轻点画面，精心模拟韦切利奥的笔法。很快，他就完全沉浸在工作状态和普契尼的音乐中了。

两小时后，加百列修整了一小块画面，面积约为衬衫纽扣的一半。他抬起放大镜的镜片，揉揉眼睛。接着，他在调色板上又配了些颜料，再次投入了工作。

又过了一个小时，沙姆龙闯进了他的脑海，“是塔里克在巴黎杀了大使和大使夫人。”

要不是因为这个老头儿，加百列是不会成为一名修画师的。当时沙姆龙需要一道保密性极强的掩护，来帮助加百列在欧洲旅行生活畅行无碍。加百列原本就是个有天分的画家——他在特拉维夫的一所名校学过艺术，又在巴黎深造过一年。所以沙姆龙把他派往威尼斯学习修画技艺。学徒期满后，沙姆龙就利用朱利安·伊舍伍德为他安排工作。比如，沙姆龙要派加百列去日内瓦，伊舍伍德就会利用他的关系网为加百列在当地找一份修画的工作；不过有时候，他也会为一些小型博物馆或别的画商工作。加百列天分太高了，他很快成了全世界炙手可热的修画名师。

到凌晨2点，画中修女的脸庞在加百列眼前模糊起来。他的脖子灼烧般的痛。他移开放大镜片，将调色板上的颜料刮干净，收拾了东西。接着他走下楼去，一头倒在床上，衣服也没脱，打算就此睡去。不行。沙姆龙又回到了他的脑海。

“是塔里克用我同胞的血染红塞纳河。”

加百列睁开双眼。慢慢地，一点一点，一层一层，一切再度回放，那些画面犹如他房里天花板上的淫秽涂鸦——沙姆龙招募了他，他在学院里受训，“黑色九月”行动，突尼斯，维也纳……他几乎能听见一串串希伯来语的特殊词汇在耳边疯狂响起：Kidon（刺杀）、Katsa（情报员）、Sayan（志愿特工）、Bodel（递送专员）、Bat leveyha（女特工）。

“我们离开的时候都有些未了的事。过去的行动，过去的宿敌。它们会把你拉回来，就像旧情人的回忆。”

你个该死的，沙姆龙，加百列想，你找别人去吧。

黎明时分，他身子一扭，爬下床，站在窗前。天空又低又黑，酝酿着一场大雨。在码头和双桅船外面的海面上，波涛汹涌，一队海鸥正在吵吵闹闹。加百列走进厨房，开始煮咖啡。

此前，沙姆龙留下了一堆文件，普通的吕宋纸文件夹，没有标签，夹子背面有一块彗星形状的烟灰缸印痕，旁边还有一块咖啡渍，形状犹如罗尔沙赫测试留下的墨迹。加百列缓缓打开它，像是担心它会爆炸。他把文件轻轻举到鼻子前，没错，这是从调研部出来的文件，就是它。封面内页附了一页纸，上面有每一位查阅过文件的官员姓名。这些都是机构内部使用的化名，对他毫无意义——除了最后一个：罗姆，这是部门首脑专用的化名。他翻到第一页，看过了文件的标题，然后翻看着一张张监控照片。

他迅速地读了一遍，然后又给自己倒了些咖啡，接着放慢速度又读了一遍。他有一种奇怪的感觉，自己似乎穿越到童年——一切都是那么熟悉，又略有不同。也许比他的记忆中的那个人更矮小，更丑陋些。修画的技艺同杀人的伎俩如此相似，对此他始终感到震惊。方法步骤完全相同：研究目标，渐渐地熟悉他，喜欢他，完成任务，不着痕迹地离去。如果他此刻不是在阅读恐怖分子尤瑟夫·阿尔·陶菲吉的卷宗，那么很可能就是在阅读关于弗朗西斯科·韦切利奥的学术文章——二者不是异曲同工吗？

“如果你帮我干掉塔里克，也许你就可以在心里放下莉亚，继续新的生活。”

当他读完第二遍的时候，他打开水池下的柜门，取出一个不锈钢的盒子。盒里装的是一支枪，伯莱塔点二二口径半自动，特别配制的枪管，长度恰到好处。机构内部刺杀用枪的遴选标准：安静、迅速、稳定可靠。加百列松开弹夹栓，向弹夹里推进了八颗子弹。这种枪采用了减装药子弹，所以射击的时候极其安静。当初加百列在罗马射杀过一位“黑色九月”的特工，邻居都把致命的射击声错当成了爆竹声。他装上弹夹，拉动枪栓，将第一发子弹推上膛。他已经调整了弹簧装置，用来补偿子弹弹药的动力不足。此刻，他举起武器，顺着准心看去。眼前出现了一幅画面：淡橄榄的肤色、柔和的棕色眼睛、零乱的黑发。

“是塔里克在巴黎杀害了大使和大使夫人。是塔里克用我同胞的血染红塞纳河。塔里克——你的老朋友。”

加百列放下枪，合上文件夹，用双手的掌根揉着双眼。维也纳事件之后，他对自己做了一个承诺。他要永远离开机构，不接受任务，不唤起回忆，不同总部联络，句号。他会专注于修画，寄情于海洋，尽力忘掉维也纳发生的一切。他见过太多的前辈，只要机构一个电话，就再一次卷进去，去承担一个没人愿意做的棘手任务。绝少有人能真的把秘密工作甩在身后。太多了，够了。

不过，如果他说的是真的呢？如果这个中间人真的能带着他们找到塔里克呢？

“如果你帮我干掉塔里克，也许这样你就可以原谅自己，不再为维也纳的事自责。”

在本能驱使下，他上楼来到了工作室，站在韦切利奥面前，检查着昨晚的工作。他拿定主意了。沙姆龙的来访至少带来了些好消息。他感到一阵苦涩的遗憾。如果他要为沙姆龙工作，就不得不撇下韦切利奥了。等他再次回到这幅画前，就会变成一个彻底的陌生人，一切就得从头开始。那幅伦勃朗怎么办？伦勃朗，他会退还给佳士得拍卖行，并致以一名专业人士最深的歉意。不过韦切利奥可不能退。他投入了太多的时间，注入了太多个人的情感，所以容不得别人再来接手了。这是他的画。朱利安只能耐心等待了。

他悄悄下楼，熄灭了煤气炉，收拾好伯莱塔手枪，将沙姆龙的文件塞进抽屉。一走出门，他就被一阵潮湿的风吹了个趔趄。天冷得令人压抑，打在他脸上的雨点好似一颗颗铅弹。他感觉自己似乎被拖曳着离开了一个温暖的安乐窝。吊索敲打着双桅船的桅杆。在河面上盘旋的鸥群齐声尖叫，振动着白色的翅膀，似乎在敲打灰色的云层。加百列用兜帽盖住头，迈开了脚步。

在村子商店的门外，有一部公用电话。加百列拨通了萨伏伊酒店的号码，请前台为他转接到鲁道夫·赫勒的房间。他总是在电话的一头勾勒着沙姆龙的形象：皱纹密布的脸、皮糙肉厚的手、煎熬苦恼的表情，心里想的事情似乎永远在一块空白画布的遮盖之下。沙姆龙接听后，两人用德语寒暄了几句，然后才开始说英语。加百列一贯假设电话正在遭人监听，所以当他同沙姆龙谈及行动事宜的时候，说的都是暗语。

“这样的行动项目需要大量资金。我需要花钱雇人手，安排交通，租办公室、公寓，还有机动资金，以备不时之需。”

“我向你保证，资金不是问题。”

加百列提到了勒夫，以及如何对他保密的问题：“如果我的记忆不错，为你提供行动经费的银行，如今都在你的竞争对手掌控之下。如果你现在到银行筹钱，就会冒些风险，咱们的意图可能会暴露的。”

“事实上，我的资金另有来源，既可以拿到钱，又不会挑起竞争。”

“如果我接受了你的计划，我要求你赋予我全权，让我自己选择最合适的行动方式。项目要保密，要避免竞争，这就需要使用独立的契约人和其他自由职业者。请这些人员都要花钱的。我要求赋予独立的财务支配权和使用一切必要资源的权力。”

“会给你的，不过整个行动的总体掌控人是我，我会坐镇日内瓦。”

“同意。下一个问题是对我个人的补偿。”

“恐怕这会儿你有资格坐地起价了。”

“十五万英镑。如果项目历时超过六个月，需要再付我十万英镑。”

“同意。那，咱们就此说定了吗？”

“本日内我会让你知道的。”

不过，首先得到消息的，是皮尔，而不是沙姆龙。

当天傍晚，皮尔听到码头上的噪声。他撇开学校的作业，抬头向窗外望去。在余晖之中，他看见陌生人在双桅船的甲板上，穿着黄色防水衣，黑色的毛线帽压得很低，几乎看不见他的眼睛。他正在把双桅船“打包装箱”。摘下风帆，卸去天线，舱门上锁。他的脸上带着冷酷的坚决，那是皮尔从未见过的。他想过要跑去看看出了什么变故，然而陌生人的神态分明在说：他此时没心情见人。

一小时后，陌生人回到房里，不见了踪影。皮尔继续做功课，几分钟后又被打断了，这次是因为陌生人的名爵老爷车响了起来。皮尔冲到窗前，正看见汽车缓缓开上车道，雨水穿过车前灯的光线。他举起手，这动作与其说是在招手，倒不如说更像是在投降。过了一会儿，他觉得陌生人好像没有看见他。接着，车前灯闪了一次，小小的名爵随即消失了。

皮尔守在窗前，直到完全听不见马达声为止。一颗泪珠迸出来，滴在他的脸上。他一把抹去。大男孩是不哭的，他对自己说。陌生人才不会为我哭呢，我也不为他哭。楼下，德里克和他的母亲又开始争吵了。皮尔爬上床，用枕头捂住了耳朵。

9

伦敦，霍尔本

镜像联通是一家数十亿资产的国际出版集团，总部设在一座现代化的写字楼里，俯瞰着新广场。它的主人是一位六英尺八英寸高、三百磅重的暴君，名字叫本杰明·斯通。他的顶层豪华套房雄踞在公司总部之上；身为帝国首脑，他坐镇其中，统治着从中东到美国的众多下属公司。他拥有十几家报纸和杂志，同时掌控着一家深孚众望的纽约出版社——霍顿和麦克罗森。然而斯通王冠上最为璀璨的明珠是《每日传送报》，它的销量在全英国排名第三。在舰队街的记者圈里，人们将《每日传送报》称为《每日斯通报》，因为它往往会在一日之内就刊登两篇报道，专门介绍斯通的企业和他的慈善活动。

他的竞争者们所不知道的是，斯通，身为一名匈牙利出生的犹太人，同时还是阿里·沙姆龙最为倚重的志愿特工。如果沙姆龙需要在某敌对国安插一名情报人员，他就可能让斯通和《每日传送报》作掩护。要是有哪个前任情报人员心怀不满，想要写本书把机构里的事情捅出去，沙姆龙也会找斯通和他的纽约出版社，让他把苗头掐灭。如果沙姆龙想通过西方媒体编排一则故事，他只需拿起电话，对本杰明·斯通窃窃低语一番，一切就搞定了。

不过斯通对机构最大的贡献是钱。在扫罗王大道的高层中，他的乐善好施为他赢得了一个绰号：哈达萨[1]。的确，从斯通属下各公司的养老金里掠夺来的钱，多年来一直用于为机构提供行动经费。每到沙姆龙要用钱时，斯通就会从一系列空壳企业和虚拟公司里挪一笔款子，拨到沙姆龙在日内瓦的行动账户上。

那天晚上，斯通在装饰得庸脂俗粉的大厅里迎接了沙姆龙。"你他妈的！"他用标志性的男中音粗声粗气地吼道，"鲁道夫，我的最爱！我都不知道你就在城里。你怎么不告诉我你来了？我好安排点什么合适的。宴席啊，活人祭祀啊什么的。"斯通用一只巨手搂住了沙姆龙的肩头，"超级老杂种！你运气好，碰巧我也在。太棒了！太好了！来来来，坐坐。好好地吃喝！"

斯通将沙姆龙拖进待客室。一切的一切都是超大号的，恰好适合斯通的大块头：加大号的座椅、手工皮革的沙发、沉厚的红地毯、巨大的软凳、又宽又矮的桌子上摆放着大捧的鲜花和其他有钱人送给他的昂贵装饰品。斯通将沙姆龙按在一把椅子上，倒好像是要审问他。他大步来到窗前，按了一个按钮，沉重的窗帘敞开了。另一侧的洗窗工人正在工作。斯通用肥厚的指节敲击着玻璃，又向洗窗工人挥了挥手。

"你看见的这个局面里，我是一切的主宰，我说了算，赫勒先生，"斯通一边欣赏着眼前的风景一边说道，"这个工人每天来给我洗窗。窗户脏了我受不了。你受得了吗？如果我命令他跳下去，他就会跳的，事后还会感谢我的建议。不是因为忠诚，也不是因为尊敬或者敬爱。他听话是因为害怕不听话的后果。恐惧是一切动力中最有效的。"

[1] 哈达萨（Hadassah），美国犹太人妇女志愿者组织，是全球最大的犹太人组织之一。

洗窗工人很快干完了，顺着吊索缒下楼去。斯通缓缓地穿过房间，打开吧台后面的冰箱。他拿出两瓶香槟——他向来都不会只开一瓶——接着又重重把门摔上，似乎是在用膝盖猛击对手的裆部。他想打开其中的一瓶，然而手指太粗了，完全做不了剥开金属膜和旋开金属丝这样的精细活。最后，他脖子一扬，吼道："安吉丽娜！"

一位诚惶诚恐的葡萄牙女佣走进房间，她的眼睛有点斜视。

"拿着这个，"斯通命令道，他手里紧紧攥着酒瓶的瓶颈，似乎想要掐死它们，"拔掉木塞，冰镇起来。拿吃的来，安吉丽娜。好多好多吃的。鱼子酱、烟熏三文鱼，别忘了草莓。要他妈的大大的草莓，要像小女孩刚发育的奶子那么大。"

斯通一屁股坐倒在墙角的沙发里，双脚架在面前的软凳上。他摘掉领带，揉成一团，向后一摔，丢在地上。他穿着一件条纹衬衫，埃及棉手工制作，肩上配着红褐色背带。袖子上的金链扣几乎同腕上金表的表蒙子一样大。安吉丽娜又回到屋里，放下一托盘的食物，随即逃走了。食盘上有啤酒杯大小的凹槽，斯通将香槟倒进去，抓起一颗李子大小的草莓，泡进酒里，然后一口吞下，似乎连嚼也没嚼一下。沙姆龙一瞬间感觉进入了爱丽丝漫游的奇境。一切都是那么巨大，玻璃杯、草莓、大块的烟熏三文鱼、无声播放着美国财经新闻的巨幕电视机、大块头的斯通和他那滑稽的嗓音。

"咱们别装了行不行，赫勒先生？"

沙姆龙点点头。他知道，机构在伦敦的分站已经派了位技师，今晚之前就已经将整间套房搜索过一遍了，确信没有窃听装置。

"阿里，我的朋友！"

斯通端起一碗鱼子酱，干杯一般灌进嘴里。沙姆龙看着价值三百美元的鲟鱼子消失在了斯通的咽喉里。整整二十分钟，他对沙姆龙大谈自己的商业传奇、他的慈善活动、同威尔士亲王近期的会晤、他活跃而多样的性爱生活。中间只停顿了一次，为的是吆喝安吉丽娜进来，换一桶新的鱼子酱。沙姆龙双腿交叠地坐着，望着香槟里升起的气泡，偶尔嘟囔一句“这个有意思”或是“这个太迷人了”。

“你的孩子们怎么样？”斯通突然问道，毫无征兆地换了话题。沙姆龙有个儿子在南黎巴嫩安全区的以色列国防军服役，还有个女儿，已经移居新西兰，加入当地国籍，给她打电话也不回。

“挺好，”沙姆龙说道，“你呢？你的儿子们怎样？”

“上个礼拜我不得不解雇了克里斯托弗。”

“我听说了。”

“我的对头们看见我的开支大，都在偷着乐，不过我认为那才是勇气的体现。每一位镜像联通的雇员，不管处在食物链多么低端的位置，都知道我是个严酷苛刻的混蛋，不过是个公平的混蛋。”

“因为开会迟到五分钟就解雇，太苛刻了些。”

“这是原则，阿里。你在你的领地里也该运用同样的手段。”

“乔纳森呢，他怎么样？”

“自己出去工作了。我告诉他忘了他是谁的后代。我说他老早就该忘了的。”

对这样的教子之道，沙姆龙诧异地摇摇头。

“什么风把你吹到我门前的，阿里·沙姆龙？显然不是为了吃。鱼子酱你连碰都没碰，香槟也没碰过。别干坐着，说话呀，阿里。”

“我需要钱。”

“看得出来，显然地。我又不是傻瓜。你手里拿着讨钱的帽子呢。干吗用？买股票吗，阿里？我为你做了那么多事情，问一句总可以吧？”

“同巴黎事件有关，”沙姆龙说道，“恐怕这是我能透露的全部了。”

“别逗了，阿里。你可以多说点吧？多少给我点来龙去脉吧。”

“我要抓住行凶的恐怖分子。”

“这就有点头绪了。这次要多少？”

“五十万。”

“什么颜色的票子？”

“美元。”

“分期还是全额付清？”

“事实上，我需要拿到最高额度，上限还不能封顶。具体多少得取决于破案要花多长时间。”

“我想我能办到。你希望以什么名义汇出这笔钱？”

“在巴哈马的拿骚有一家小型运输公司，名叫卡尔顿有限公司。他们最大的集装箱船正在船坞里维修。不幸的是，维修时间延长了，需要花费的钱超过了他们的预期。他们需要尽快注入一笔资金，不然卡尔顿就得把船从船坞提走。”

“我懂了。”

沙姆龙飞快地报出了巴哈马的账号，斯通用一支金笔记在了一本记事簿上。

“明早之前我就能在账上拨五十万。”

“谢谢。”

“还有别的吗？”

“我要你再做一项投资。”

“又一家运输公司？”

“事实上，是伦敦一间画廊的画商。”

“艺术！不要，谢谢了，阿里。”

“这是我请你送我个人情。”

斯通叹息一声。沙姆龙从他口气里能嗅出鱼子酱和香槟。“我听你说下去。”

“请给一家叫伊舍伍德艺术馆的公司贷一笔款子。”

“伊舍伍德！”

沙姆龙点点头。

“朱利安·伊舍伍德？朱利·伊舍伍德？我也曾经做过没有定数、有风险的投资，阿里，不过把钱借给朱利·伊舍伍德一定就等于把钞票往火里扔。我不干。对不起，帮不上忙。”

“这是我个人请求你帮忙。”

“我明确告诉你我不干。让朱利自己想办法吧。”斯通第二次突然转移了话题，“我怎么不知道朱利也是同道兄弟？”

“我没说他是。”

“无关紧要了，因为我的钱一点也不能借给他。我决定了。不要再讨论了。”

“太让人失望了。”

“别威胁我，阿里·沙姆龙。你好大胆，也不想想，我为你做了那么多事情。要不是有了我，机构连买个尿罐子的钱也拿不出来。我给了你多少个一百万，你能数得清吗？”

“你非常慷慨，本杰明。”

“慷慨！上帝啊！我凭一己之力撑起了你们的财政。不过也许你没留意，镜像联通近来的日子并不好过。我的那些债主盯着我的每一个毛孔呢。银行都伸手讨债，旧债还清之前他们都不肯再给我贷款了。镜像联通的船舱正在漏水呢，懂吗？镜像联通这艘船要是沉了，你的聚宝盆摇钱树也就算是丢了。”

“我了解你目前有难处，”沙姆龙说道，“不过我敢肯定镜像联通一定能走出危机，变得空前强大。”

“是吗？真的吗？扯淡！你凭什么这么想？”

“因为我对你有绝对的信心。”

“别哄我了，阿里。多年来我只管给钱，从来不要什么回报。不过这回我也要你帮助我了。我需要你去依靠一下你在伦敦城里的那些朋友，让他们别把手里的钱攥那么紧。我还需要你说服以色列的投资人，让他们不妨减免我的一部分债务，这样对各方的利益都有好处。”

“我尽力而为吧。”

“还有一件事。我一向帮你刊登那些宣传色彩的文章，有求必应。你能不能定期为我提供一些真实的故事？能博来喝彩的，帮助报纸热卖的。让那些有钱的投资人看看，镜像联通依然是值得期待的对象。”

“我会尽力帮你找找。”

“你一定能拿出好东西的。”斯通又往嘴里灌了一大口鱼子酱，“咱们齐心协力，就能愚公移山，阿里。不过，要是镜像联通倒了，局面真的会很难堪。”

第二天早上，沙姆龙和加百列在汉普斯特西斯公园会面。他们沿着一条小径走。两侧夹道的山毛榉树还在滴着露水。沙姆龙等一对晨跑者过去了，这才开口：“你的钱到了。五十万，美元。日内瓦的老账号。”

“如果我需要更多呢？”

“那我就再拨给你。不过井水总有喝干的时候。你对金钱一向谨慎。我希望不要节外生枝，这样你就不用担心扫罗王大道的会计师找麻烦了。”

“我只花我需要的钱。”

沙姆龙换了话题，谈起了通信联络的事。由于勒夫掌握着机构的伦敦站，他手上的资源和人力是绝不容加百列染指的。伦敦有三名递送员忠于沙姆龙，他们可以协助加百列，而且不会告诉伦敦站的负责人。沙姆龙背出了一串电话号码，加百列强记在了心里。这真像是回到了学院，傻乎乎地做记忆游戏，又像在数楼梯的台阶数，或是记忆某人橱柜里有些什么物品，又或是短短一瞥，就记住十几辆汽车的车牌号。

沙姆龙继续说下去。伦敦站的安全电缆不能用来做电子通信，因为所有信息传输都需要经过该站负责人的检查。出于同样的原因，伦敦站的信箱也是不能用的。如果情况紧急，加百列可以将前线报告塞进邮包，寄给一个叫阿莫斯·阿尔戈夫的。外交部的一位朋友会把它传给沙姆龙在扫罗王大道的地址。不过这项特权他不能滥用。伦敦的安全公寓对加百列也是禁用的。因为它们由伦敦站管理，勒夫对使用记录查看得很紧。

沙姆龙迅速说出一个奥斯陆的电话号码，通过它可以转接到他在太巴列的家中。这条线加百列可以使用，虽说不太安全。

"如果需要面对面沟通，地点就在巴黎，"沙姆龙说道，"地点就是当年对付'黑色九月'时的那些老行动地点，纪念旧时光嘛。相同的步骤，相同的撤离方式，相同的手势暗语。你还记得巴黎的老地方吧？"

"巴黎，永远的巴黎。"

"还有问题吗？"

加百列摇摇头。

"还有什么我能为你做的？"

"你不妨离开英国，越快越好。"加百列说道。

接着，他转身快速走开了。

10

伦敦，圣詹姆斯

“听着，朱利。”奥利弗·丁布尔比说，他向前一倾，厚脑门罩住了桌面。他压低声音继续道：“我知道你有麻烦。整条街的人都知道你有麻烦。这里是没有秘密的，伙计。”

奥利弗·丁布尔比整个人都是粉红色的，粉红的脸色配着粉红的衬衫，似乎总是一副自得其乐的样子。他的头发卷曲而凌乱，耳朵上还覆盖着一些角质。在伦敦的艺术行里，伊舍伍德和丁布尔比的关系是竞争者当中最亲近的了。这意味着，伊舍伍德对他仅仅怀有轻微的轻蔑。

“你失去了支持者，”丁布尔比说道，“你的画白送都没人要。这个月你连个前台小姑娘都留不住。人家提早两个星期就跑了。哦，天哪，这一个叫什么名字来着？”

“希瑟。”

“啊，对。希瑟。这样的人都跑了可真是丢脸啊，对吧？我倒是很想对她再增加些了解。她离开我之后去了贾尔斯·皮特威那里。可爱的姑娘，我对她说我不想侵占朋友的森林，还替她寄走了行李。很不幸，她径直去了新邦德街，投入了那个老鬼的怀抱。”

“好吧，我有麻烦了。”伊舍伍德说，他想要转移话题，“你的主题是什么？”

“是皮特威，是不是？他要把我们都赶尽杀绝，对吗？”丁布尔比有一点港湾英语的口音，午餐时在威尔顿餐厅消费了两瓶勃艮第酒，口音就更重了，“请允许我向你透露些小秘密，老伙计。我们都在一条船上。没有买主，没有卖得出去的好画。哪怕东西真的好，也没人买。除了大人物，谁也买不起梵·高、莫奈，所以到处都是些现代派的，还有印象派。有一天有个流行音乐的明星来到我的画廊，想要买点什么同他卧室里的羽绒被罩和桑达菲地毯配套。我把他支到牛津街的塞尔福里奇去了。他都没听出来我的幽默，蠢货。我父亲警告过我，让我别沾这一行的边。有时候我会向上帝诉苦，悔不该不听老东西的。贾尔斯·皮特威把整个市场的油水都榨干了。就凭他那些垃圾货。上帝啊！可他的货的确是垃圾，是不是，朱利？”

“超级垃圾，奥利弗。”伊舍伍德同意道，又给自己倒了些葡萄酒。

“上礼拜我出门溜达的时候经过了他的一家画廊，往橱窗里一瞧，正好看见一幅明晃晃、亮闪闪的狗屎玩意儿，那是个法国花卉画家画的东西，那个人是科尔马的……哦，他妈的，他叫什么名字来着，朱利？”

“你说的是吉恩·乔治斯·伊恩？”

“啊，对，就是吉恩·乔治斯·伊恩。画了一把玫瑰、水仙、风信子、金莲花、牵牛花，还有其他的花。我称之为什锦巧克力盒子。你懂我的意思吧，朱利？”

伊舍伍德缓缓点头，呷了一口酒。丁布尔比做了个深呼吸，继续说道：“就在同一个晚上，我和罗迪在米拉贝尔吃晚饭。你知道的，和罗迪吃饭会是什么样子。不用问，我们俩午夜才走出餐厅，都喝得高高的，一点痛苦也没有，麻木了。我和罗迪在街上逛了一阵子。他要离婚了，这个罗迪。老婆终于受够了他的那些古玩。也不知怎么回事儿，我们不知不觉就来到了牛逼哄哄的贾尔斯·皮特威的一座画廊前，眼前就是那幅吉恩·乔治斯·伊恩的破玩意儿，一大把玫瑰、水仙、风信子、金莲花、牵牛花，还有好多别的花。”

“我不认为我想继续听下去。”伊舍伍德抱怨道。

“哦，你得听，老伙计。”丁布尔比的身子倾得更近了，敏捷的小舌头舔了舔薄薄的嘴唇，“罗迪发疯了，开始长篇大论。他声音好大，圣约翰森林的人多半都能听得见。他说皮特威是个老鬼，说他得势了，就标志着大灾难不远了。说得好，真的。我就站在人行道上，给他喝彩，为了增添气氛还不断给他附和。”

丁布尔比凑得更近了，压低了嗓音，兴奋地悄声说道：“等他说完了一大篇高头讲章，他就开始用公文箱砸玻璃。你知道，就是那件他总是不肯离手的金属家伙。就砸了几下，橱窗就碎了，警报响起来了。”

“奥利弗！你跟我说实话，这回又是你胡编的吧？上帝啊！”

“真的，朱利。我还没讲完呢。我拽着罗迪的领子，我们俩撒腿就跑。罗迪喝得太高了，他后来什么也不记得了。”

酒劲上来了，伊舍伍德有些头痛：“这么拙劣的故事想表达什么主题呢，奥利弗？”

“我的主题就是，你并不孤独。我们都是受害者。贾尔斯·皮特威倾轧的是我们大家，他还会变本加厉的。我都快给他压扁了，看在上帝的份上。”

“你缓过来了，奥利弗。你不是正在壮大吗？很快就要再开一间更大的画廊了。”

“哦，进展相当不错，谢天谢地啊。不过我本来可以干得更好。你也一样，朱利。我不是想要批评你，不过你应该可以卖出更多的画。”

“一切都会有转机的。我只是需要几周时间积攒力量，然后我就好起来了。我需要一位新女孩。”

“我可以给你找个女孩子。”

“不是那种女孩子。我需要一个能接电话、懂点儿艺术的女孩子。”

“我想到的那个女孩就是很会接电话，而且很懂艺术的。去年夏天你在索斯比买了一幅画，你该不会是把希望全都拴在它身上了吧？”

“奥利弗，你怎么……”

“我说过的，伙计，这里没有秘密可言。”

“奥利弗，如果这场谈话是有主题的，那么请尽快切入。”

“我的主题是，我们需要拧成一股绳。我们得结成联盟才能求生存。说到底，我们是不可能打垮恐怖的贾尔斯·皮特威的，不过我们如果能形成坚强的防御同盟，也许可以同他相安无事地共存。”

“你还是在废话，有话直说吧，哪怕平生就一次，看在上帝面上。我又不是你众多的情人之一。”

“好，直截了当。我想找个搭档。”

“搭档？什么样的搭档？”

“你要听实话？”

“是，当然。”

“搭档就是，我把你买下来。”

“奥利弗！”

“你的画廊不错的。”

“奥利弗！”

“你的仓库里还有些好画。”

“奥利弗！”

“你甚至还保留着不错的声誉。我想查看一下你的库存，然后估个好价钱。足够的钱，让你还清债务。然后我想把你所有卖不出去的‘死货’都烧了，找些别的替补，然后重新开张。你可以为我打工。我会付给你慷慨的薪酬，外加销售提成。你会干得相当不错的，朱利。”

“给你打工？你是不是彻底疯了？奥利弗，你好大胆！”

“别硬撑，别端着架子。这是生意，不是私事。你快淹死了，朱利安。我给你扔救生圈呢。别犯傻了，赶紧接受吧。”

然而伊舍伍德站了起来，伸手在口袋里掏钱。

“朱利安，拜托了，省省你的钱吧。这是我请客的派对，别做出这种举动。”

“滚蛋！”伊舍伍德将两张二十英镑的钞票摔在丁布尔比粉红色的脸上，“你好大胆！奥利弗！说真的！”

他愤怒地地冲出餐厅，走回了画廊。好吧，圣詹姆斯的豺狼鬣狗都抱成团了，奥利弗·丁布尔比想把最大的一块腐肉留给自己。买断我，奥利弗！做你的千秋大梦吧！居然还打算让我为你这么个小小的肥阉货打工？他几乎动了念头，想要打电话给贾尔斯·皮特威，将砸玻璃的事情捅给他。

伊舍伍德穿过梅森广场，他暗自发誓，要战斗到最后一刻，决不投降。不过要想战斗到底，他就得卖掉韦切利奥，所以他需要加百列。他必须找到他，否则他要是中了沙姆龙的蛊惑，或许会就此人间蒸发，永远也找不回来了。他径自走上楼梯，凭着惯性不自觉地走进画廊。独自一人的感觉令人大为沮丧。他已经习惯了每次午餐回来一进门，就看见前台后面坐着位漂亮的女孩子。他在台前坐下，在通信录里找出加百列的电话，拨通，听着铃声响过十余次，然后重重一甩手，将电话挂了。也许他碰巧去了镇上，又也许他正蹲在那条该死的船上。

又或者，沙姆龙已经找到他了。

“妈的！”他轻轻说了一句。

他离开画廊，在皮卡迪利大街上招了一辆出租车，一路驶过罗素大街。他在距离大英博物馆几个街区的地方付了钱下车，走进了科内利森艺术用品店的门厅。他站在磨损的木地板上，周围环绕着油漆光鲜的货架和满架的颜料、调色板、纸张、画布、画笔、木炭条。他感到一种奇异的平静。

一位名叫佩内洛普的女店员披着一头亚麻色的头发，在柜台后殷勤地向他微笑。

“你好，小佩。”

“朱利安，老大，”她深吸一口气，说道，“你好吗？上帝，你怎么那么憔悴？”

“和奥利弗·丁布尔比吃午饭了，”他无需再做更多的解释，“听着，我琢磨着你们是不是见过咱们的一位老朋友。他不接我的电话，我就开始担心了，他该不是从康沃尔郡的悬崖上摔下去了吧？”

“很不幸，那位可爱的男士我也很久没机会见上一面了。”

“你们店里还有谁听说过他的消息吗？”

“稍等，我查查。”

佩内洛普询问了玛格丽特，玛格丽特问了谢尔曼，谢尔曼问了特利西亚，问了一轮，最后从商店的深处传来一个空空洞洞的男人的声音——听声音应该是来自丙烯颜料和铅笔分部，只听他严肃地报告说：“今天早晨我才和他说过话。”

“介不介意告诉我他是为了什么事情？”伊舍伍德对着天花板说道。

“他取消了每月一次的订货。”

“他一共订了多少个月？”

“每月发货，除非特别通知。”

“他说为什么取消吗？”

“亲爱的，按他的一贯作派，他会说吗？”

次日一早，伊舍伍德取消了本周所有的约会，又租了一辆车。他在公路上疾驰了整整五个小时。先向西，到布里斯托尔。再向南，沿着海峡的方向，穿过德文郡直到康沃尔郡。天气同伊舍伍德的情绪一样不稳定，一阵玻璃珠子大小的雨点落过后，冬日苍白的阳光又弱弱地冒出了头。然而风却一刻也没有停过。风好大，费了伊舍伍德好大一番功夫才控制住那辆小小的福特雅仕。他利用停车的空暇吃了午餐。他只匆匆停了三次，一次加油，一次小便，第三次是在达特穆尔。当时他撞上了一只海鸟，于是他用一个空塑料袋隔挡手指，捡起了尸体，为死鸟念了一段简短的犹太祈祷词，然后庄重地抛入草木丛中。

他到达加百列的房舍时，还不到3点。加百列的船上盖着帆布。他穿过小径，按响了门铃。铃声响过两遍后，他就开始捶门，最后自己动手拉门闩。上锁了。

他透过玻璃窗窥看着洁净无尘的厨房。加百列是从来不会烹饪的人——丢给他一块面包，或是少许米饭，他就能支撑着跋涉五十英里——不过即便用加百列的标准衡量，厨房也显得过分洁净了，而且过分空荡。他走了，伊舍伍德下了结论，会离开很久一段时间。

他走进后花园，沿着屋舍边缘走，查看每一扇窗户，盼着其中有一扇是加百列忘了锁的。不过那可不是加百列的作派。

他原路返回，再次站在了码头上。硝烟般的云层从海面上滚滚而来，盖住了河面。一颗肥嘟嘟的雨点砸在他的额头正中，滚过眼镜，沿着鼻梁滚下来。他摘了眼镜，河面的景观模糊起来。他从口袋里掏出一条手绢，擦了脸，又戴上了眼镜。

眼前的景物重新清晰起来，他这才发现一个小男孩就站在几英尺外。他似乎是凭空冒出来的，如同一只悄悄跟进猎物的猫。伊舍伍德没有孩子，对孩子的年龄也全然没有概念。他猜想这位面孔紧绷的小家伙大约有十一二岁吧。

男孩说道："你偷偷摸摸地要干什么？"

"我没有偷偷摸摸，你这个倒霉的小东西又是谁呢？"

"我叫皮尔。你是谁？"

"我是这房子住客的朋友，我的名字叫朱利安。"

伊舍伍德伸出手去，男孩却站在原地没动，身体僵硬，似乎被拴住了。

"他从来没说过有个朋友叫朱利安。"

"他没说过的事情还多着呢。"

"你想干什么？"

"和他谈谈。"

"他不在。"

"这我看得出来。你知道他在哪里吗？"

"他没说。"

"知不知道他什么时候回来？"

"没说。"

雨下得更大了。男孩站定了不动。伊舍伍德伸出一只手遮住了脑袋，转身看着房舍。"你知道他做什么工作吗？"伊舍伍德问道。

皮尔点点头。

"村里还有其他人吗？"

皮尔摇摇头。

“他是替我打工的，”伊舍伍德说道，似乎在承认什么错误，“我是他修的那幅画的主人。”

“是伦勃朗还是韦切利奥？”

伊舍伍德微笑着说道：“韦切利奥，我亲爱的朋友。”

“那幅很美。”

“的确很美啊。”

他们并排站了一阵子，对雨水浑然不觉。在加百列的这位小小哨兵身上，伊舍伍德看到了自己的影子。又一位难民，到加百列家里寻求庇护，拽着加百列的衣角；又一个受损的灵魂，需要加百列的一双巧手来修复。

“谁带他走的？”伊舍伍德最后问道。

“一个秃顶男人，走起路像个当兵的。你认识他吗？”

“真不幸，我认识。”伊舍伍德向皮尔微笑着，“你饿吗？”

皮尔点点头。

“村子里有什么地方能喝茶吃甜点吗？”

“有，还有馅饼呢。”皮尔说道，“你喜欢香肠馅饼吗？”

“以前什么味道说不清了，不过每一次感觉都不同。你要不要先征得父母的同意？”

皮尔摇摇头：“那男的不是我父亲，我妈也不会在意的。”

阿里·沙姆龙于第二天夜里抵达特拉维夫的洛德机场。拉米等在大门口。他领着沙姆龙穿过人群，来到一间机构属员和特殊客人专用的房间。沙姆龙脱下欧洲式的商务套装，穿上了卡其布裤和短夹克衫。

“总理今晚就要见你，头儿。”

沙姆龙心想，特别行动的事情他就不要再插一脚了吧。

他们驱车进山，直奔耶路撒冷的方向。沙姆龙翻看着公文箱里的一大堆文件，消磨路上的时光。

一如往常，总理的联盟内部又出现危机了。为了到达他的办公室，沙姆龙首先得穿过一条烟雾弥漫的走廊，同里面一帮争执不休的政治家谈判一番。

沙姆龙向他汇报了行动进展的情况，总理全神贯注地听着。他是位天生的谋略家。他从气氛令人窒息的学术界开始他的职业生涯，随后进入了外交部这个是非窝子。当他进入政坛的时候，对官僚体系里的那套厚黑学早已娴熟于心。他能在党内地位一路飙升，得益于他过人的智谋，更得益于他的全套政治手腕：为了达到目的不惜推脱、撒谎、误导，甚至彻头彻尾地敲诈勒索。在他眼里，沙姆龙是他的同类——这个男人，无所顾忌，只要是为了他认为正当的主义。

“只有一个问题。”沙姆龙说道。

总理不耐烦地瞥了一眼天花板。又是那句他喜欢说的话：“给我解决办法，不要给我问题。”对这种喜欢说些烂俗格言的人，沙姆龙有一种天然的反感。

“本杰明·斯通。”

“他怎么了？”

“他的生意做得很糟糕。一屁股债，拆东墙补西墙，东家的朋友们快受不了他了。”

“这会影响我们吗？”

“如果他悄无声息地垮台，咱们会怀念他的银子的。但是如果他很难堪地垮台，他会把我们也弄得很不舒服。我认为，他恐怕知道得太多了。”

“本杰明·斯通做什么事情都不会悄无声息。”

“懂了。”

“去年你们在大卫王酒店给他拍的那些私密录像能不能派上用场？”

“当时似乎是个好主意，不过斯通对于公众丑闻的耐受力越来越高。就算全世界都看见他和以色列妓女发生关系，我也不能确定他是否会真的感到难堪。”

“门外的那些政治家是我的问题，”总理说道，“不过我恐怕本杰明·斯通是你的问题。只要你认为适当，随便怎么处理吧。”

第二部

考 验

11

大战之前，莫里斯·哈勒维是马赛最杰出的律师之一。他和妻子蕾切尔住在时尚社区的席尔瓦贝尔大街，那里是本土化的犹太成功人士聚居的地方。他们的房子庄重富贵，他们以身为法国人而骄傲。在他们心里，自己首先是法国人，其次才是犹太人。的确，莫里斯·哈勒维同化程度太深了，他甚至很少去犹太教堂。然而德国入侵以后，哈勒维一家在马赛的诗意生活便戛然而止。1940年10月，维希“合作政府”颁布了《犹太人地位法》，将犹太人降为维希政权下的二等公民。哈勒维被剥夺了律师行业资格。他被勒令在警察局注册，后来他和妻子又被强迫在服装上佩戴大卫之星的标志。

到了1942年形势恶化了，盟军进攻北非后，德军进入了维希政权下的法国。法国抵抗力量对德军实施了一系列致命打击。作为报复，德国的保安警察在维希政权的协助下采取了血腥的杀戮。莫里斯·哈勒维面对威胁，再也不能坐以待毙了。当时蕾切尔已经怀孕。要在马赛的乱局里照顾好新生儿，那将是无法承受的负荷。他决定离开城市到乡下去。他用积蓄在埃克斯城外的山里租下了一处村舍。一月份，蕾切尔产下一名男婴，取名艾萨克。

一周后，德国人和法国警察开始集中犹太人。他们花了一个月才找到莫里斯和蕾切尔。2月的一个晚上，在一位当地的宪兵陪同下，一对德国党卫军军官出现在村舍门前。他们给了哈勒维一家二十分钟收拾好一包行李，不得超过六十磅重。就在德国人和宪兵在厨房等候时，住在隔壁的妇人出现在门口。

“我的名字叫安妮·玛丽·德拉克罗瓦，”她说，“我去市场的时候把我儿子托给哈勒维一家照顾了。”

宪兵查看了记录。记录显示房子里只住着两名犹太人。他把哈勒维夫妇叫出来，说道：“这个女人说那孩子是她的。是真的吗？”

“当然是，”莫里斯·哈勒维一边说，一边趁蕾切尔还没出声就用力地捏了她的胳膊，“我们只在午后时间替她照顾一下。”宪兵怀疑地看了看莫里斯·哈勒维，又一次查看了他手上的记录。“快带上孩子离开，”他对那妇女呵斥道，“我真想把你关起来，就凭你居然把法国儿童托付给这些肮脏的犹太人。”

两个月后，莫里斯和蕾切尔夫妇在索比堡集中营遇害。

法国解放后，安妮·玛丽·德拉克罗瓦带艾萨克去了一座犹太教堂，对那里的教士讲了当初在埃克斯发生的故事。教士说她可以把孩子交给犹太家庭收养，或是由她自己抚养，二者由她选择。她把男孩带回了埃克斯，将他同自己信天主教的孩子们一道养大。1965年，艾萨克·哈勒维在尼米斯娶了个女孩子，名叫黛伯拉，他们回到马赛，在席尔瓦贝尔大街父母亲的旧居里定居下来。三年后，他们生下了自己的第一个也是唯一的孩子。是个女孩，取名萨拉。

巴黎

米歇尔·杜瓦尔是巴黎最炙手可热的时尚摄影师。设计师和杂志编辑尊敬他，因为他的照片气场强大，热火的性感颇能吸引眼球。杰奎琳·德拉克罗瓦认为他是头猪。她知道，他所成就的一切都来自对模特的虐待。她可不愿意同他合作。

她下了出租车，走进圣杰克大街的一座公寓楼，米歇尔的工作室就在里面。有一整个小组的人正等在楼上，化妆师、发型师、服装师、纪梵希公司派来的代表。米歇尔站在一架梯子顶端，调整灯光。他样子好看，齐肩的头发，身材像猫。他穿着黑色的皮裤，拉得很低，箍着他狭窄的胯部和一件松松垮垮的套头衫。杰奎琳走进来的时候，他朝她眨眨眼。她微笑着说道："很高兴见到你，米歇尔。"

"我们会拍得很好的，对吧？我有这个感觉。"

"希望如此。"

她进了更衣室，脱了衣服，对着镜子以专业的冷静查看着自己的外表。就外表来说，她的美貌惊人：高挑，双臂双腿曲线优雅，精致的腰肢，淡橄榄色的肤色。她的胸部在审美上是完美无瑕的，结实、浑圆，不大不小恰到好处。摄影师一向喜欢她的胸脯。大多数模特都讨厌拍睡衣照，然而对杰奎琳却从来不成问题。她一直以来都片约不断，档期总是排不过来。

她的目光从身体转移到自己脸上。她的头发乌黑卷曲，一直披到肩上，一双黑眼睛，又细又长的鼻子。她的颊骨宽而匀称，下巴尖，嘴唇饱满。这是一张绝对天然的脸，没有经过整容，她很为此自豪。她身子前倾，仔细察看眼睛周围的皮肤。她不喜欢自己看到的东西。其实那还算不上皱纹——只是隐隐约约的细线。这是岁月的痕迹。这已经不是一双小女孩的眼睛了，是一双三十三岁女人的眼睛。

你依然美丽，然而面对现实吧，杰奎琳，你不年轻了。

她穿上一件白色的袍子，走进隔壁房间，坐下来。化妆师开始在她的脸上打粉底。杰奎琳看着镜子里自己的脸。慢慢地，这张脸变成了另一个她不认识的人。她不知道自己的祖父看到这一幕会作何感想。

他多半会感到羞耻的。

化妆师和发型师收工后，杰奎琳再次看着镜子里的自己。他的祖父、祖母和安妮·玛丽·德拉克罗瓦——如果不是因为这三个关键人物的勇气，就不会有今天的她了。

看看你变成什么样子了——一副精致的衣架。

她站起来，走回了更衣室。一件无带的晚装睡袍，正等着她的试穿。她脱了白袍，穿上晚装，盖住了裸露的双峰。接着她又瞥了一眼镜子里的自己。太不像话了。

敲门声响起。“米歇尔准备好了，等着你呢，德拉克罗瓦小姐。”

“告诉米歇尔我很快就来。”

德拉克罗瓦小姐……

即便过了这么多年，她还是不习惯：杰奎琳·德拉克罗瓦。是她的经纪人马瑟尔·兰伯特为她改的名字——“萨拉·哈勒维听起来太……这个……你懂我的意思，亲爱的。别逼我非说出口。太粗俗了，不过世界就是这个样子。”有时候，一听到她的法国名字她就会起鸡皮疙瘩。当她听说了自己的祖父母在大战中的遭遇，她对全体法国人都产生了怀疑和厌恶。每当她看到上了年纪的老头子，就会琢磨这个人在战争中是干什么的。他是不是当过居尔或是埃克斯或是别的什么集中营的看守？他是不是当过宪兵，帮着德国人驱赶、集中过她的家人？他是不是当过官僚，专门负责处理死者的档案？又或者他是缄默不语的冷漠旁观者？她还暗自感到一种强烈的快意，因为她一直以来都在欺骗时装界。想象一下，他们要是发现这位来自马赛的黑发纤瘦美女实际上是普罗旺斯乡下的犹太人，她的祖父母死于索比堡的毒气室，会作何反应呢？如今，她身为模特、法兰西的形象美女——这就是她的报复。

她最后看了一眼自己，收回下颚，微微张开双唇，漆黑的双眼里燃起了火焰。

现在她真的准备好了。

他们不间断地工作了三十分钟。杰奎琳摆了几种姿势。她曾四肢摊开躺在一张普通的木质椅子上；她在地上双手撑地摆过坐姿，双眼闭着，向后仰着头；她摆过站姿，双手叉腰，满眼厌倦地望着米歇尔的镜头。米歇尔似乎很喜欢眼前的一切。他们步调很合拍。每隔几分钟，他会停下几秒钟更换菲林，然后迅速恢复拍摄。杰奎琳经验老到，十分熟悉拍摄中的各个环节。

所以，当他突然从摄影机后面走出来的时候，她吓了一跳。只见他伸手捋着头发，皱着眉，说道：“清场，拜托了，我要私人空间。”

杰奎琳心想，哦，上帝啊，这下好了。

米歇尔说：“你出了什么见鬼的问题了？”

“我什么问题也没有！”

“没有？你蔫儿了，杰奎琳。画面全都蔫了。我还不如拍个穿衣服的模型。我可不能把一打没精打采的照片交给纪梵希。根据我所听到的街谈巷议，你也是丢不起这个人的。”

“你这是什么意思？”

“我是说你年华老去了。这就是说，谁也不知道你还值不值现在的身价了。”

“你只管回到机器后面干你的活吧，我会让你看看值不值。”

“我看得够多了。你今天完全不在状态。”

“胡说八道！”

“要不要我给你弄杯喝的？来杯葡萄酒，也许可以帮你放松些。”

“我不要喝的。”

“可卡因怎么样？”

“你知道我再也不碰它了。”

“好吧，我要来点。”

“本性难移。”

米歇尔从衬衫口袋里拿出一小包可卡因。杰奎琳坐在道具椅子上，看着他将药粉倒在玻璃桌面上排成了两条线。他吸了一条，然后向她递过一张卷成筒的一百法郎纸币：“今天想不想当一回坏女孩？”

“全归你了，米歇尔。我没兴趣。”

他弯下身子，将第二条线也吸了，接着又用手指抹桌面，用手指肚蘸着残余的粉末：“你要是不想喝，也不想吸粉，也许我们得想想别的办法燃起你的热情。”

“比如？”她说。不过她心里知道米歇尔想的是什么。

他站到她身后，将双手轻轻放在她裸露的双肩上：“也许你该想想被人弄上床的滋味儿，”他的双手从她肩上移开，抚弄着乳房的上部，“也许我们该干点什么更真实的，让你不仅仅限于想象。”

他的胯部抵住了她的背部，让她感觉得到他皮裤下勃起的话儿。

她躲开了。

“我只是想帮你，杰奎琳，我想确保这些照片拍得好。我不想看见你的职业生涯受到破坏。我的动机是纯洁而无私的。”

“我怎么从来没看出你还是菩萨心肠呢，米歇尔？”

他笑了：“跟我来吧。我给你看样东西。”他拉住她的手，将她从道具上拽下来。他们走过一道走廊，走进一间房间，里面除了一张大床再也没有别的家具。米歇尔脱了衬衫，又开始动手解裤扣。

杰奎琳说：“你知不知道自己在做什么？”

“你想拍好照片，我也想拍好照片。咱们一块儿调整好状态。来，脱了衣服，免得破坏了好时光。”

“你他妈的干你自己吧，米歇尔。我走了。”

“来吧，杰奎琳。别瞎耽误工夫，上床吧。”

“不！”

“有什么大不了的？当初你和罗伯特·勒布谢睡了觉，所以他才给了你那个马斯蒂克岛的泳装合同。”

“这个你是怎么知道的？”

“因为他告诉我了。”

“你是个杂种，他也是。我可不是十七岁的小女孩，为了让大腕米歇尔拍照就可以张开大腿。”

“你如果走出这扇门，你的职业就完蛋了。”

“我才不稀罕呢。”

他指着自己挺起的话儿：“那我该怎么收拾这个东西呢？”

马瑟尔·兰伯特住的地方距离不远，就在图尔农大街，位于卢森堡区。杰奎琳自己需要些时间，所以她徒步前往，在拉丁区狭窄的小巷里慢悠悠地踱步往前走。天色暗下来，小酒吧和咖啡店的灯火亮起来，香烟和油煎大蒜的气味弥漫在寒冷的空气里。

她穿街越巷进入了卢森堡区。这么快就走到这一步了，她心想——米歇尔·杜瓦尔，打算在拍摄间隙同她发生露水情。几年前，他绝不会有这样的企图。不过现在不一样了。她的状态很脆弱，而马瑟尔也决定对她进行一番考验。

有时候她会感到遗憾，因为自己进入了这个行业。她原本是计划做一名芭蕾舞演员的。她曾在马赛最著名的舞蹈学院学习。然而十六岁那年，一家模特中介的一名天才星探看中了她，将她的名字交给了马瑟尔·兰伯特。马瑟尔安排了一次试验性的拍摄，让她搬进了他的公寓，教她如何表现得像个模特而不要像个芭蕾舞者。试验拍出来的照片大为惊艳。她征服了照相机，浑身散发出性感和欢快。马瑟尔不声不响地让照片在巴黎流传开来，没有名字，没有关于模特的介绍，仅有照片和他的名片。他得到了立竿见影的反响。整整一周，他的电话响个不停。摄影师挤破了头要同她合作。设计师们也都要求她加盟，为他们的秋季秀展增色。照片本身就是口碑，消息从巴黎传到米兰，从米兰传到纽约。整个时尚界都想知道这个神秘的法兰西黑发美女究竟姓甚名谁。

杰奎琳·德拉克罗瓦。

现在的状况大为不同了。从她二十六岁以来，高质量的作品就越来越少。如今她三十三岁，创造佳作的源泉几近枯竭。她在巴黎和米兰依然能做些秋季的走秀赖以维持，然而只能同较低档次的设计师合作了。她偶尔也会拍些睡衣广告——“你的奶头没什么不对，亲爱的。”这是马瑟尔喜欢说的——不过他一直以来都不得不把她借雇给别人去拍摄各种不同的片子。前不久她才刚刚完成了一部德国酒厂的广告，饰演一位成功中年男士的迷人妻子。

马瑟尔曾经警告过她，告诉她事请会发展到这一步的。他曾要她把钱存起来，为模特生涯结束后的生活做打算。杰奎琳一向都不当一回事，一直认为金山银海会源源不断。有时候她也会努力回忆那些钱都去了哪里：买衣服、纽约和巴黎租过的豪华寓所、同其他女孩子在加勒比和太平洋岛屿奢侈的度假旅行，还有她在戒毒之前吸过的海量可卡因。

米歇尔·杜瓦尔有一条说的是事实，她的确为了得到一份工作而同一个男人睡了觉，那是法国《时尚》杂志的一名编辑，名叫罗伯特·勒布谢。那是一份高端的工作，她极其渴望得到——在马斯蒂克岛拍摄泳装和夏装。那或许可以改变她的一切，让她得到足够的钱恢复财务的稳定；让业内所有的人看看，她依然有能力得到最热门的工作。至少可以再撑一年，最多或许可以有两年。不过接下来怎么办？

她走进马瑟尔的办公楼，走进电梯，来到他的公寓。门还不等她敲，就自己开了。马瑟尔站在她面前，睁大了眼睛，张着嘴：“杰奎琳，我的宝贝！拜托你，告诉我这不是真的。告诉我你没有一脚踢了米歇尔·杜瓦尔的睾丸！告诉我这都是他瞎编的！”

“事实上，我踢的是他的鸡巴。”

他把头向后一甩，开怀大笑：“我敢肯定你是世上头一位这么做的女性。这个杂种活该。他当初几乎毁了克劳德特。你还记得他对她做的事吧？可怜的小东西，美人儿，天分又那么高。”

他合上嘴唇，不以为然地哼了一声，喷出一股大蒜味的口气，又抓了她的手把她拽进屋里。片刻之后，他们坐在了客厅的沙发上，喝着葡萄酒，午后嗡嗡的汽车声从敞开的窗户外飘进来。马瑟尔替她点上了雪茄，灵巧地挥手甩灭了火柴。他穿着蓝色的紧身牛仔裤、轻便皮鞋和灰色高领毛衣。他的一头灰发日渐稀疏，剃得很短。他最近又做了一次整容。那双蓝眼睛又大又圆，显得有些不自然，似乎始终在吃惊。她想到了很久很久以前的日子，当时马瑟尔把她带到这间寓所，为她准备好了未来的生活。在这个地方，她总是感到很安全。

“那米歇尔这回又搞了些什么花样？”

杰奎琳描述了拍摄时的经过，毫无保留。他们之间绝少有什么秘密。等她说完了，马瑟尔说道：“你不该踢他一脚。他威胁说要起诉你。”

“让他来嘛。每一位遭他胁迫上床的女孩子都会出来指证他。他告谁啊？先把自己毁了吧。”

“你来之前几分钟，罗伯特·勒布谢来过电话。他想撤回马斯蒂克岛的合同。他说他们没法和一个踢摄影师的女孩合作。”

“这个行业里消息真是传得飞快。”

“一贯如此。我觉得我还是可以和罗伯特讲讲道理的。”马瑟尔犹豫着，继续道，“当然，如果你希望这么做的话。”

“我当然希望。”

“你确定，杰奎琳？你确定依然能胜任这样的工作？”

她喝了一大口葡萄酒，将头倚在马瑟尔的肩上：“其实，我不太确定我能不能。”

“替我做件好事，甜心儿。去你南方的房子里住两天，或者出去旅行，就像你过去常做的那样。你懂的——你一贯的神秘作风。好好休息一下，清清你的脑子，认真思考一下。我会努力和罗伯特谈谈，不过你一定得想清楚这是不是你真正想做的。”

她闭上双眼。也许趁着她还保有些许尊严的时候真该退出了。“你说得对，”她说，“我可以在乡下过两天。不过我要你马上就给那个混蛋罗伯特·勒布谢打电话，告诉他，对马斯蒂克岛的事他应该信守诺言。”

“要是我不能让他改变主意呢？”

“告诉他，我也会踢他鸡巴一脚的。”

马瑟尔微微一笑：“杰奎琳，亲爱的，我一向喜欢你这个风格。”

12

伦敦，贝斯沃特

菲奥娜·巴罗斯看起来同她所管理的苏塞克斯花园公寓楼非常相似，又宽又矮，外墙漆光鲜明亮，却无法遮盖内部的衰老和缺乏优雅。从电梯到这间空房的大门只有短短一段路，她却走得有些气喘。她伸出肥胖的手，将钥匙插进锁孔，轻哼了一声推开了门。“咱们到了。”她喊道。

她带着他大略看了看。客厅里布置着用旧的沙发和椅子；两间卧室格局一模一样，双人床配床头柜；小小的餐厅里有一张茶色玻璃餐桌；厨房十分狭小，有两个灶台和一台微波炉。

他回到了客厅，站在窗前，打开百叶帘，马路对面是另一座公寓楼。

“如果你要听我的意见，我要说，就凭这个价钱，你在伦敦再也找不到更好的地方了。”菲奥娜·巴罗斯说道，“牛津街非常近，当然，海德公园也就在旁边。你有小孩吗？”

“不，没有。”加百列心不在焉地答道，眼睛依然望着街对面的公寓楼。

“你做什么工作的，不介意我问问吧？”

“我是个艺术品修复师。”

"你是说你能把那种古画弄干净？"

"差不多吧。"

"你也会修画框吧？我家里有一副旧画框需要修补。"

"只修画，不好意思。"

她趁他站在窗前凝视空中时打量着他。俊男啊，她心想。手也长得好。手好看的男人才更性感。想想看，一位艺术品修复师，就住在这幢楼里。也许他可以提升这里的档次，给这个地方带来一阵新鲜的空气呢。哦，她还单身——是啊，单身，而且仿佛年轻了二十岁，又减了二十磅体重。他是个警惕的人，她能看得出来。这样的男人，不把事情的方方面面想透彻是不会有所行动的。他在下决心以前也许会看十几处公寓。"那你以为如何？"

"很完美。"他望着窗户说道。

"你什么时候想要？"

"马上。"

加百列已经看了他两天了。

第一天只见了他一次。正午过后不久，他起床的时候，曾短暂地出现在窗前，只穿了一条黑色内裤。他有一头黑色的卷发，棱角分明的脸，厚实的双唇。他的身体精瘦，肌肉刚健而不笨拙。加百列打开沙姆龙的文件夹，对比着窗子里的人和夹在封套上的照片。

是同一个人。

加百列察看着窗框内的人影，感到一种执行任务时特有的冷静贯穿全身。突然间，一切似乎显得更加明朗更加尖锐。周围的噪声似乎更响了、更突出了——一辆车的车门关上；隔壁单元里的情侣在争吵；一台电话正在响着，无人接听；他的茶水壶正在厨房里尖叫。他一件一件地将这些干扰摒除在意识之外，将全副心神贯注在街对面窗户里的男人身上。

尤瑟夫·阿尔·陶菲吉，巴勒斯坦民族主义诗人，伦敦大学学院的半工半读生，在一家黎巴嫩餐厅做兼职侍者。餐厅名叫烤肉卷饼工厂，就在埃奇韦尔路上。而他的全天候身份，则是塔里克秘密部队里的特工。

一只手出现在尤瑟夫的肚子上，皮肤苍白，在他的深色皮肤映衬下显得光润莹莹。那是一只女性的手。加百列看见一头金色的短发在窗户里闪过。接着，尤瑟夫消失在了窗帘后面。

一个小时后，那个女孩子离开了。在钻进出租车之前，她抬头看看，想知道楼上公寓里的爱侣是否也在看她。窗框里空无一人，窗帘合上了。她关上车门，出手稍微重了些。出租车开走了。

加百列做出了第一个专业判断：尤瑟夫对待他的女人并不好。

第二天，加百列决定对他的行踪实施宽松的监视。

正午时分，尤瑟夫离开了公寓。他穿着一件白衬衫、一条黑裤子，外套黑皮夹克。走上人行道的时候，他停下来点起一支烟，察看着停在周围的每一辆车，看看有没有监视者的痕迹。接着他甩灭了火柴，朝埃奇韦尔路走去。走了大约一百码，他突然停步，掉转头走回公寓楼的大门。

标准的反侦察动作，加百列心想，他是个专业的。

五分钟后尤瑟夫回到户外，沿着同埃奇韦尔路平行的方向走。加百列走进洗手间，将造型发油涂在他的短发上，又戴上了一副红色镜面的眼镜，接着他穿上外套出门了。

烤肉卷饼工厂的街对面是一家意大利小餐厅。加百列走进去，在靠窗的一张桌前坐下。他还记得在学院里上过的课。如果你在咖啡店里监视目标，不要做一些拙劣的表演，比如几个小时独自坐着，假装看报纸。太明显了。

加百列改头换面了。他变成了塞德里克，一位作家，专为巴黎的一家雅痞文化杂志写作。他说着一口法语口音的英语，几乎令人无法听懂。他自称在写一个故事，说的是如今伦敦为什么如此令人振奋，而巴黎又为什么日渐乏味。他抽着吉泰安香烟，海量地喝着葡萄酒。他同邻桌的一对瑞典女孩子说着无聊的话题，还邀其中的一位去他酒店的房间。她拒绝后，他又邀请另外一位。又遭拒绝后，他就邀请她们二人同去。他弄洒了一杯勤地酒。餐厅经理安德罗蒂先生走过来警告塞德里克，如果不能保持安静就只有请他走人了。

然而从始至终，加百列都在监视着街对面的尤瑟夫。他看着他娴熟地招待着来用午餐的众多客人。看着他短暂地离开餐厅，沿街走到一家出售阿拉伯语报纸的书报店。看着一位漂亮的黑发姑娘在餐巾纸上写下她的电话号码，又稳妥地塞进他的衬衫口袋。加百列看见他同一位面色警惕的阿拉伯人长谈了一阵。事实上，就是在那时候，加百列弄洒了他的勤地酒，也恰在同时，他用心记下了那个阿拉伯人的尼桑车车牌号。他一边应付走了气恼的安德罗蒂先生，一边看着尤瑟夫打起了电话。他在同谁说话？女人？拉马拉的某位表亲？他的上级军官？

一个小时之后，加百列认为继续留在餐厅里不够明智了。他留下了一笔慷慨的小费，又为自己愚蠢的言行道歉。安德罗蒂先生将他引到门口，绅士般地将他送出去。

当晚，加百列坐在靠窗的椅子上，等着尤瑟夫回家。夜晚的雨在街面上闪闪发光。一辆摩托车疾驰而过，男人驾驶，女孩在后座，请求他开慢些。这也许没什么关系，不过他还是把它记在了记录本上，注明了具体时间：11点15分。

喝过酒后，他的头痛起来。这间公寓开始让他压抑。他度过多少个这样的夜晚了？坐在机构的密室里，或是一间简陋的出租房里，监视，等待。他忍不住想听些美好的东西，于是将一张波西米亚人的歌剧碟片塞进脚下的便携音响里，又将音量调得如同耳语。情报工作就是要耐心，沙姆龙总是这么说。情报工作就等于乏味。

他站起来，走进厨房，服了阿司匹林想压一压头痛。隔壁有一对母女开始用黎巴嫩口音的阿拉伯语争吵。一只玻璃杯打碎了，接着又是一只，摔门声，有人出门冲进了走廊。

加百列再次坐下，闭上双眼，片刻后，他回到了北非，回到了十二年前。

一艘艘橡皮艇借着柔和的浪涌登上了阿瓦德的海岸。加百列爬进了齐膝深的温暖海水，将橡皮艇拖上沙滩。总侦察队的突击队员们全副武装，跟着他穿过沙滩。犬吠声从某处传来，木柴燃烧的气味和明火烤肉的香味弥漫在空中。女孩子守候在大众迷你巴士的方向盘后面。四位突击队员跟随加百列爬进了大众车。其余的突击队员悄悄钻进了停在大众后面的两辆标致面包车。数秒钟后，几台引擎齐声响起。在这个4月的晚上，他们疾驰穿行在寒气之中。

加百列唇边戴着麦克风，与之相连的是他夹克口袋里的微型发射机。无线电通信使用的是一个安全的特别波段，与一架特别装备的波音707保持联络。飞机就飞行在突尼斯海岸线上空的一条民用航道上，伪装成了一架以色列航空公司的普通包机。一旦事情有变，他们可以在数秒钟内取消使命。

“母亲安全抵达。”加百列喃喃道。他松开了对讲按钮，只听对方回答道：“前往母亲的宅子。”

加百列一路上把伯莱塔手枪夹在两膝间，腾出手来吸烟提神。女孩双手握着方向盘，双眼盯着夜幕笼罩下的街道。她很高，比莉亚还高，一双黑眼睛，一头浓密的黑发，被一枚朴素的银色发夹束缚在后颈部。她知道路线，加百列也知道。沙姆龙派加百列去突尼斯研究目标的时候，那女孩就与他同行并扮演他的妻子。她开着车，加百列伸手柔和地捏了捏她的肩膀。她的肌肉僵硬。“放松。”他轻柔地说，她略一微笑，长出了一口气。他又说：“你干得不错。”

他们开进了一个突尼斯富人区，名叫西迪·布意赛德，距离海边不远。他们在一幢别墅前停下来。两辆标致车停在他们后面。女孩熄灭引擎。12点15分，与既定计划分秒不差。

加百列熟悉眼前的别墅就像熟悉自己的家。早在行动的侦察阶段，他就已研究过它，又从一切便捷的角度为它拍了照。他们在内格夫按原型建了一座一模一样的建筑，在那里，其他团队成员无数次地演练过这次突击行动。最终，他们已经能做到在二十二秒内完成使命。

“我们已抵达母亲的宅子。”加百列对无线电喃喃道。

“访问母亲。”

加百列转身说：“走。”

他打开车门穿过马路，敏捷地疾走，走，不是跑。他能听见身后突击队员静静的脚步声。加百列连续呼吸数次，努力缓和一下过速的心率。别墅的主人是哈利勒·埃尔·瓦齐尔，更为人知的名字是阿布·吉哈德，他是巴解组织的特别行动首脑，也是阿拉法特最为信任的副官。

就在别墅以外，阿布·吉哈德的司机正在一辆梅赛德斯–奔驰的方向盘后面睡觉——这辆车是阿拉法特送的礼物。加百列将伯莱塔手枪的静音枪口插进司机的耳朵，扣动扳机，继续走。

在别墅的大门口，加百列避到一侧，由一名突击队员将特制的塑料炸药附在了沉重的大门上。炸药引爆了，发出的声响还不及拍拍巴掌，门户洞开。加百列带领队员进入门厅，伸平的双手紧握着伯莱塔。

一名突尼斯保安出现了。不等他掏枪，加百列已向他胸口连射数枪。

加百列站在垂死之人头顶："告诉我他在哪里，免得我射你的眼睛。"

然而保安痛得五官扭曲，什么也没说。

加百列向他脸上又射两枪。

他走上楼梯，一边给伯莱塔换上新弹夹，一边向书房逼近，那是阿布·吉哈德彻夜工作的地方。他撞开了门，只见他要找的巴勒斯坦人正坐在电视机前，看着加沙和约旦河西岸的暴动新闻片——正是他，阿布·吉哈德，此刻正坐镇突尼斯，导演着前方的行动。阿布·吉哈德伸手摸枪，加百列一边向前冲一边开火，这是沙姆龙在训练中教他的。两枪命中了阿布·吉哈德的胸部。加百列站在他头顶，枪口抵住了他的额头，又补了两枪。死去的身体又继续抽搐了一阵。

加百列冲出房间。阿布·吉哈德的妻子在门厅里，双臂紧紧箍着她年幼的儿子和十几岁的女儿。她闭上了双眼，将儿子抱得更紧了，只等加百列的射杀。

"回你们自己的房间！"他用阿拉伯语喊道，随后转头对女儿说，"去照顾好你的母亲。"

加百列冲出别墅，全体突击队员紧随其后。他们一一钻进大众和标致车，疾驰而去。他们穿过西迪·布意赛德，回到阿瓦德，然后在沙滩撇弃了车辆，登上了橡皮艇。片刻之后，他们迅速驶过地中海黑沉沉的水面，向一艘以色列巡逻艇驶去。

“十三秒，加百列！你用了十三秒就完事儿了！”

说话的是那女孩。她伸出手去摸他，然而他却躲开了。他望着巡逻艇的灯光渐渐靠近，又抬头望向墨黑的天空，寻找着指挥的飞机，然而看到的唯有一弯新月和点点星光。接着他仿佛看见了阿布·吉哈德的妻子和孩子，眼中燃烧着仇恨的火焰，死死盯着他。

隔壁房间的争吵声平息下来。加百列决定想想突尼斯之外的其他事情，于是他想象着自己正驾着双桅船驶过赫尔福德水道，直奔大海。接着他又想到了韦切利奥，沾污的漆层被剥落，数百年的破损处被一一揭露。他想到了皮尔，又想到了丹尼，今天一整天，这是他第一次想到丹尼。他回忆起自己如何将他的遗骸从燃烧的废墟中拖出来，查看他会不会还万幸地活着，又忆起自己如何感谢上帝总算让他速速死去了，而不是让他拖着一条腿、一条手臂或是半张脸，苟延残喘地活着。

他站起来，在房间里踱步，努力赶走那些画面，却又不知是何原因想到了皮尔的母亲。他住在纳瓦斯港期间，好几次发现自己对她产生幻想。每次都是相同的剧情：他会在镇上巧遇她，她会主动告诉他，为了修改剧本的第二幕，德里克去蜥蜴角远足了。“他会出门几个小时呢。”她会说，“你愿不愿意过来喝茶？”他会说愿意，然而她却没有为他端来茶水，而是将他带到楼上德里克的床上，结束他九年的自我禁欲生涯，任由他进入她柔软的身体。事后，她会将头枕在他肚子上，湿润的头发盖着他的胸。“你其实不是修画师，对不对？”她会在他的幻境中这样问他。加百列会对她道出实情：“我替以色列政府杀人。我当着阿布·吉哈德的妻子和孩子的面杀了他。那天晚上我十三秒之内杀了三个人。总理因此给我颁了枚勋章。我曾经有妻子和儿子，不过恐怖分子在他们的汽车下面装了炸弹，因为我和我的女特工搭档在突尼斯发生了关系。”皮尔的母亲会尖叫着奔出村舍，裹着白色的床单，床单上沾着莉亚的血污。

他回到座椅上，等待着尤瑟夫。皮尔母亲的脸换成了韦切利奥画中的圣女马利亚。为了打发时间，加百列假想自己手握画笔，蘸着乌有的颜料，温柔地修复着她受伤的脸庞。

凌晨3点尤瑟夫才回家。还有个女孩陪着，就是那天下午在餐厅给他留下号码的女孩子。加百列看着他们消失在大门内。楼上公寓的灯短暂地亮了一阵。同每天晚上一样，尤瑟夫出现在窗框之内。接着，加百列看着他消失在窗帘后，心中暗祝了他晚安，随即倒头躺在沙发上，闭上了双眼。今天他看过了，明天他要开始监听了。

13

阿姆斯特丹

三小时后，一位纤瘦的青年女性走出红灯区的一间酒吧，沿着窄巷快步走。她叫英奇·范德·霍夫，黑皮裙，黑紧身裤，黑皮夹克，一双靴子咔哒咔哒地敲打着小巷的砖地。一层薄雾之中，旧城区的街道依然昏暗。她抬头看天，雾水里有咸味，那是来自北海的气味。她走过两个男人，一个醉鬼，一个毒品贩子。她低下头，继续走。她的老板不愿意让她凌晨时分步行回家，不过经过漫长的一晚，为无数人伺候过酒水，抵挡过众多喝醉的顾客，能够独处几分钟，感觉的确很好。

突然间，她感到非常累。她需要睡觉。她想：其实我真的需要抽上一口，但愿蕾拉今晚能弄得到。

蕾拉……她喜欢这名字。她爱她的一切。她们是两周前在酒吧认识的。当时蕾拉已经连续三天来酒吧了，每次都是一个人。她会逗留一个小时，一杯杜松子酒、一杯高脖啤酒，吸几轮大麻，听听音乐。每次英奇来到她的桌前，都能感到这女孩的眼睛在盯着她。英奇必须承认她喜欢这个人。她是位魅力惊人的女性，有一头乌亮的头发，一双棕色的大眼睛。最终，在第三个晚上，英奇向她自我介绍，她们聊了起来。蕾拉说她的父亲是个商人，她自己四海为家，在世界各地都生活过。她在巴黎读书，刚刚办了一年的休学，就为了旅行和体验生活。她说阿姆斯特丹对她富有魔力。如画的运河，山形的屋舍，花园和博物馆。她想住上几个月，好好熟悉一下这地方。

“你住在哪里？”英奇曾问她。

“在南阿姆斯特丹的一家青年旅社。可怕的地方。你住在哪里？”

“阿姆斯托河上，一条船屋里。”

“船屋？太棒了！”

“船是我哥哥的，他要在鹿特丹住几个月，做一个挺大的建筑项目。”

“能不能让我在船上陪你住两天？”

“我请你来，你想住多久就住多久。我可不想回了家守着一个空荡荡的地方。”

黎明开始降临在河面上，破晓的光点亮了停在码头边的一艘艘船屋。英奇沿着码头走过不长的一段路，接着踏上了自己的甲板。窗帘合着。她穿过甲板，走进船屋的客厅。她认为蕾拉应该熟睡在床上，却发现她站在炉台边做咖啡。她身边的脚下放着一只公文箱。英奇关上门，努力掩饰着失望。

“昨晚你上班的时候，我打电话给我巴黎的哥哥了。”蕾拉说道，“我父亲病得厉害。我必须马上随我母亲回家。对不起，英奇。”

“你要去多久？”

“一周，最多两周。”

“你还回来吗？”

“我当然还要回来！”她吻了英奇的脸颊，又递给她一杯咖啡，“我的航班还有两小时起飞。坐下，我要和你说点事。”

她们坐在了客厅里。蕾拉说道：“我有个朋友明天要来阿姆斯特丹。他名叫保罗，法国人。在他找到自己的住处之前，不知道能不能让他在这里住两天。”

“蕾拉，我不……”

“他是个好男人，英奇。他不会对你有什么企图的，如果你担心的是这个的话。”

“我知道怎么照顾自己。”

“那你能让保罗在这儿住几天吗？”

“几天是多久？”

“一周，也许。”

“那我有什么回报吗？”

蕾拉伸手从口袋里带出一小包白色粉末，用大拇指和食指夹着，举在面前。

英奇伸手一把从她手上抓过来：“蕾拉，你是天使！”

“我知道。”

英奇回到自己卧室，拉开衣橱的第一个抽屉。里面有她的全套家伙：一包针筒、蜡烛、勺子、一段捆扎手臂用的橡胶带。她趁蕾拉收拾行李的时候加热毒品。接着她将毒品装进针筒，小心地将针头刺入左臂的一根静脉里。

一眨眼工夫，她的全身沉浸在一阵极其欣快的麻木之中。在她失去知觉之前，她记得的最后一样东西是蕾拉的面孔，那是她最美的情人。只见她悄悄走出大门，飘飘忽忽走上了船屋的甲板。

14

伦敦，贝斯沃特

兰德尔·卡普，原先属于弗吉尼亚州兰利区的技术服务司，最近则诡异地变成了伦敦梅福尔区的卡拉林顿国际保安公司的一员。他在黎明前的静寂中来到了加百列在苏赛克斯花园的公寓，身穿羊毛套头衫、淡蓝色牛仔裤、磨砂皮凉鞋、厚毛线袜，勉强抵挡早晨的寒气。像蜘蛛般伸开的两臂上，各挂着一只粗呢布包，一只装着他的安装工具，另一只装着他的设备。他把布包放在起居室，气定神闲地评价起了周围的环境。

“我喜欢你在这个地方做的布置，加布[1]。”他操着单调的南加州口音。自从加百列上一次见过他后，他将头发拢成了一个马尾辫，为的是遮掩日渐严重的秃顶。“连气味都显得那么合适。这是什么？咖喱？烟草？还有一点变质牛奶？我想我会喜欢这里的。”

“我真高兴。”

卡普走向窗口：“那么，咱们的男孩在哪儿？”

“三楼，在大门的正上方，白色窗帘。”

“他是谁？”

[1] 加布（Gabe），加百列的昵称。

“他是个巴勒斯坦人，意图伤害我的国家。”

“这个我自己也想得出来。你能说细一些吗？哈马斯？黎巴嫩真主党？伊斯兰圣战者？”

然而加百列什么也没说，卡普也很识趣，不再追问。卡普是手段极高明的音频技师，技术人员通常是不能知道太多背景的。他在西方社会赢得了传奇般的声誉，因为他曾成功地监听过一个俄国人同一名特工在布拉格的会谈，凭借的是藏在俄国人宠物狗项圈里的一枚窃听器。加百列是在塞浦路斯认识他的，那是一次美国和以色列的联合行动，使命是监视一名利比亚特工。这次行动结束之后，在沙姆龙的建议下，加百列租了一艘游艇，带着卡普做环岛游。卡普的水手素养同他的监视技术一样高明，三天的航程使他们建立起了专业的和个人的纽带。

“为什么找我，加布？”卡普说，“你的兄弟们有全行业最好的玩意儿，为什么需要我一个外人来做这么简单的工作？”

“因为我的兄弟们最近总是失手。”

“我也听说了。我可不愿意把自己弄到监狱里去，加布，听得懂我的意思吗？”

“没人会进监狱的，兰德。”

卡普转头凝视着窗外：“街对面的哥们儿怎么样？他会不会进监狱，或者你对他还另有计划？”

“你问的是什么？”

“我问的是，这位的下场是不是倒在小巷里，带着点二二口径的弹孔？你一出现就总有人稀奇古怪地死去。”

“这是单纯的监视工作。我想知道他和谁说话、他说些什么。按惯例办事。”

卡普双臂交叠，审视着观察的角度：“他是把好手吗？”

“他似乎很不错，在街上的表现训练有素。”

“我可以对窗玻璃做激光传感，不过如果他是把好手，他会采取反制措施，那咱们可就惨了。再有，激光的分辨能力不是很强。它能读出玻璃的震动，将它们还原成声音信号，不过车流声也能让玻璃震动，还有风、邻居的声音、他的CD机。这不是最佳方案。”

“你想怎么做？”

“我能够从用户界面盒截获他的电话。”

“用户界面盒？”

卡普举起手，指着公寓楼：“你看大门左上方那个金属盒。不列颠电信的缆线就从那里进入大楼。从那里电缆再分支接到每一家用户。就在那个位置，我能装一只很普通的r/f窃听器，直通他家的缆线。它能将模拟信号发射出来，我们就能通过普通的调频收音机收听他们的电话。”

“我还需要听到房间里的声音。”

“如果你要实现理想的室内监听，你得进入他的公寓。”

“那我们就进去。”

“这么干会把人弄到监狱里去的，加布。”

“没人会进监狱。”

“咱们这位哥们儿有电脑吗？”

“按理该有的，他是半工半读的学生。”

“我可以给他来个‘风暴之灵’。”

“请原谅我，兰迪，我已经好几年不玩游戏了。”

“有位荷兰科学家叫范·艾克，这是他开发的一个系统。电脑可以同监视器通过缆线传输信号，以实现通信。如果调制精确，接收器可以捕获这些信号的频率。如果他在电脑上干活儿，我们可以通过电脑监视他。效果就好像他工作的时候我们就站在他背后。”

“就这么办，”加百列说，“我还要监听他上班时的电话。”

“他在哪儿上班？”

“埃奇韦尔路上一家餐厅。”

“窃听器的信号没法从埃奇韦尔路传到这里。信号损失太厉害了。我需要安装一只转发器——在餐厅和咱们这儿之间设一个接力站，把信号加强。”

“你需要什么？”

“一辆汽车。”

“我今天就给你弄一辆。”

“‘干净’吗？”

“‘干净’。”

“你是要利用你那些小小的爪牙来替你弄一辆吗？”

“别操心我用什么办法弄了。”

“别偷，拜托了。我可不想捧着个烫手山芋。”

就在此刻，尤瑟夫出现在对面窗户里，察看着楼下的街道，一如往常的惯例。

“这就是咱们的哥们儿？”卡普问道。

“就是他。”

“给我露点底，加布。你究竟想如何进入他的公寓？”

加百列抬头看着卡普，微笑道：“他喜欢女孩子。”

第二天的凌晨2点，加百列和卡普溜进烤肉卷饼工厂后面的小巷。为了摸到用户界面盒，卡普不得不站在一个巨大的垃圾桶顶端，熏着腐烂的气味，施展平衡术。他撬开锁，打开一扇小门，嘴里叼着一枚笔式电棒，在纤细的光线下，静静操作了两分钟。

加百列在下面站岗，他的注意力集中在小巷的入口。“还要多久？”他嘟囔着。

“还要一分钟，要是你能闭嘴的话。如果老跟我说话，就得两分钟。”

加百列又朝巷子里望了一眼，只见两名穿皮夹克的男人朝他走来。其中一人捡起一只酒瓶，在一面墙上摔了个粉碎。他的伙伴笑得几乎摔倒。

加百列背着卡普走远了几英尺，倚住一面墙，假装酒醉恶心。两名男人走近他。块头大些的那位抓住了他的肩膀，他的右颊上有一条白色的疤，浑身泛着啤酒和威士忌的味道。另外一位傻呵呵地咧嘴笑着，他很瘦，剃着光头，白森森的皮肤反射着巷子里昏暗的灯光。

“求你，我不想惹麻烦，”加百列用法国口音的英语说道，“我只是醉了，恶心，拜托了。”

“癞蛤蟆，”秃头的那位吼道，“他一看就是个基佬，真恶心。”

“求你，我真的不想惹麻烦。”加百列重复道。

他把手伸进口袋，摸出一叠揉皱的二十英镑钞票，递了过去：“我的钱你拿去吧，放过我。”

然而大块头一把打掉了加百列手上的钞票。接着他挥起了拳头，抡圆了朝加百列的脑袋砸去。

十分钟后他们回到了公寓。卡普坐在餐厅的桌子前，面对着他的设备。他拿起一部手机，拨通了餐厅的号码。拨通以后，他放下电话，调响了接收机的音量。他听见预先录好的录音传来，说烤肉卷饼工厂现在打烊了，第二天11点30分重新开门。他又拨通了一次，再次听到接收机里传来相同的录音。窃听器和转发器运转正常，工作状态完美。

他一边收拾着自己的家伙，一边想到了加百列对他今晚工作的协助和贡献。依据卡普的心算，他的“助阵”刚好延续了三秒钟。具体过程卡普根本没有看到，他的注意力主要集中在工作上，只是听见了身后的故事。一共四记凌厉的出拳声。最后一拳最狠，卡普分明听见骨骼碎裂的声音。安装完毕以后，他关上界面盒的门，这才回头查看。那一幕他永远忘不了：加百列·艾隆，俯身看着脚下的一对冤大头，轻手轻脚地分别摸着他们的颈动脉，确认自己并没有把他们打死。

次日早晨加百列出门买报纸。他穿过蒙蒙细雨来到埃奇韦尔路，在书报店买了一份《泰晤士报》。他把报纸揣在夹克衫里，穿过马路，走进一家小超市。他买了胶水、剪刀，又买了第二份《泰晤士报》。

加百列回到公寓时，卡普还在睡觉。于是他坐在桌前，面前铺着两张白纸。在其中一张的顶端，他写下了安全清点报告——绝密，收件人是罗姆，这是首脑的化名。

加百列写了十五分钟，右手有节奏地划过纸面，左手按着前额。他的文风简洁精练，这是沙姆龙所喜爱的。

写罢之后，他拿起一份《泰晤士报》，翻到第八版，小心地剪去一则男士服装连锁店的大块广告。他将余下的报纸丢掉，随即拿起第二份报纸，翻到同样的版面。他将自己写好的报告盖住服装店广告的版面，再将裁剪下的版面盖住报告，用胶水粘在相同的位置上。他折好报纸，将它放进一个黑色旅行包的侧面夹层里。接着他穿上外套，单肩背上旅行包，出门去了。

他走到大理石拱门，进了地铁。他在售票机上买了一张票，穿过闸口前，还打了一通电话。十五分钟后，他到了滑铁卢站。

沙姆龙的递送专员正等候在欧洲之星列车售票厅内的一间咖啡店里，手拿塑料购物袋，袋上印着一则美国香烟的广告。加百列坐在邻桌，喝着茶，看着报纸。茶喝完了，他就起身走开，将报纸留下。递送专员默默地将报纸放进购物袋里，随即向反方向走去。

加百列站在站台上等待着列车到站的广播。十分钟后，他登上了一列驶往巴黎的欧洲之星列车。

15

阿姆斯特丹

这是一幢典雅的临河建筑，就坐落在著名的绅士运河的黄金曲线上。建筑又高又宽，一扇扇大窗户俯视着运河，一侧的山形墙高高耸立。它的主人是大卫·摩根索，一位富豪。由他担任主席的奥普提克公司是全球最大的时尚眼镜制造商之一。他还是一名狂热的犹太复国主义者。多年以来，他已经向以色列慈善机构贡献了数以百万计的美元，又将同样多的美元投资给了以色列的企业。身为荷兰犹太人后裔的美国人，摩根索在纽约的几个犹太人组织的理事会里供职。在以色列的国家安全问题上，他是公认的鹰派。他的妻子辛西娅是纽约知名的室内设计师。他俩每年回阿姆斯特丹的家两次，如同候鸟一般准时——一次在夏季，途经此地再转去戛纳城外的别墅；另一次是在冬季的假期里。

塔里克坐在运河对面的咖啡馆里，喝着温暖甜美的茶水。他还了解大卫·摩根索的其他一些事情——那些事情不会出现在社区报纸上，也不会登在世界商务杂志上。他知道，摩根索同以色列总理私交不浅；还为阿里·沙姆龙做过些事情；他还曾在巴解组织和以色列政府之间充当过秘密中间人的角色。正因为所有这些，塔里克要杀了他。

蕾拉在逗留阿姆斯特丹期间，已经完成了一份详尽的监控报告。大卫和辛西娅·摩根索会在每天早上离开家，去逛博物馆或去乡下溜冰。整个白天，房里留下的唯一一个人就是一名女佣，一名年轻的荷兰女孩子。

这也太手到擒来了。

一辆由专职司机驾驶的梅赛德斯-奔驰呼啸着停在房外。塔里克看看表，下午4点，完全准点。一个高个子的灰发男子下了车。他身穿一件厚毛衣，一条厚灯芯绒裤子，手里提着两双溜冰鞋。片刻后，一名姿色诱人的女性出现了，穿着黑色紧身裤，上身穿一件套头衫。他们走进了临河豪宅。梅赛德斯开走了。

塔里克在桌上留下几枚荷兰盾，走了出去。

他缓缓地朝阿姆斯特河上的船屋走去，此时雪花开始飘起来，落在绅士运河上。一对自行车手无声地经过，在新铺成的雪地上留下车辙，宛如一条黑丝带。异国城市的夜晚总是令他忧郁。灯火亮起来，写字楼空了，酒吧和咖啡馆渐渐客满起来。在沿着运河的一幢幢房舍里，隔着宽敞的窗户，他能看见父母回到儿女身边，夫妻相聚，情人相会，灯光里暖意融融。生活啊，他想着。属于别人的生活，属于别人的祖国。

他想到了凯末尔在火车上告诉他的事。塔里克的老冤家，加百列·艾隆，已经被阿里·沙姆龙重新起用，为的就是找到他。这个消息并未引起他的重视。说真的，这是他巴不得的。这会使得今后的几周时光更加甜美。想象一下，一边毁掉他们的所谓和平进程，一边顺便收拾了加百列·艾隆，真是一石二鸟。

杀死艾隆绝非易事，不过塔里克徜徉在绅士运河的岸边，心里已经有了三分笃定，因为他自认手里握有一个明显的优势。艾隆正在挖地三尺也要找到他，就凭这个塔里克就掌握了主动。猎手必须向猎物靠拢，然后才谈得上猎杀。只要塔里克举措得当，就足以引诱艾隆自投罗网。然后，我会杀了他，就用他杀穆罕默德的手段。

情报机构在力图抓捕恐怖分子的时候会采取两种基本的方法。一种是使用高超的技术截获恐怖分子的通信联络；另一种是在对方组织里打入自己的卧底特工，或者策反对方组织里的特工为己所用。塔里克和凯末尔在通信方面格外警惕。他们会尽一切可能避免打电话或使用互联网，尽量使用专人做信差。凯末尔派去萨莫斯岛的笨蛋就是其中之一！不，他们不可能靠截获他的通信联络来确定他的行踪。因此，他们会尽力派特工来渗透进他们的组织。情报特工要想打入恐怖分子的组织，无论如何都是很难的。要想进入塔里克的组织就更是难上加难。他的组织规模小，组织严密，机动性高。他的成员们忘我投入，训练有素，而且极其忠诚。绝不会有谁背叛他而去投靠犹太人。

这就是塔里克可资利用的优势。他已经知会过凯末尔，要他联络每一位特工，向他们发出一道简单的指令。一旦任何人发现任何异常，比如有受到陌生人监视的迹象，他们必须立即报告。如果塔里克可以据此判断有以色列特工介入，他就会立即变身，由猎物变为猎手。

他想到自己执行的一次行动。当时他还同吉哈兹·埃尔·拉兹德在一起，属于巴解组织的情报部队。他当时认出了一位以色列“机构”的特工。该特工以外交人员的身份作掩护，藏身于以色列驻马德里的大使馆。此人已在巴解组织内部吸收了数名间谍，于是塔里克决定对他还以颜色。他派了一名巴勒斯坦人扮演成一名叛变者，去了马德里。巴勒斯坦人在马德里大使馆内同以色列官员会了面，向他承诺提供巴解组织领导人的敏感情报以及他们的个人习惯。起初以色列人拒绝接受。塔里克预料到了这个结果，于是他给了特工一些真实的信息作为诱饵，都是些无伤大雅的情报，以色列方面早已知晓。于是以色列方面相信他们面对的是一位真正的叛变者，同意和巴勒斯坦人第二次见面——一周之后，在一间咖啡店里。不过这一次，塔里克亲赴马德里。等到了约会时间，他走进咖啡店，朝以方官员的面部连射两枪，随即平静地离开了。

他来到了阿姆斯特河边，沿着岸堤走了一小段，来到女孩的船屋前。这个地方让人沮丧，肮脏，充满毒品和性用品。不过他偏爱这样的地方，因为它们是筹划出击前最适合的藏身之所。他穿过甲板，走进船舱。天窗已被新雪覆盖，客厅非常之冷。塔里克扭亮一盏灯，然后打开一台小小的电暖气。他能听见那女孩正在卧室里，缩在毯子里折腾着。她是个可怜虫、坏女孩，同他在巴黎勾上的那位完全不同。送走了之前的那位后，谁也不会稀罕眼前这位的。

她翻过身，隔着垂下的金色发绺凝视着他："你去哪里了？我都为你担心了。"

"我只是出去走走。我喜欢在城里走走，尤其是下雪天。"

"现在几点？"

"4点半。你是不是该起床了？"

"我还有一个多小时才出门呢。"

塔里克为她冲了一马克杯雀巢咖啡，端进卧室。英奇翻过身，一只手肘支起身体。毯子从身上滑下来，露出了乳房。塔里克把咖啡递给她，扭头看着别处。女孩喝着咖啡，眼睛隔着马克杯的边缘盯着他。她问道："出什么事儿了？"

"没事。"

"你干吗不看我？"

她坐起来，掀开毯子。他想说不要，又怕引起怀疑——一个法国男人面对姿色诱人的女性怎么会抗拒呢？于是他站在床边，任凭她替自己脱了衣服。一番云雨之后，他在她体内爆发了。他心里想着的不是女孩，而是如何最终干掉加百列·艾隆。

她走后，他久久地躺在床上，听着河上来来去去的船声。一小时后，头痛袭来。如今它们来得更频繁了——每周三次，有时四次。大夫警告过，这是必然会发生的现象。疼痛渐渐加剧，直到后来他几乎要失明了。于是，他将一块湿冷毛巾盖在脸上。他不要止痛药。痛可以使他的感觉麻木，让他睡得更沉，让他感觉似乎在向后跌落，直落进一个深渊里。于是他独自躺在荷兰女孩的床上，在阿姆斯特河上，在一艘船屋里，感受着痛楚——似乎有人正在将熔融的铅水灌进颅骨和眼窝。

16

普罗旺斯，瓦勒堡

这天早晨，天气晴朗而寒冷，阳光洒在山坡上。杰奎琳穿上一条骑车用羚羊皮长裤，套上羊毛运动衫，将她的长发塞进深蓝色的头盔里。她戴上一副环绕式太阳镜，对着镜子审视自己的仪表。她看上去像一个十分英俊的男人，这与她的意图吻合。她仰在自己卧室的地板上伸了个懒腰，随后下楼，来到门厅，她的比比安吉竞赛自行车就倚在墙上。她将单车推出大门，推过石子路。片刻后，她穿过山体投下的阴影，顶着寒气，沿着漫长而和缓的山坡，朝村子方向骑行过去。

她滑行般经过瓦勒堡，又骑过长长的上坡路，稳稳当当地骑向奥比奥，寒气把她的脸颊冻得生疼。最初的几英里，她缓慢而均匀地踩着踏板，身上的肌肉渐渐暖起来。接着她调整变速挡，又加快了蹬踏的节奏。很快，她在狭窄的道路上飞驶起来，低着头，双脚如活塞般上下飞动。薰衣草的香弥漫在空气中。在她身边，一片橄榄树林依着台阶状的山势铺展下来。她从橄榄树荫中驶出，进入一片阳光覆盖下的平地。又过了片刻，她感到穿着毛线衫的身体开始渗出汗水了。

骑到一半时，她查看了秒表，距离最佳纪录只差三十秒。12月酷寒的早晨，这个成绩实在不差。她绕过一个圆盘，调节了变速挡，开始跋涉一道又长又陡的坡路。片刻后她的呼吸粗重起来，双腿也开始灼烧——该死的香烟抽多了！然而她强迫自己坚持着，继续在长长的坡道上奋力蹬车。她想起了米歇尔·杜瓦尔，猪！距离坡顶还有一百码的时候，她从座椅上站起来，愤怒地驱动双腿，吆喝着自己，不许放弃，不许向疼痛屈服。一道长长的下坡偿还了她此前的努力。本可以省力地滑行的，然而她只是迅速喝了口水，随即以冲刺速度冲下山坡。当她再次进入瓦勒堡的时候，她看了看表。新的个人最好成绩诞生了，比原纪录缩短了十五秒。谢谢你，米歇尔·杜瓦尔！

她下了车，推车穿过安静的古城街道。在中心广场，她将自行车倚着一根柱子停下，买了份报纸，又买了一个热乎乎的羊角面包和一大杯法式蒸汽牛奶咖啡。吃喝完毕，她拾起自行车，继续沿着狭窄的街道推行。

在一列连栋房的尽头，有一幢商用建筑，窗户上挂着标牌：一楼全部闲置待租。这里已经空置几个月了。杰奎琳双手搭起凉棚，隔着蒙尘的玻璃向里望去。面积够大，敞开式空间，木质地板，天花板高，最适宜做舞蹈教室。她有个设想，退出模特界，在瓦勒堡开一家芭蕾学校。全年大多数时间可以让本地姑娘们来上课，不过到了8月，观光客会汇集到瓦勒堡度暑假，她就对游客招生。每天上几个小时课，在山间骑骑自行车，喝喝咖啡，在广场的咖啡馆读读书。洗尽铅华忘却声名，再次回归为萨拉·哈勒维——来自马赛的犹太女孩。不过要开学校她需要钱，要想挣到钱就还得做模特。她必须重回巴黎，再忍受一阵像米歇尔·杜瓦尔那样的男人。再接下来她就自由了。

她蹬上自行车，缓缓地骑回家去。她家是座相当小的别墅，砂岩般的颜色，红瓦屋顶，隐隐约约藏在一排高耸的丝柏树后面。巨大的露台花园俯瞰着山谷，园中的迷迭香和薰衣草在茂盛的橄榄和胡椒树之间恣意生长。花园的基座处是一座长方形游泳池。

杰奎琳进入室内，将自行车斜靠在门厅里，走进了厨房。录音电话的红灯闪起来。她按下播放键，一边弄咖啡一边听留言。

伊冯来电邀请她去蒙特卡洛一位西班牙网球大腕的家里参加派对。米歇尔·杜瓦尔来电了，为他自己拍摄时的行为道歉。过去的擦伤愈合了。马瑟尔打来电话，说他找罗伯特谈过了。马斯蒂克岛的拍摄会恢复原先的计划。“你得在三周后出发，小天使，所以别吃芝士和意粉了，赶快恢复你的美臀吧！”

她想起了自己的自行车训练，会心一笑。她的面孔也许确实三十三岁了，然而身材却空前曼妙。

“哦，顺便提一句，有位叫吉恩·克劳德的哥们儿来过办公室。他说想和你单独谈谈，是关于一份工作的事。”

杰奎琳放下咖啡壶，望着电话机。

“我告诉他你在南部。他说他正在南下路上，到了之后他会找到你。别生我气，天使。他似乎是个不错的人，长得也不错。我都不禁要妒忌了。爱你。再见。”

她按下重播键，又听了一遍留言，想确认自己没有听错。

“哦，顺便提一句，有位叫吉恩·克劳德的哥们儿来过办公室。他说想和你单独谈谈，是关于一份工作的事。”

她按下了删除键，手颤抖着，怦怦的心跳震动着肋骨。

杰奎琳坐在阳光朗照的露台上，回想着接受阿里·沙姆龙招募的那个夜晚。此前她用做模特的钱为父母买了一份退休礼物——赫兹利亚的一座临海小公寓。一旦她抽出几天空闲，就会到以色列去陪二老。后来她彻底爱上了那个国家。那是让她真正感到安全和自由的地方。她不需在那里隐藏自己的犹太人身份，这是她最喜爱的一件事。

一天晚上，在特拉维夫的一家爵士咖啡店里，一名老人出现在她的桌前。秃顶，很丑，钢边眼镜，卡其布裤子，一件短夹克，右胸上还撕破了一道。

“你好，萨拉，”他说，自信地微笑着，“我可以陪你坐吗？”

她抬眼看去，惊道：“你怎么知道我叫萨拉？”

“其实，我知道你的很多事情呢。我是你的大‘粉丝’呀。”

“你是谁？”

“我叫阿里，在一个组织里供职。我的组织同国防部有关联，不过不是很紧密的关联。我们的名称是协调合作研究所，简称为‘机构’。”

“好啊，咱们直来直去地把话说清楚，那样我最高兴。”

他把脑袋向后一甩，大笑道：“我们想和你谈谈一份工作的事情。你介不介意我叫你萨拉？把你当成杰奎琳，我感到有些困难。”

“现在只有我的父母依然叫我萨拉。”

“老朋友呢？”

“我只有新朋友，”她说，语气中露出伤感，“至少那些人自称是我朋友。我在马赛的那些朋友在我当模特以后都不理我了。他们觉得模特的工作让我整个人都变了。”

“可是你的确变了，不是吗，萨拉？”

“是，我想是吧。”接着，她想到，我怎么会对一个初次见面的男人说这些？真不知道他是不是对谁都这么自来熟。

“这不仅仅是一份工作，对吧，萨拉？这是一种生活方式。你得和时装设计师和著名摄影师混在一起。你参加花花绿绿的派对，同演员、摇滚明星、豪门的花花公子去高档的品牌餐厅。我自己就挺喜欢那个和你传绯闻的意大利人，我是在报上读到的。是啊是啊，你当然不再是当初那个马赛女孩了，不是那个祖父祖母在索比堡遇害的犹太小姑娘了。”

“你还真知道不少我的事情。”她仔细端详着他。她已经习惯了被有魅力的、精心雕琢的人群包围着，然而现在，陪着她的竟是一位丑男，戴着钢边眼镜，夹克衫还撕破了。他身上有一种原始的东西，也就是她常听说的所谓“以色列糙人”的味道。他是属于那种不会打领花还不以为然的男人。她感到他的魅力无与伦比。最重要的是，他勾起了她的好奇之心。

“身为来自马赛的犹太人，你应该知道我们的人民有很多敌人。很多人都想毁灭我们，把我们在这片土地上建设的一切都扳倒。”他一边说一边挥舞双手切割着空气，“多年以来，以色列同她的敌人们打了许多仗。眼下是没有战争，然而以色列依然在另一种战场上作战，秘密战争。这是一场永不休止的战争。就凭你护照上的国籍，还有，坦率地说，凭你的外貌，你就可以对我们大有帮助。”

“你是不是要我当间谍？”

他大笑：“我想这的确是极其富有戏剧性的。”

“你们要我做什么？”

“我要你成为一名Bat leveyha。”

“对不起，我不懂希伯来语。”

“Bat leveyha是我们的行业术语，意思是女性助理特工。身为女特工，你也许会受命为机构执行一些任务。有时候你需要扮演某位男性特务的妻子或女朋友。有时候你的任务也许是去获取情报，相比于男性特工，你这样的女性更容易获取那样的信息。”

他停顿片刻，趁机又点起一支烟：“还有时候，我们可能会让你执行另外一种任务。那样的任务会令有些女性非常厌恶，连考虑都不会考虑。”

“例如？”

“我们也许会让你去色诱一个男人——一个敌人，比如说，为的是让他堕入某个圈套。”

“以色列有那么多美女，你们凭什么就需要我呢？”

“因为你不是以色列人，因为你持有合法的法国护照，有正当的工作。”

“那个你们所说的正当工作，给我带来了大笔的收入。我可不想放弃。”

“如果你决定为我们工作，我想你的任务都是短期的，你所损失的收入也都会得到补偿。”他亲切地微笑着，“不过你三千美元一小时的出场费我想我是付不起的。”

“是五千。”她也微笑着说。

“恭喜你加薪了。”

“我必须考虑一下。”

“我理解，不过在考虑我提议的同时，请记住一件事情。如果在第二次世界大战期间，这世上就有个以色列国，那莫里斯和蕾切尔也许还活着。确保国家生存是我的工作，要是再有哪位老爷夫人想把我们的人民化作肥皂泡，我们总算能提供一个逃难的去处。我希望你能帮助我。”

他给了她一张名片，上面有他的电话号码，又请她第二天下午将做好的决定告诉他。随后他与她握过手，离开了。那是她平生握过的最刚硬的一只手。

该做出怎样的答复，她心里从来没有过犹豫。用一切客观的标准衡量，她的生活都是振奋而绚烂的，然而同阿里·沙姆龙给出的使命相比，一切都显得苍白无聊。无聊的拍摄、龌龊的中介、哼哼唧唧的摄影师——突然间，这些显得更加味同嚼蜡，更加虚伪了。

她回到了欧洲，赶上了秋季的时装季。她在巴黎、米兰、罗马都有合约，等到了11月，忙碌的季节过去了，她告诉马瑟尔·兰伯特，她太累了，需要休息。马瑟尔取消了她的日程安排，吻了她的脸颊，让她离开巴黎越远越好。那天夜里她来到夏尔·戴高乐机场的以色列航空的柜台，领到了沙姆龙留给她的一等舱机票，登上了飞往特拉维夫的航班。

她抵达本·古里安机场的时候，他正等候在那里。他陪着她走进机场大厅内的一间特别待客室。一切都似乎是精心设计好了，为了给她传递一个信息：如今你也是精英中的一分子了；你穿过一道隐秘的门，生活从此就大不相同。从机场出来，他带着她浮光掠影地穿过特拉维夫的大街小巷，来到“歌剧塔”中一间隐秘的公寓里，里面有巨大的露台，俯瞰着海滩前的海景大道。“今后几周，这里就是你的家。我希望它合你的胃口。”

“简直太美了。”

“今晚你好好休息。真正的工作从明天开始。”

第二天早晨她来到间谍学院，熬过了理论和情报技术的强化速成课程。他教给她如何在通信中不带个人情感色彩；他教她如何使用伯莱塔手枪，如何在衣服上割出便捷裂口，以便在紧急情况下迅速把枪掏出来；他教她撬锁技术，如何用特殊设备制作钥匙倒模；他教她如何侦测并破坏监听和监视。每天下午，她都要花两个小时同一个叫欧迪德的男人在一起，由他教她基本的阿拉伯语。

然而更多的时间，学院会开发她的记忆力和洞察力。他们将她独自留在一间屋里，在大屏幕上闪过一串人名，强迫她尽可能多地用心记下来。沙姆龙还把她带进一间小公寓，允许她用几秒钟时间查看室内，然后带她出门要求她详述其中的细节。他会将她带进午餐厅，要求她描述刚刚为他们服务的侍者的样貌。杰奎琳当时直言她完全记不得了。“你必须时刻洞悉周围的一切。”他说，“你必须假定那个侍者就是个潜在的敌人。你要时刻扫描，察看，时时处处都要审视判断。但同时又要表现得漫不经心、无所事事。”

她每天都训练到太阳落山。即使到了晚上，沙姆龙依然会出现在“歌剧塔”，将她领出来，在特拉维夫的街巷中继续接受培训。他带她去一间律师的办公室，要她破门而入，窃取某份文件。他会带她去一条时尚店汇集的街道，要她偷一件东西。

“你开玩笑。”

“比如你正在外国逃亡，身上没钱了，又没法联络我们，那怎么办？警察在搜捕你，你又需要尽快换身衣服，你还能怎样？”

“我在小偷小摸方面没有特殊才能。”

“不要做得太明显。”

她走进一间时服店，花了十分钟时间试穿。等她出来时，什么也没有买，手袋里却多了一件十分性感的黑色短裙。

沙姆龙说：“现在我要你找个地方换衣服，把你其他的衣物扔掉。然后在步行街的冰激凌摊外面和我会合。”

那是个11月初的晚上，天气还算暖和，许多人在街上闲逛散心。他俩手挽手沿着海边走，好似一位老富翁携着小情人，杰奎琳开心地舔着冰激凌。

“现在有三个人在跟踪你，”沙姆龙说道，“半个小时后和我在那间餐厅的吧台会合，然后告诉我那些跟踪的人在哪里。要知道我会派一名杀手去杀了他们，所以不可以犯错。”

杰奎琳实施了一套标准的反监控步骤，所用的正是沙姆龙此前教过她的手段。然后她来到吧台前，发现他正独自坐在一个角落里。

“穿黑夹克衫的；那个穿蓝色牛仔裤、耶鲁式汗衫的；还有那个金发女孩，肩胛上有玫瑰刺青。”

“错错错。你就这样白白害了三个无辜游客的性命。咱们再试一次。”

他们坐上一辆出租车，开出不远，来到了罗特希尔德大道。这是一条宽敞的商业街，林荫夹道，有商场、长凳、时尚咖啡店。

“老样子。有三个人在跟踪你。三十分钟后在塔马尔咖啡屋见我。”

“塔马尔咖啡屋在哪里？”

然而沙姆龙转过身，消失在步行街的人流中。半小时后，她找到了位于香径街上的塔马尔咖啡屋，再次同他会合了。

“是一个牵狗的女孩；一个戴耳机、穿斯普林丝汀衬衫的男孩子；还有一个集体农场出来的孩子，藏着乌兹冲锋枪。”

沙姆龙露出微笑：“非常好。今晚还有最后一项测试。看见那边那个独坐的男人了吗？”

杰奎琳点点头。

“去和他搭话，尽可能多地套他的话，能了解多少就了解多少，然后勾引他去你的公寓。等进了公寓大堂，自己想办法脱身，要不着痕迹。”

沙姆龙站起来走了。杰奎琳同那男人目光交流一番，又过了几分钟，他上钩了。他说自己名叫马克，来自波士顿，在一家同以色列有业务关系的计算机公司工作。他们交谈了一个小时，然后开始调情。然而当她邀请他回公寓的时候，他却坦承自己已经结婚了。

“太糟了，”她说，“我们本来可以共度美好时光的。”

他却迅速改变了主意。于是杰奎琳假意去洗手间，然后在公共电话亭给歌剧塔的前台打了个电话，给自己留了一则信息。然后她再次回到桌前，说：“咱们走吧。”

他们步行来到公寓。在上楼之前，她到前台问话。“你姐姐从赫兹利亚打来电话，”前台告诉她，“她给你公寓打电话了，没人接，所以她打到这里留了条信息。”

“她说什么？”

“你父亲心脏病发作了。”

“哦，我的上帝啊。”

“他们送他上医院了。她说他没事的，不过她希望你立刻赶过去。”

杰奎琳扭头对美国人说：“真对不起，不过我必须得走。”

美国人吻了她的脸颊，走了，垂头丧气的。沙姆龙在大堂另一边看到了完整的一幕剧情，他走上前，一脸怪笑好像个青春期的小男孩：“简直像一首纯情诗歌。萨拉·哈勒维，你天生是干这个的料。”

她真正执行的第一项任务并不要求她离开巴黎。当时机构正在力图招募一位伊拉克核武器科学家。此人住在巴黎，为伊拉克的法国供应商工作。沙姆龙决定设计一个“蜜糖陷阱”，于是将这项任务交给了杰奎琳。她同伊拉克人在一间酒吧见面，色诱了他，当晚就在他的公寓里和他过夜。他疯狂地爱上了她。杰奎琳对他说，如果想继续和她相会，就必须去见她的一位朋友，接受一项生意提案。那位朋友其实就是阿里·沙姆龙，所谓的提案也很简单：替我们工作，否则我们就告诉你的妻子和萨达姆的流氓特工，就说你和以色列特工睡觉了。于是伊拉克人只得同意为沙姆龙工作。

杰奎琳初次尝到了情报工作的滋味，她感到精神振奋。在这次打击伊拉克核野心的行动中，她不也扮演了自己的角色吗？她的所作所为也为保护以色列的国家安全出了力，阻挡了敌人毁灭这个国家的企图。甚至对于祖父祖母的死，她也算是小小地报复过一番了。

她又等了一年才等到下一个任务：在伦敦色诱并要挟一名叙利亚情报官员。这又是一次惊人的成功。九个月后，她被派往塞浦路斯去色诱一名德国化工公司的执行官，因为他将公司的产品卖给利比亚。这次的情况有些复杂。沙姆龙要她用药迷倒那个德国人，然后趁他昏迷时拍摄他公文箱里的文件。她再一次无懈可击地完成了任务。

那次行动后，沙姆龙陪她飞往特拉维夫，颁发给她一张秘密奖状，对她说，她的使命结束了。地下情报圈子里消息流传很快。如果再次出手，她的猎物就会对这位美丽的法国模特产生怀疑。她也许很快就会因此赔上性命。

然而她请求沙姆龙再给她一次任务。他不情愿地答应了。

三个月后，他把她派去了突尼斯。

杰奎琳曾经感到很奇怪，沙姆龙为什么要她在突尼斯的一座教堂里同加百列·艾隆会面。当时她看见他高高地站在一座平台上，正在修复一幅壁画，是耶稣升天的主题。她在生活中每天都和长得好看的男人一起工作，然而加百列身上有种味道令她喘不过气来。那是他双眼中强烈的专注力。杰奎琳想让他看看自己，就用注视壁画的那种眼神。她打定主意，要在行动结束之前就同他做爱。

第二天早晨他们动身前往突尼斯，然后在海边的一座酒店入住。最初的几天，他工作的时候就把她独自留下。他每天晚上才回酒店。他们一道晚餐，然后在海边的露天市场或沿着滨海大道闲逛，然后回到房间。房间里遭人监听的时候，他们会像情人一样交谈。他会和衣而卧，严格地睡在自己的半边床上，不越雷池半步，似乎他们之间隔了一道隐形的墙壁。

第四天上，他工作的时候带上了她。他给她看了突击队员登陆的预定海滩，以及目标人物的别墅。她对他更加情热起来。眼前的男人啊，他把生命都奉献给了祖国，为的是以色列不受敌人侵犯。她感到相比之下，自己又轻佻又无足轻重。她还发现自己眼睛盯上他就挪不开了。她想要伸手抚摸他的短发，摩挲他的脸和身体。那天晚上他们一同躺在床上的时候，她翻身骑在他身上，猝不及防地吻了他的嘴唇，然而他推开了她，在床下打地铺睡了。

杰奎琳想，我的上帝，我表现得愚蠢透了。

五分钟后，他回到床上，坐在她身边，随后又凑到她耳边悄声说："我也想和你做爱。可是不行。我结婚了。"

"我不在乎。"

"行动结束后你就再也见不到我了。"

"我知道。"

……

他完全是她梦想中的类型，技艺高超，有艺术气质，细心温柔。他的那双手令她感到自己化作了他修过的某一幅画作。她能感到他的眼睛在触摸着她。她感到一种愚蠢的骄傲，因为她终于突破了他的自律，成功地色诱了他。她希望这次行动永不终止。当然，这不可能，他们离开突尼斯的那晚是她平生最哀伤的日子。

突尼斯行动之后，她全心投入到模特工作中。她告诉马瑟尔，要他接受一切业务。她不停地工作，将自己逼到疲劳的极限。她甚至尝试同其他男人相处。一切都没有作用。她时刻都在想念和加百列在突尼斯的恋情。她的生命第一次陷入泥沼，然而她拿不出任何应对的办法。黔驴技穷之际，她找到沙姆龙要求他帮她联络加百列。他拒绝了。于是她做起了可怕的白日梦，幻想加百列的妻子如何死去。后来沙姆龙将维也纳的事情告诉了她，她又背上了难以忍受的罪恶感。

突尼斯的那晚之后，她再也没有同加百列说过话。她想象不出他为什么此时要见她。不过一小时之后，当她看见他的汽车停在她门前的车道上，她的脸上绽开微笑。感谢上帝，你来了，加百列，因为你可以像修画一样把我修好。

17

特拉维夫

中央情报局的执行总监阿德里安·卡特是一个很容易被人忽视的人。在漫长的职业生涯中，他也一向大大得益于此。他又矮又瘦，像个马拉松长跑运动员。他的头发稀稀落落的，戴着一副无边框的眼镜，看起来有三分医生的气质。他的裤子和夹克往往是皱巴巴的，就好像他刚刚穿着衣服睡觉了。在扫罗王大道又冷又摩登的会议室里，他显得格格不入，倒好像是误打误撞才进了这幢大楼。然而自从他跻身中情局反恐中心的领导以来，阿里·沙姆龙就一直同他合作。他知道卡特是个老练的特工，能流利地说六种语言，可以在华沙或贝鲁特的大街小巷之间同本地人混得烂熟。他还知道，此人在官僚系统里的手段绝不亚于他在专业领域的手段。实在是个棋逢对手的角色。

“巴黎的调查有何突破吗？”卡特问道。

沙姆龙慢慢地摇摇头：“我恐怕是没有。”

“一点也没有，阿里？我对此难以置信哪。”

“我们要是听见什么风吹草动，你难道不是第一个就知道了？你那边又怎样？截获了什么有意思的玩意儿，不妨分享一下吧。有没有什么友善的阿拉伯情报机构对你们透露了什么？有些事情他们是不愿意对我们这些犹太复国主义者说的。”

卡特刚刚结束了一次为期两周的区域之旅，此行的目的就是同波斯湾和北非的情报首脑们会谈。而扫罗王大道是他的最后一站。“没有，不好意思，”他说道，“不过我们通过其他渠道听到些毛毛雨。”

沙姆龙眉毛一扬：“哦，真的吗？”

“他们告诉我们，有街谈巷议说，巴黎袭击是塔里克操刀的。”

“塔里克已经很久没有动静了。他为什么会在这个时候干出巴黎这样的事情？”

“因为他要孤注一掷，”卡特说，“因为双方快要达成协议了，塔里克最想要的莫过于破坏和平进程。再者，塔里克把自己看作一个风云际会的历史人物，他受不了历史的机遇就这样从他身边溜走。”

“这是个有趣的理论，不过我们没有证据证明塔里克参与此事啊。”

“如果你得到这方面的证据，你一定会拿出来和我们分享，这个自然。”

“自然，自然。”

“我用不着提醒你，有一位美国公民同你们的大使阁下一同遇害。我们的总统已经向美国人民作出承诺，杀害她的凶手一定会接受正义的审判。我希望自己能帮助他兑现这个承诺。”

“咱们这一行的专业支持一定是你最可依赖的支柱。”沙姆龙伪善地说道。

“如果真是塔里克，我们希望能抓住他，把他带回美国审判。不过他要是死在什么地方，浑身都是点二二的弹孔，那我们就办不到这一点了。”

“阿德里安，你想对我说什么？”

“宾夕法尼亚大道的大白房子里的那位爷们儿希望用文明的方式

处理这件事情。如果经过证实，塔里克就是在巴黎杀害艾米莉·派克的凶手，他希望塔里克能在一座美国的法庭上受审。别来以牙还牙的那一套，阿里。别在什么小巷子里搞暗杀。”

“对于像塔里克这样的人，该采用什么样的手段，我们显然有不同意见。”

“总统先生还认为，冤冤相报的仇杀在这个时候或许很不利于和平进程。他认为你们如果用暗杀的方式作回应，会恰好中了圈套，因为那些人恰好希望把进程搞砸。”

“恐怖分子冷血杀害了我们的外交官，贵国总统希望我们做何处置？”

“你们他妈的得先克制一点！依在下愚见，在不得已的情况下，不妨先缩在拳台边上，前几个回合先挨几拳。也许那样更明智。先让谈判桌上的人有些回旋的余地。如果在签订协议以后极端主义者依然出击，当然要毫不犹豫地还击。不过千万不要在眼下就寻求报复，免得把事情搞砸了。”

沙姆龙身子一倾，搓着双手：“我能向你保证，阿德里安，不论是本机构或是以色列安全部门的任何一个分支，都没有计划采取任何针对阿拉伯恐怖组织的行动，包括对塔里克。”

“我敬佩你的审慎和勇气。总统先生也会的。”

“我也尊敬你的率直。”

“如果可以的话，我想向你提一个友善的忠告。”

“请吧。”沙姆龙说。

“以色列同一些西方国家的情报部门是有协议的，如果贵国的情报部门想在所在国的土地上采取任何行动，必须向所在国的情报部门发出通知。如果贵方违背这项协议，我可以向你保证，中情局和友邦们一定会有激烈的反应。”

“这个听起来不像朋友之间的忠告，倒像是居高临下的警告。”

卡特微笑着呷了一口咖啡。

总理正面对一大堆文件伏案工作，这时候沙姆龙进来了。他坐下来，简短地向总理汇报了他同中情局来客的会谈情况。“我太了解阿德里安·卡特了，”沙姆龙说，“他是个打牌的高手。嘴上不说，其实心里知道得可多呢。他要我别插手，否则就会有麻烦。”

“也许他已经有所怀疑，但是还没有足够的证据来和我们摊牌。”总理说道，“究竟是什么情况，你要拿个主意。”

“按照现在的情形，我想知道你是否还想让我按原计划行动。”

总理终于从他的文牍中挣脱，抬起头：“我想知道的是，你能不能照旧行动，但是不让中情局发现。”

“我能。”

“那就去做，我不搅和。”

18

普罗旺斯，瓦勒堡

午后时分，天气转冷。杰奎琳在做三明治，加百列把橄榄木的木柴堆放在壁炉里，用报纸引燃。他俯身蹲着，望着细细的火舌舔着木柴。每隔几秒钟，他就会伸出手去，调整某一块大木柴的火势或角度位置。他似乎可以长时间拿着烧热的木头却不会烫伤。最后他站起来，拍拍双手，去掉木屑和炭灰。他的动作真是从容自如，杰奎琳想，就像舞者深蹲后被舞伴举起来一般。他看起来似乎更年轻了，头发显得没那么灰白，眼睛更加清澈明亮。

她把食物放在一个托盘上，带进了客厅。这样的场景是她多年来梦寐以求的。某种意义上说，这个房间就是她为加百列准备的，装修的风格是她想象中他所喜爱的类型——石质地板、手工地毯、舒适的家具。

她将托盘放在咖啡桌上，自己在沙发上坐下。加百列坐在她旁边，往自己的咖啡里加糖。是啊，如果我们最终能在一起，就该是眼下这个样子。吃一餐简单的饭，去山里兜兜风，到山间古镇闲逛。也许还可以到海边去逛逛戛纳的古港口，或是去电影院看电影。然后回家，在炉火边做爱。打住吧，杰奎琳。

加百列说道："我再次出来为机构工作了，我需要你的帮助。"

好吧，到头来还仅仅是工作。加百列重新出山，需要她做一份工作。他打算假装什么事也没发生过，也许这样处理会更容易些。

“阿里告诉我你离开机构了。”

“他要我回来完成一个任务。你该知道沙姆龙想要什么的时候会是个什么情形。”

“我记得。”杰奎琳说，“听着，加百列，我不知道该怎么说才合适，我怎么想就怎么说了，对于维也纳发生的事，我感到非常难过。”

他扭头望向别处，双眼里冷冷的，没有流露任何表情。显然，莉亚是触碰不得的禁区。杰奎琳见过一次她的照片。加百列的妻子与她想象的一模一样——深色头发的以色列本地人，浑身散发出一种自信的光芒，这恰恰是法国长大的犹太人杰奎琳所渴望拥有的。加百列选择了莉亚这样的女人作为妻子，这恰恰使得杰奎琳更爱他了。

他突兀地改换了话题：“我想你一定听说了大使在巴黎遭袭击遇害的事。”

“当然。这太可怕了。”

“沙姆龙确信塔里克是元凶。”

“他要你去把他找出来？”

加百列点点头。

“为什么是你，加百列？你已经隐退多年了。为什么不使用其他特工？”

“也许你没注意到，机构最近遇到很多挫折，比它取得的成绩多得多。”

“塔里克多年以来处处压着机构一头。眼下你又怎么能找得到他呢？”

“沙姆龙在伦敦找到了一个他手下的特工。我在他的工作电话上装了监听，不过我还需要监听他的公寓，这样才能弄清他在和谁联系、说了些什么。如果我们运气好，也许能弄清楚塔里克下一个攻击目标是哪里。”

“你为什么需要我？”

“我需要你帮我进入他的公寓。”

“你为什么需要我帮助？你自己就知道如何撬锁，如何安装窃听器。”

“问题就在于此。我不想去撬他的锁。破门而入风险太大，我们会就因此失去主动权。我想要你替我进入他的公寓，复制一套他的钥匙，查看一下他用的是什么样的电话，然后我就可以复制一个。”

“我又怎么能进入他的公寓？”她是知道答案的，这个不在话下，她只是要听他说出来。

加百列站起来，往火里又加了一块木头：“尤瑟夫喜欢女人。他喜欢伦敦的夜生活。我要你和他在酒吧或夜总会相遇，和他交朋友。我希望你引诱他主动邀请你去他的公寓。”

“对不起，加百列。我没兴趣。让阿里给你配个新姑娘吧。”

他转过脸看着她。

她心想，他吃惊了，因为我对他说了不，他没预料到。

“我给了你一个机会，让你能帮我找到塔里克·阿尔·胡拉尼，阻止他杀害更多的犹太人，阻止他继续破坏和平进程。”

“我告诉你了，我已经做完了我的那份工作。该轮到别的女孩了。”

他再次坐下来。

“我理解沙姆龙为什么再次把你拉进来，”杰奎琳说道，“因为你是最能胜任的角色，可是你为什么需要我呢？”

“因为你也是个出色的角色，”他说完，又补充道，“还因为，我相信你。”

她心想，你想告诉我什么呀，加百列·艾隆？她说：“三周后我必须去加勒比群岛拍片。”

“我只需要你几天工夫。”

“我不能什么回报也没有吧？”

“我就要你，我也不会和别人谈条件，”加百列说，“所以，你现在有资本开价。”

他抬头看着天花板，计算着她需要多少。租金、装修、广告……

“五万。”

“法郎？”

“别开玩笑了，加百列。美元。”

他皱起了眉。杰奎琳挑衅地交叉起双臂：“五万美元，否则你就去找沙姆龙要别的女孩吧。”

“五万成交。”他说。

杰奎琳露出了微笑。

杰奎琳给马瑟尔打了电话，要他取消今后两周所有的拍摄合约。

“杰奎琳，你糊涂了吧？不是当真吧？你现在这样的状态已经很脆弱了，怎么能雪上加霜地取消合同呢？片约在这一行里是赢得声誉的最佳途径。”

“马瑟尔，我入行已经十七年了，我一向没有落下过撕毁片约的坏名声。有特殊情况，我必须离开几天。”

“你就指望我这样向人家解释？人家可都是想做好人才聘你的，我难道就对他们说一句‘她有特殊情况’？拜托，亲爱的。你不能这样做。”

“告诉他们我被一些事情绊住了。”

“比如呢？”

“麻风病。”她说。

“哦，好，太棒了，”他的语气突然变得严肃了，“对我说几句实话，杰奎琳。你不是出了什么麻烦吧，没有吧？你知道的，我是可以信任的人。我从始至终一直在你身边，记得吗？我知道你所有的秘密。”

“别忘了，我也知道你所有的秘密，马瑟尔·兰伯特。没有，我没有任何麻烦。就是有些事情，我得自己料理，而且刻不容缓。”

“你没生病，对不对，杰奎琳？”

“我的健康状况很完美。”

“不会又是可卡因上瘾吧，啊？”马瑟尔耳语道。

“马瑟尔！”

“做手术？眼睛美容？”

“去你妈的。”

“男人，为了一个男人？是不是终于有人在你的铁石心肠里留下烙印了？”

“我要挂机了，马瑟尔。过两天会给你打电话。”

“啊，我说对了！是男人！”

“你是我唯一的男人，马瑟尔。”

“我倒是巴不得。”

“回头见。”

“再见。”

他们在将近傍晚时出发，沿着蜿蜒的高速公路向北驶入群山。零零碎碎的云朵飘在峡谷上空。他们随着山势升高，此时硕大的雨点也落下来，砸在加百列租来的标致车上。杰奎琳将座椅放倒，望着一道道溪流从汽车顶窗流下来。不过她的心思已经聚焦在了伦敦和她针对的目标上。她点起一支烟，说道："给我讲讲这个人。"

"不，"他说，"我不能让你心里有任何成见，免得影响工作状态。"

"你之所以找到我，就是因为我做事能做到心中有数，加百列，给我讲讲他的情况。"

"他名字叫作尤瑟夫，在贝鲁特长大。"

"贝鲁特什么地方？"

"沙提拉。"

"上帝啊。"她说，闭上了双眼。

"他的父母都是一九四八年的难民。他们曾住在阿拉伯人的村子利达，但是战争期间他们越过边界逃到了黎巴嫩。他们在南部住了一阵子，然后搬到贝鲁特，想找工作，于是就在沙提拉难民营安顿下来。"

"他怎么会到了伦敦？"

"他有个叔叔把他带到了英国。他为尤瑟夫提供了保障，让他受了教育，学会了纯正的英语和法语。后来他变成了一个政治极端分子。他认为阿拉法特和巴解组织都是投降派。他支持那些主张继续战斗的巴勒斯坦领袖，支持他们将以色列从地图上彻底铲除的主张。他引起了塔里克组织的注意，几年之内就成了其中的积极分子。"

"听起来倒是引人入胜。"

"他还的确有些魅力。"

"有何嗜好？"

"他喜欢巴勒斯坦诗歌和欧罗巴女人。他帮助塔里克杀害以色列人。"

加百列驶离了机动车道，开上了一段小路，向东驶向山中。他们经过一座沉睡的村庄，转上一段泥泞路，路边是光秃秃的悬铃木夹道。他沿着道路行驶，直到他看见一扇通往一片空地的破木门。他停下车，下车将大门敞开，好让标致车顺利通过。他把车开进空地，熄灭引擎，将头灯开着。他拿过杰奎琳的手袋，从里面拿出伯莱塔手枪和备用弹夹。接着他拿起一本她的时尚杂志，将封面和封底撕下来。

“下车。”

“下着雨呢。”

“那又怎样。”

加百列再次下了车，穿过湿透的地面，又走出几米远，来到一棵树前，树上有一块“禁止擅闯”的牌子，挂在一枚弯曲的锈钉子上。他将杂志封面按在钉子帽上，然后走回了汽车。杰奎琳背靠着黄色的车头灯光，像一幅剪影一般站在雨里，头顶兜帽，双臂交叉。周围很安静，只能听见标致车散热器的嗒嗒声和远处农庄里的犬吠。加百列取出伯莱塔中的弹夹，检查了枪膛，确认过其中没有子弹，然后将手枪和弹夹一并递给杰奎琳。

“我想看看你是不是还会料理这些玩意儿。”

“不过封面上的女孩子我认识。”

“开枪打她的脸。”

杰奎琳将弹夹推入伯莱塔的屁股里，一手握枪，一手托住另一只手的掌根，以确保枪身的稳固。她向前迈了一步，举起枪，双膝微屈，将身体偏转过几度，心里勾勒出假想中的敌人。她毫不犹豫地开火了，坚定而有节奏地连射，直至弹夹打空为止。

加百列听着小小的手枪砰然作响，似乎突然间回到了当年罗马那座公寓楼的楼梯间里。杰奎琳放下伯莱塔，取出弹夹，检查子弹是否确实打完。她把枪抛还给加百列，说道：“咱们看看你怎么样。”

加百列只是将伯莱塔轻轻放进外套的口袋，走到树前查看她的成绩。只有一发脱靶，弹着点密集在右上部。他撕下封面将封底固定在同样的位置，又将伯莱塔递还给杰奎琳：“再来一次，不过这一次，一边射击一边前进。”

她将第二轮的弹夹塞进伯莱塔，拉动枪栓，向目标走近，边前进边射击。最后一枪几乎是在面对面的距离射出的。她撕下“靶子”，转过身，车头灯的光穿过纸上的弹孔。每一枪都命中了。她走回加百列身边，将伯莱塔和杂志封面递给他。

他说：“把弹壳捡起来。”

趁着杰奎琳捡拾弹壳的工夫，他从后备厢取出铁锹杆，把手枪的各个部件砸烂。他们回到标致车内，加百列将来时的路撇在身后，一边驾车一边又将伯莱塔部件和杂志封面沿路抛弃在夜幕之中。他们开过村子之后，他再次开窗，将子弹壳撒出去。

杰奎琳再次点起一支烟：“我表现如何？”

“你及格了。”

19

阿姆斯特丹

塔里克一下午都在赶路。他从船屋步行至中央车站，在那里买了一张当晚驶往安特卫普的一等车厢票。他由火车站走到了红灯区，穿过一条条迷宫般的小巷，经过一间间成人商店、妓院、无聊的酒吧，最后有一位毒品贩子把他拽到一边，向他兜售海洛因。塔里克经过一番砍价后，买下了三个人路上需要的剂量。他付了钱，将毒品放进口袋，走开了。

在达姆广场，他跳上一辆电车，向南经过城区，来到著名的鲜花市场。这是位于辛格尔运河边上的一个露天花卉市场。他来到最大的一处摊位，买一束精美的传统荷兰花卉，摊主问他打算花多少钱，塔里克向他保证钱不是问题。摊主脸上绽出微笑，请他二十分钟后回来取花。

塔里克漫步穿过市场，经过一束束斑斓怒放的郁金香、鸢尾花、百合、向日葵，最后来到一个正在画画的男人身前。此人一头短黑发，苍白肤色，冰蓝色的眼睛。他画的是鲜花市场的场景，市场外围有运河环绕，画面上还有一排山墙尖耸的房舍。很梦幻，是流动的色彩和光的组合。

塔里克伫立片刻，望着他的画作："你会说法语吗？"

“Oui[1].”画家答应道，眼睛依旧盯着画布。

“我很欣赏你的作品。”

画家微笑着说：“我也欣赏你的作品。”

塔里克点点头，走开了，心里却不知道这个疯癫画家到底在说些什么。

他在摊位上取了花，回到船屋。女孩睡着了。塔里克跪在她床边，温柔地摇晃她的肩膀。她睁开眼，望着他的眼神好像看见他发了疯。她又闭上眼：“几点了？”

“到工作时间了。”

“到床上来。”

“其实，我也许可以给你点别的东西，让你更享受。”

她睁开眼，看到了花，露出微笑：“给我的？为什么呢？”

“这是我自己的表达方式，感谢你的慷慨接待。”

“比起鲜花，我更喜欢你。脱了衣服，到床上来。”

“我还有别的东西给你。”

他拿出了几包白色的粉末。

趁着塔里克走进厨房，英奇匆忙穿上衣服。塔里克从抽屉里拿出一把勺子，又点起一支蜡烛。他用火苗给毒品加热，然而他没有将一包海洛因融入针剂，而是将全部三包都融了进去。完事儿之后，他将溶剂吸入针筒，又拿着它回到了前舱。

英奇坐在床沿。她已经在手肘上方绑好了橡皮带，正在查看小臂内侧，找寻淤血之间尚能下针的静脉。

“那根血管看起来还可以。”塔里克说，将针筒递给她。她用

[1] Oui，法语中肯定问句的肯定答复。

手掌抓住针筒，平静地将针头刺入自己的手臂。她用大拇指尖将活塞拉到底，这时候塔里克扭头看着别处，同时她的血液倒灌，同海洛因融为一体。接着她推动活塞，同时松开了橡皮带，将毒品汹涌地送入身体。

突然，她猛地抬起头，睁圆了眼睛："嘿，保罗，伙计，怎么回……"

她向后摔倒在床上，剧烈地抽搐颤抖着，已经排空的针筒依然挂在她的胳膊上。塔里克安静地走进厨房，一边做咖啡一边等着女孩完成她的死亡旅程。

五分钟后，他正在将自己的东西装进一只小旅行袋，却发觉船屋剧烈地摇晃起来。他抬头看去，吃了一惊。有人上了甲板！不到几秒钟，门就开了，一个高大健壮的男人走进客厅。他一头金发，双耳都戴着耳环。塔里克觉得他依稀同英奇有些相像。他本能地伸出手，摸到了别在后腰的马卡洛夫手枪。

男人看着塔里克："你是谁？"

"我是英奇的朋友，在这儿住好几天了。"他平静地说，努力整理着自己的念头。突然出现的男人令他猝不及防。五分钟前，他刚刚镇静地为女孩配好了致命的药剂，此刻他却面对着一位有可能破坏全局的不速之客。接着他想，如果我真的是英奇的朋友，那我就没什么可怕的。他强作笑脸，伸出手："我叫保罗。"

闯入者并不理会塔里克的手："我叫马丁，是英奇的哥哥。她在哪里？"

塔里克向卧室移动："你知道英奇这个人的，她还在睡觉呢。"他意识到自己没有关门，"让我把门关上，免得把她吵醒。我刚做了咖啡，你要来一杯吗？"

然而马丁从他身边走过去，走进了英奇的卧室。塔里克心想，该死的！局面这么快就失去了控制，他很惊异。他意识到，自己仅有五秒钟时间做出一个决定，该用什么手段杀了他。

最简单的办法，当然是枪杀。不过这会带来严重的后果。在荷兰，用手枪谋杀的案例几乎前所未闻。一个女孩插着注射器死去是一回事；不过如果是两具尸体在一起，其中一具身上还遍布九毫米弹孔，那就完全是另一回事了。那会被当作重案调查的。警察会讯问周围船上的主人，很可能还有人会记得他的脸。他们会向警察描述他的样貌，警察会将它转告给国际刑警组织，国际刑警会将它转告给犹太人。整个西欧的警察局和国家安全部门都会搜捕他。射杀马丁倒是可以干净利索，然而从长远看他却要付出代价。

他回头看看厨房。他记得炉台边的抽屉里有一把大号厨房用刀。如果他用刀杀了英奇的哥哥，那看起来会比较像一起激情杀人案或是普通的市井凶杀案。但塔里克却感到用刀杀人是极其恶心的。还有一个问题，一个更严重的问题。他很有可能无法做到一招致命地杀死对方。疾病已经开始损耗他的身体。他的力量和耐力都削弱了。同一位更强更壮的对手来一场殊死搏斗，那是他最不愿意陷入的局面。他似乎要看着自己的梦想就要为之破灭——破坏和平进程，战胜老对手加百列·艾隆，所有这些都将化作泡影，就因为英奇的哥哥在这个节骨眼上不合时宜地出现。蕾拉选人的时候真该再经心些。

塔里克听见马丁在尖叫。他决定了，杀了他，用枪。

他伸手去拔腰带间的马卡洛夫，却发现消音器没装在枪上。消音器跑哪儿去了？在外套的口袋里，外套在客厅的椅子上。妈的！我怎么可以如此大意？

马丁从卧室里冲出来，面如死灰："她死了！"

"你在说些什么？"塔里克说，竭力保持镇静。

"她死了！我说得还不明白？她用了过量的毒品！"

“毒品？”

塔里克朝外套一寸寸靠近。如果他能从口袋里抽出消音器，再旋在枪口上，下一步至少就可以无声无息地杀了他。

“她胳膊上吊着针筒。身体还是温的。多半是几分钟之前给自己打的针。是不是你他妈的给了她毒品，伙计？”

“我根本不知道什么毒品的事儿。”他立刻意识到，在眼前的情境下自己的语气太过平静了。马丁到来的时候，他曾努力做出不慌不忙的样子，而此刻，对于他妹妹的死，他的表现太过漫不经心了。马丁显然信不过他。他怒号着，穿过客厅扑向他，举着双臂，握着双拳。

塔里克放弃了取出消音器的努力。他抽出马卡洛夫，拉动枪栓，对准马丁的脸，一枪射穿了他的眼睛。

塔里克动作迅速。他做到了一枪置马丁于死地，但他也料想到相邻的船上或码头上一定有人听见了枪声。警察也许已经在路上了。他将马卡洛夫塞回腰带里，抓起行李、花束、子弹壳，走出船舱，走上船尾的甲板。夜幕已经垂下来，雪花飘落在阿姆斯特河上。黑暗可以帮助他。他低头一看，发现自己在甲板上留下了脚印。于是他边走边用脚擦去印记，最后一跃跳上岸。

他的脚步迅速，不过很安静。在岸边一个黑暗处，他将行李抛进河里，几乎听不见水花溅起的声音。即使警察发现了行李袋，其中也没有足以暴露他行踪的线索。等到了安特卫普，他可以新买一套换洗衣服和箱子。接着他想，只要我还能到得了安特卫普。

他沿着绅士运河向西穿过城区。有一刻，他想要放弃袭击计划，径直去中央车站，逃离这个国家。摩根索夫妇都是软柿子，政治价值也不高。凯末尔之所以选择他们，是因为刺杀他们很容易，而塔里克也可以以此给和平进程施加压力。然而此刻，由于船上的恶劣事故，被捕的危险戏剧性地增加了。也许取消一切行动是最佳选择。

他前方有一对海鸟从运河水面上飞起来，振翅高飞，它们的鸣叫在岸边的房屋间回响着。一时间，塔里克仿佛又成了一个八岁的孩子，正光着脚奔跑在西顿的难民营里。

那天下午接近傍晚时来了一封信，是寄给塔里克的父母的。信里说穆罕默德·阿尔·胡拉尼在科隆被杀了，因为他是恐怖分子——如果阿尔·胡拉尼家的幼子塔里克日后也成为恐怖分子，那他也难逃一死。塔里克的父亲让他去一趟巴解组织的办公室，问问这封信说的是不是真的。塔里克找到一位巴解组织官员，给他看信。巴解官员读了一遍，把信还给塔里克，命令他回家去告诉他的父亲，信里说的都是实情。塔里克跑着穿过肮脏的难民营回到家，一路上泪水模糊了他的视线。他崇拜哥哥。他想象不出没有他的生活会是什么样的。

还不等他到家，信里的内容已经在营中传开了。过去的几年里，其他家庭也收到了类似的信件。妇女们聚集在塔里克家门外。她们的号哭声、喋喋不休的嚼舌声同晚间的炊火一并升腾在营地上空。塔里克觉得那声音很像从沼泽飞来的一群鸟。他找到父亲，对他说信里说的都是真的，穆罕默德死了。父亲将信丢进火里。塔里克永远不会忘记父亲脸上的痛楚，以及那种难以言说的耻辱——自己的长子死了，而报信的就是杀手本人。

不，塔里克一边想，一边沿绅士运河走。他不打算取消袭击计划，也绝不会因为害怕被捕而逃跑。他已经走得太远，所剩的时间又太少。

塔里克来到豪宅近前。他爬上门前的阶梯，按响了门铃。片刻后，一个身穿女佣制服的荷兰女孩子把门打开了。

他举起花束，用荷语说道："给摩根索夫妇的礼物。"

“哦，好美。”

“挺重的。要不要让我来送进去？”

“谢谢你。”

女孩闪出道路让塔里克通过。她立刻关上门挡住寒风，一只手还扶在把手上，等塔里克将东西放在门厅的桌上后，好开门送他出去。他将东西安放好，转过身的时候已经抽出了马卡洛夫。这一回，枪口早已装好了消音器。

女孩张开嘴，不等她喊出声，他对着她的咽喉射了两枪。

他将尸体拖出门厅，从洗手间拿了条毛巾，擦去血迹。接着，他坐在昏暗的餐厅里，就等着大卫和辛西娅回家来。

20

巴黎

沙姆龙命加百列第二天早晨去杜伊勒里花园做一次简单的会面。加百列看见沙姆龙早已坐在了一条碎石小径旁边的长凳上，身边环绕着一圈鸽子。他脖子上围了一条瓦灰色的丝巾，丝巾两端齐整地塞在黑色外套里。如此一来，他的秃头就很像是安装在一个底座上。他站起身，摘掉一只黑皮手套，伸出右手同加百列握手，直愣愣的动作犹如举着一柄军用刺刀。加百列发觉他的手非同寻常的湿热。沙姆龙朝手套里哈了一口热气，迅速地重新戴好。他不适应寒冷的气候，而巴黎的冬天令他压抑。

他们快步走着，不像是两个在公园里谈天的男人，倒像是两个急着赶路的男人——在杜伊勒里，在碎石小径上，穿越寒风席卷的协和广场。他们走过香榭丽舍大道旁边的林荫辅道，一路上，枯树叶在敲打着他们的双脚。

“我们今早收到一份志愿特工从荷兰的安全机构里发来的报告，”沙姆龙说道，“塔里克在阿姆斯特丹刺杀了大卫·摩根索和他的妻子。”

“他们怎么能确定？”

“他们不能确定，但我能。阿姆斯特丹警方发现了一个女孩子死在阿姆斯特河的一艘船屋里。她用了过量的海洛因。她的哥哥也死了。”

“也是海洛因？”

“一颗子弹射穿了眼睛。”

“发生了什么事？”

“根据女孩邻居的说法，几周前有位阿拉伯女人搬到了船上，她在几天前离开了，又搬进来一个男人。一位法国人，自称保罗。”

“所以说塔里克事先就派了特工打前站，在阿姆斯特丹安置好住处，找到打掩护的女孩子。”

“等他用完了她，就哄她打了一针海洛因，剂量大得足够杀死一头骆驼。警方说那女孩有吸毒和卖淫的记录。显然，他认为可以把场面做得干净，就像一场吸毒超量的事故。”

“她的哥哥又是怎么死的？”

“船屋是他名下的财物。根据警方的说法，他一直在鹿特丹承包建筑工程。也许他是在塔里克谋杀她妹妹的时候突然出现的，事先没打过招呼。”

“有道理。”

“事实上，这个理论是有证据的。有几个邻居听到了枪声。如果塔里克事先有杀死她哥哥的计划，他大可以使用安静些的手段。也许他当时吃了一惊。”

“他们有没有对比过杀害其兄和刺杀摩根索夫妇的弹头？”

“完全吻合。同一支枪杀了四个人。”

一对瑞典青年夫妇正在摆姿态照相。加百列和沙姆龙猛地改变路径，走上了另一条路。

加百列问：“还有别的消息吗？”

“我要你在伦敦谨慎行事。有位中情局的哥们儿上礼拜向我打过招呼了。美国人也得到线报，知道塔里克参与了巴黎的刺杀。他们希望能逮捕他，送到美国接受审判。”

“受制于中情局是眼下我们最最不愿意碰到的事儿。”

“依我看，事情还在恶化。来自兰利[1]的那位爷撂下了不太客气的警告，提醒我们不要在某些国家擅自动手，否则会有不良后果。”

“他们知道什么具体情况吗？”

“我看未必，不过也不能太过绝对。”

“我回到了机构，希望不会害得我在英国被捕入狱。”

“只要你遵守纪律就不会。”

“谢谢你对我的信心。”

“你找到她了吗？”沙姆龙换了个话题。

加百列点点头。

“她愿意干吗？”

“我花了些工夫说服她，她同意了。”

“我的孩子们为什么都那么不愿意回家？我是不是一个很糟糕的父亲？”

“还好，只是有些过于苛刻。”

加百列在香榭丽舍的一座咖啡馆前停下来。杰奎琳就坐在窗户后面，戴着大墨镜，读着杂志。他们进门时她瞥了一眼，随后继续盯着杂志。

沙姆龙说：“看见你们又在一起工作了，感觉真好。这次不要再伤她的心了。她是个好女孩。”

“我知道。”

“你得在伦敦给她找个工作作掩护。我认识一个人正在招聘秘

[1] 兰利（Langley），美国中央情报局所在地。

书。”

“我比你早了一步。”

沙姆龙露出了微笑，走了。他融入了香榭丽舍大道的人群之中，不久就不见了影踪。

朱利安·伊舍伍德一路走来，穿过梅森广场潮湿的墙砖。此刻是下午3点半，他刚刚吃完午饭，正在赶回画廊的路上。他醉了。直到走出格林餐厅的那一刻，他才突然觉察到自己喝高了，于是深深吸了几口冰冷潮湿的空气。氧气复苏了他的大脑，警告着他的身体，他知道了，自己又一次灌了太多的红酒。共进午餐的伙伴又是那个矮胖子奥利弗·丁布尔比，他又一次提议要买下伊舍伍德的艺术馆。这一次伊舍伍德保持了镇定，理智地谈了谈条件，不过还是得依仗两瓶桑塞尔白葡萄酒为他助阵。他心想，一个人要是不得不讨论如何肢解自己的生意，借法国好酒来麻痹一下自己的痛楚，又有何不可。

他将外套拉起来裹住耳朵。一阵湿乎乎的疾风从杜克街的风口灌进来。伊舍伍德发觉自己被包裹在枯树叶和垃圾的漩涡里。他向前踉跄几步，双手遮挡着脸，一直等到大漩涡飞旋着离去。看在上帝的份上！这可怕的天气哟，简直就是西伯利亚。他想要一头扎进酒吧，再喝点什么暖暖自己的骨头。不过想想还是算了，今天下午已经喝得够伤身子了。

他用钥匙打开一楼的门，慢慢爬上楼梯，心想地毯真的该好好收拾一下了。在楼梯平台上，有一处小小的入口，里面是一家小旅行社。墙上挂着些海报，上面印着粗犷的女人，一个个晒得黝黑，半裸着在阳光下嬉闹。也许这对我是最好不过的事情，他一边想，一边盯着赤裸上身趴在白细沙滩上的女孩子。也许我该趁自己还结实的时候早早退出，逃出伦敦，去一个温暖的地方，自己舔伤口去吧。

他把钥匙推进锁里，打开门，脱了外套，挂在前厅的衣帽钩上。随后他走进办公室，打开了灯。

“你好，朱利安。”

伊舍伍德猛地转过身，发现自己和加百列·艾隆正碰了个脸对脸，“你！你个倒霉催的怎么进来的？”

“你真想知道？”

“我才不想呢，”伊舍伍德说，“你到我这里究竟要干什么？你之前又跑哪儿去了？”

“我需要帮助。”

“你需要帮助！你需要帮助——从我这里！你干了一半的活儿就溜了。你把我的宝贝韦切利奥丢在一间康沃尔郡的村舍里，什么安全措施也没有！”

“像韦切利奥这样的无价之宝，最出人意料的地方往往就是最好的藏身之处。如果让我来保管你楼下的那些宝贝，我一定会选用最简单的办法。”

“那是因为你是个怪胎！”

“不要这么感情用事，朱利安。”

“哦，真的吗？看看这样算不算感情用事？”他从书桌上端起一马克杯咖啡，径直泼在加百列的头上。

加百列看得出伊舍伍德刚刚喝高了，于是再次把他拽出门，想让他冷静冷静。他们沿着格林公园的步道绕圈子，最后伊舍伍德累了，坐在长凳上。加百列坐在他旁边，等到一对夫妇走远后，他又开口说话了。

“她会打字吗？”伊舍伍德问道，“她会接电话吗？她会记录留言吗？”

“我想她这辈子从来没踏踏实实工作过一天。”

“哎哟，多完美呀。绝对精彩！”

“她是个极聪明的女孩子。我可以肯定她在办公室里一定会帮上大忙的。”

“听着倒是舒服。我可否问问凭什么我要雇佣这位女性？”

“朱利安，拜托你。”

“朱利安，拜托你。朱利安，管好你自己的事吧。朱利安，闭嘴，按我说的做。你们这些人就会来这一套。如今我的生意一落千丈了。奥利弗提出要收购我的画廊。我决定如了他的愿。”

“奥利弗似乎和你不是一路的。”

“乞丐无权选择。你如果不抛下我，我又何至于到这个田地。”

“我没有抛弃你。”

“那你这叫什么，加百列？”

“只不过是我必须要去办些事情，就像过去那样。”

“过去那些事情都是事先有计划的。这一次，完全是生意上的事，完全是他妈的单纯的商业合约，加百列——你向我做出过郑重承诺。你和阿里去玩你们的游戏了，让我守着韦切利奥，你让我怎么办？”

“等着我，”加百列说，“一切很快就会解决，然后我会没日没夜地干活，直到完成为止。”

“我可不要粗制滥造。我把它交给你，就是因为我知道你能慢工出细活。如果只图快，当初就会雇个枪手，只要付他三分之一的钱就够了。”

“给我些时间。找好你的买家，无论如何，不要把画廊卖给奥利弗·丁布尔比。不然你永远也不会原谅自己的。”

伊舍伍德看了看表，站起身：“我有个约会。有个买家诚心想买一幅画。”他转身开始往回走，紧接着又停下脚步，说道，“顺便提一句，你把康沃尔郡的小男孩撇下不管，他可伤心了。”

“皮尔。”加百列漠然地说。

“真逗，加百列，我从来没觉得你是那种人，还能让小男孩为你伤心。告诉你的那位姑娘，让她明早9点来画廊报到。告诉她别迟到。”

“她会去的。”

“您推荐的这位秘书，我该怎么称呼她呀？”

“你可以叫她多米尼克。”

“漂亮吗？”伊舍伍德问，稍微恢复了他原有的幽默。

“还不错。”

21

伦敦，梅达谷

趁加百列搬行李的工夫，杰奎琳察看着她的新家，一室一厅的狭小公寓，一扇窗户俯瞰着一座小后院。一张折叠式沙发，一把旧皮革面的椅子，一张小写字台。窗户旁边是暖气片，暖气片旁边是一扇通往厨房的门。厨房的面积比加百列双桅船上的小舱室大不了多少。杰奎琳走进厨房，一格一格地打开柜门察看着，遗憾的是，每一格似乎都比上一格更脏、更恶心。

“我会派递送专员为你买些东西。”

“你就不能找个好点的地方？”

“多米尼克·伯纳德是一个巴黎女孩，来伦敦找工作的。我想在上流社区租一间三室豪宅似乎不大合适。”

“你是不是就住在那样的地方？”

“不是。”

“陪我几分钟。我感到一个人留在这里会很压抑。”

“就几分钟。”

她将水壶灌满，放在电炉灶上，拧开了开关。加百列找出一袋泡茶和一盒盒装牛奶。她做了两马克杯奶茶，端进了客厅。加百列正坐在沙发上。杰奎琳脱了鞋，在他旁边坐下，曲起腿，膝盖托着下巴：

“我们什么时候开始？”

“明晚。如果不成功，那就后天晚上再来。”

她点起一支烟，把头向后一甩，一口烟喷向了天花板。接着她看着加百列，眯起了眼：“你还记得突尼斯的那一夜吗？”

“哪一夜？”

“行动的当晚。”

“我当然记得。”

“我记得太清楚了，好像就在昨天。”她闭上双眼，“尤其是泅水回到小艇的过程。我太兴奋了，简直感觉不到自己身体的存在。我要飞起来了。我们真的办成了。我们闯进了巴解组织大院的中心，冲进了那王八蛋的房间里，把他给做了。我快活得要尖叫了。可我永远也忘不了你脸上的表情。你中了魔障。在船上的时候，你的神态就好像被杀的死鬼就坐在你旁边。”

“很少有人能理解面对面枪杀一个人是什么滋味。用枪抵住他的头，扣动扳机，那滋味就更少有人理解。在秘密战场上杀死一个人，不同于在戈兰[1]、西奈，就算你杀的人是阿布·吉哈德这样的畜生。”

“我现在理解了。我们回到特拉维夫以后，我觉得自己表现得好蠢。我当时以为你就像是打球赢得了比分，可其实你心里一片死寂。我希望你原谅我。”

“你无需道歉。”

“可我不理解的是，这么多年过去了，沙姆龙使了什么手段又把你勾回来了。”

“和沙姆龙一点关系没有，是因为塔里克。”

[1] 戈兰（Golan），即戈兰高地，以色列与叙利亚接壤的战略要地。

“塔里克怎么了？”

加百列无声地坐了片刻，然后站起来，走到窗前。在院子里，有三个小男孩正在昏暗的灯下踢球，在潮湿的风中，一张旧报纸如同一片灰烬，飘浮在他们的头顶。

“塔里克的哥哥，穆罕默德，是‘黑色九月’的成员。阿里·沙姆龙在科隆找到了他，派我去干掉他。我趁他睡着的时候溜进他的公寓，用枪对准他的脸。但我弄醒了他，让他不得安宁地死去。我打了他的两只眼睛。十七年后塔里克来报复了，就在我的眼前，他炸飞了我的妻子和儿子。”

杰奎琳双手捂住了嘴。加百列依旧盯着窗外，然而她知道，此刻他看到的是维也纳，而不是院子里玩耍的男孩。

“有很长一段时间，我一直以为塔里克犯了个错误，”加百列说，“不过他是从来也不会犯这种错误的。他谨慎、精细，是个完美的捕猎者。他盯上我的家人是有原因的。他要他们的命是为了向我报杀兄之仇。他知道这样比杀了我更厉害。”他扭头面对她，“站在专业的角度评价，他的手段妙极了。”

“所以现在你要杀了他报仇？”

他扭头看向别处，什么也不说。

“我一直为了维也纳的事情责怪自己，”杰奎琳说，“如果我们没有……”

“不是你的错，”加百列打断了她，“是我的错，我头脑应该更清醒。我的行为是愚蠢的。不过都过去了。”

他冷冷的言辞像匕首刺进她的胸口。她花了很长时间才弄灭了烟头，然后抬头看他：“你为什么告诉莉亚我们俩的事？”

他在窗前站了一会儿，什么也没说。杰奎琳担心自己说得太多。

她想找个法子缓和气氛，改换个话题，然而与此同时，她又急切地想知道答案。如果加百列没有坦承外遇的事，莉亚和丹尼就不会到维也纳去——那里可是他执行任务的是非之地。

“我告诉她因为我不想对她撒谎。我的整个生活就是一个谎言。沙姆龙说服了我，让我相信自己做得很完美，可我不完美。那次是我平生第一次表现得有点人情味，带点人性的软弱。我想我需要和她分享这些。我想我需要找个人，原谅一下我的某个过失。”

他拿起自己的外套，面孔扭曲了。他生气了，不是生她的气，是生自己的气。“明天你还要度过漫长的一天，”他又恢复了郑重的工作语调，“快安顿好，好好休息。朱利安9点钟等着见你。”

接着，他走了。

收拾行李分散了她的注意力，不过只有几分钟。随后痛楚再次袭来，如同挨过耳光后的刺痛。她瘫在沙发上，哭起来。她又点起一支烟，环顾着乏味的小公寓。我这究竟是在做什么？她同意回来工作，其中一个原因是她认为她能让加百列爱上她，然而他却把他们在突尼斯的恋情归结为一时的脆弱。还有，过去了这么多年，他为什么又要回来捕杀塔里克？仅仅为了报仇？以牙还牙？不，她想，加百列的动机比这深得多，也复杂得多，远远不是单纯的报复。也许他需要杀了塔里克，如此方能原谅自己，放下对莉亚和丹尼的愧疚，继续自己的生活。但是他最终能不能原谅我呢？也许唯一能赢得他原谅的办法，就是帮助他杀了塔里克。而我能为他的刺杀计划做出的唯一贡献，就是想办法让另一个男人爱上我，让他上我的床。她闭上双眼，想到了尤瑟夫·阿尔·陶菲吉。

加百列将汽车停在了阿什沃思路。他故意做出将钥匙掉在人行道的样子，然后假装摸黑找钥匙。其实他是在查看汽车的底盘，看看有什么异常的东西，也许是一大块固体，也许是一段导线。车看起来没问题，于是他又钻了进去，启动引擎，在梅达谷和诺丁山绕圈开了半个小时，为了确信自己没有遭到跟踪。

他为自己而气恼。一向以来，他受的教诲是，不能保守秘密的男人是软弱的、没用的。这个观念先得自他的父亲，再得自阿里·沙姆龙。他的父亲是奥斯维辛的幸存者，却拒绝谈论集中营的事。他只打过加百列一次——当时加百列要求父亲讲讲集中营里发生了什么。如果不是他右边额角上的刺青的数字，加百列也许永远不会知道父亲曾经饱受苦难。

的确，以色列这个地方聚集了太多饱受创伤的人。有些母亲亲手埋葬过自己死于战争的儿子，有些孩子亲手埋葬过死于恐怖分子之手的兄弟姐妹。维也纳惨剧之后，加百列遵守着父亲的教诲：有时候人们会死得太快，默默悼念就好了。不要像阿拉伯人那样，把苦难当袖标戴在外面。哀悼过后，站直身子，继续生活。

这是最后的一步了——继续生活——而正是这一步带给加百列最大的困扰。他为维也纳的惨剧自责，不仅仅因为同杰奎琳的婚外情，还因为当初他杀死塔里克哥哥所采用的方式。他想让穆罕默德清醒着死去。加百列的伯莱塔静静地将第一颗子弹射进他的头颅。他眼里的恐怖让加百列感到满足。沙姆龙曾要求他以恐怖对恐怖，以他们的想法思考，以他们的行为办事。加百列相信自己是遭了报应，因为他已经允许自己变得和敌人一个样子。

他已经惩罚过自己了。他在心里一扇一扇地关上门，锁上窗户，杜绝生活中曾经的快乐之源。他在时空中漂游，想象着鬼魂也许能造访他所生活过的空间。他们能够看到所爱的人、所拥有的东西，却没办法与之交流、相触、通感。他所能体验的美感，只能在艺术里，在腐朽的时间隧道里；只能通过修复那些粗率收藏者手里的古画来实现。沙姆龙把他变成了一个破坏者。而加百列又把自己重塑为一个修复者。不幸的是，他竟没有能力修复自己。

那又为什么将自己的秘密告诉杰奎琳？为什么会回答她那些见鬼的问题？最简单的回答就是我乐意。当他走进她在瓦勒堡的别墅那一刻，加百列感到一种平凡的愿望，他想分享自己的秘密，坦白以往的痛苦和失望。然而当时还有更重要的事，他也没有必要向她解释自己的心境。他想到了自己对皮尔母亲的幻想，那傻乎乎的过程，还有当他对她道出真相后的结局。这个情节反映了加百列深层的恐惧，他害怕向别的女性承认自己是个职业杀手。而杰奎琳已经知道了他的秘密。

有一件事情，也许杰奎琳的态度是对的，他想。也许他的确应该向沙姆龙要求，再换一个女孩子。杰奎琳曾是他的“特工女伴”，明天他却要将她送上另一个男人的床。

他将车停在公寓楼附近，沿着人行道快步走向大楼入口。他抬头看看自己的窗户，嘟囔着：“晚上好，卡普先生。”他想象着卡普的样子，料想他也正端着望远镜，顺着窗户窥望加百列，说：“欢迎回家来，加布。好久啊，好久没你的音信了。”

22

伦敦，梅达谷

第二天早上，杰奎琳沿着埃尔金大道朝梅达谷地铁站走去，她感到一种莫名的兴奋。一向以来她过的是过分享乐的生活——太多的金钱，太多的男人，好东西都是唾手可得、不在话下。坐地铁上班，如此普通的事情反而让她感到一种安慰，虽说上班只是为了掩护身份。

她在书报店买了一份《泰晤士报》，然后走进车站，顺着阶梯一直来到售票厅。昨天晚上她已经研究过地图了，也记下了地铁的路线。线路的名字真有意思：千秋节、黄环、绿区、维多利亚。要想去圣詹姆斯的画廊，她得从梅达谷乘贝克鲁线到皮卡迪利广场站。她在自动售票机上买了一张票，然后穿过闸口，踏上了通往月台的自动扶梯。到目前为止，一切还好，她心想。伦敦啊，又多了一位上班族女孩。

她原想看几分钟报纸，放松放松，然而列车一到站，她的想法就打消了。香烟的烟雾浓重，无药可救，车上乘客挤得贴着玻璃。杰奎琳一向注重保护她的个人空间，于是打算等下一列车，看看情形是否会好些。她看了看表，却发现没有时间可以耽搁了。车门打开，却只有几个人下车。似乎车上没有她站立的空间了。伦敦本地人会怎么办呢？她夺路上车，将手袋紧紧贴在胸前。

列车猛然启动了。站在她旁边的男人将昨晚的啤酒酒气径直喷在她脸上。她牵动颀长的身板，向后仰头，闭上双眼，吸了一口门缝间渗漏进来的新鲜空气。

几分钟后，列车到达皮卡迪利广场。户外的雾霭变成了小雨。杰奎琳从手袋里拿出雨伞。她快步走着，努力赶上自己周围办公室一族的脚步，对于迎面而来的车辆，还要精微地改变行进方向。

拐到杜克街，她朝身后一瞥。离她数英尺外，加百列身穿皮夹克和黑色牛仔裤，正紧紧跟随。她沿着杜克街向南走，一直来到梅森广场的入口。

加百列经过她身边时，用手肘顶了她一下："你没有尾巴。替我向朱利安问好。"

画廊同加百列事前描述的一模一样，嵌在一家运输公司和一家酒吧中间。门边上有一块面板，面板上有两个按钮，分别对应两个名字：卢卡斯旅行社，伊舍□德艺□馆。她按了按钮，等了等，又按了·次，随即看了看表，又按一次。没有反应。

她穿过梅森广场，又走上杜克街，找了家可以坐下等人的小咖啡馆。她点了咖啡，带着《泰晤士报》在窗边坐定。十五分钟后，也就是9点20分，她看见一名穿戴时髦的灰发男子疾步沿杜克街走来，急急忙忙的，倒像是急着参加自己的葬礼。他俯身穿过门洞，消失在了梅森广场内。伊舍伍德，她心想，没错了。

她将报纸塞进手袋，悄悄走出咖啡馆尾随着他。她跟着他穿过梅森广场，直奔画廊。趁他开锁的时候，她喊道："伊舍伍德先生，是你吗？我一直在等你。"

伊舍伍德转过身。他微张着嘴巴，看着她走过来。

"我是多米尼克·伯纳德。我想你今天早上也等着见我。"

伊舍伍德迅速清了清嗓子，看他的神态，好像是想不起来哪一把钥匙是用来开办公室门的。“是啊，对，没错，呃，”他结结巴巴地说，“太抱歉了，该死的地铁，你理解的。”

“我来给你拿箱子吧。也许那样你会顺手些。”

“喔，也好，你是法国人。”他说，听起来似乎是对她的最新发现，“我能说流利的意大利语，不过我的法语恐怕是很糟糕的。”

“我肯定我们用英语就可以交流得很好了。”

“是啊，当然。”

最后，他终于自己搞定了门锁。他打开门，姿态有些殷勤过度，等着她先走上楼梯。到了楼梯平台处，伊舍伍德在旅行社门前停下来，审视着一张海报上的女孩子。他转过头，看了杰奎琳一眼，然后转头又盯住了那照片上的女孩：“你知道，多米尼克，她这可真像你的孪生姐妹。”

杰奎琳微笑着，说道：“别傻了。”

伊舍伍德打开画廊的门，带杰奎琳来到前台。

“有个叫奥利弗·丁布尔比的男人今天上午会来访。他看起来就像一根英国香肠裹着一身西装。他到了就把他请上来。在此之前，请允许我带你在画廊里四处看看。”

他递给杰奎琳一对穿在蓝色松紧带上的钥匙。“这是给你的。我俩不管谁离开画廊，门都要锁好。解锁密码是五，七，六，四，九，七，三，二，六。记住了吗？”

杰奎琳点点头。伊舍伍德不太相信地看着她，她迅速重复了那一串数字，没有出错。伊舍伍德显然很惊奇。

他们走进一座小电梯，里面仅能容下两名乘客。伊舍伍德将钥匙插进安全锁孔，扭动钥匙，又按下了标着“B”的按钮。电梯吱吱呀呀地摇晃起来，然后才缓缓下行，停下来的时候轻轻一顿。门开了，他们进入了一间阴冷、黑暗的房间。

“这是坟墓。”他说，扭亮了灯。这是一间狭小的地下室，塞满了大小画幅，有的装框了，有的没装，就搁在墙内的凹槽里。“这是我的仓库。数百件作品，很多都很值钱，但更多的是放在市场上不太值钱的，或者是根本不值钱的，所以这个地方灰尘越积越多。”

他带她回到电梯，这次他们是上行。门开了，眼前是一间又高又大的屋子。灰色的早晨的阳光从一个玻璃圆顶流泻进来。杰奎琳警惕地向前走了几步。伊舍伍德拨动一个开关，整个房间又上了一层光。

她似乎踏进了一座博物馆：墙面是乳白色的，格调清新，硬木地板抛光后如同上了一层釉彩。木板地面的中央，有一张矮长凳，上面包着深紫红色的天鹅绒。墙上挂的都是巨幅的画布，来自天花板的聚光碘钨灯照亮了它们。雨水柔和地敲打着玻璃穹顶。杰奎琳坐在矮凳上。这里有卢伊尼的《维纳斯》、德尔·瓦加的《基督诞生》、博尔多纳的《基督洗礼》，还有一幅震撼的风景画，是莫奈的作品。

“看得人喘不过气，”她说，“我觉得我到了卢浮宫。你一定经常来这里。”

“当我需要思考的时候就会来。你只要高兴，随时可以来。午餐自带。”

“我会的。谢谢你带我来这儿。”

“如果你想在这里工作，起码要了解周围的环境。”

他们乘电梯下楼，回到办公室。杰奎琳坐在自己的办公桌前，拉开抽屉，随手翻弄着纸夹和笔，又试用了一下复印机。

伊舍伍德说：“你应该知道怎么用这些东西，对不对？”

“我想我一定会很快进入状态的。”

“哦，仁慈的主啊。”他嘟囔道。

奥利弗·丁布尔比于11点准时到达。杰奎琳通过安全摄影头审视了他一番，他的确很像一根裹了西装的香肠。她为他打开安全门，请他上楼。他第一眼看到她的时候，立即收了收肚子，一脸讪笑："你就是朱利安新聘的女孩吧，"他一边说道一边同她握手，"我叫奥利弗·丁布尔比。非常高兴见到你。非常高兴，真的。"

"来啦，奥利弗，"伊舍伍德在内间喊道，"来来来，哥们儿。放开她的手，快进来。咱们的时间也不充裕啊。"

奥利弗不情愿地松开她的手，走进伊舍伍德的办公室："告诉我，朱利，亲爱的。我要是真的买下这地方，那位天使也一同转交吗？"

"哦，快闭嘴吧，奥利弗。"伊舍伍德关上了门。

杰奎琳回到自己的办公室，琢磨着如何使用传真机。

下午4点，一个电话打到了烤肉卷饼工厂。加百列整整等了三分二十秒才等到尤瑟夫接听电话。他知道这期间的精确间隔时间，因为后来他用秒表测量过。尤瑟夫没来的时候，他听到的是厨房里厨工们的饶舌，说的是黎巴嫩的阿拉伯语，穆罕默德是下午的当班经理，他正尖声吆喝着一名侍者，要他去清理第十七号桌。尤瑟夫最终来到电话前的时候，似乎有些轻微气喘。接着，整段谈话延续了三十七秒钟。通话结束后，加百列反复倒带，无数次地听着录音，最后卡普唯有哀求他别再听了。

"相信我，加布，这里没什么特别的阴谋。两个男人，他们说的都是上哪里喝一杯，把女孩子弄上床的事情。你还记得你当初是怎么泡妞的吧，啊？"

然而加百列为的是下一步的行动，他要派杰奎琳前往对方的地盘，还要确保不把她送进圈套。所以，他又听了一遍——

“咱们今晚还出门吗？”

“当然。去哪呀？”

“大当家酒吧，莱斯特广场，9点。”

“我会去的。”

暂停，倒带，播放。

“咱们今晚还出门吗？”

“当然。去哪呀？”

“大当家酒吧，莱斯特广场，9点。”

“我会去的。”

暂停，倒带，播放。

“咱们今晚还出门吗？”

“当然。去哪呀？”

“大当家酒吧，莱斯特广场，9点。”

“我会去的。”

加百列拿起电话，拨出了伊舍伍德艺术馆的号码。

23

伦敦，莱斯特广场

大当家酒吧坐落在莱斯特广场的西南角。它有两层楼，有一扇扇巨大的窗户，所以加百列坐在户外的一张冰凉的木凳上，依然能看到里面的情形，就好像观看一场多层舞台上的表演。成群的游客和摄影者从他身旁经过。街头艺人的表演也开场了。在广场的一侧，有个德国人正对着一只破麦克风唱着吉米·亨德里克斯的歌，伴奏的是一把可以放大原声的电吉他。在另一侧，一帮秘鲁人正在演奏山地音乐，他们的观众是一群染着紫色头发的都市朋克。离酒吧大门数英尺的地方，有一座真人扮演的雕塑，冻僵一般立在一个支架上。他的脸上涂着古铜色油彩，用恶毒的目光盯着加百列。

五分钟后，尤瑟夫到了，陪他同来的是一个消瘦的棕发男子。他们在大门口贿赂了大猩猩一般壮硕的门卫，突破了门禁。片刻后，他们出现在二楼的窗户里。尤瑟夫向一个瘦长的金发女打了招呼。加百列从外套口袋里拿出手机，拨了一个号码，嘟囔了几句，然后按下了挂机键。

五分钟后，杰奎琳到了，还穿着早上去伊舍伍德画廊时同样的衣服，然而她已然垂下了她的长发。她来到门卫面前，询问还需要等候多久。门卫立即闪开，根本不管聚集在外面的其他客人。看着杰奎琳消失在酒吧之中，加百列听到有人嘟囔：“法国骚娘们儿。”

她上了楼，给自己买了一杯葡萄酒，在尤瑟夫和他的朋友数英尺以外的窗边坐下。尤瑟夫依然在和金发女交谈，然而片刻过后，加百列看到他的目光移到了右手边深色头发的修长女孩身上。

二十分钟后，加百列和活人雕塑都在原地没有动，但尤瑟夫已经撇下了金发女，移坐在杰奎琳身边。她用自己的眼神奉承着他，倒好像无论他说了什么，都是她平生听到的最引人入胜的事情。

加百列盯着真人塑像，塑像也盯着他以眼还眼。

到了午夜时分，他们离开酒吧，在打旋的风中步行穿过广场。杰奎琳打着寒战，双臂抱在胸前。尤瑟夫伸出一只胳膊搂住她的腰，将她向自己拉紧。她能感到酒劲上来了。她发现适当地依赖酒精对眼下这种情景是有帮助的。她喝的量刚好，可以释放矜持，不用为了同一个彻底陌生的人睡觉而羞怯，而这样的羞怯可能会暴露她的身份。同时，这点酒又不至于让她失去自我保护的本能。

他们在查令十字街搭上一辆出租车。

杰奎琳问：“你住哪儿？”她知道答案，然而多米尼克·伯纳德不知道。

“我在贝斯沃特有间公寓，在苏塞克斯花园。我们要去吗？”

她点点头。他们沿着查令十字街行驶，经过一间间黑了灯的店铺，然后向西转到牛津街，朝马伯拱门方向驶去。有时候，他们会经过一间亮着灯的商店，或是经过一盏路灯，她会短暂地看清他的脸，就像屏幕上闪过一张照片，然后迅速被拿走。她琢磨着他的面貌。他的下巴方方正正，简直就是规整的直角。他的鼻子又细又长，曲线精致。他的嘴唇厚实饱满。睫毛很长，眉毛很宽。他精细地刮过胡子，没有喷古龙水。

根据加百列对她的描述，她本以为尤瑟夫会是个傲慢而过分自信的人。不料他的表现却称得上聪明，那是一种令人愉悦舒服的聪明，其中甚至带着几分害羞。她想到了自己在塞浦路斯色诱过的德国化工专家。他是个秃顶，还有口臭。晚餐的时候他就告诉她自己是如何如何恨犹太人。后来，上了床，他又要她做出各种恶心的事情。

他们行驶到埃奇威尔路，一转弯，来到苏塞克斯花园。她很想抬头看看，找到加百列设定窃听点的那间公寓。她不由自主地盯上了尤瑟夫。她用手指抚摸他下颚的曲线："说真的，你可真英俊。"

他面露微笑。她心想，女人的这种恭维，他已经习惯了。

出租车来到楼前。这是块寡淡无味的地方，方头方脑的战后建筑，透出一股俗气。他扶她下车，向司机付了钱，带她走上一小段台阶，来到大门前。他习惯用前脚掌走路，似乎随时准备奔突或跳跃。她想，这点同加百列一样。她又琢磨着，此刻加百列会不会正监视着他们呢。

他拿出钥匙，找出开大门的那一把——她注意到，是耶鲁型的。他将它插进锁孔。在他引领下，他们穿过铺着格子地毡的小门厅，走上灯光暗淡的楼梯。她想象着他接下来要做些什么。开一瓶酒，播放轻柔的音乐，或是点燃蜡烛？又或者，他会不会像做买卖一样直奔主题？如果他们能聊聊，也许她可以了解些他的情况，这样对加百列会有帮助。于是她决定尽量延长色诱的时间。

在他的单元门前，他拿出第二把耶鲁型钥匙，打开了锁死的门，然后又打开了样式古老的防盗门。三道锁，三把不同的钥匙。不成问题。

他们进了公寓，房内一片黑暗。尤瑟夫关上门，随即第一次吻了她。

杰奎琳说："我一整晚都盼着你这么做。你的嘴唇好美。"

“我一整晚都盼着做别的事情。”他又吻了她，“我给你弄点喝的好吗？”

“你要是有，给我来一杯葡萄酒就好。”

“我想是有的。我来看看。”

他扭开了灯，一盏廉价的立灯放出光线，投射在天花板上，他将钥匙放在门边的一张小桌上。杰奎琳将手袋放在了钥匙旁边。沙姆龙的训练开始派上用场了。她迅速审视着房间。这是一间革命知识分子的寓所，陈设稀疏，实用简约，如同进了野外的营帐。地毯上覆盖着三块廉价的东方风格的地毯。茶几很大——那是一块方形的大硬纸板，盖在四座煤砖的墩子上，四把互不搭配的椅子各站一边。桌子中央是一个烟灰缸，足有餐盘大小，其中残留着几种品牌各异的烟蒂，有几枚还沾着唇膏的印迹，包括两种不同的颜色。烟灰缸周围有五六只小杯子，其中残留着土耳其咖啡的污渍，形状好似罗夏墨迹测验的痕迹。

她将注意力转向了四壁。墙上贴着鲍勃·马利和切·格瓦拉的海报，一幅汤米·史密斯和约翰·卡洛斯在1968年墨西哥奥运会上戴着黑色手套、举起拳头的照片。还有一面黑绿红的巴勒斯坦国旗和一幅版画，版画的内容是一名妇女正在给一名即将步入婚礼的村姑沐浴。她认出此画是易卜拉欣·甘纳姆的作品。屋里到处都是书，有的成堆，有的成垛，似乎正等着浇上汽油再点上一把火。一卷又一卷的中东史、中东战争史，阿拉法特、萨达特、本·古里安、拉宾的传记。

“你读了好多书啊。”杰奎琳说道。

“我读书成瘾。”

“你是哪里人，不介意我问问吧？”

“巴勒斯坦。”

他从厨房回到屋里，递给她一杯红葡萄酒。接着他举起一只手：

“跟我来。”

加百列站在自己的窗前。卡普的激光麦克风收录下他们的谈话，然而听起来的效果却像是在收听一盘断断续续的卡带。当他们来到卧室，准备做爱的时候，加百列说：“关掉。”

“可是，加布，这才是最精彩的地方。”

“我说了，关掉。”

卡普调低了麦克风，关掉了电源：“我饿了。我要去走走。”

“去吧。”

“你没事吧，加布？”

“我挺好。”

“你真的行吗？”

“快走吧。”

一小时后，尤瑟夫从床上爬起来，走到窗前，拉开窗帘。黄色的街灯将他的橄榄色皮肤染成了旧报纸的颜色。杰奎琳俯身趴着，下巴支在双手上，望着他，目光随着他肩膀的轮廓线移动，从上至下，从方正的双肩一直看到肌肉劲健的腰部。她琢磨着，加百列会不会也正在看着他呢？

尤瑟夫在看街道，查看停靠的车辆，审视对面的建筑。他轻轻转动身体，她看到在他背上有一道又宽又长的疤痕，从右肩胛骨一直延伸到脊柱的中部。他们做爱的时候她摸到过。摸起来又硬又糙，如同砂纸，如同鲨鱼皮。

他此前的表现，是位温柔的情人，动作细腻，努力为她带去欢愉。他在她体内时，她闭上眼，想象着他是加百列，当她摸到他肩胛之间的伤疤，她想象着那是加百列的伤疤，是他执行某次秘密任务时留下的痕迹，她希望自己的双手能将它抚平。

“你在看什么？”她问道。

尤瑟夫转过身，双臂交叉在胸前。

“你以前同阿拉伯人做过爱吗，多米尼克？”

她心想，你这是在转移话题。她说：“你是我第一个。也许过一会儿我得再做一次。”

“我们睡在一起的时候就不要了。”

“我们现在不算睡在一起吗？”

“这个随你怎么说。”

“好吧，我们现在算是正式睡在一起了。”她翻过身，仰面躺着，望着街灯投在她身上的光影，想象着它就是加百列凝望的眼神。“如果我们正式睡在一起了，你觉得要不要彼此加深些了解？”

他微笑着说道：“你想了解些什么？”

“我想了解，你的后背到底是怎么回事。”

他再次转动身子，望向窗外。

她看了看床头柜上的数字闹钟。

“我过去的一些事情，你听了也许会不舒服的。”他说。

“你做过的坏事？”

“不，多米尼克。是别人对我做的坏事。”

“那你后背上的疤是怎么来的？”

他转过身望着她：“我是在黎巴嫩的一座难民营长大的，南贝鲁特的沙提拉难民营。也许你听说过沙提拉，多米尼克。”

“当然，我听说过沙提拉。”

“巴解组织在沙提拉营里有办公室，所以，1982年以色列侵略黎巴嫩的时候，每天都轰炸营区。有一架以色列战斗机发射了一颗导弹，击中了我们家住的那幢房。房子塌了，砸在我身上，一大块水泥把我背上的皮肉撕开了。”

“你为什么会在黎巴嫩？”

“那是因为我们全家被犹太人从祖先的家里赶出来，离开巴勒斯坦，逃难到了黎巴嫩。”

杰奎琳望着天花板。

尤瑟夫说：“我给你讲故事的时候，你的目光为什么躲开了？”

“我在吧里的夜总会遇到过一些以色列人。当时他们在和一帮法国学生辩论这个问题。他们说当初在巴勒斯坦，犹太人原本也用不着赶走阿拉伯人，因为阿拉伯人是自己要离开的。”

尤瑟夫笑出了声，摇着头：“我看你是听信犹太复国主义的鬼话了，多米尼克。巴勒斯坦人会自愿放弃住了几百年的祖宗之地，就为换取几个难民营和一段流放生涯？鬼话。阿拉伯人自己的政府要求巴勒斯坦人离开家园？全是鬼话。”

“这些说法都是假的？”

“你觉得听起来像真话吗？”

“不太像。”

“既然如此，那就相信你的直觉吧，多米尼克。如果一件事情听起来就很不合理，那多半就是不合理。你真的想知道犹太人到底对我的人民做了些什么吗？你想知道我的全家究竟怎么流落到贝鲁特难民营的吗？”

“我只想知道你。”

“我是巴勒斯坦人。把我同我的人民和历史分隔，那是不可能的。”

“那就告诉我。”她说。

“顺便问一句，你去的是巴黎的哪间夜总会？”

“什么？”

“你遇到以色列人的那间夜总会。是哪一家？”

“我记不得，很久以前了。”

“努力回忆一下，这很重要。”

“我们管这叫al-Nakba，就是大灾难。”

他穿上了一条宽松的棉睡裤，套上了一件印着伦敦大学的汗衫，似乎是突然间才意识到赤身裸体有些不好意思。他给了杰奎琳一件蓝色的礼服衬衫。虽然没有明说，但意思是非常清楚的，al-Nakba这样神圣肃穆的话题，怎能轻佻地裸着身体谈论呢？杰奎琳坐在床中央，一双长腿盘在身前，看着尤瑟夫踱步。

“当初联合国提出了一个方案，要将巴勒斯坦划分为两个国家，犹太人看了方案，发现里面有个严重的问题。那帮复国主义者来到巴勒斯坦，为的是建立一个犹太人的国家，可是照这个方案，将近一半的国民都得是阿拉伯人。犹太人接受了联合国的分割计划，可他们心里很清楚，阿拉伯人是不会接受的。阿拉伯人凭什么接受？犹太人只占有百分之七的巴勒斯坦，然而他们却要接手这个国家的百分之五十，这其中包括沿海最肥沃的海岸平原，以及上加利利地区。你在听吗，多米尼克？”

“我在听。”

“犹太人设下一计，要将阿拉伯人从计划中的犹太人国土上赶出去。他们还给计划起了名字——计划D。当阿拉伯人进攻的时候，这个计划就启动生效了。他们的计划就是驱逐阿拉伯人，把他们赶走，本·古里安就是这么说的。就是要清洗犹太人所占巴勒斯坦境内的阿拉伯人。没错，就是清洗。我可不是随随便便用这个词的，多米尼克。这不是我发明的词。这是锡安主义者[1]自己的词语，在他们的计划里，他们要把我的人民赶出巴勒斯坦，他们使用的就是这个词语。”

“听起来他们的行为就像塞尔维亚人。”

“事实也的确如此。你听说过一个叫代尔亚新的地方吗？”

“没有。”她说。

“你对中东冲突的观念是复国主义者为你确立起来的，所以你从来没听说过这个地方，我就毫不奇怪了。”

“给我讲讲代尔亚新是怎么回事。”

“那是座阿拉伯人的村庄，就在耶路撒冷通往特拉维夫的路上。它现在已经不存在了。现在那里是一座犹太村庄，改名为卡法·沙乌尔。”

尤瑟夫闭上双眼，顿了片刻，似乎接下来的话太过伤痛，难以说出口。当他重新开口说话的时候，他的语气平和，就像在回忆一个亲爱的逝者，记述他在人间最后的平凡往事。

“村里的长者们跟着锡安主义者来到一个住处，于是四百名住在代尔亚新的阿拉伯居民以为他们安全了。复国主义者向他们保证过，他们的村子不会受到攻击。不过在4月的一天，凌晨4点钟，伊尔根组织和斯特恩帮的成员来到代尔亚新。在中午之前，三分之二的村民已经遭到了屠杀。犹太人把男人和男孩集中在一起，让他们面对一面墙壁站住，然后开始射杀。他们挨家挨户地杀死女人和孩子。他们炸毁房屋。他们射杀了一名怀着九个月身孕的妇女，然后又割开她的子宫，取出孩子。有名妇女冲上去想救那孩子的命，一个犹太人把她也

[1] 锡安主义者（Zionist），即犹太复国主义者。锡安系耶路撒冷的一座山，曾为古犹太人的政治和宗教中心。

射杀了。”

“我不相信巴勒斯坦发生过这样的事情。”

“当然发生过，多米尼克。屠杀之后，消息像野火一样在各个阿拉伯村庄中传遍了。当时犹太人占尽了有利形势。他们在卡车上安装了高音喇叭，发布警告。他们要求阿拉伯人离开，否则当地就是另一个代尔亚新。他们捏造消息，说是伤寒和霍乱疫情爆发。他们播放阿拉伯语的秘密广播，伪装成阿拉伯领袖，敦促巴勒斯坦人撤离，以免遭受血洗。这才是巴勒斯坦人离开的真实原因。”

“我完全不了解。”她说。

“我的家乡是利达村。同代尔亚新一样，利达这个地方已经不复存在了，现在叫作洛德。他妈的锡安主义者在那儿建了机场。同阿拉伯自卫者打了一仗之后，犹太人进了利达村。那真是一片恐慌。二百五十名阿拉伯村民死于战火。村子被攻陷后，那个司令问本·古里安，怎么处置阿拉伯人。他说：‘让他们走！’驱逐的命令实际上是伊萨克·拉宾签署的。有人告诉我们全家，限十分钟之内收拾好东西，把一只旅行袋尽可能地装满，然后离开。他们开始逃亡。犹太人讥笑他们，向他们吐口水。这就是巴勒斯坦的真相。这就是我的身世。这就是我恨他们的原因。”

然而杰奎琳此刻想到的却不是利达的阿拉伯人，而是马赛的犹太人，是莫里斯和蕾切尔夫妇——在那个夜晚，维希政权的宪兵带走了他们。

“你在发抖。”他说。

“你的故事让我心里不踏实。回到床上来。我要抱着你。”

他重新爬到床上。他的身体轻柔地罩住她，吻她的唇。“今大的课上完了，”他说，“我明天继续，只要你还有兴趣。”

“我有兴趣，非常有兴趣，真的。”

"你相信我对你说的这些吗？或者，你觉得我只是一个狂热的阿拉伯人，一心只想把犹太人赶下海？"

"我相信你，尤瑟夫。"

"你喜欢诗歌吗？"

"我很爱诗。"

"诗歌对巴勒斯坦人民来说是很重要的，我们有了诗歌，就可以倾诉自己的苦难。诗歌给我们勇气，去面对我们的过去。有个叫穆茵·贝斯索的，那是我最喜欢的诗人。"

他再一次吻了她，然后开始背诵。

洪水去了
带去我族我民的所有
此土，所剩的唯一索绳
与一柱裸尸
漂浮于大泽
此外，别无
我小童我亲族
撇弃在此土
裸尸浮肿
谁人知他有几何数
此土
废败荒芜
此土
累累尸骨
此土
深渊荼毒

唯有面包的碎屑
还在我的掌心
簌簌
簌簌

她说："好美。"

"用阿拉伯语读起来更美。"他顿了片刻，又说，"你会说阿拉伯语吗？"

"当然不会。为什么问这个？"

"只是随口一问。"

早晨，尤瑟夫将咖啡送到她床头。杰奎琳坐起来，迅速地把它喝了。她需要咖啡因的振作方能展开思考。她夜里没睡觉。有好几次，她想溜下床，不过尤瑟夫睡觉很不踏实，她担心弄醒了他。如果他发现她在制作钥匙的倒模，而且制作倒模的特殊装置还是藏在伪装的睫毛膏盒子里的，那她可就再也无法圆谎了。他会认定她是以色列间谍。他还大有可能杀了她。与其被他抓住，还不如舍弃倒模安全撤离他的寓所。她希望做到进退有度，为了加百列，也为了她自己。

她看了看表，将近9点钟了。

"对不起，我让你睡到了这么迟。"尤瑟夫说道。

"没关系。我确实是累了。"

"是舒服的累，对吗？"

她吻了他，说道："那是非常舒服的累。"

"打电话告诉你老板，就说你今天请假，就为和阿拉伯人尤瑟夫·阿尔·陶菲吉做爱。"

"我认为他听不出这里边的幽默。"

“这个男人从来没想过在大白天和女人做爱？”

“说实话，我也不知道。”

“我要去冲个澡。欢迎你一起来。”

“我上班前从来不会这样。”

“我的目的就是不想让你去。”

“去洗吧。还有咖啡吗？”

“在厨房。”

尤瑟夫走进卫生间，半掩上门。杰奎琳继续躺在床上，直到她听见他走进了淋浴间。于是她从毯子里钻出来，悄悄走进厨房。她给自己倒了半杯咖啡，然后走进客厅。她将咖啡放在小桌上，紧挨着尤瑟夫的钥匙，然后坐下来。淋浴声依然在继续作响。

她把手伸进自己的手袋，摸出睫毛膏的盒子，打开盒盖，向里瞥去。其中填满了可塑性陶瓷材料。她需要做的，就是把钥匙放进去，合上盖子，再挤压一下，假化妆盒就能做出一个完好的倒模。

她的手颤抖着。

她小心地拿起钥匙，不让它们发出任何声音，然后选出第一把：开临街大门的耶鲁型钥匙。她将它放进盒子里，盖上盖子，压紧。她打开盒盖，取出钥匙。倒模形成，很完美。同样的工序，她又重复了两次，一次是第二把耶鲁型钥匙，另一次是防盗门的钥匙。她拿到了三副完美无缺的倒模。

她合上盒盖，将钥匙小心地放回原处，将睫毛膏盒放回手袋。

“你在那儿干什么？”

她抬起头，吃了一惊，随即恢复了镇静。尤瑟夫正站在房间的中央，身上裹着浴巾。他站在那里多久了？他看见了什么？该死，杰奎琳！你为什么不看着门口的动静？

她说：“我在找我的烟。你见过吗？”

他指着卧室："你把烟留在里面了。"

"哦，是，天哪，有时候我真是丢了魂儿了。"

"你就为了这个？就为了找香烟？"

"那我还能干什么？"她摊开胳膊，指着斯巴达式的粗陋客厅，"你觉得我会偷你的什么值钱宝贝吗？"

她站起来，拿起手袋："你用完浴室了吗？"

"用完了。你上卫生间为什么要带包？"

她心想：他起疑了。一瞬间，她真想夺路逃出公寓。紧接着却想：面对这样的问题，我应当感到受了冒犯。

"我担心我要来例假了。"她冷傲地说道，"我不喜欢你的态度。你们阿拉伯男人一觉醒来都是这样对待情人的？"

她擦着他的身体走过去。她自己也吃了一惊，没想到自己居然能把话说得那么坦然坚决。她拿好衣物走进浴室的时候，双手都在颤抖。盥洗后，她将池里的水放掉，一边穿好衣服。接着，她开门出去。尤瑟夫在客厅里。他穿上了褪色的牛仔裤、汗衫、一双轻便皮鞋，没穿袜子。

他说："我给你叫辆出租车。"

"不麻烦了。我自己能回家。"

"我陪你走出去吧。"

"我自己认得路，谢谢你了。"

"你怎么了？你为什么这种态度？"

"因为我不喜欢你对我说话的腔调。到目前为止，我还算尽兴。也许我还可以和你找机会再会。"

她打开了门，走进门厅。尤瑟夫跟着她。她快步走下楼梯，然后穿过大堂。

在大门口，他抓住了她的胳膊："我很抱歉，多米尼克。我有时候有些神经过敏。如果你活在我的世界里，你也难免有过度的防卫心理。我对你没有别的意思。我怎么才能有所补救呢？给个机会吧。”

她勉力露出微笑，尽管此刻心跳正重重敲打着她的胸骨。她不知该怎么办。她已拿到了倒模，然而也有可能压模的时候已经被发现了，或者，他至少已经怀疑她在“做什么”。如果她自觉心里有鬼，那么最自然的反应应该是拒绝他的邀请。因此，她决定接受他的歉意。如果加百列认为这个决定有误，她还可以找个借口取消下次约会。

她说：“你可以带我去吃一顿像样的晚餐。”

“什么时间？”

“6点半，来画廊找我。”

“太好了。”

“别迟到。我受不了男人迟到。”

接着，她吻了他，走了。

24

伦敦，梅达谷

杰奎琳回到自己的公寓，此时加百列正坐在沙发上，喝着咖啡。“事情进展如何？”

“挺好的。给我来点你喝的这种咖啡，好吗？”

她进了浴室，关上门，开始往浴缸里放水。接着，她脱了衣服，钻进热水里。片刻后，加百列来敲门了。

“进来。”

他进了浴室。一见她已经在浴缸里，他似乎有些吃惊。他转头望着别处，寻找放咖啡的地方。“你感觉如何？”他问道，目光闪躲着。

“你杀人以后感觉又如何？”

“我一向感觉很脏。”

杰奎琳掬起一捧水，从脸上淋下来。

加百列说：“我需要问你一些问题。”

“我准备好了，你随时可以问。”

“我可以等到你穿好衣服。”

“我们曾经像夫妻一样住在一起，加百列。我们还做了夫妻做的事。”

"那不一样。"

"为什么不一样？"

"因为那是执行任务中的必要环节。"

"什么环节，睡一张床，还是做爱？"

"杰奎琳，拜托你。"

"也许你不看我，不过是因为我和尤瑟夫睡过觉了。"

加百列瞪了她一眼，出去了。杰奎琳浅浅一笑，又钻进水里。

"电话是不列颠电信的产品。"

她坐在一张破裂的太空椅上，身上裹着一件白色厚睡袍。她一边背出了机器的型号名和编号，一边用一条毛巾擦着湿头发。

"卧室里没有装电话，但是有一台无线电闹钟。"

"什么牌子？"

"索尼。"她又向他背出了产品型号。

"咱们暂时再回顾一下电话的问题，"加百列说，"有什么标志性的记号？有没有写着电话号码的价格标签，不干胶贴？再有，有没有什么会给我们制造问题的东西？"

"他把自己幻想为一个诗人、历史学家。他随时随刻都在写东西。另外他好像拨号码的时候用的是一支笔的笔尖，因为号码键盘上全是笔尖留下的痕迹。"

"什么颜色的墨迹？"

"蓝和红。"

"什么样的笔？"

"你什么意思？就是写字用的笔呗。"

加百列叹了口气，不耐烦地看了看天花板："是圆珠笔？自来水笔？又或者是尖头钢笔？"

“尖头笔，我认为是。”

“你认为？”

“尖头笔。我肯定。”

“很好，”他用哄孩子的口吻说道，“那么，现在，你说说，那是细头、粗头，还是中号的笔头？”

她缓缓地竖起了又细又长又嫩的右手中指，向加百列挥舞。

“我就只当你想说粗头笔。那钥匙呢？”

她伸手摸进手袋，将银色的睫毛膏盒抛了过去。加百列按动盒盖弹簧，掀开盖子，看了看倒模。

她说：“咱们也许有个麻烦。”

加百列合上盖子，抬起头。

杰奎琳说：“我想，他也许看到了我拿他的钥匙。”

“说详细些。”

她向他叙述了事件的全部细节，最后试探着说道：“他还想再见我。”

“何时？”

“今晚6点半。他会到画廊来找我。”

“你接受邀请了吗？”

“是的，不过我可以……”

“不必，”加百列打断了她，“这样最好不过。我要你去见他，迷住他，绊住他，给我足够的时间，让我进入他的公寓，装好窃听器。”

“然后呢？”

“然后问题就解决了。”

加百列从后门溜出了公寓楼。他穿过庭院，翻过一道煤砖墙，跃入一条充满蓝啤酒罐和碎玻璃的小巷。接着，他走进了梅达谷地铁站。他感到不踏实。因为尤瑟夫要第二次约会杰奎琳，这让他不舒服。

他乘地铁来到考文特花园。有位递送专员正等在市场里排队买咖啡。还是上一次在滑铁卢车站负责为加百列递送报告的同一个男孩。一只黑色的软皮革公文包由一根单肩带子挂在他身后的一侧，侧面的夹层露在外面。加百列此前已将盛着尤瑟夫钥匙倒模的银色盒子放在了一个棕色信封里——标准尺寸，空白，没有特殊记号。他坐在桌前喝茶，双眼有条理地扫视着人群。

递送专员买好了咖啡，迈步走开。加百列站起身跟着他，滑溜溜地穿过人群拥挤的市场，一路接近，一直跟到了他的身后。加百列瞄准专员呷一口咖啡的时刻，一头撞在他身上，咖啡溅在他胸前的夹克上。加百列道了歉，然后走开了，此刻，棕色的信封已经稳妥地放在了专员皮包的外夹层里。

加百列迂回着逛过圣贾尔斯，穿过新牛津街，然后来到托特纳姆路，那里有几家经营电子产品的专卖店。过了十分钟，他造访过两家商店之后，上了一辆出租车，穿过伦敦市区，直奔苏塞克斯花园的监听站。在他的座位旁边的袋子里，装着四件东西：一部索尼无线电闹钟；一部不列颠电信的电话机；两支尖头钢笔，一支蓝色，一支红色，都是粗头的。

卡普坐在餐厅的桌前，透过一具带灯泡的放大镜，察看着无线电闹钟和电话机的内部部件。加百列一边看着卡普工作，一边想到自己在康沃尔郡的工作室，想象自己当初如何透过瓦尔德牌显微镜察看着韦切利奥的画面。

卡普说道："我们称之为'热麦克'；你们的机构管它叫'玻

璃’，要是我没弄错的话。”

“你一如既往地正确。”

“这是一个小小的装置，特别棒，能听得到他的整个公寓，同一个装置，也能兼顾他的电话。一份价钱，两份功能，可以这么说。你永远也不用担心电池要不要换，因为发射器的电源是来自电话机的。”

卡普停顿片刻，集中精力做着手上的活计。“这些装好以后，监控工作就算是得到自动导航了。录音带是声控激活的，从声源传来信号的时候它们才会转动。如果你因故要离开公寓，回来以后可以随时重播磁带。我的工作基本结束。”

“我会想你的，兰迪。”

“加布，我好感动。”

“我知道。”

“你们干得漂亮，派了一位这样的姑娘去。如果硬闯，会很难收拾。拿到钥匙永远是上策，进去安装设备之前别忘了打电话探路。”

卡普将电话机的后盖盖好，递给加百列：“该看你的了。”

修画师加百列拿起了笔，开始在键盘上做记号。

凯末尔·阿佐里当天早晨一直在苏黎世的施洛兹公司总部，同他的销售部门开会，后来他收到一条短信：泰勒先生想同你谈谈上个礼拜四的发货问题。凯末尔于是提前结束了会议，打了一辆出租车，来到火车北站，坐上了一列欧洲之星赶往伦敦。短信早不来晚不来，这让他很不解。泰勒先生是伦敦一位特工的代号。“发货的问题”也是暗语，意为事情紧急。星期四则是表示，该特工希望在4点15分在夏纳步行街同他会面。凯末尔大步流星走过滑铁卢站的出站大厅，在门口钻进一辆出租车。不久之后，他的车疾驰过了威斯敏斯特桥。

他让司机把车停在切尔西皇家医院。他沿河步行，在阴沉的天色中走着，一直来到贝特西大桥，停下等人。

他看看表，4点12分了。

他点起一支烟，等着。

三分钟后，4点15分，一个英俊的青年人，身穿着黑皮夹克，出现在他身边。

“泰勒先生，想必是你吧？”

“咱们走走吧。”

“对不起，大老远把你拖到伦敦来，凯末尔。不过我实在需要清楚所有可能采取的对策。”

“她叫什么名字？”

“她自称名叫多米尼克·伯纳德。”

“法国人？”

“自称是。”

“你怀疑她撒谎？”

“我不确定。我拿不准，不过今天早晨她很有可能翻过我的东西。”

“你最近遭过跟踪吗？”

“至少我没有觉察过。”

“她是哪里人？”

“她自称来自巴黎。”

“她在伦敦做什么？”

“在一家画廊工作。”

“哪一家？”

“那个地方叫伊舍伍德艺术馆，在圣詹姆斯。”

“你和那女人在哪里约会？”

“我按约定要在两小时后去见她。”

“一定要去，同她保持关系。说真的，我希望你们之间发展成一种非常亲密的关系。你觉得能胜任吗？”

“我能做到。”

“我会和你保持联络的。”

25

伦敦，圣詹姆斯

当天晚上，时间还早的时候，安全门铃鸣叫起来，当时伊舍伍德正一边料理着一堆账单，一边品着威士忌。他守在写字台前没有动。说到底，接待来客不是前台女孩该做的吗？不过铃声再次响起来的时候，他抬起了头：“多米尼克，有人在大门口。劳你驾？多米尼克？”

紧接着他才想起来，他此前刚派她去储藏室把一幅画放回去。于是他站起来，不耐烦地走到前厅，瞥着监控屏幕。外面站着一位青年男子。大约是地中海气质，长得蛮好看。他按下对讲机的按钮：“不好意思，关门了。你也看到了，我们只接待有预约的客人。今天早晨你为什么不来电话呢？我的秘书本来可以给你安排些时间的。”

“其实，我就是来找你的秘书的。我名叫尤瑟夫。”

此时杰奎琳走出电梯，来到前厅。

伊舍伍德说：“有个孩子叫尤瑟夫的，就在楼下，他说是来找你的。”

杰奎琳看了看监控。

伊舍伍德说：“你认识他吗？”

她按下了按钮，打开了正门的锁：“是啊，我认识他。”

“他是谁？”

“一个朋友。一个好朋友。”

伊舍伍德下巴一坠，张大了嘴，眼睛也瞪圆了。

杰奎琳说：“如果你感到不舒服，也许你应该离开。”

“是啊，我想那样比较明智。”他回到自己的办公室，穿上夹克。他回到前厅的时候，那阿拉伯人正在吻着杰奎琳的脸颊。她说：“尤瑟夫，我来给你介绍，这位是伊舍伍德先生，画廊的主人。”

“很高兴认识你，尤瑟夫。我本来很乐意留下来聊聊，不过我要赶个约会，快迟到了。所以不好意思，我真的得走了。”

“你不介意我带尤瑟夫参观一下画廊吧？”

“当然不介意，我很乐意。别忘了锁好门，多米尼克，亲爱的，谢谢了。明天早晨见。很高兴认识你，尤瑟夫。再见。”

伊舍伍德匆匆下楼，快步穿过梅森广场，逃到格林餐厅的吧台前。他点了一杯威士忌，迅速喝完，心里始终在嘀咕着，加百列的这位姑娘竟然真的把恐怖分子带到自己的画廊里。

加百列坐在维多利亚堤岸的一张长凳上，手里拿着一份《每日电讯报》，望着灰色的河水慵懒地从黑修道士桥下流过。在第十三版上，一份写给沙姆龙的暗语报告藏在广告下面。十分钟后递送专员到达。他走过加百列身边，朝圣殿教堂地铁站走去。他戴着帽子，这说明他没有遭到跟踪，下一步行动可以安全展开。加百列跟着他进了车站，顺着自动扶梯来到月台。列车到站的时候，两个男人走进了同一间拥挤的车厢。他们被挤在一起，于是交换物件的动作就极难为人察觉了。尤瑟夫的钥匙和加百列的前线报告交换完毕，加百列在帕丁顿车站下车，返回监听站。

杰奎琳说："我有东西要给你看。"

她带尤瑟夫走进电梯。他们静静地等着电梯上行。门开了，她拉起他的手，来到黑着灯的画廊中央。她说："闭上眼睛。"

"我不喜欢这样的游戏。"

"闭上眼睛，"她又调皮地补了一句，"我保证不会哄你的。"

他闭上眼。杰奎琳穿过房间，来到灯光控制板前，伸手在大厅的弱光灯按钮上按了一下，说道："现在睁开眼吧。"

她转动旋钮，将灯光慢慢调亮。尤瑟夫的嘴巴不自主地微微张开。他看着周围的一幅幅作品："好美。"

"这是全世界我最喜爱的地方。"

尤瑟夫上前几步，来到一幅画前："我的上帝，这是莫奈的真迹。"

"是，没错。这是他最初的几幅河上风景之一，很值钱的。你看看他处理阳光的手法。莫奈是最先利用阳光作为整幅作品光源的画家。"

"莫奈生在法国，可他几乎毕生都生活在威尼斯，要是我没记错的话。"

"说实话，你记错了。莫奈一直生活工作在罗马，就住在西班牙广场附近古塔街的一间小公寓里。他后来成了整个意大利最炙手可热的风景画家。"

尤瑟夫转头看着她："你对绘画了解很多。"

"其实我知道得很少，但是近朱者赤，我毕竟在这里工作。"

尤瑟夫问道："你在这里工作多久了？"

"大约五个月了。"

"大约五个月？这是什么意思，确切地说，是六个月还是四个月？"

“确切说是将近五个月。你为什么要知道这个？这对你为什么那么重要？”

“多米尼克，如果我们的关系要继续下去，那么我们对对方就必须绝对诚实。”

“关系？我以为我们只是睡睡觉。”

“也许我们之间可以更进一步，不过前提是不能有谎言，不能有秘密。”

“绝对诚实？你是认真的吗？两个人之间可能做到绝对的诚实吗？那样做是不是真的健康？是不是保留些私密更好？你自己有没有告诉我你所有的秘密，尤瑟夫？”

他回避了这一串问题。

“告诉我，多米尼克，”他说，“你是不是爱着另一个男人？”

“没有，我没有爱着别的男人。”

“你说的是实话？”

“当然是实话。”

“我认为不是。”

“你为什么这样说？”

“就因为你同我昨夜做爱时的表现。”

“你和许多女人做过爱吧？你是这种事儿的专家啊？”

他抿起嘴唇谦和地微笑起来。

杰奎琳说道：“我做爱的样子怎么了？凭什么让你断定我心里爱另一个男人？”

“我进入你身体的时候你闭上了眼睛。你闭上眼的样子似乎是不愿意看见我。你闭上眼的样子似乎是在想着别的事情。”

“就算我承认我和你做爱的时候想着另一个男人，那又怎样？你会作何感受？我们之间又会发生什么变化？”

“那样会让我更加关心你、在乎你。”

“做爱的时候，我就喜欢闭着眼，尤瑟夫。这不说明任何问题。”

“你有何瞒着我的秘密吗？”

“没有任何同你有关的秘密，”她微笑着，“你要带我去晚餐吗？”

“说实话，我有个更好的主意。咱们回我的公寓，由我亲自做晚餐。”

杰奎琳感到一阵心慌。他似乎觉察到了她的不安，因为他歪着脑袋问道：“有什么不对吗，多米尼克？”

“没，没有，”她说，勉强挤出微笑，“在你家吃晚餐，听起来是很棒的主意。”

加百列穿过马路，肩上背着一只尼龙旅行袋，里面装的是复制的电话机和无线电闹钟。他抬头看了看前面的监听站。卡普已经打开了灯，这是个信号，表示状态安全，可以继续前进。虽然加百列带着一部手机，以备紧急情况，不过他们早已定好了计划，一切通信都以灯光信号来实现。

他走近尤瑟夫公寓的大门，从口袋里取出复制的钥匙。他找出了开大门的那一把，插进锁里，转动，涩住了。加百列轻声屏息地骂了一句。他将钥匙来回转动了几下，又试了一次。这一回，锁开了。

进门后，他毫不犹豫地穿过大堂。在对“黑色九月”采取行动的那段日子里，沙姆龙给他牢牢地确立了一条原则：迅速而沉重地出手打击，不要担心发出些许噪声，事毕，迅速地撤离。当初，在罗马刺杀“黑色九月”的首脑，是他的第一次任务，事后不到一个小时，加百列就飞往日内瓦了。他希望这次行动也一样顺利。

他走上楼梯，快速走向三楼。一帮印度青年人正迎面走下来，两个男孩，一个漂亮女孩。他们在二楼楼梯平台上与他擦肩而过，那一刻，加百列将脸转向一边，假装正在摆弄旅行袋的拉链。印度人继续往楼下走，他悄悄回头窥望，没有人回头看他。他到了三楼的楼梯平台，等待片刻，侧耳听着他们穿过大堂，走出了正门。接着，他才向尤瑟夫的单元走去：第27号。

这一次，两把钥匙毫无阻碍地打开了锁，几秒钟的工夫，加百列已经进入了公寓。他反手关上门，没有开灯。他伸手到旅行袋里，取出一支小手电筒，打开，迅速扫了一下门口附近的地面。他查看着地面上的蛛丝马迹——看看有没有碎纸或其他零碎的东西，因为凭着这些痕迹也许会使尤瑟夫看出有人进过他的家。他没有发现异状。

他调转电筒，迅速查看了室内。他遏止着仔细搜查尤瑟夫住所的冲动。他从远距离观察了好几天，对这个男人已经产生了一种好奇心。他是个洁癖还是个邋遢鬼？他吃什么样的食物？他负债吗？他吸毒吗？他是不是穿着奇奇怪怪的内裤？加百列真想翻看他的抽屉，读他的私人信件。他想看看尤瑟夫的衣物和卫生间。他想看看一切能提供一幅完整画面的东西——一切线索，只要能帮助他了解，尤瑟夫在塔里克的组织中究竟是个什么角色。然而现在，没有时间允许他展开这样的搜索。那样太危险了，太容易暴露。

电筒的光线停在了尤瑟夫的电话机上。加百列穿过房间，跪在电话旁。他从袋子里取出复制品，迅速地对比了一下。完全吻合。杰奎琳的工作干得漂亮。他将电话线从尤瑟夫的电话机上摘下来，换上复制品。尤瑟夫的座机同听筒的连线已经磨损，而复制品上的连接线则是崭新的，于是加百列迅速调换过来。

他向监听站的方向望去，只见卡普的信号灯依然亮着。这说明还可以继续行动。他一边将尤瑟夫的电话放进背包，一边从客厅走到了卧室。

走过床边的时候，他眼前浮现出杰奎琳的裸体，正在揉皱的床单上扭动。这让他很不自在。他说不清自己对尤瑟夫的好奇心是否仅仅出于任务需要。这其中有没有掺杂他个人的情感？此刻他有没有多多少少将这位巴勒斯坦人当作情敌呢？

他意识到自己已经盯着空床好几秒钟了。你中了什么毒！

他转过身，将注意力集中在无线电闹钟上。拆卸之前，他检查了设置。闹钟闹响的时间预设为早晨8点。他打开了无线电，波段设在BBC第五频道，音量很低。

他关掉无线电，将电源线从墙上拔了下来。

这一刻，他的手机响了。

他站起来，向窗外望去。安全信号灯灭了。

一想到杰奎琳在床上的画面，他就心浮气躁，以至于竟然没有时刻注意监听站的信号灯。他不等铃声响第二遍，接起了电话。

卡普说道："快他妈的撤离啊！有人来了。"

加百列穿过房间，来到窗口，向外望去。

杰奎琳和尤瑟夫正从一辆出租车上下来。他们不是一起去吃晚餐了吗？

他转过身。此刻，他有个严重的麻烦。他已然拔下了无线电的电源。他必须插回去，在撤离之前，他还必须重新调整好设置。否则，尤瑟夫会怀疑有人进入过他的公寓。

一瞬间，他计算了他们上楼所需要的时间。数秒钟进大门……几秒钟穿过大堂……大约四十五秒上楼梯，然后穿过门廊来到门前。他还有将近一分钟。

他决定继续行动。

他从背包里取出复制的无线电闹钟，插好电源。红色的显示灯一闪一闪：12:00……12:00……12:00……

如此尴尬荒唐的处境，他几乎因此笑了出来。接下来，就看他的手脚够不够快了。只有迅速设置好闹钟，才不至于被逮住。阿里·沙姆龙把他大费周章地找回来，盼他为机构重振雄威，不过现在，一场大溃败也许就在眼前！

他开始按动时间设置的按钮。时间显示开始变化，然而他的手指却被肾上腺素催得颤抖起来，闹钟的8点被错设成了9点。妈的！他必须重新调过二十四小时的一轮。第二次，他设置对了。他设置好当下的时钟时间，然后打开无线电，调到BBC五频道，调整到原先的音量。

花了多少时间？他已经完全没了概念。

他抓起背包，关掉电筒，从卧室走到大门口。一边走一边从身后的腰带间抽出伯莱塔手枪，将它放在外套的正面口袋里。

他停在门口，耳朵贴着门听了听。走廊里很静。他必须出去。公寓里是没有藏身之地。纵然有，他也没办法妥善地从里面撤出来。他拉开了门，走进了走廊。

已经能听见楼梯上的脚步声了。

他已经身在走廊，伸手握住口袋里的伯莱塔，迈步往前走。

在出租车里，杰奎琳强迫自己镇静下来。她的工作原本是尽量拖住尤瑟夫，不让他回公寓。然而如果她反对他回家做饭的提议，他或许会起疑心。在他们回来的一刻，加百列恰好在公寓里的概率几乎为零。整个安装任务只需要几分钟。他已经装完窃听器安全脱身的可能性是很大的。还有一种更让人安心的可能，加百列估计，尤瑟夫会在6点30分和她在画廊会面，然后带她去晚餐。也许此刻他还没有进过公寓。他也自然会发现他们提前回家了，然后取消原定的行动，另选时间。

他们穿过大堂，走上阶梯。一个男人在二楼的楼梯平台同他们擦肩而过：是加百列，低着头，单肩背着背包。

杰奎琳不自主地身子一缩。她趁着尤瑟夫尚未觉察，迅速恢复了镇静。尤瑟夫停下脚步，望着加百列走下楼梯，然后扭头又看着杰奎琳。他挽住她的胳膊，将她领到门前。一进公寓，他就四下里迅速查看，然后又来到窗前，看着加百列在暮色中走远。

26

里斯本

大西洋的浓雾滚滚而来，笼罩着特茹河，凯末尔小心谨慎地穿过上城区的一条条熙熙攘攘的街道。此刻正是傍晚，上班族赶路回家，已经汇成人流，酒吧、咖啡馆渐渐客满，许多里斯本人来到小酒馆的吧台前吃晚餐。凯末尔穿过一座小广场，老人们在寒风中喝着红酒，卖鱼的女人们在大桶里洗刷着黑鲈鱼。他穿过一条窄巷，里面挤满了卖廉价衣服和饰品的小贩。有个盲人乞丐向他讨钱。凯末尔往他脖子上挂的木盒里丢了几枚埃斯库多[1]。一个吉卜赛人要给他算命，凯末尔礼貌地拒绝了，继续往前走。里斯本的上城区让他联想到当初的贝鲁特——贝鲁特和难民营，他心想着。相比之下，苏黎世显得太寒冷了，太缺乏生气。怪不得塔里克那么喜欢里斯本。

他进了一间法朵[2]主题的拥挤酒吧。一位侍者将一瓶绿玻璃瓶盛的葡萄酒和一个玻璃杯放在他面前。他点起一支烟，为自己倒了一杯酒。普通、简单，却惊人地令人满足。

片刻后，那位侍者走过拥挤的人群，来到酒吧的前部，站在一对

[1] 埃斯库多（Escudo），葡萄牙流通铸币。

[2] 法朵（Fado），一种具有一百多年历史的葡萄牙民谣风格音乐。

吉他手身边。吉他手拨动琴弦，侍者闭上双眼，开始歌唱。凯末尔听不懂歌词，然而很快就沉浸在袅袅萦回的旋律之中了。

歌声乐声之中，一个男人坐在了凯末尔身旁。他身穿黑色厚毛衣和破旧的短夹克，脖子上围着围巾，咽喉处打了个结。他没刮胡子，看起来像一个码头上干活儿的工人。他俯身对凯末尔嘀咕了几句葡萄牙语。凯末尔耸耸肩："对不起，我不会说葡语。"

他的注意力回到了歌手身上。音乐正在走向情感高潮。在传统的法朵音乐中，歌手要保持笔挺的站姿，如同军人立正一般。

码头工拍拍凯末尔的手肘，又一次对他说起了葡语。这一次凯末尔只是摇摇头，眼睛没有离开歌手。

接着，码头工俯下身，用阿拉伯语说道："我是问你，你喜不喜欢法朵音乐。"

凯末尔转过身，仔细地看着身边的男人。

只听塔里克说道："咱们找个安静的地方，方便谈话。"

他们从上城区步行来到阿尔法玛，这是一片老街区，白粉刷墙的房子，窄巷纵横，石级蜿蜒。塔里克总是能够自然而然地融入所处的环境，这套本事让凯末尔大为惊异。沿着陡坡步行，凯末尔似乎有些累了，他不知道自己还能坚持多久。

塔里克说道："你一直没回答我的问题。"

"什么问题？"

"你喜不喜欢法朵音乐？"

"我对这东西是越听越有味儿了，"他微笑着，又说道，"就像里斯本这地方，又不知为什么，它让我想起家乡。"

"法朵是奉献给患难和痛苦的音乐，所以它会让你想到家乡。"

"我想你是对的。"

他们走过一位老妇人。她正在扫自己门前的台阶。

塔里克说道："告诉我伦敦的情况。"

"看情形艾隆已经迈出第一步了。"

"这也是说来就来的事。发生了什么状况？"

凯末尔对他讲述了尤瑟夫和画廊女孩的事情："尤瑟夫昨晚发现在他的公寓楼里有一个奇怪的男人。他认为那个男的有可能是以色列人。此人可能在他的公寓里安装了窃听器。"

凯末尔看得出，塔里克已经在计算各种可能出现的情况了。"如此重要的任务，你的这位特工是个能信得过的人吗？"

"他是个非常聪明的青年，非常忠诚。我认识他的父亲，1982年被以色列人杀害。"

"他有没有查找窃听器？"

"我让他先别动。"

"好的，"塔里克说，"留在原处。我们可以将它为我所用。那女孩怎么样？她的戏份还没完吧？"

"我告诉过尤瑟夫了，让他继续和她约会。"

"她是个什么样的人？"

"显然姿色诱人。"

"你在伦敦有没有资源，能不能跟踪她？"

"绝对可以。"

"那就去做吧。传一张她的照片给我。"

"你有什么妙计吗？"

他们经过一座小广场，然后走上一座又高又陡的山丘。到达坡顶时，塔里克已经将他的全部计划解释清楚了。

"妙极了，"凯末尔说，"但是有一个缺陷。"

"是什么？"

“你自己也得牺牲。”

塔里克苦苦一笑，说道：“这是我长久以来听到的最好的信息。”

他转身远去，不久就消失在雾霭之中。凯末尔打了个寒战，他竖起外套的衣领，迈步走回上城区，去听法朵音乐。

27

伦敦，贝斯沃特

行动进入了一个轻松舒服的阶段，更准确些说，应该是个无聊而乏味的阶段。加百列将漫长无尽的时间都花在了监听上，在无所事事的状态下监听着尤瑟夫的日常琐碎，监听喇叭似乎在没完没了地播放着拙劣的广播剧。尤瑟夫煲电话粥了。尤瑟夫一边喝咖啡、抽烟，一边和巴勒斯坦朋友争论政治问题。尤瑟夫对一位伤心的女孩说，他不想再见她了，因为他和另外一位好上了。加百列发觉自己完全进入尤瑟夫的生活步调之中。尤瑟夫吃饭，他也吃饭；尤瑟夫睡觉，他也睡觉；尤瑟夫同杰奎琳做爱的时候，加百列也在和她做爱。

不过十天过去了，加百列的窃听器没有捕获任何有价值的东西。对此可以有几种说得通的解释。也许根本就是沙姆龙犯了个错误，没找对人。也许尤瑟夫真的只是个学生、侍者。也许他的确是个特工，但活动不积极。又或者他是个积极的特工，但他和同志们用其他方式联络，比如视觉信号，或其他非人力的交流方式。要想查清楚究竟，加百列就必须采取行动，全方位全天候地监控。这就需要一个团队轮班作业，至少一打人马，保安措施齐备的公寓、车辆组织、无线电……一个这样大动干戈的行动很难瞒得过大不列颠的军情五处。

然而还有一种可能，令加百列最为头疼：此次行动已经暴露了。

监控毫无结果，或许是因为尤瑟夫已经怀疑他遭到监视。也许他怀疑公寓里有窃听器，电话也被人录音了。也许他也怀疑这位美丽的法国姑娘其实就是个以色列间谍。

加百列决定了，他应该趁现在去巴黎，同沙姆龙来一次面对面的会晤。

次日早晨，他和沙姆龙在穆夫达街的一间茶馆里会面。沙姆龙付了茶钱，他们缓缓地走上山坡，穿过市场和街边的众多摊贩。“我想把她从这局棋里撤出来。”加百列说。

沙姆龙在一个水果摊前停下来，捡起一个橙子，审视半晌，又轻手轻脚地把它放回篮子里。然后他说：“大老远把我叫到巴黎，你可千万别告诉我就是为了这么个疯狂的决定。”

“有些事情不大对劲。我想趁着还没有陷得太深把她撤出来。”

“她还没暴露，我的回答是暂时不要撤。”沙姆龙认真地看着加百列，又说道，“你的脸怎么沉下来了，加百列？你把磁带送给我之前自己听过吗？”

“当然听过。”

“那你还听不明白吗？没完没了的长篇大论，讲述巴勒斯坦人的苦难史？以色列人的残忍？背诵巴勒斯坦诗篇？那些民间故事，描绘犹太人没来的时候，巴勒斯坦的美好生活？”

“你的重点是什么呢？”

“这小子要么是坠入爱河了，要么他心里在盘算别的主意呢。”

“后者更让我担忧。”

“你有什么根据说尤瑟夫怀疑那个漂亮姑娘了呢？你有什么根据，说他打算利用这个容易摆布的女孩子，让她为塔里克和他们的组织做事呢？”

“有！可她对此却准备不足。说实话，对于如何应对，我们也准备不足。”

“那就是说你要卷铺盖走人了？”

“不，我只是想把杰奎琳撤出来。”

“接下来怎么办？尤瑟夫会紧张。尤瑟夫起了疑心，把公寓搜个底儿朝天。如果他训练有素，他会把所有电子、电气的东西全扔掉。你的麦克风也一块儿扔了。”

“如果我们干得利索，让她从容脱身，他是不会有任何怀疑的。再说，我们雇用她的时候，承诺过这是个短期任务。你知道她还有别的工作要做。”

“没什么比这个更重要的事。付她薪水，最高额度的。她留下，加百列。讨论结束。”

“如果她留下，我就走。”

“那走好了！”沙姆龙脱口道，“回康沃尔郡去，把你的脑袋埋在你那幅什么韦切利奥里吧。我会再派个人接替你。”

“你知道我是不会把她放在你手里的。”

沙姆龙迅速改变语气，准备妥协：“你超负荷工作太久了，你脸色不太好嘛。我还没忘了当初的情形。休整几个小时吧，别去管尤瑟夫，他不会跑掉的。兜兜风，清醒清醒头脑。我需要你的最佳状态。”

回伦敦的火车上，加百列进了厕所，锁上了门。他在镜子前站了很久。眼睛周围又添新皱纹了，他的嘴角紧绷，下颚上的骨头嶙峋，如同刀割过一般。眼圈黑了，像是被煤灰弄脏了。

“我还没忘了当初的情形。”

“黑色九月”行动后，他们都出现了一些症候：心脏问题、高血压、皮肤出疹子、慢性感冒。杀手受的苦最多。罗马的第一次任务后，加百列发觉自己再也睡不好觉了。每次他闭上眼，就会听见子弹撕破皮肉击碎骨骼的声音，看见红酒和着血污溅在大理石地板上。沙姆龙在巴黎找了位大夫，是个志愿特工，他给了加百列一瓶强效的镇静剂。短短数周的工夫，他居然对药物上了瘾。

药物和紧张焦灼使加百列露出老态，令人咋舌。他的头发变硬了，嘴巴皲裂，眼睛的颜色犹如烟灰。他额头处的黑发变灰了。当时他只有二十二岁，看上去却至少有四十岁。他回到家，莉亚几乎认不出他。他们做爱的时候，她说好像在同另一个男人做爱——不是老年版的加百列，而是完全不同的一个人。

他向脸上泼了些凉水，用纸巾用力地擦着，然后再一次审视自己的影子。他仔细思量着世事的连锁效应。一环一环，命运的奇异轮转，一步一步将他引领到了眼下的处境。如果没有希特勒，没有大屠杀，他的父母就会留在欧洲，而不是流离失所，逃亡到耶斯列山谷的农村定居点。大战之前，他的父亲是慕尼黑的一位平易无争的历史学家，母亲是布拉格的一位天才画家。他们都不适应定居点的集体主义生活，也不适应锡安主义者对体力劳动的热情。他们对待加百列，好像对待一个迷你版的成年人，而不是一个和大人有不同需求的男孩子。他不得不自己给自己寻开心，自己照料自己的生活。他最早的童年记忆，就是他家在定居点的两个小房间，父亲坐在椅子上看书，母亲在画架前作画，加百列坐在他俩之间的地上，用粗糙的积木搭房子。

他的父母讨厌希伯来文，于是他们自己教他，教的都是他们熟知的欧洲语言，德语、法语、捷克语、俄语、意第绪语。加百列将它们全数吸收。除了这些欧洲语言，他还学会了希伯来语和阿拉伯语。从他的父亲那里，他继承了精准无误的记忆力；从母亲那里，他继承了无法撼动的耐心和对细节的关注力。父母对集体生活的厌恶，使他变得孤傲，像一匹离群的狼。父母既然是世俗的不可知论者，儿子也很难培养出犹太教的道德感和信念。他偏爱远足，而非足球；偏爱读书，而非农艺。他很怕弄脏自己的手，怕到近乎病态。他有许多秘密。他的一位老师对他的描述是：冷漠、自私、缺乏感情，却又绝对聪颖。为了对付欧洲的恐怖分子，阿里·沙姆龙要为新一轮的请报战斗招募战士，他相中了这位耶斯列山谷的男孩子，因为同《圣经》里的大天使一样，加百列不但与他有相同的名字，也具有他那种非凡的语言天赋和所罗门一般的耐心。在他身上，沙姆龙还发现了另一项颇有价值的个性特征：杀手的冷酷寡情。

加百列出了厕所，回到座位上。窗外已经是伦敦东区的景象，一排排破旧的维多利亚式库房，玻璃窗都碎了，墙砖也破损了。他闭上眼。“黑色九月”行动中，还有一样东西导致了所有人的病症：恐惧。他们在前线越久，暴露的危险越大。不仅会被欧洲各国的情报部门发现，更会被恐怖分子发现。“黑色九月”在马德里谋杀了一名情报员后，这个道理更加深入人心。突然间，团队成员认识到他们自己也是脆弱的。加百列也从中学到了职业生涯中最深刻的教训：特工远离家乡执行任务的时候，一旦身在敌意包围的陌生国度，他们纵然身为猎手，也有可能沦为猎物。

火车停靠在滑铁卢站。加百列大步走过月台，无声无息地穿过人群拥挤的下客大厅。他把车停在一处地下停车场里。他把钥匙丢在一边，例行仪式一般检查了汽车。然后才上了车，直奔萨里方向驶去。

大门口没有标志。加百列一向偏爱没有标牌的地方。墙内有一块精心修剪过的草坪，其中的树木也安排得整整齐齐。在一条曲曲弯弯的车道尽头，是一大片维多利亚式的红砖建筑。他摇低了车窗，按下了对讲机的按钮。监控摄像机的镜头像只独眼怪一般紧盯着他。加百列本能地扭过头，躲开了镜头，假装在储物隔层里找什么东西。

“我能帮到你吗？”一个女性的声音，中欧口音。

“我是来找马丁森小姐的。艾弗里大夫在等我呢。”

他升起车窗，等待着自动保安闸门滚向一侧。然后他开进院子，缓缓沿车道往前开。午后将近傍晚的时刻，天气冷，天色灰暗，小风摇晃着树梢。他渐渐靠近大楼，已经能看见三三两两的病人。有个妇人坐在长凳上，穿着星期天的盛装，茫然地盯着半空。有个男人穿着油光水滑的威灵顿皮靴，搀着一位牙买加人的胳膊，脚步齐整地缓缓往前走。

艾弗里等候在进门的大厅里。他穿着昂贵的灯芯绒裤子，铁锈般的颜色，熨烫得很齐整。身上穿着灰色开司米毛线衫，看起来更适合高尔夫球场，而不是精神病院。他冷淡而郑重地握了加百列的手，似乎加百列是一位官方的代表，接着就领他穿过长长的一道铺着地毯的走廊。

“这个月她说了不少话，”艾弗里说道，“有几次，我们还进行过一些有意义的谈话。”

加百列勉强紧张地微笑着。这么多年来，她都没和他说过话。“她的身体状况呢？”他问道。

“没有变化，和预期的一样健康。”

艾弗里用一张磁卡打开了一道安全门。门的另一侧是又一个大厅，地上铺的是瓷砖而不是地毯。他们一边走，艾弗里一边向他介绍了她的治疗状况。他此前加大了一种药剂的用量，减少了另外一种的用量，整体上，药物使用减少了三分之一。还有一种新药，是试验性的，它表现出了一些颇为乐观的效果。它能帮助创伤后综合征的病人消除紧张焦灼和精神压抑。

“如果你觉得有用，那就不妨。”

“我们如果不试试，就永远也不知道。”

加百列心想，临床精神科的工作，倒是同情报工作很相似。

瓷砖大厅的尽头是一间小房间。屋里装满了园艺工具：修枝剪刀、铲子、锹，还有一袋袋的花种和花肥。在房间的另外一端，有一个双开门的入口。

“她在老地方等着见你呢。别和她耗太久，我认为半个小时最合适。时间到了我会来叫你。”

一间玻璃暖房里，又热又潮，令人压抑。莉亚在角落里，坐在一张直椅背、生铁质的庭院椅子上，脚下摆着一盆盆新栽的玫瑰。她穿一身白，白色的圆领毛衣是加百列去年送给她的生日礼物，白裤子是他某年夏天在克里特岛为她买的。加百列想回忆起是哪一年，却记不起来了。一切记忆似乎都模糊了，只剩下维也纳之前的莉亚和维也纳之后的莉亚。她像个小女生一样拘谨地坐着，望着远处的草坪。她的头发剪短了，囚徒般的呆板。她没有穿袜子。

加百列走近的时候，她也扭过头。他首先看到了她右侧脸颊的伤疤。一如往常，他感到一阵剧烈的寒意。接着他看到了她的手，或者说，那是她双手的残留物。伤疤已经变硬，成了白色的组织，这让他联想起破损的油画画布。他真想在调色板上调好颜色，将她修补如初。

他吻了她的额头，嗅着她的头发，希望找回熟悉的薰衣草和柠檬气息；然而得到的仅仅是玻璃暖房里的潮味，以及封闭室内的植物腐臭味，令人憋闷。艾弗里早已准备了另一张椅子。加百列将椅子拖近了一点。一听到铁椅子刮擦地面的声音，莉亚一阵畏缩。他喃喃地道了歉，坐了下来。莉亚扭头看着别处。

以往也总是这个样子。坐在他面前的不是莉亚，仅仅是一座莉亚的纪念碑，或者说是块墓碑。他曾努力和她交谈，然而现在，仅仅在她面前坐坐就能让他满足。他顺着她的目光望去，只见一片水雾蒙蒙的风景，他不知道她在看什么。照艾弗里的说法，曾经有很多天，她就这样坐着，重温着过去的那一段，一遍又一遍，重温着每一个鲜活的细节。她不愿意停下来，也停不下来。加百列难以想象她承受了怎样的痛苦。他还有幸保留了以往生活的一些延续，然而莉亚的一切都被夺走了——她的孩子，她的身体，她清醒的神志。一切都没了，记忆却还在。加百列很担心，生怕她同生命最后的薄弱纽带，就维系在他不变的忠心上。一旦他同其他人相爱，莉亚就会死去。

过了四十五分钟，他站起来，穿上夹克，然后他在她跟前蹲下来，双手扶着她的双膝。她向他的头顶后面望了几秒钟，然后低下头与他的目光相接。“我得走了。”他说。莉亚一动不动。

他正打算站起来，她突然伸手摸着他一侧的脸颊。生硬的伤疤从他的眼角划过，加百列尽力不去闪避。她苦苦地微笑，放下了手。她把一只手放在大腿上，又用另一只手盖在上面，恢复了原先凝固的姿势。

他站起来，走了。艾弗里在外面等他。他陪着加百列走到汽车前。加百列在方向盘后面坐了很久，这才一边打着了引擎，一边想着她放在他脸上的那只手。这样子抚摸他，太不像莉亚了。她在那里看见了些什么？是谍战中紧绷的神经，还是杰奎琳·德拉克罗瓦的身影？

28

里斯本

塔里克出现在法朵音乐酒吧的门廊里。他再一次穿成了一副码头工的模样。他的脸色苍白如鬼，点烟的手颤抖着。他穿过大堂，坐在凯末尔身旁："什么风又把你吹回里斯本了？"

"我们在伊比利亚的配送链看来遭遇了严重的瓶颈。今后几天我必须好好花点时间待在里斯本。"

"就为这个？"

"还有这个。"凯末尔将一张大幅的彩色照片摊在桌上，"瞧瞧多米尼克·伯纳德。"

塔里克拿起照片，仔细审视着。"跟我来，"他平静地说，"我想给你看点东西，我认为你会感兴趣的。"

塔里克的公寓位于阿尔法玛的高地上。两个房间，凹凸不平的木地板，一个小阳台，俯临着安静的庭院。他用阿拉伯习俗准备了茶水，又甜又酽。他们在敞开的阳台门前坐下来。雨水正敲打着庭院里的石头地面。

塔里克说道："你还记得我们在维也纳是怎么找到艾隆的吗？"

"很久以前的事了。你得唤醒一下我的记忆。"

“我哥哥被杀的时候正躺在床上。他身边有个女孩子，是个德国学生，极端主义者。穆罕默德遇害之后几个星期，她给我父母写了封信，报告了事情的经过。她说只要她活着，就不会忘记杀手的那张脸。我父亲拿着信跑到了巴解组织设在难民营里的办公室。那位安全部门的官员将信转给了巴解组织的情报部门。”

“这些听起来约略有些熟悉。”凯末尔说道。

“阿布·吉哈德在突尼斯遇害以后，巴解组织的安全部门展开调查。他们从一条简单的假设开始着手。那就是杀手似乎熟知这幢别墅里里外外的情况，所以他必定在别墅周围开展过侦察活动，做了缜密计划，然后才进攻的。”

“多么天才的侦探工作，”凯末尔讽刺地说，“要是巴解的安全部门一开始就措置得当，阿布·吉哈德应该还活在世上。”

塔里克走进卧室。过了一会儿，他拿着一个吕宋纸大信封回来了。“他们开始检查所有的监控录像，然后发现了几张截图，上面有一个矮小的黑发男人。”塔里克打开信封，将几张模糊的照片递给凯末尔，“多年来，巴解组织的情报部门一直同那个德国女孩保持着联络，他们给她看了这几张照片。她说杀害穆罕默德的就是这个人。这一点没什么疑问。于是我们就开始找他了。”

“你们在维亚纳找到了他？”

“没错。”

凯末尔向塔里克举起照片：“这些同多米尼克·伯纳德有什么关系？”

“这要从突尼斯事件的调查说起。巴解组织的安全部门想了解杀手在突尼斯策划行动的时候住在哪里。他们从以往的经验得知，以色列特工喜欢在这类行动中扮装成欧洲人。他们假设那个男的也是伪装成了欧洲人，而且多半住在一间酒店。于是他们开始调动间谍和线人。他们到一家海边的酒店，把杀手的照片给一家前台的人看。前台说这男人曾经同一位法国姑娘住在这里。巴解组织的人就重新查看录像带，寻找那个女孩。他们发现了一张截图，又拿给前台看。”

“同一个女孩？”

“同一个。”

接着，塔里克从信封里又取出一张监控照片：一个深色头发的美貌女孩。他递了过去。凯末尔接过来，将她同伦敦女子的照片做起了对比。

“也许是我弄错了，”塔里克说道，“不过在我看来，尤瑟夫新交的女朋友，以前曾经为加百列·艾隆工作过。”

他们一边走过阿尔法玛蜿蜒的小巷，一边最后一次推敲着行动计划。

“总理和阿拉法特五天后动身去美国，”凯末尔说道，“他们先去华盛顿参加一个白宫的会议，然后去纽约参加在联合国的签字仪式。一切都会在纽约到位。”

“现在我只需要一个旅途伴侣，”塔里克说，“我想我需要一位美丽的法国姑娘，一个看起来同成功企业家相配的女孩子。”

“我想我知道上哪儿去找这样的女孩。”

“想象一下，在最后的光荣时刻，将和平进程和加百列·艾隆同时毁灭。我们会震撼全世界的，凯末尔。然后我会离开这个世界。”

“你确定要这样进行吗？”

“你该不会到这会儿还关心我的安全问题吧？”

“我当然关心。”

“为什么？你知道我会是什么下场的。”

“其实，我努力不去设想这个结果。”

在山坡下，他们来到一处出租车停车站。塔里克吻了凯末尔的脸颊，然后握住他的双肩："不要流泪，我的兄弟。我已经战斗得太久了。我累了。这是最好的结局。"

凯末尔脱开他的紧握，打开了出租车的门。

塔里克说："他早该杀了那女孩。"

凯末尔转过身："什么？"

"艾隆早该杀了那个和我哥哥在一起的德国女孩。一切在那一刻就都结束了。"

"我猜你是对的。"

"那是个愚蠢的错误，"塔里克说道，"我自己是不会犯这样的错误的。"

接着，他掉转头，慢慢走上山坡，走进了阿尔法玛。

29

伦敦，圣詹姆斯

安全门铃响起来的时候，杰奎琳转身去看监控屏幕，是位自行车快递员。她看了看表，6点15分。她按动按钮，放快递员进来，自己也走到门廊，准备签收包裹。那是一枚大号的吕宋纸信封。她回到办公室，坐在书桌前，用食指指尖划开信封。里面是一张B5尺寸的信纸，浅灰色，仔细地对半折好。信头的名字是伦道夫·斯图尔特，一位独立画商。她读着手写的文字：刚从巴黎回来……旅行很美好……收购没有问题……销售计划继续进行。然后她将信投入伊舍伍德的碎纸机，看着它化为一挂扁扁的面条。

她站起来，穿上外套，然后走进伊舍伍德的办公室。他正俯身面对一本账簿，嘴里咬着铅笔头。见她进门，他抬起头给了她一个勉强的微笑："这么快就要走了，亲爱的？"

"我想我别无选择。"

"我会掰着手指头盼你回来的。"

"我也一样。"

她走出门的时候才意识到，这一幕落下的时候，她会想念伊舍伍德的。他是个正派的男人。她弄不清他怎么会和阿里·沙姆龙和加百列这样的人搅在一起。她在风雨中快步穿过梅森广场，然后沿着杜克街朝皮卡迪利大街走去，一边思忖着那封信。她感到沮丧。今晚余下的场景她已经可以想见。她会在公寓里和尤瑟夫相会。他们会去吃晚餐。然后回到公寓里做爱。接下来就是两个小时的中东历史课——强加在无助的巴勒斯坦人头上的不公正；犹太人犯下的罪行；在谈判桌上，“两国方案”的不平等。要想假装和他在一起如何如何乐在其中，已经变得越来越难。

加百列向她承诺过，这是个短期的任务：色诱他，进入他的公寓，拿到他的钥匙和电话，然后脱身。她没有做过长期的打算。再次和尤瑟夫睡在一起，她感到恶心。不过还有别的。她同意回到伦敦，是因为她原以为同加百列工作，可以重新燃起他们的恋情，然而不知为什么他们更加疏远了。她极少看到他——他通过书信与她交流。他们在一起为数不多的时间里，他表现得冷漠而疏远。她居然认为可以回到他们之前在突尼斯的状态，真是愚蠢的想法。

她走进皮卡迪利广场地铁站，走上了拥挤的月台。她想到了她的别墅，阳光普照的瓦勒堡，山丘旁的单车之旅。有几刻，她会想象着加百列同她并肩骑行，想象着他的双腿有节奏地上下蹬踏。紧接着她又觉得自己很傻，何苦去想这些事情。列车来了，她挤进满满腾腾的车厢，扶住一只金属手柄。列车猛然启动，她决定了，今夜是最后一夜。明天一早，她就对加百列说，她退出。

加百列在监听站的地毯上踱着步，偶尔漫不经心地踢着一颗柠檬绿的网球。将近午夜了，杰奎琳和尤瑟夫刚刚做完爱。他听着他们互相表述着生理上的快感。他听到尤瑟夫用厕所的声音。他听着杰奎琳走到厨房找东西喝。他听见她问尤瑟夫把香烟藏在哪里了。

加百列躺在沙发上，一边朝天花板抛着球，一边等待着尤瑟夫开始今晚的讲课。他琢磨着这回的题目是什么呢。昨晚又是什么来着——对，犹太人如何吹牛说唯有他们才能使沙漠变绿洲。不不，那是前天晚上。昨天晚上是巴勒斯坦人如何遭到阿拉伯世界的背叛。他关了灯，继续在黑暗里抛球接球，测试着自己的触感和反应力。

一扇门开了，开灯的声音。

尤瑟夫郑重地说："咱们得谈谈。我对你做了一些误导。我现在要告诉你真相。"

加百列在黑暗中一把接住网球，用手掌紧紧握住。他想到了莉亚，当晚她也说了同样的话，然后就对他说为了报复他的不忠，她自己也找了情人。

杰奎琳漫不经心地说："听起来好吓人、好严肃啊。"

加百列手腕轻巧地一抖，将球抛向黑暗的空中。

"是关于我背上的伤疤。"

加百列站了起来，他扭亮了灯，检查磁带，确认录音设备工作正常。

杰奎琳说道："你背上的伤疤怎么了？"

"关于它的来历。"

尤瑟夫坐在了床头："我对你说了谎，我现在要告诉你真相。"

他做了一次深呼吸，慢慢地把气吐出来，然后开始轻柔地说话。

"巴解组织被赶出黎巴嫩后，我们家住在沙提拉。也许你还记得那天，多米尼克。那天阿拉法特和他的游击队撤离，以色列人和美国人还在河边向他挥别。巴解组织走了，我们失去了保护。黎巴嫩一片混乱。基督徒、逊尼派、什叶派、德鲁士族，互相厮杀成了一片，巴勒斯坦人深陷其中。我们生怕恐怖的事情会发生。你现在记起来了吧？"

"我那会儿还小，不过我好像记得。"

“那就是个火药桶。一颗小火星就能引发一场屠杀。后来，那颗火星就是贝西尔·杰马耶勒被刺。他是黎巴嫩马龙派教徒的领袖，又是当选总统。他是在基督教长枪党的总部被汽车炸弹炸死的。

“那天晚上半个贝鲁特都在呐喊报仇，另外一半在恐惧中瑟瑟发抖。没人知道是谁安放的炸弹。可能是任何人，不过基督徒认定是巴勒斯坦人干的。他们恨我们。基督徒一向不愿意我们留在黎巴嫩，现在，巴解组织走了，他们想要一劳永逸地解决在黎巴嫩的巴勒斯坦人。杰马耶勒死前说得明明白白：‘有一个民族的人太多了——巴勒斯坦人。’

“刺杀案之后，以色列人来到西贝鲁特，占据要点，俯视着萨博拉和沙提拉。他们要清洗巴解组织剩余战斗人员的营地，为了减少以军伤亡，他们派遣了长枪党的民兵替他们办差。一旦放手让民兵进入营地，谁都知道会发生什么。杰马耶勒死了，我们成了代罪羔羊。一定会是一场血洗，然而以色列军队就是把他们放进来了。

“日落时分，以色列人放第一批长枪党人进入了沙提拉，一共一百五十人。他们当然有枪，不过大多数人还带了刀和斧头。屠杀延续了四十八个小时。被射杀的都算是幸运的。那些运气不好的，都是慢慢煎熬着死去的。他们把一些人剁碎了。他们把人剖肚剖肠，然后由他们慢慢死去。他们还活剥人皮。他们挖出人的眼珠，让人在屠宰场里盲目乱窜，直到最后被射杀。他们把人绑在卡车上，穿街越巷，活活拖死。

“孩子们也没能幸免。按照长枪党人的说法，孩子长大了也有可能变成恐怖分子，所以他们把孩子也杀光。女人也不能幸免，因为女人可能生下小恐怖分子。他们还像举行仪式一样，把巴勒斯坦妇人的乳房割下来。他们甚至还有理论，乳房产奶，乳房养育了族人，长枪党人正是要灭绝巴勒斯坦的所有族人。一整夜，他们闯进每家每户，杀了所有的人。入夜后，以色列人用照明弹照亮天空，长枪党人办起事来就更方便了。”

杰奎琳掬起双手，盖住了嘴唇。尤瑟夫继续他的故事。

“以色列人对发生的事情了如指掌。他们的总部距离沙提拉边界只有两百码。站在屋顶他们就可以一眼看到营地。他们还能监听到长枪党的无线电通话。可他们根本没伸出半根指头阻止他们。为什么袖手不理？因为那恰恰也是他们想做的事情。

“我当时只有七岁。我父亲已经死了。他是在那年夏天遇难的，那会儿正是贝鲁特战役，以色列轰炸了难民营。我当时和母亲及妹妹住在沙提拉。她才一岁半。我们躲在自家床底下，听着惨叫声和枪声，看着人影在墙壁上跳舞。我们祈祷长枪党人能错过我们的家。有时候我们听见他们就在窗外。他们在大笑。他们见人就杀，杀了人还在笑。一有声音接近妈妈就捂住我们的嘴。她几乎要把我妹妹闷死了。

“终于，他们破门而入。我挣脱了母亲的掌握，向他们奔过去。他们问我家人都在哪里，我说人都死光了。他们笑着，告诉我很快我也会和家人在一起了。有一个长枪党人带着刀。他揪住我的头发拖到外面。他剥了我的衬衫，在我后背上剥下一块皮。然后他们把我绑在卡车上，拖着我穿过街道。那时候我失去了知觉，不过在晕过去之前，我记得长枪党对我开过枪。他们拿我当练枪的靶子了。

“也不知怎么，我就活下来了。也许是他们以为我死了，我也不知道。我醒过来的时候，绑我的绳子还套在右脚踝上。我爬过一堆废墟，然后等着。我在原地待了一天半。屠杀终于结束，长枪党民兵撤出了营地。我从藏身的地方出来，回到我家人的住地。我在床上找到了母亲的遗体。她没穿衣服，还被强奸过。她的乳房都被割掉了。我找妹妹。我在厨房的桌上找到了她。他们把她砍碎了，身体摆成一个圆圈，中心放着她的头。”

杰奎琳从床上跌下来，爬到洗手间，剧烈地呕吐起来。尤瑟夫跪在她身边，一只手抚着她的背。

等她吐完了，他说："你问我为什么那么恨以色列人。我恨他们因为他们派长枪党屠杀我们。我恨他们因为他们隔岸观火，任凭他们在黎巴嫩最好的朋友——那些基督徒，强奸、杀害了我母亲，把我妹妹剁碎了，摆成圆圈。你现在明白了吧，为什么我会抗拒所谓的和平进程。我怎么能相信那帮人？"

"我理解。"

"你真的理解，多米尼克？这可能吗？"

"我猜是不可能了。"

"现在我向你剖白了一切。再没有隐瞒。你自己有什么事情想告诉我吗？有什么瞒着我的秘密？"

"没有任何重要的事情瞒着你。"

"你说的是真话，多米尼克？"

"是的。"

当天凌晨4点15分，电话打进来。尤瑟夫惊醒了。不过加百列没醒，他此前已经坐了一整夜，一遍一遍地听着尤瑟夫讲述的萨巴拉和沙提拉的故事。铃声只响了一次。尤瑟夫带着沉重的睡衣说道："喂。"

"兰开斯特门，明天，2点。"

挂断。

杰奎琳说："什么事？"

"打错了。回去睡觉。"

一大早，在梅达谷，一帮学生正在戏弄一个漂亮的小女生。杰奎琳想象着他们就是拿着刀斧的长枪党。一辆大货车呼啸而过，在身后喷出柴油的尾气。杰奎琳宛然看见有一个男人，正绑在后保险杠上，眼看要被活活拖死。接着，她的公寓楼渐渐在眼前显出轮廓。她抬起头，想象着以色列士兵正站在屋顶，用望远镜望着下面的屠宰场面，发射照明弹，让杀手看得更清楚。她走进楼里，爬上楼梯，溜进公寓。加百列正坐在沙发上。

“你为什么没告诉我？”

“告诉你什么？”

“你为什么没告诉我他是沙提拉的幸存者？你为什么没告诉我他们全家都死得那样惨？”

“说不说又有什么不同？”

“我只是觉得我应该知道这些！”她点上烟，深吸一口，“是真的吗？他告诉我的那些事儿是真的吗？”

“哪部分？”

“全部，加百列！别跟我他妈的绕圈子。”

“是，是真的！他们家人死在沙提拉。他受苦了。那又怎样？我们都受过苦。那他也没有权力谋杀无辜的人民，就因为历史没有如他的愿。”

“他是无辜的！加百列！他只是个孩子。”

“我们都在执行任务，杰奎琳。现在不是辩论道德问题的时候。”

“我很抱歉，真不该让道德不道德的问题传进我的思想里。我忘了，你和沙姆龙从来不会为这种无聊的问题操心。”

“别把我和沙姆龙混为一谈。”

“为什么不？是他给你下命令，你执行的，不是吗？”

“那突尼斯又是怎么回事？”加百列问道，“你知道突尼斯是个刺杀行动，你还不是欣然领命。杀人那天晚上，你还主动要求回到现场呢。”

“那是因为目标是阿布·吉哈德。他手上沾了数百名以色列人和犹太人的血。”

“这个人手上也沾了血。别忘了。”

“他还是个孩子，全家人被屠杀的孩子，当时以色列人隔岸观火，什么作为也没有。”

“他现在不是孩子了。他是个二十二岁的男人，帮着塔里克一起杀人。”

“你要利用他抓到塔里克，就因为塔里克和你有私人过节？这样要到何时才是了结？什么时候，加百列？”

他站起来，穿上了夹克。

杰奎琳说：“我要退出。”

“你现在不能走。”

“我当然能。我不想再和尤瑟夫睡觉了。”

“为什么？”

“为什么？这话你居然问得出口？”

“对不起，杰奎琳。我不是……”

“你觉得我是个婊子，对吧，加百列！你觉得和一个毫不喜欢的男人睡睡觉对我来说无所谓，是吗？”

“不是的。”

“在突尼斯的时候我对你也是如此，是吗？就是个婊子？”

“不是这样。这个你知道。”

“那告诉我，我是什么样的。”

“你打算怎么样？回法国吗？回到瓦勒堡的别墅去吗？回到巴黎的派对里去，回到摄影棚和时装秀去？你知道吗，到了那里，你要研究的最深奥的问题就是选用什么颜色的唇膏。”

她给了他的左颊一个耳光。他瞪着她，目光冷酷，颧骨上的皮肤变了颜色。她抽回手来继续抽他，然而他小心地抬起左手挡住了她的进攻。

“你难道听不出来吗？”加百列说道，“他告诉你他在沙提拉的故事是有用意的。他在测试你，想从你这里得到些什么。”

“我不在乎。”

“我本以为你是我可以信赖的人，不是那种半途而废的人。”

“闭嘴，加百列。”

“我会联络沙姆龙——告诉他我们退出了。”

他伸手去开门。她抓住了他的手：“杀死塔里克不能解决问题。这只是一种幻想。你以为你可以像修复一幅画那样，找到损毁的地方，重新补画，一切就完好如初了。可是活生生的人不是这样的。事实上就算是画，也不能真的做到完好如初。只要仔细观察，你总能发现经过修补的地方。伤疤永远不会消除的。修画师修不好一幅画，他只能把伤痕掩藏起来。”

“我需要知道你是否愿意继续。”

“我需要知道你是不是把我当作突尼斯的婊子。”

加百列伸出手抚着她的脸。“你是我在突尼斯的情人。”他的手垂下来，“我的家庭也因此而毁了。”

“我无法改变过去。”

“我知道。”

“你心里在乎我吗？”

他犹豫了一会儿，然后说道：“是的，非常。”

“你此刻心里在乎我吗？”

他闭上眼睛：“我需要知道你是否还能继续。”

30

伦敦，海德公园

卡普说道："你朋友选的会面地点太混蛋了。"

他们坐在一辆白色福特面包车的后座上。车就停在距离兰开斯特门数米远的贝斯沃特路上。卡普俯身对着一部音频设备调试音量。在轿车、出租车、卡车、双层公车的一片喧嚣声中，加百列几乎没法思考。头顶的行道树沿着公园的北界排列成行，在风中扭曲挣扎。卡普的麦克风接收到的风吹枝叶的声音，听起来好像潮水声。兰开斯特门更远处的意大利花园里，一座座喷泉水声飞溅。由麦克风传回来的声音好似热带雨林里的瓢泼大雨。

加百列说："你在外面有多少人监听？"

"三个，"卡普说道，"那个坐在长凳上好像银行家的男人，那个给鸭子喂面包的漂亮姑娘，还有在门内卖冰激凌的伙计。"

"不错。"加百列说。

"在这样的条件下不能指望有什么奇迹。"

加百列看看表，2点03分。他想，他不会出现了。他们看到了卡普的团队，必须取消行动了。

他说："他妈的在哪儿呢？"

"耐心点，加布。"

片刻后，加百列看见尤瑟夫从韦斯特本大街冒出来，飞奔着穿过马路，从一辆迎头驶来的面包车前穿过。趁着尤瑟夫走进公园，还在绕着喷泉周围漫步的时候，卡普一连抓拍了几张照片。当他漫步到第二圈的时候，一个穿着灰色羊毛外套的男人与他相会了。那人的脸被墨镜和呢帽挡着，模糊不清。卡普换了长焦镜头，又拍下几张照片。

他们又无言地绕着喷泉走了一圈，从第二圈开始，他们开始轻声地说英语了。风声和喷泉声太嘈杂，加百列每隔三四个词才能听清一个词。

卡普轻声地咒骂。

他们绕着喷泉走了几分钟，然后朝运动场走去。先前喂鸭子的那个女孩子慢慢尾随他们。又过了一阵子，监视车里响起了孩子们玩耍的欢闹声。

卡普用拳头盖住眼睛，苦苦摇头。

三小时后，卡普在监听站将磁带交给加百列。他的神态沮丧，就像一个尽了全力抢救病人的医生，做了一次失败的手术。“我把它输入电脑了，过滤了背景噪声，加强了有用的声音。不过我认为咱们最多只听得到十分之一，而且声音效果很差。”

加百列伸手接过磁带。他把它放进播放机，按下播放键，一边听一边在房里踱步。

“……需要有人……下次任务……”

一个声音，如同静电爆破到了最剧烈的程度，掩盖了整句话其余的部分。加百列将磁带暂停，望着卡普。

“这是喷泉，”卡普说道，“我实在无能为力。”

加百列重新播放。

“……核查她……在巴黎……问题……挺正常。”

加百列停下磁带，按下倒带键，再播放。

“……核查她……在巴黎……问题……挺正常。”

“……不确定……就是这个人……这类……”

“……有说服力……如果你能解释其重要性……”

“……我要……究竟告诉她什么？”

“……重大外交使命……实现中东真正的和平……例行的安保措施。”

“……看来能行……”

音量急剧降低了。卡普说道：“他们这会儿朝运动场走了。那个女孩子跟上去，我们才听得到。”

“……见他……戴高乐……从那儿……最终目标……”

“……哪里……”

小孩呼叫着他的母亲，盖住了答话的声音。

“……对付她……过后……”

“……由他来……”

“……要是……说不……怎么办……”

“别担心，尤瑟夫。女朋友不会对你说不的。”

暂停，倒带，播放。

“别担心，尤瑟夫。女朋友不会对你说不的。”

接着，加百列听到的是一位母亲呵斥儿子的声音，因为他从跷跷板上抠下一块口香糖，往自己嘴里塞。

当天晚上，杰奎琳下班后取了咖喱外卖，带到尤瑟夫的公寓。他们一边吃，一边看着电视里播放的美国电影。电影讲的是一位德国恐怖分子在曼哈顿逍遥法外的故事。加百列也同他们同步观看。他将自己的电视机调到静音，一边听着尤瑟夫的动静。电影结束后，尤瑟夫喊道“全是垃圾”，然后关了电视。

接着他说道：“咱们得好好谈些事情，多米尼克。我要问你一些重要的事。”

加百列闭上眼，倾听着。

次日早晨杰奎琳在皮卡迪利广场站走出地铁车厢，随着人群飘飘忽忽地穿过月台。走上自动扶梯的时候，她望了一眼周围。他们一定在跟踪她，是尤瑟夫派来盯梢的。即使经过了昨晚的问话，他也不会任由她在伦敦的大街上自由地逛的，情报人员会一路相随。有个黑发男人正在与她并行的电梯上盯着她。当他的目光与她相接，他微笑着，想要吸引她的注意力。她这才明白，他只不过是个色鬼。她扭头看着前方。

来到户外，她沿着皮卡迪利大街走。她觉得自己看见加百列正在使用公用电话，后来才发现只是一位同加百列相像的男人。她觉得自己看见他从一辆出租车里走出来，其实只是一位加百列的青春版。她发觉自己周围到处是各种版本的加百列。穿着皮夹克的男人、穿时尚商务装的青年、艺术家、学生、快递员——加百列只要稍加装扮，就能饰演他们中的任何一位。

伊舍伍德早早地就到了。他坐在写字台后面，对着电话讲着意大利语，看上去一脸未消的酒气。他将手掌盖住了话筒，用无声的唇语说道："咖啡，拜托了。"

她挂好自己的外套，坐在办公桌前。伊舍伍德晚几分钟喝咖啡也死不了。早晨来的邮件摊在桌上，其中有一只吕宋纸信封。她打开封口，取出其中的信。

"我要去巴黎。没听到我的信息，半步也别走出画廊。"

她将信揉成了球。

31

巴黎

加百列还没碰自己的那份早餐。他坐在欧洲之星的一等车厢里，戴着耳机，听一台随身听里播放的磁带。尤瑟夫和杰奎琳的第一次相遇。尤瑟夫对杰奎琳讲述沙提拉大屠杀的故事。前一天晚上尤瑟夫同杰奎琳的谈话。他取出一盘磁带，又放进一盘，是尤瑟夫同联络员在海德公园的会晤。到现在他一共听了多少轮，他自己也数不清了。十次？二十？每次听完他都越发不安。他按下了倒带键，用数字定位方式精确地找到了他想听的那一段。

“……核查她……在巴黎……问题……挺正常。”

停。

他摘下耳机，从口袋里拿出一本小笔记本，翻到空白的一页。他写道：“……核查她……在巴黎……问题……挺正常。”在词语间的间断处，他根据间隔的时间长短留下了相应大小的空白。

然后他写道：

“我们派了人，去核查她过去在巴黎的经历，没有什么问题。一切都挺正常。”

他有可能就是这样说的，或者，还可能说的是："我们派了人去核查她过去在巴黎的经历，有个大问题。不过一切都还挺正常。"

说不通。加百列划掉了这一行，然后戴上耳机，将那一部分又听了一遍。等一下，他想着。尤瑟夫的联络员说的到底是"挺正常"还是"敌对方"？

这次，他写道："我们派了人，去核查她过去在巴黎的经历，里边有个大问题。我们认为她效命于敌对方。"

不过如果是这样，他们为什么又要她陪伴一个正在执行使命中的特工？

加百列按下了"快进"键，然后停下，再播放。

"别担心，尤瑟夫。女朋友不会对你说不的。"

暂停，倒带，播放。

"别担心，尤瑟夫。女朋友不会对你说不的。"

加百列从火车站打了一辆出租车，将福熙大道的地址给了司机。五分钟后，他宣布自己改主意了，塞给司机一些钱，然后下了车。他打了另外一辆车。他用意大利口音让司机送他去巴黎圣母院。他从巴黎圣母院步行过河，来到圣米歇尔地铁站。确信自己没有遭到跟踪后，他又招了一辆出租车，将第十六行政区一个靠近布洛涅公园的地址交给了司机。接着，他又步行十五分钟走到哥伦比亚广场附近的一条树荫浓密的街道。他找到了一幢公寓楼。

在入口处的墙上，有一部对讲电话，电话旁有一列住户的名字。加百列按下了4B按钮，于是人名"古兹曼"变成了浅蓝色。对讲电话响起来，他嘟囔了几个词语，然后将听筒挂回去，等着开门。接着，他穿过门廊，乘电梯到了五层，然后轻轻敲响了一个单元的门。他听到一条锁链滑向一边，接着是一枚插销向后拔的声音。对于加百列的耳朵来说，这声音颇像一名枪手在弹去用过的弹夹，将新一轮子弹推上膛。

门拉开了。站在门槛上的是一个同加百列身高相若的男人，方正的脑袋，方正的肩膀，钢蓝色的眼睛，草莓色的头发。他的神态显得极为自得其乐，就像是在赢得女性方面大为成功的样子。他没有和加百列握手，只是拖住他的手肘拉他进屋，然后关上门，好像要尽快将寒气挡在外面。

是间昏暗的大公寓，空气里泛着一股烧糊的咖啡味和沙姆龙的香烟味。几张大沙发，皮革面的躺椅，肥大的靠垫，这是特工的等候休息站。在对面墙上的电视柜里，摆满了日本游戏和美国电影。情报站里不许有情色片，这是沙姆龙的规矩。

沙姆龙走进屋来。他大为夸张地做了一个看表的动作。“九十分钟，”他说，“你的火车十分钟前就到了。你个贼娘的去哪儿了？我马上就要派搜救队了。”

我可从来没跟你说过我来巴黎，或者什么时间会到达，他想。

“妥善的反侦察手段是需要花时间的。你还记得该怎么操作吧，阿里，是不是你在学院里已经不教这一套了？”

沙姆龙伸出一只干巴巴的手：“你带磁带了？”

然而加百列却指着另一个男人：“他是谁？”

“这是乌兹·纳沃特，眼下我们在巴黎的情报员，也是我最好的朋友之一。他协助我一起负责这个案子。来见见了不起的加百列，乌兹。握握大人物加百列·艾隆的手。”

加百列看得出来，纳沃特是沙姆龙的侍从之一。机构里到处都是这种人的影子，就为了赢得沙姆龙的承认，他们可以无所不为——背叛、欺骗、做贼甚至杀人。纳沃特年轻气盛，自以为得志，他那副骄矜做作的德性立刻让加百列产生了反感。他像一枚新出厂的硬币，闪闪发光。学院里的教官对他说他是精英，是王子，纳沃特还当真了。

加百列将磁带递给沙姆龙，一头栽倒在皮革躺椅中，那一刻，他想到的只有一件事：在康沃尔郡的蜥蜴村，沙姆龙向他保证过，此次行动绝对是扫罗王大道的内部秘密，不会涉及外人。如果是这样，这位乌兹·纳沃特在这里究竟是做什么的呢？

沙姆龙穿过房间，将磁带塞入音响系统，按下了播放键。接着他坐在加百列对面，交叠着双臂。尤瑟夫开始说话了，他闭起眼睛脑袋向一侧微斜。在加百列看来，他就像在倾听远处传来的音乐。

“我有位朋友，是一位非常重要的巴勒斯坦人，他需要做一次跨国旅行，去参加一个重要的会议。不幸的是，锡安主义者和他们的朋友们却很不愿意让此人参加这个会议。如果他们在路上看见了他，他们就会抓住他，把他送回去。”

“他们为什么要这样做？”

“因为他居然有胆子质疑所谓和平进程的公平与否；因为他胆敢挑战巴勒斯坦的领导层；因为他相信解决巴勒斯坦问题的唯一方案就是允许我们回到家园，不论那家园在哪里，然后建立一个真正两国共存的巴勒斯坦。不用说，这些观点害得他很不受欢迎——不仅锡安主义者，连有些巴勒斯坦人也不欢迎。其结果是，他流亡异乡，还得躲躲藏藏。”

“那你要我怎样？”

“由于这个人时刻受到威胁，他觉得有必要采取某种预警措施。他旅行的时候会采用化名。他受了非常好的教育，能说许多国语言。

他可以乔装成许多不同国家的人。”

“我还是不明白你想要我做什么，尤瑟夫。”

“所有西方国家的护照检控官员都会采用一种特征排除法，用来排查旅客。不幸的是，由于阿拉伯恐怖主义，独自旅行的阿拉伯男人必定会接受最严格的检查。所以，这个人希望能手持西方国家护照出行，最好还有个旅伴——女性旅伴。”

“女性旅伴？”

“因为一男一女出行比两个男人一起更不易引起怀疑。这个男人需要一位旅途伴侣，一个搭档，不知你愿不愿意担当。我希望你和他同行。”

“你不会是认真的吧。”

“我从不拿这种事开玩笑。这个男人要参加的会议可能改变中东历史的进程和巴勒斯坦人民的命运。他需要安全抵达目的地，代表巴勒斯坦大多数民众顺利出席会议，这一点至为关键。”

“为什么选我？”

“出于一条理由：你的外貌。你非常美艳，足以分散人的注意力。还因为你所持的护照。这个男人——我抱歉地说，多米尼克，我不能告诉你他的真实姓名，他更喜欢拿着法国护照出游。你会假扮他的情人，一位成功的商人，携着青春的女朋友。”

“假扮情侣？”

“是的，只是假扮而已。仅仅是假扮，我向你保证。这位巴勒斯坦领袖的心里，除了巴勒斯坦人民的福利和未来，装不下其他东西。”

“我是在画廊工作的秘书，尤瑟夫。我干不了这样的事情。再说，我凭什么要为了你和什么巴勒斯坦人民去强出头？找一位巴勒斯坦女性干这事儿吧。”

“要是办得到的话，我们是会用巴勒斯坦女性的。不幸的是，这事儿就需要一位欧洲女性来办。”

“我们，你刚才说我们，什么意思？我一直以为你只是个学生，是个餐厅侍者，我的上帝啊。我们怎么会和这种人扯在一起了，出门还要用化名，参加个会议还会改变中东历史进程？这就是你所谓的绝对的诚实，啊，尤瑟夫？”

“我对自己的政治信念从来没保密。我反对和平进程，这个我也从来不保密。”

“是的，可你和这种人有交往，这个秘密你一直隐瞒着。他是什么人，尤瑟夫？他是不是也算是恐怖分子？”

“别胡扯了，多米尼克！和我交往的人绝不会从事暴力活动的，而且他们会谴责一切暴力团体。再说了，你看看我，我像个恐怖分子吗？”

“那，他要去哪里？咱们要怎么做？”

“你是说你愿意做了？”

“我问你，你的朋友要去哪儿，你的计划怎么落实，就这么简单，没有别的。”

“我不能告诉你他去哪儿。”

“哦，尤瑟夫，拜托你……这……”

“我不能告诉你他去哪儿，因为我自己也不知道，但我可以告诉你计划如何落实。”

“洗耳恭听。”

“你会飞往巴黎——到戴高乐机场。你会在大厅里见到巴勒斯坦领袖。他的去向只有他最亲密的几个助理知道。你会陪着他去登机口登上一架飞机。目的地也许就是会议地点，又也许你还得换乘另一班飞机——也许是火车，或是轮船、汽车。我不知道。会议结束后，你会回到巴黎，你们分道扬镳。你再也不会见到他，你跟谁也不会提起此事。”

“他要是被捕了怎么办？那时我怎么办？”

“你没做错什么事情。你会拿着自己的护照继续旅行。你就说这个人邀请你和他同行，你接受了。很简单，没有问题。”

“需要多久？”

“预计要一个星期，不过可能更短。”

“我不能一个星期丢下画廊不管。我没有假期，伊舍伍德会崩溃的。”

“告诉伊舍伍德先生你巴黎的家人出了紧急状况。告诉他你非请假不可。”

“他要是就此解雇我怎么办？”

“他不会解雇你的。如果你担心的是钱，我们可以支付给你一些。”

“我不要钱，尤瑟夫。如果我做，也是因为你请求我做。我做，是因为我爱你，虽然我也不确定你是不是表里如一。”

“我仅仅是一个爱自己国家和人民的男人，多米尼克。”

“我需要考虑一下。”

“你当然得考虑一下。不过在你做决定期间，千万别同他人商量。”

“我想我懂得这个。你何时需要答复？”

“明晚。”

磁带结束，沙姆龙抬起头。

“为什么这么沉闷，加百列？你为什么不跳起来欢庆？”

“因为这听起来太轻而易举了，不像是真的。”

“你不会又来这一套吧，啊？加百列？如果他们觉得她是为我们效力的，她还能活到现在吗？尤瑟夫也早就该跑得没影儿了。”

“那不是塔里克做事的风格。”

“你在说什么呢？”

“也许他想要的远不止一个杰奎琳那样的基层特工。你总还记得他在马德里谋杀本·埃利泽的手法吧。他做了个圈套，设了诱饵，引诱他上钩。他设计周全，面面俱到，最后迎面射中猎物的脑袋，再像什么事都没有一样大模大样地离去。他将计就计，赢了我们一局，本·埃利泽就做了学费。”

“他赢了我。你就想强调这个，是吗，加百列？就因为我还不够谨慎，最初我就不该让本·埃利泽走进那家咖啡馆？”

“我不是在责怪你。”

“不怪我，那怪谁，加百列？我是那次行动的头儿，在我眼皮底下发生的事。说到底，他的死就是我的责任。但是你现在要我怎么样呢？逃跑，躲起来，就因为塔里克胜出过我？卷铺盖走人？休想，加百列。”

“干掉尤瑟夫。然后走开。”

“我他妈不要尤瑟夫！我要塔里克！”沙姆龙用粗壮的拳头捶着椅子扶手，“这是绝对合情合理的。塔里克喜欢用背景清白的女性做掩护。他一向都那样。在巴黎有年轻的美国姑娘。在阿姆斯特丹有酷爱海洛因的妓女。他甚至还利用过……”

沙姆龙打住了，不过加百列知道他想到了谁。当时塔里克利用了一位维也纳女人，她是个漂亮的女店员，在爆炸案发的当晚，有人在多瑙河里发现了她的尸体。当时她的咽喉已经缺了一半。

“咱们假设你是对的，加百列。咱们就假设塔里克已经怀疑杰奎琳是我们机构的人。假设他做了套等着我们钻。即便这都是真的，主动权还在我们手上。我们可以决定何时采取行动。时间地点都可以由我们定，而不是塔里克。”

“那杰奎琳就得冒着生命危险走平衡木。我不打算冒这个险，不想她再做牺牲品。”

“她不会的。她很专业。每走一步，我们都会和她在一起。”

“两周前她还是位职业模特。她已经多年不在第一线了。也许她算是专业高手，不过她还没有准备好身处这样的境地。”

“允许我向你透露个小秘密，对于这样的处境，没有人是彻底做好准备的。不过杰奎琳会照顾好自己。”

“他们定的规矩我也不喜欢。我们得任凭她跑到戴高乐机场，上飞机，可我们却不知道飞机要去哪里。从游戏一开始我们就得玩捉迷藏。”

“他们一到登机口我们就能知道他们要去哪里了，然后，从他们踏出飞机那一刻起，我们就可以继续盯住他们。她一刻也不会离开我们的视线。”

“接下来呢？”

“时机到了，你就上前拿下塔里克。游戏就结束了。”

“咱们还是在戴高乐机场逮捕他吧。”

沙姆龙绷着嘴唇，摇摇头。

加百列说：“为什么不？”

沙姆龙伸出粗壮的食指：“第一，那样一来会涉及法国警方，我不打算面对那样的局面；第二，把塔里克这样的人送上法庭，谁也没有经验；第三，如果我们告诉我们的法国朋友和兰利的中情局，塔里克会在某年某月出现在某地，他们一定会问我们消息从何而来，这等于是向伦敦的同行兄弟们承认，我们在他们的国土上采取行动了，根本没把他们当回事儿，他们肯定不会高兴；最后，我们最不愿意看到的就是塔里克出庭受审，他可是个象征符号，代表着所有希望毁掉和平进程的人。我情愿他无声无息地消失。”

“如果秘密地绑了他呢？”

“在戴高乐机场的候机大厅里，人头攒动，你真的以为能把塔里克绑了？不可能嘛。如果我们想要塔里克，就得按他定的规矩先玩几个小时。”沙姆龙点了一支烟，狠狠地甩灭了火柴，“你要真想，那也随你，加百列。像这样的行动是要由总理亲自批准的。他此刻就在办公室，等着听你的消息，看看你是否准备好了。我要如何对他说呢？”

32

伦敦，圣詹姆斯

午后时光已经过半，朱利安·伊舍伍德认定，这是全天中最严酷的时光。到底是怎么回事？大吃一顿午餐后的疲倦？伦敦的冬季里，天暗得太早？敲打窗户的雨水听得人犯困？总之这是每一天的低谷，是伊舍伍德每天最煎熬的时刻。早上，他会怀着热切的期望来到画廊；晚上，他承受着现实的冷酷，赶回南肯辛顿的家。嵌在这两者之间的，是午后3点的光阴，是死水一潭的时刻。关门还太早，这么早缴械投降，大有不甘；大把的时光又无处打发，因为没有太多有意义的事情可以做。

于是他坐在写字台前，左手舒舒服服地握着一杯热茶，右手郁闷地弹着一堆文件。账单，那是他付不起的；市场上新进的绘画佳作的通知单，那是他买不起的。

他抬起头，顺着客厅和办公室之间的门廊望过去，一直看到坐在小书桌前的那个小生灵。她身材妙曼，令人震撼。她自称名叫多米尼克——她才是活在人间的艺术品。她究竟是什么人且不去问，最起码她已经为画廊增添了生趣。

过去，他曾坚持把内外两间办公室之间的门保持关闭。他一直坚信，自己是个重要人物。重要人物自然要和同样重要的人物谈论重要的大题目，因此他需要在自己和秘书之间保留一个隔离地带。如今，门廊的这扇门敞开了。哦，他一下年轻了二十岁，回到了他青春鼎盛的时候。想当初，他一定能留得住她。他的确留住过很多像她这样的女孩子。不仅仅是靠金钱，或是圣特洛佩兹的别墅，或是游艇，主要是因为艺术。比起可卡因，绘画是更强效的催情药。

关于这位多米尼克，伊舍伍德利用大把的闲暇时间假想过许多个版本的剧情。他怀疑她压根不是法国人，而是一个可以扮演任何角色的以色列人。他还发现，她隐约有一种威逼人的气势，这让人无法对她产生情欲。或许，这仅仅是我个人的反应？他想。一个人年华老去时是不是都是这个症候？因为精力不济了？能力衰退了？这样的心态是不是可以允许我们从容地放开欲望，优雅地为青年一代让出一条路，免得我们自己在多米尼克·伯纳德这样的女性面前丑态毕露？

不过他此刻看她，却发现不太对劲。她已一整天惴惴不安了。她不肯离开画廊。他邀请她去威尔顿餐厅吃午餐，动机单纯，没有什么非分之想，可她还是拒绝了，只向咖啡馆点了一份外卖三明治。这也许同那天晚上来过画廊的阿拉伯男孩有关——她管他叫尤瑟夫。又或者是因为加百列。有一件事情，伊舍伍德可以肯定。如果加百列曾经伤害过她，那一定和伤害那个康沃尔郡的小男生是一个意思。天哪，他叫什么来着？波尔？皮克？不，应该是皮尔，好吧……很不幸，对加百列他恐怕是无可奈何的，所能做的，唯有永远不原谅他。

在外面，他听见两声短促的喇叭鸣声。他起身走到窗前。下面是映衬着梅森广场的红砖墙，在卸货区里有一辆送快递的面包车，正停在两扇紧闭的大门外。

好笑，按日程今天没有货要发。司机又按响了喇叭，这一次按得又响又长。看在上帝的份上，伊舍伍德心想，你究竟是谁啊？你想干什么？

接着他透过前挡风玻璃往车里看。由于角度原因，他看不清司机的脸，只能看见一双握着方向盘的手。这双手，烧成灰他都认识。那是全行业里最好的一双手。

他们乘电梯上行，杰奎琳夹在他们中间像个囚犯，加百列在左，沙姆龙在右。她想抓住加百列的目光，然而他只管看着前方。门开了，他带她来到长凳，倒像是将证人带上被告席。她坐下来，双腿在脚踝处交叉，手肘支撑膝盖，双手托着下巴。加百列站在她后面。沙姆龙沿着展厅踱步，好似一位来看货色的买家，对作品都不太中意。

他一气不停地说了二十分钟。杰奎琳望着他，想起了当初他邀请她加入机构的那个晚上。同那天晚上一样，她也感到了同样的责任感和使命感。沙姆龙敦实的身体展示出巨大的力量，她的恐惧也似乎就此消融。表面上，他对她提出的期望是令人发指的，因为她要同世上最危险的恐怖分子朝夕相伴。然而，她还是能够排除扰乱心绪的恐惧感，理智地判断他的话。她想，沙姆龙不怕，那我也不怕。她必须承认，她对这个主意本身饶有兴趣。想象一下，一个马赛来的姑娘，祖父祖母罹难于大屠杀，自己又毁灭了塔里克·阿尔·胡拉尼，捍卫了以色列的安全。以此为自己供职于机构的职业生涯画上句号，再完美不过，也恰好满足了她加入机构的最初动机。这还能向加百列证明，她也能很勇敢。

"你绝对有权利对我们说不，"沙姆龙说，"你原本参加的行动，和眼下的行动大不相同——延续的时间短得多，也远远没这么危险。不过情势有变。情报活动有时候就是这样。"

他不再踱步，在她的面前站定了："不过我可以向你保证一件事，杰奎琳。你个人的安全是我们最优先考虑的因素。你永远不会孤军奋战。我们会陪同你去机场，在你下飞机的机场等你。你去哪儿，我们就去哪儿。一旦有机会的火花闪出一点点，我们就会采取行动，把活儿干完。我还可以给你承诺，如果你的生命有危险，我们会立即介入，不计后果。你明白我对你说的这些吗？”

她点点头。沙姆龙伸手从公文箱里取出一只小礼盒，约两英寸见方，递给杰奎琳。她打开盒子。是一支金色打火机，放在白色棉垫上。

“它能将求助信号发送到三十英里外。也就是说，如果事情有变，我们又因故和你失去联络，我们依然能重新找到你的位置。”

杰奎琳从盒子里拿出打火机，按下了砂轮。打火机闪出微弱的火光。她将打火机放进毛衣口袋的时候，沙姆龙脸上露出短暂的微笑。“我有义务告诉你，你的朋友加百列对此持有强烈的保留意见。”他又开始走动起来，这次，他站在了莫奈的风景画前，“加百列担心你会正中圈套。通常我是相信加百列的判断的。我们之间有很长的渊源了。不过这个案子，我有自己的不同意见。”

“我理解。”杰奎琳嘟囔着，她想到了将尤瑟夫带到眼前这间展厅的那一天。

“莫奈生在法国，可他几乎毕生都生活在威尼斯，要是我没记错的话。”

“说实话，你记错了。莫奈一直生活工作在罗马。”

也许尤瑟夫是在测试她，从那时就开始了。

沙姆龙继续说：“我可以告诉你许多事情。我可以告诉你那个塔里克是个畜生，手上沾着数以百计犹太人的血。我还可以提醒你，他在巴黎杀害了我们的大使和大使夫人。我还可以提醒你，他在阿姆斯特丹杀害了以色列的一位好朋友和他的夫人。我还要提醒你他计划再次发动袭击。你将要做的，是对以色列国家和犹太民族重大的贡献。我可以把这些都说给你听。可我不能命令你非接受任务不可。”

杰奎琳看着加百列，然而他自顾自站在那幅德加瓦面前，脖子歪向一边，似乎在寻找上次修复时遗漏的缺陷。他是在说，别看我。你的决定，你自己来做。

沙姆龙将他二人单独留下。加百列走过展厅，来到沙姆龙方才站的地方。杰奎琳想要他靠近些，不过加百列更希望保留一块缓冲区。他的脸色已经变了。这种变化和当初在突尼斯是一样的。在突尼斯，加百列有两个不同的版本。侦察阶段的加百列，那时他们是情侣；另一个版本是刺杀当夜的加百列。她还记得在驱车前往海边别墅的一路上，他是一副什么表情，半是决心已定的冷峻，半是恐惧。他现在也是这副模样。这是他的杀手面孔。他开口了，恢复了刚才沙姆龙留下的话题。只是他的语气变了。沙姆龙说话的时候，杰奎琳似乎听见阵阵鼓声敲响。加百列说起话来又温柔又安静，似乎是在对临睡前的幼儿讲故事。

"你同机构的纽带，就是你在伦敦公寓里的电话。那是一条保密线路，直通特拉维夫的总部。你到达目的地后，你对塔里克说你要查电话留言。你打电话的时候，机构的人就能看见你的号码，然后确定你的位置。如果你周围没人，那你可以直接和他们通话传讯。线路是非常安全的。"

"如果他不许我用电话呢？"

"那你就发脾气。你就对他说，尤瑟夫从来没说过你不可以用电话。你对他说，尤瑟夫从来没说过你要做个囚犯。告诉他，要是不让你查留言，你就走了。记住，你只知道他是个巴勒斯坦的名流政要什么的。他是去完成外交使命的。他根本不是什么让人害怕的人物。如果他感觉到你怕他，他会怀疑你知道得太多，与你的身份不符。"

"我懂。"

“你的录音电话里会有留言的，别惊奇。我们会给你留几条。记住，根据尤瑟夫定下的游戏规则，除了朱利安·伊舍伍德之外，其他人都不该知道你出门了。也许，按情理，伊舍伍德该打电话问问你打算何时回来。也许画廊会出了什么紧急状况，需要你留意。也许，某个家人，某个朋友，会从巴黎来电，问问你在伦敦过得怎样。也许会有男士来电话，约你出去吃晚餐。你是个美女嘛。要是没有别的男人追你，反而可疑了。”

她想，那为什么不是你呢，加百列？

“今晚，在你给他回答之前，我要你再一次向他表达强烈的疑问。对于杰奎琳·德拉克罗瓦来说，同陌生男士结伴出游也许没什么不妥。可是对于多米尼克·伯纳德来说，这就是个很疯狂的主意。我要你和他吵一架。我要你逼着他做出保证，保证你的安全。最后，当然，你要同意，但必须经过一番挣扎。你懂我的意思吗？”

杰奎琳慢慢点点头，迷恋着加百列浑厚沉静的嗓音。

“请确保这场谈话在他的公寓里进行。我要听到他说些什么。我要最后一次听到他的声音。你同意他的提议后，如果他不允许你离开他的视野，不要吃惊。如果他今晚带你去别的地方，也别吃惊。多米尼克·伯纳德也许会对此发出抱怨，她也许会发出几声没用的威胁，闹着哪里都不肯去。然而你杰奎琳·德拉克罗瓦不能真的吃惊。不管他带你去哪里，我们都会严密跟进。我们会一路监视。我会一直看着你。”

他停顿片刻，就像之前说话的沙姆龙一样，也开始慢慢踱起步来。他在那幅鲁尼面前停下来，凝望着画上的维纳斯。杰奎琳弄不清他到底是要欣赏艺术品的美，还是不由自主地要找寻其中的缺陷。他转过身，坐在她身旁的凳子上。“我还要告诉你一件事情。我要你为可能出现的结局做好心理准备。也许会发生在某个安静的地方，彻底远离人们视线，也可能发生在繁忙的大街上。我想强调的是，你永远无法预料什么时候才能收场。你也许能看见我赶到，也许不能。如果我真的来了，你不能看着我，要视若无睹。不能紧张慌乱或者喊出我的名字。你一点声息都不能发出来。不能让他有所警觉，不然我们两个可能都得死。”

他停顿了半晌，又补充道：“他不会立刻死去。点二二口径的伯莱塔做不到一枪毙命。如果射得准，也得好几枪。我把他撂倒之后，还得把活儿做完。只有一个办法。”

他用手比划成手枪的形状，将食指抵住她的太阳穴。

“我下手的时候不希望你看着我。因为我其实不是那种人。”

她伸手将他指着她的手拿开。她将他的食指扳回掌心，于是他的手不再像一支伯莱塔。接着，终于，加百列倾下身，吻了她的嘴唇。

“她怎么样？”沙姆龙问道。

加百列一边转弯向东，开上牛津街，一边答道：“她很坚决。”

“你呢？”

“在这个问题上我的感觉无关紧要。”

“你一点也不兴奋？马上要投入战斗了，不亢奋吗？追逐猎物不能让你焕发生机吗？”

“这类的感觉我许久以前就已经失去了。”

“你和我不同，加百列。我毫不羞愧地承认，我平生追求的就是这一刻。我这辈子就是盼着一脚踩住敌人的脖子，踩碎他的咽喉。”

“你说得对。你，我，的的确确非常不同。”

“如果我说得不错的话，你对她是有感情的。”

“我一向喜欢她。”

“你这辈子，从来不会喜欢谁或是什么东西。你要么爱，要么恨，要么什么感觉也没有。你这人没有中间地带。”

“是不是总部的心理医生就是这样说我的？”

“这么明显的事情我还用得着让心理医生告诉我？”

“咱们可否换个话题？”

“好好，换个话题。你对我有何感觉，啊，加百列？爱，恨，还是什么也没有？”

“有些话还是不要说出来的好。”

加百列穿过托特纳姆广场路，进入霍尔本。到了新广场路，他把车停在人行道边。沙姆龙从公文箱里取出一份薄薄的文件，递给加百列：“这里有所有能找到的塔里克的照片。不太多，有些都过时了。不过还是好好看看它们。要是我们杀错了人，那才丢人呢。”

“就像在利勒哈默尔。”加百列说。

沙姆龙五官扭曲，一脸苦相。加百列提到的利勒哈默尔是挪威的一座滑雪村。在那里，以色列情报部门遭遇过有史以来最恶劣的失败。1973年7月，一对沙姆龙团队里的杀手刺杀了一名男人。据信，此人就是阿里·哈桑·萨拉麦贺，是“黑色九月”的行动首脑，也是慕尼黑大屠杀的幕后主持。后来才弄清楚，身份弄错了，酿成了悲剧——死者不是萨拉麦贺，而是一名摩洛哥的侍者，娶了一名挪威女人。恶性误杀之后，加百列和沙姆龙逃跑了，然而几名突击队成员却落在挪威警方手里。沙姆龙的职业生涯差一点就此不保。在扫罗王大道，利勒哈默尔的灾难被称为Leyl-ha-Mar，也就是希伯来文“苦涩之夜”的意思。

沙姆龙说道：“拜托了，你觉得现在提‘苦涩之夜’是时候吗？”他顿了一下，露出微笑，其中竟带着令人惊异的温暖，“我知道你觉得我是个魔鬼。我知道你觉得，我是个彻底没有道德感的男人。也许你是对的。不过我一直爱你，加百列。你一向是我最喜爱的人。你是我的火焰王子。不管发生什么，我要你记住这个。”

“顺便问一句，你要去哪里？”

“明天我们需要一架飞机。我想我得在斯通航空公司订个位子。”

“阿里，你怎么不喝酒？不公平！”

“对不起，本杰明，不过我还要度过一个漫漫长夜。”

“工作？”

沙姆龙轻轻点了一下头，表示肯定。

“那你来这里是干什么的？”

“我需要帮助。”

“当然，那还用说，要不然你也不会来了。希望你不是来要钱的，因为斯通银行暂时歇业了，你的账号也恶性透支得太厉害。再说，钱也都没了，债主都在嗷嗷叫呢。他们都在索要他们的合法利益。这帮债主可真逗。反正借钱给我的主儿，算是投身无底洞了。我想说的是，阿里，我的老朋友，我他妈的真的是陷入财务危机了。”

“不是为了钱。”

“那是什么？说吧，阿里。”

“我想借用你的飞机。确切说，我是要借用你和你的飞机。”

“我听着呢。你勾起了我的关注。”

“有一名以色列的国家公敌，明天就要从戴高乐机场登机启程。不幸的是，我们不知道他搭乘的是哪次航班，也不知道目的地。我们要一直等到他登机的那一刻才能知道。所以我们必须迅速跟踪，而且着陆的时候也要保密，这一点很关键。如果，我们用一架以色列航空公司的包机进行跟踪，那么临时起降，不遵守既定的飞行计划，一定会引起注意的。而你不同，你一向心血来潮，说飞就飞，那是出了名的。”

“太他妈正确了，阿里。我来去如风啊，把大家都转晕了。你这回是不是还是为了巴黎的事？上回跟我要钱也为这个吧？我必须说，我很感兴趣。听起来我就要亲自上前线了，担子还很重。我怎么能够拒绝呢？”

斯通抓起电话：“准备好飞机。巴黎，一个小时，里兹酒店，老套房，还是原来那个姑娘，就是舌头上穿了钻石坠子的那个。像一场梦一样，就是她。让她在房间里等着。拜拜。”

他挂了，又在杯子里倒满香槟，朝沙姆龙一举杯。

“无以为谢，本杰明。”

“你欠我的，阿里。改天我也要你帮个大忙。总有这一天的，等着还债吧。”

33

伦敦，圣詹姆斯

杰奎琳原本以为，独自走一小段路可以安抚自己的神经。她错了。她实在应该打一辆出租车直接来到尤瑟夫门前的，因为此刻，她真想转回身去，告诉沙姆龙和加百列，让他们下地狱去吧。她只有几秒钟的时间让自己镇静下来。她意识到，自己对恐惧很不适应，尤其是眼下这种恐惧，压得她几乎喘不过气来。这样的恐惧，她平生只经历过一次——在突尼斯的突袭之夜。不过那天晚上加百列在她身边。如今她将孤身赴险。她想到了自己的祖父母，他们深陷索比堡集中营坐以待毙的时候，所经历的必定也是这种恐惧。如果他们能在纳粹的绞索面前承受恐惧，我也能直面眼前的一切，她想。

然而她的感情中，还有些别的东西：爱。强烈，不可遏制，难以承受的爱，完美纯粹的爱，十二年来不曾泯灭过的爱。同其他男人的感情都不值得一提了。正是加百列的承诺最终把她推到了尤瑟夫的门前。她想到了沙姆龙招她入行的那晚说的话："你必须对你做的事情抱定信念。"哦，是啊，阿里。她想，我当然对自己的所作所为怀有信念。

她按下了尤瑟夫公寓的对讲按钮。片刻过去，没动静。再按，等待，看表。他让她9点钟来。她太紧张了，生怕来迟，于是早到了五分钟。那我该怎么做，加百列？留下？绕着公寓走走？如果她就此离开了，也许就再也不回来了。她点起一支烟，在寒气中跺着脚，等待着。

过了一阵子，一辆福特面包车在她面前的马路上戛然而止。侧门拉开，尤瑟夫跃上了柏油路面。他朝她走来，双手插在皮夹克的兜里，脑袋一左一右地摇着："你站在这儿多久了？"

"我不知道，三分钟，五分钟。你究竟去了哪里？"

"我对你说过9点钟来。我没说9点差五分。我说的是9点。"

"我不就是早来了几分钟，有什么大不了的？"

"因为游戏规则变了。"

她想起了加百列对她说的：你没有害怕的理由。他们挤兑你，你也挤兑他们。

"听着，规则没变，除非我承认它变了。我还没决定去不去呢。太疯狂了，尤瑟夫。你连我什么时候回来都没告诉我。我爱你，尤瑟夫。我想帮你，不过你必须设身处地为我想想。"

他的态度立即和缓下来："对不起，多米尼克。我只是有些紧张。一切都会顺利的。我不是有意要迁怒于你。进来吧，咱们谈谈。不过我们的时间不多了。"

加百列此前从未见过这辆福特车。在它消失在夜幕之前，他写下了车牌号。沙姆龙来到窗前，与他一起望着尤瑟夫和杰奎琳消失在公寓楼的大堂。片刻后尤瑟夫公寓的灯亮起来。加百列能听见两种声音。尤瑟夫，沉稳安宁，语带安抚；杰奎琳，焦躁，紧张。沙姆龙在沙发上安顿好，隔街观景，犹如面对着一幅电影银幕。加百列闭着眼，倾听着。他们在互相刺探，在房间里绕圈子，像一对搏击的拳手。加百列用不着睁眼去看。他能听得出来，因为每次他们走过电话机时音量都会加强。

“这是什么，尤瑟夫？毒品？炸弹？告诉我，你这畜生！”

她的表演太逼真了，以至于加百列很担心尤瑟夫会改变主意。沙姆龙似乎看戏看得很有滋味，当杰奎琳最终同意出行的时候，他抬头看着加百列：“太精彩了，分寸合适，漂亮，好样的。”

五分钟后，加百列望着他们爬上一辆深蓝色的沃克斯豪尔。几秒钟后，一辆汽车从加百列的窗前驶过，那是沙姆龙的跟踪人员。现在除了等待，没别的事可做了。为了打发时间，他倒回磁带，再一次听他们的谈话。“你得对我说实话，”杰奎琳的声音说道，“这一切结束以后，我还能再见到你吗？”加百列停下磁带，他不知道她这话究竟是对尤瑟夫说的，还是对他说的。

克伦威尔路的午夜，一条沉闷的街道，连接着伦敦中心区和西部各区。在杰奎琳眼里，它从来不曾像现在这样美丽。爱德华酒店原本刻板无味，如今它和它的霓虹灯标牌竟让她着迷。颜色变换的交通灯投射在雨地上反射回来，这一刻在她眼里，真成了一幅大手笔的都市风景画。她将车窗降下一点，嗅着空气里的味道：柴油尾气、湿气、廉价的煎炒食物。伦敦之夜，太壮丽了。

他们已经换过车了，蓝色沃克斯豪尔换成了一辆挡风玻璃有裂缝的银灰色丰田。沃克斯豪尔由一个相貌不错的小伙子驾驶，他的棕色头发向后拢成了一条马尾辫。此刻坐在方向盘后面的是个年纪大些的男人。至少四十岁了，她猜想。那人一张瘦长脸，黑色的眼睛透出紧张神色。他开得很慢。

尤瑟夫在他耳边用阿拉伯语嘟囔了几句。

杰奎琳道：“要么说法语或者英语，要么什么也别说。”

“我们是巴勒斯坦人，”尤瑟夫说，“阿拉伯语是我们的母语。”

“我他妈才不管呢！我不会阿拉伯语。我听不懂你们说什么，这样很不舒服，所以，拜托你们，要么他妈的说英语，要不然你们就另找别人吧。”

“我只不过让他开慢些。”

其实，尤瑟夫，你是让他看仔细了，保证别让人跟踪，不过咱们就不追究那些细节了，杰奎琳想道。

在他们之间的座位上放着一只小行李箱。尤瑟夫此前带她回过她的公寓，帮她收拾了行李。“托运行李来不及了。”当时他说，“如果你需要更多的衣服，我会给你钱到时候再买的。”他仔细地查看过她的行李，检查过她放在包里的每一件东西。“我该怎么穿戴？”她语带讥讽地问道，“春秋还是冬夏？咱们是去挪威还是新西兰？瑞典还是瑞士？着装规格是什么？正式还是随便？”

她点起烟。他也拿出一支，伸手向杰奎琳讨打火机。她递给他，看着他给自己点烟。他正打算递还给她的时候，突然停住手，仔细检查起打火机来。

杰奎琳只觉得自己似乎连呼吸都不会了。

“这东西真漂亮。”他翻过来，读着铭文，“送给多米尼克，纪念美好的感情和回忆。这打火机你是哪儿得来的？”

“很久以前就有了。”

“所答非所问。”

“一个男人给我的礼物。一个不会把我送给陌生人的男人。”

“他一定是个很善良的男人。为什么我从来没见过这个？”

“你没见过的东西多了。那又怎么样？”

“我应该吃醋吗？”

“看看日期，那是什么时候了，傻瓜。”

“‘1995年6月’。”他读道，“你现在跟这个男人还有交往吗？”

“如果有，我就不会和你在一起了。”

“你最后一次见他是什么时候？”

“1995年6月，纪念美好的感情和回忆。”

“他一定对你十分重要。不然你不会保留这个打火机。”

“这不是什么特殊的东西，这就是我的打火机，我留着它因为它好用。”

她想，加百列是对的。他起疑了，我死定了。今晚他就要杀了我。她望着窗外，不知道克伦威尔路的雨夜街景会不会是她人生最后的画面。她也许早该写一封信给母亲，事先锁在一只保险箱里。可她又琢磨，沙姆龙到时候该怎么向母亲解释呢？他会不会告诉她，女儿一直给机构做事？或者他们会不会把她的死因伪造成别的什么原由？她母亲会不会在报纸上读到这条消息：杰奎琳·德拉克罗瓦，一位马赛来的学生妹，一路成长为欧洲顶级模特，急转直下，在神秘的情形中死去……她琢磨着，自己活着的时候百般蔑视过的记者们，会不会在她死后落井下石，来他个集体泼污？起码雷米会写她的好处的，他们一向关系很铁。也许雅克也会记着她的好。也许连吉勒斯也会……等等，不对。还记得米兰那次派对，关于可口可乐的争吵。上帝啊，吉勒斯非把我骂个体无完肤不可。

尤瑟夫将打火机递给她，她将它丢进手袋。沉默令人心惊肉跳，她想让他继续说话。谈话多多少少能让她感到安全，哪怕说的是谎话。“你一直没有回答我的问题。”她说。

“哪个问题？你今晚问了那么多。”

“这一切结束以后，我还能再见到你吗？”

“完全取决于你。”

“可你还是没回答我的问题。”

“我一直在回答你的问题。”

“是吗？如果从最一开始你就告诉我真相，我不知道我还会不会一大早就爬起来跟着一个彻底陌生的人远走高飞。”

“有些事我必须对你保密。那你又怎么样，多米尼克？你是不是对我彻底诚实？你有没有告诉我你的一切？”

“一切重要的都说了。”

“真是圆滑的回答。你不愿意深谈的时候，这话是非常有效的遁词。”

“可我说的正好就是事实。回答我的问题。我还能再见到你吗？”

“我真切期待还会的。”

“你是臭狗屎，尤瑟夫。”

“你太累了。闭上眼睛，休息一下。”

她把头靠在车窗上：“我们去哪里？”

“安全的地方。”

“是啊，这话你告诉过我了，不过能不能告诉我具体去哪儿？”

“到了你就知道了。”

“你为什么会需要一个安全的地方？你的公寓有何问题？我的公寓又有什么不可以的？”

“这个地方是属于我朋友自己的。离西斯罗机场也近。”

“你朋友也会在吗？”

“不会。”

“你要在那里过夜吗？”

“当然。等到了早晨，我要和你一起飞往巴黎。”

“然后呢？”

“然后你就会陪同我们那位巴勒斯坦官员，你的旅途就开始了。我多希望我能在你的位置上。同这样的人踏上这样的征途，多么大的光荣啊。你都不知道自己有多幸运，多米尼克。”

“这位大人物，叫什么名字？也许我知道他呢。”

“我估计你不会认识他，可我还是不能告诉你他的名字。你只能称呼他的化名。”

“叫什么？”

“卢西恩。卢西恩·达沃。”

“卢西恩，”她轻声说，“我一向喜欢这个名字。咱们到底去哪儿，尤瑟夫？”

“闭上眼睛。要不了多久了。”

在监听站里，不等铃声响第二次，沙姆龙就接起了电话。他听着，没有说话，然后动作轻缓地放下话筒，就好像刚接到一位老对手的死讯。“看起来他们已经安顿好，要过夜了。”他说道。

“在哪里？”

“在豪恩斯洛，机场附近的一处廉价公寓里。”

“团队呢？”

“到位了，隐蔽妥当。他们会陪着她度过今夜。”

“我如果在场，会感觉好过些。”

“明天你还有漫长的一天。我建议你睡几小时。”

然而加百列走进卧室，不久又回来了。他穿着夹克，尼龙背包搭在肩上。

沙姆龙说道：“你去哪儿？”

“我需要亲自料理一些事情。”

“你去哪里？什么时候回来？”

然而加百列出去了，再没多说一个字。他走下楼梯，来到街上。从楼前走过的时候，他觉得自己看见沙姆龙透过百叶窗的缝隙看着自己。走近埃奇韦尔路的时候，他有一种不舒服的感觉，他觉得沙姆龙派了某位团队里的成员，一路监视着他。

34

英格兰，豪恩斯洛

丰田车放下他们，然后疾驰而去。黄色钠光灯的光晕笼罩着一座停车场。有一组矮墩墩的红砖公寓楼，看起来好像是一片萧条年景时推倒废弃的旧工厂。杰奎琳提出要自己拿自己的行李，可是尤瑟夫不听她的。他牵住她的手，走过停车场，然后走过一块公共绿地，其中散落着压扁的易拉罐和破烂的玩具零件，有一个没有头的娃娃，衣服也丢了。一辆红色货车丢了前轮。一支塑料手枪。加百列的手枪，杰奎琳心里想，又记起普罗旺斯山里的那一晚，当时他曾测试过她的枪法。倒好像过去了许多年一样，简直恍如隔世。一只猫，藏在阴暗处朝他们吐着口水。杰奎琳揪住了尤瑟夫的手肘，几乎叫出声来。接着一只狗吠叫起来，那猫沿着走道一路奔逃，从一道栅栏下面钻出去。

“真可爱，尤瑟夫。你怎么不告诉我你在乡下还保留了这么个地方？”

“进入室内前请别说话。”

他带她进入一道楼梯。枯树叶、角落里的旧报纸、淡绿色的墙、黄色的灯光悬在头顶，不协调的颜色冲突让他俩都感到恶心。他们爬了两段楼梯，穿过一道门，走过一段长长的过道。一阵刺耳的混合噪声迎接了他们——那是个孩子在尖声呼唤妈妈，还有加勒比口音的英语在争吵着。一台音色嘈杂的收音机正在播放BBC的节目，是汤姆·斯托帕德的《真情实料》。尤瑟夫在一扇门前停下来。门镜下标着二十三号。他打开锁，引她进去，扭亮一盏罩着纸质灯罩的小灯。

客厅空荡荡，唯有一只破旧的扶手椅和一台电视机。电视的电源线蜿蜒在地毯上，像一条死在花园里的蛇。透过一扇半开的门，她看见一间卧室，室内有一张摆在地上的床垫。另一扇门后面，是一间厨房，有一袋杂货正摆在台面上。除了缺少家具外，整间公寓打扫得纤尘不染，还泛着一股柠檬空气清新剂的味道。

她打开窗，寒气涌进来。窗户下面有一道栅栏，栅栏外是一块足球场。五六个男生，身穿各色热身运动服，头戴毛线帽，正在一辆汽车的车头大灯照亮下踢球。他们长长的身影投映在杰奎琳窗下的砖墙上。她能听见远处马路上传来的枯燥的车声。一列空载的火车正从高架轨道上嗄嗄地驶过。 架喷气机也正飞过头顶。

“你的朋友把这个地方收拾得不错，尤瑟夫，不过这并不合我的风格。咱们为什么不到机场附近找一间酒店呢，找个有客房服务和酒吧的地方？”

尤瑟夫正在厨房里收拾一包杂货，“如果你饿了，我可以给你做点儿吃的，这里有面包、芝士、鸡蛋、一瓶葡萄酒，还有明天早晨的咖啡和牛奶。”

杰奎琳走进厨房。地方狭小，几乎站不下两个人。“别这么正儿八经的。说真的，这地方是个狗窝。这里为什么空荡荡的？”

“我的朋友刚刚买下这里。他还没来得及把东西搬进来。他以前一直和父母一起住。”

“他一定非常开心，可我还是不明白，我们今晚为什么必须在这里住下？”

“我告诉过你，多米尼克。我们到这里是因为这个地方安全。”

“这安全措施是防着谁？防着什么？”

“也许你听说过英国的国家安全部门，也就是著名的军情五处。他们的任务就是渗透到政治流亡者和异见人士的圈子里。他们会监视像我们这样的人。”

“我们？”

“像我这样的人。再有，就是那些特拉维夫来的人。”

“我又不明白了，尤瑟夫。特拉维夫来的人是谁？”

尤瑟夫抬起头，用难以置信的目光盯着她：“特拉维夫来的人是谁？他们是全世界最残忍最杀戮成性的情报机构。一群受雇佣的职业杀手，这样描述他们也许更合适。”

“为什么以色列人会在英国的土地上对我们构成威胁？”

“哪里有我们哪里就会有以色列人。他们才不在乎国界不国界的。”

尤瑟夫腾空了盛食物的袋子，将它当作垃圾袋垫在垃圾桶里。“你饿吗？”他问道。

“不，就是困极了。太晚了。”

“去睡吧。我还有些公事要处理。”

“你不会把我一个人留在这儿吧？”

他举起一部手机：“我只是需要打几个电话。”

杰奎琳伸双臂揽住他的腰。尤瑟夫捧起她的额头，凑到自己唇边轻柔地吻着。

“我希望你别让我走这一趟了。”

“只需要几天。等你回来的时候，我们就可以在一起了。”

“我希望我能相信你，我不知道除了你之外还能相信什么。”

他又吻了她，然后用一根手指托住她的下巴，仰起她的脸，正好盯住她的眼睛：“不负责任的话我是不会说出口的。上床去吧。好好睡一觉。”

她走进卧室，连灯也懒得开。周围的景物模模糊糊，反而能缓解她的压抑。她伸手抓起一把被单，嗅了嗅，新洗过的。尽管如此，她还是决定穿着衣服睡觉。她躺下来，小心地把头搁在枕头上，一点也不让脸和脖子接触它的表面。她的鞋也没脱。她最后抽了一支烟，为的是用烟味来覆盖消毒水的气味。她想到了加百列，想到了她在瓦勒堡的舞蹈学校。她听着飞机声、火车声、足球场上沉实的踢球声。她望着运动员大步奔跃的身影，投射在自己房间的墙上，像木偶般舞蹈着。

接着，她听见尤瑟夫嘟嘟囔囔地对着手机讲话。她听不大清楚他在说什么，不过也无所谓了。事实上，在滑入燥热的梦乡之前，她的最后一个念头是：她的巴勒斯坦情人，尤瑟夫，多半是活不了多久了。

在翁斯洛花园的家，伊舍伍德将门打开数英寸，隔着保险链条，恶毒地看着加百列。“你知不知道现在都几点了？”他解开锁链，“快进来，免得咱俩一块儿得肺炎。”

伊舍伍德穿着睡衣，拖着皮拖鞋，套着一袭丝绸的长睡袍。他带加百列来到客厅，然后自己消失在厨房里。片刻后他回来了，端着一壶咖啡和一对马克杯。“我希望你能接受清咖啡，因为冰箱里的牛奶是撒切尔执政的时候买的。”

“清咖啡蛮好。”

“那么，加百列，我亲爱的，来此有何贵干？”他停下来看了看表，挤出一脸苦相，“上帝啊，凌晨2点45分。”

“你就要失去多米尼克了。”

“当初阿里·沙姆龙像一团毒气一样钻进我的画廊，我就猜到是这么回事。她去哪里了？黎巴嫩？利比亚？伊朗？顺便问一句她的真实姓名是什么？”

加百列呷了一口咖啡，什么也没说。

“不愿意看着她走，真的。她呀，天使啊。等做得熟了，干秘书也是好样的。”

“她不会回来了。”

“她们都不会回来的。我这个人对于弄跑女人很有一套。”

“我听说你在和奥利弗·丁布尔比进行最后一轮谈判，要卖掉画廊。”

“一个人被捆绑在铁轨上的时候，是没法和人家谈判的，加百列。我得匍匐，我得乞求。”

“别这样。”

“你好大胆，坐在那儿空口说白话，对我的生意指指点点？要不是你和你的朋友‘赫勒先生’，我能搞到这么一团糟的局面吗？”

“我们的行动会比预计的提前结束。”

“然后呢？”

“然后我会回去继续修复韦切利奥。”

“无论如何你也来不及救我了。我正式破产了，所以我才会去和奥利弗·丁布尔比谈判。”

“丁布尔比是个投机分子。他会毁了画廊的。”

“坦白说，加百列，我现在太累了，没工夫操这份心。我需要来点比咖啡更有劲儿的东西。你呢？”

加百列摇摇头。伊舍伍德拖着脚步来到橱柜前，在平脚酒杯里倒了点杜松子酒。

“那包里是什么？”

“一份保障。”

“保什么？”

“我不能按时修完韦切利奥的保险金，”加百列把包递过去，“打开。”

伊舍伍德放下酒杯，拉开拉链：“哦，上帝，加百列。这是多少？”

“十万。”

“我不能拿你的钱。”

“不是我的。沙姆龙的，通过本杰明·斯通得到的。”

“就是那个本杰明·斯通？”

“如假包换。”

“你怎么能从本杰明·斯通那里搞到十万英镑呢？”

“拿着吧，别再问了。”

“如果真的是本杰明·斯通，我想我愿意拿着。”伊舍伍德举起杜松子酒，“干杯，加百列。过去那么多个星期，我对你有那么多恶劣的想法，我很抱歉。”

“那是我应得的。我本来就不该连累你。”

“一切都原谅了。”伊舍伍德盯着自己的酒杯，“那她在哪儿？永远不回来了？”

“行动进入最后阶段了。”

“你没有把那可怜的姑娘往虎口里推吧？”

“我希望没有。”

“我也希望没有，为了她，也为了你。”

“你在说什么呢？”

“你知道的，我在这行混了快四十年了，这么长时间，谁也没本事把假货卖给我。丁布尔比栽过很多次了。就算那么了不起的贾尔斯·皮特威也失手过一两次。可我不会。我有这个天分，你懂吗？也许我做生意差一些，可我从来能分得清真货假货。”

“你到底想说什么？”

“她可是真货，加百列，她是黄金。你也许再也没有机会碰上这么一位了。跟她好吧，因为你要是不要她，那就是你平生最大的错误。”

第三部

修 复

35

大灾难之前，达乌德·阿尔·胡拉尼住在上加利利。他是村长，也是村里最富有的人。他家六畜兴旺，有几头牛、许多山羊、一大群绵羊，还有一片果林，种着柠檬、橙子、橄榄。到了采摘果实的季节，他和其他村中长老会组织一个收获节。他们一家人住在一幢白粉刷墙的房子里，其中有凉爽的瓷砖地板、精致的地毯和坐垫。他的妻子给他生养了五个女儿，不过只有一个儿子，就是穆罕默德。

达乌德·阿尔·胡拉尼同村子附近定居的犹太人保持着良好的关系。犹太人的水井污染了，他会派村里人给他们挖一口新的。村里有阿拉伯人得了疟疾，定居点的犹太人就来帮忙疏浚附近的湿地。达乌德·阿尔·胡拉尼学着说希伯来语。他的一个女儿同定居点的一个犹太男孩相爱了，他也不反对他们结婚。

接着战争来了，再接着是大灾难。同上加利利的大多数阿拉伯人一样，阿尔·胡拉尼家族也一道逃过边界，进入黎巴嫩，在西顿附近的一座难民营安顿下来。营内组织有序，同以前在上加利利的村庄一样，而达乌德·阿尔·胡拉尼也保持着长老的尊崇地位，虽说此时他的土地牲畜已被夺走。他的白粉刷墙的大房子，如今变成了一座狭小的帐篷，夏日里如蒸笼，在冬日的苦雨里则是又冷又透风。晚上，男人们坐在帐篷外，讲着古老的巴勒斯坦故事。达乌德·阿尔·胡拉尼向他的村民们保证，流亡生涯是暂时的，阿拉伯军队会重新集结，会将犹太人赶下海。

当然阿拉伯军队没有重新集结，他们也没有力图将犹太人赶下海。在西顿难民营，帐篷变成了破布，唯有用茅屋代替，阴沟都裸露在外。一年年过去，达乌德·阿尔·胡拉尼渐渐失去了在村民中的威望。他曾告诉他们要耐心，然而他们的耐心毫无回报。说实在的，巴勒斯坦人的处境一直在恶化。

在难民生涯的最初几年，只有一件令人喜慰的事。达乌德·阿尔·胡拉尼的妻子又怀孕了，尽管在她这个年纪，大多数妇女已经不能生育。那一年的春天，在阿尔·胡拉尼家族逃离上加利利的第五年，她在营地的卫生所生下了一名男婴。达乌德·阿尔·胡拉尼为男孩取名塔里克。

阿尔·胡拉尼家族的各支，散居在各地。有些在叙利亚境内，有些在约旦的各难民营。有几位，包括阿尔·胡拉尼的哥哥，还逃到了开罗。塔里克出生后几年，达乌德·阿尔·胡拉尼的哥哥去世。他想去参加葬礼，于是他取道贝鲁特，取得了必要的签证和旅行许可证。由于他是巴勒斯坦人，所以没有护照。第二天，他登上一架航班，去往开罗，然而到了机场又被遣返，因为海关官员说他的证件不合规范。他回到贝鲁特，然而一位移民官员不发给他许可，他无法重回黎巴嫩了。他被锁在机场的一间羁押室里，没有水和食物。

几个小时后，一条狗被带进房间。它从一架来自伦敦的航班上下来，没有主人陪伴，同达乌德·阿尔·胡拉尼一样，它的旅行文件也受到黎巴嫩移民官的质疑。然而一个小时后，一位海关的高官进来，把狗带走了。这畜生获得了一道特别许可，可以入境了。

最终，经过了一个星期，达乌德·阿尔·胡拉尼获准离开机场，返回西顿难民营。那一晚，男人们坐在火堆旁，达乌德把两个儿子拉到身边，向他们诉说了所受的煎熬。

“我告诉我的村民，要耐心等待。我向他们保证，阿拉伯人会来救我们。可现在呢？这么多年了，我们还在难民营里。阿拉伯人对待我们比对待犹太人还糟。阿拉伯人把我们看得比狗都不如。耐心到头了，该战斗了。”

塔里克太小了，没法战斗。他还是个孩子。不过穆罕默德如今二十岁了，他可以拿起武器抵抗犹太人。那天晚上，他加入了阿拉伯游击队。那是塔里克最后一次见到活在人世的哥哥。

巴黎，戴高乐机场

尤瑟夫轻轻地挽住杰奎琳的手，带她穿过候机大厅的人群。她累极了。黎明前她短短睡了一觉，睡得不香，一场噩梦惊醒了她：她和尤瑟夫正在梦中做爱，加百列正好上前刺杀了尤瑟夫。她的耳边响着铃声，余光里有灯光在闪动，就好像飞机跑道上的闪光灯泡。

他们穿过转机大厅，通过了安检，来到了登机等候厅。尤瑟夫松开了她的手，然后吻了她的脸颊，又将嘴唇凑近她的耳朵。他说话的时候，她联想到了加百列前一天在画廊对她说话的态度。一样的轻柔，似乎在喁喁地说着枕边故事。

“你要在那间咖啡馆里等着。点一杯咖啡，读那张我塞在你皮包夹层里的报纸。无论如何不要离开咖啡店。他会去找你的，除非他觉得有问题。如果他一个小时内不出现……”

“……我就搭乘下一次航班去伦敦，抵达前别和你联络，”杰奎琳替他把话说完了，又道，“你说的话，我都记住了。”

又一个吻，这一次吻了她另一侧面颊，“你的记忆力是个间谍的材料，多米尼克。”

“其实，我的记忆力是我妈遗传的。”

“记着，对这个男人你没什么可害怕的。你没有做错任何事情。他是个善良的人。和他结伴我想你会快乐的。一路平安，等你回来我们再聚。”

他吻了她的额头，将她朝咖啡店的方向轻柔地推了一下，似乎在将一只玩具小船滑入池塘。她走了几步，转身看他最后一眼，然而他已经融化在人群里。

这是一家小小的机场咖啡餐厅，几张铁质的桌子，凸入大厅的空间，营造出一间迷你的巴黎咖啡馆。杰奎琳坐下来，向侍者点了一杯拿铁。她突然对自己的仪表在意起来，竟荒唐地想留下个良好的第一印象。她穿着黑色牛仔裤，灰色开司米套头毛线衫。脸上没化妆，头发也完全没有梳理，仅仅是拢在后面。侍者端来咖啡，杰奎琳举起勺子，望着自己扭曲的投影。镜像中自己的眼眶红着，没有经过丝毫修饰。

她搅拌着咖啡里的糖，环顾四周。在她身后的桌上，一对美国青年夫妇轻声争吵着。身旁的桌上，两位德国商人正在研究手提电脑上的业绩图表。

杰奎琳突然想起来她应该读报纸才对。她取出尤瑟夫折叠了塞在她包里的《泰晤士报》，打开。一张不列颠航空公司的餐巾纸掉落在桌上。杰奎琳把它捡起来，翻到背面，只见尤瑟夫潦草的笔迹写道："我会想你的。满怀爱意和美好记忆的，尤瑟夫。"

她把纸揉成团，放在咖啡旁边。她又拿起报纸浏览头版。她的目光停在了中东新闻的板块：美国总统为巴以双方达成临时协议而喝彩……签字仪式将于下周在联合国举行。她舔了舔手指，翻到了下一版。

登机通告通过广播系统尖声响起来。她感到一阵剧烈的头痛，于是伸手从手袋里取出一瓶阿司匹林，用咖啡冲服了两片。她又找寻着加百列的影子。没有。该死，你跑哪儿去了，加百列·艾隆？告诉我，你没有把我一个人丢给他们……她小心地将咖啡放回茶盘，将阿司匹林放回手袋。

她正打算继续读报，一位黑头发、棕色大眼睛、美貌惊人的女人出现在她的桌前："介不介意我和你一起坐？"这女人说的是法语。

"可我正在等人呢。"

"你要见的人是卢西恩·达沃。我是卢西恩的朋友。"她拉出一张椅子，坐下了，"卢西恩让我来接你，送你上飞机。"

"我得到的通知是卢西恩会亲自来见我。"

"我懂，不过计划恐怕出了一点小小的变化。"她绽出一个诱人的微笑，"你没什么可害怕的。卢西恩要我好好照顾你。"

杰奎琳全然不知所措。他们违反了事前的约定。她完全有理由站起身，甩手离去。可是接下来呢？塔里克会就此溜走，继续搞他的恐怖活动。更多的无辜犹太人会死去，和平进程会受到威胁破坏。而加百列，也会为了莉亚和儿子在维也纳的不幸而继续自责。

“这样的变化，我不喜欢，不过我就先听你的吧。”

“那就好，因为刚刚广播了，我们的航班要登机了。”

杰奎琳站起来，拎起包，跟着那女人走出咖啡店。“我们的航班？”她问道。

“没错。我会陪你一道走第一段行程，卢西恩随后加入。”

“我们去哪里？”

“一会儿你就知道了。”

“既然我们要一起旅行，你不觉得你可以先告诉我你的名字吗？”

那姑娘又笑了：“要是你觉得必须称呼我什么的话，那叫我蕾拉好了。”

加百列就站在一百英尺以外的免税商店，一边假装看着一款古龙水，一边望着咖啡店里的杰奎琳。沙姆龙已经登上了本杰明·斯通的私人飞机，他们需要的，就剩一个塔里克了。

突然间，他意识到自己很兴奋，因为他将要最终面对塔里克了。沙姆龙档案里的那些照片是派不上用场的——太旧，太模糊。其中有三张仅仅是凭推想才确定为塔里克的照片。实际情况是，整个机构上下也没人知道他的真实相貌。时隔多年，加百列将要好好地看看他了。他高还是矮？英俊还是相貌平庸？他是不是青面獠牙，一副残忍杀手相？当然都不会。加百列心想，他一定是个融化在人堆里显不出痕迹的人。

他会像我这样。接着他又想：我会和他相像吗？

乌亮头发的美丽女郎坐在杰奎琳桌前的时候，他一时间以为这仅仅是讨厌的意外。这种事儿有时候会把行动步骤搅得一团糟——也许那女孩在找座位，她本以为杰奎琳独自一人，她想找一把没人坐的椅子。接着，他发觉这是塔里克要的把戏。他一向惯于定了计划再改计划，对不同的组织成员吩咐不同的方案，永远不让左手知道右手在做什么。

两个女人站起来，迈开脚步。加百列等待片刻，随后在一段安全的距离之外尾随她们。他感到沮丧。比赛还没拉开序幕，塔里克已经压了他一头。面对塔里克这样的对手，他怀疑自己是不是真的做好了战斗的准备。他已经远离竞技场太久了。或许他的反应太迟缓了，生存本能也萎缩了。他想到了在尤瑟夫公寓里装窃听器的那个夜晚，就因为几秒钟的精神不集中，他几乎被逮个正着。

他再次感到肾上腺素一波涌起，笼罩了全身。有一刻，他甚至想冲上前去，将她拖出来。他强制自己镇静下来，清醒地思考。她只是登上一架飞机。飞行期间她是安全的，沙姆龙的团队会守候在目的地一端。塔里克赢了第一个回合，然而加百列决定比赛要继续下去。

那女孩带杰奎琳进入一块玻璃门隔断的区域。加百列看着她们穿过最后一道安检，在登机门口将机票递给了检票员。接着她们踏入登机桥，不见了。加百列最后一次抬头瞥了一眼显示屏，确认他没有看错。法国航空公司382号航班，目的地：蒙特利尔。

在本杰明·斯通的私人飞机里，起飞后不久，沙姆龙挂上了机上办公室里的电话，然后来到奢华的空中沙龙里，同加百列碰头："我刚刚通知了渥太华分站。"

"现在谁负责渥太华站？"

"你的老朋友，兹维·亚丁。他这会儿正在去蒙特利尔的路上，带了一小队人马。他们会去接机，然后盯住杰奎琳和她的新朋友。"

"为什么要去蒙特利尔？"

"你没读报吗？"

"对不起，阿里，不过我有点太忙了。"

在沙姆龙座椅边的一张桌上，堆满了报纸，整齐地码放着，所以大标题都看得很清楚。他抓起最上面的一张，撂在加百列的大腿上："三天后在联合国会有一场签字仪式，所有的人都会去。美国总统、咱们的总理、阿拉法特和他全部的副手。看起来塔里克打算破坏这场派对。"

加百列瞥了一眼报纸，又将它扔回桌上。

像塔里克这样的人，蒙特利尔自然是个合适的中转站。他会说流利的法语，又能搞定假护照。他扮作法国商人飞到蒙特利尔，进入魁北克省无需签证。一旦到了加拿大他就几乎是到了家了。蒙特利尔有数以万计的阿拉伯人在定居。他会有足够的藏身之所。美加边境的安全措施很松弛，甚至根本不存在。有些道路甚至根本没有界标。在蒙特利尔，他可以换护照，美国的或是加拿大的，然后开着车就进入美国了。或者他要是喜欢冒险，还可以徒步穿过边界。

"塔里克要是喜欢野外冒险，那就再自然不过了。"

"只要能实现目标，他什么事都可以做。如果这意味着他得徒步十英里穿过雪地，那他就会穿越雪地的。"

"他们在巴黎改变了原定的规则，我不喜欢这个，"加百列说，"尤瑟夫对杰奎琳讲的流程安排，其实是撒谎，这个我也不喜欢。"

"所有这些说明，为了确保安全，塔里克不惜对自己人说谎。这是他这种人典型的作派。阿拉法特多年来都是如此，所以他能活到现在。他在巴勒斯坦运动内部的敌人找不到他。"

"可你也找不到他。"

"说得对。"

办公室和沙龙客厅之间的门开了，斯通走进房间。

沙姆龙说道："飞机尾部有一间套房。去睡一觉。你面色好差。”

加百列一言不发地站起来，离开了沙龙。斯通弯下庞大的身体，坐在一张椅子上，伸手抓起一把巴西坚果。“他有热情，”他说，将两枚坚果抛进嘴里，“有良心的杀手。我喜欢这样的。世上的芸芸众生会更喜欢他。”

“本杰明，你到底想说什么？”

“他是摇钱树，你不懂吗，阿里？凭他，你可以偿还你欠我的债。所有的债，可以一笔勾销。”

“我没料到你还留着账本呢。我原以为你帮助我们，是因为你相信我们。我以为你帮我们是为了保卫国家。”

“让我把话说完，阿里，让我说完。我不要你的钱，我要他。我要求你，许可我报道他的故事。我会把它交给我最棒的记者去办。让我出版一本以色列人的故事，书中的英雄白天修复传世古画，晚上射杀巴勒斯坦恐怖分子。”

“你是不是脑子有病？”

“正相反，阿里，我非常认真。我要把它做成书系。我还要把电影版权卖给好莱坞。给我独家报道的授权吧。内部视角。这样可以给我的部队捎个信儿：咱们依然有能力震撼舰队街。而且——最精彩的部分是，阿里——这可以向我的投资人传递一个强力的信号，我依然是一支不可小觑的力量。”

沙姆龙慢条斯理地点上第二支烟。透过烟雾他审视着斯通，一边掂量着他的提议，一边缓缓点着头。斯通是个溺水之人，如果沙姆龙不做点什么，他的沉沦会把他们两个一道坠入水底。

加百列想睡一觉，却做不到。每次他闭上眼睛，一幅幅图画浮现在脑海里。他本能地看到，这些图画静态地呈现在画布上——沙姆龙在蜥蜴村，将他召回；杰奎琳同尤瑟夫做爱；莉亚在萨里郡的玻璃暖房里坐牢；尤瑟夫在海德公园同联络员接头……

“别担心，尤瑟夫。女朋友不会对你说不的。”

接着他又想到了戴高乐机场刚刚看到的场景。修画生涯送给加百列一条宝贵的教训——表面显示出来的，往往同表层以下的真实情形大不相同。三年前，他受雇修复一幅范戴克的画。这是画家为一座私家礼拜堂绘制的作品，描绘的是圣母升天的宗教故事。加百列对画幅表面做了初步分析，他觉得圣女面部的表层以下有什么东西。年深月久之后，范戴克在她脸部使用的淡色调油彩已经褪色，表层以下似乎另有一幅画面就要浮现出来。加百列用X光射线彻底检查了整幅画，为的是弄清表层以下的情状。他发现了一幅完整的作品，那是一张肖像，画的是位颇为丰满的妇人，身穿白色长袍。黑白两色的X光片令她形同鬼魅。尽管如此，加百列还是看得出，范戴克笔下的丝绸质感鲜明，闪闪发光；妇人富有表现力的双手，分明就是画家在意大利生活期间的画风。后来他才听说，这幅作品是受命于一位热那亚贵族而作，贵族的妻子不喜欢它，不肯接受。范戴克接到礼拜堂的任务后，他干脆在肖像上覆盖白色颜料，在旧画布上作画。三百五十余年之后，此画落在加百列手上，热那亚贵族夫人冲破范戴克的封锁，重见世人，也算出了一口气。

加百列再次闭上眼睛，这一次他滑入了躁动不安的梦境。在最后失去知觉之前，他看到的画面是杰奎琳和美貌女郎坐在机场咖啡店，犹如一幅印象派的街景画，背景人物却是半透明的塔里克，他如鬼似魅，正在挥舞着一只手，一只范戴克式的、精细的手，召唤着加百列。

36

巴黎

尤瑟夫从机场打了一辆出租车，来到市中心。整整两个小时，他马不停蹄地游走在巴黎——乘地铁，坐出租车，徒步。最后，他终于确信没有人跟踪自己，这才步行来到第十六行政区，在布洛涅森林公园附近，找到一幢公寓楼。在入口处的墙上，有一部对讲电话，电话旁有一列住户的名字。尤瑟夫按下了4B按钮，于是人名“古兹曼”变成了浅蓝色。门一开，他就快步进去，穿过门厅，乘电梯来到五楼。他敲响了一扇门。门立即开了，开门的是一名金色头发、钢蓝色眼睛的壮实汉子。他将尤瑟夫拉进房间，静静地关上门。

那是在特拉维夫的傍晚时分，莫迪凯从执行官顶楼套房的办公室里走出来，沿着走廊向行动处走去。他一进屋，两位黑色眼睛的前台官员从电脑屏幕后面向他抛去了轻蔑的眼神。而这二位正是勒夫的人。

“他还在吗？”

其中一位官员用铅笔笔尖指了指勒夫的办公室。莫迪凯转过身，沿着走廊走下去。他感到自己像个陌生人，深陷于一座被围困的村庄。在勒夫的王国里，圈外人是不受欢迎的，哪怕这位圈外人是整个情报部门的第二把手。

他找到了勒夫，他正坐在自己沉闷的办公室里，身子前倾，手肘支撑着办公桌，长长的双手手指交叉在指根处，大拇指按着两侧的太阳穴。他的头顶秃了，手指好似触须，双眼突出，这一切使得他看似一只螳螂。莫迪凯走近了，这才发现勒夫不是专注于卷宗或前线的报告，而是专注于一本关于亚马逊河谷甲壳虫的大部头书籍。勒夫合上书，刻意将它推向一边。

“加拿大那边是不是发生了什么事，该让我知道一下？”莫迪凯说。

“你在说什么？”

“我正在查看渥太华站的支出报告，协助人员的花费有点小小的差异。我想节省些时间，花几分钟打个电话就行了，不必再使用光缆。这实在是件小事情。我认为兹维和我花 点点时间就能解决了。”

勒夫不耐烦起来，他用手指敲打着桌面：“这和行动部有什么关系？”

“我找不到兹维。其实，我谁也找不到。整个渥太华站似乎丢了。”

“丢了？这是什么意思？”

“我的意思是，找不到了。所有的人都走了，也没留下解释。”

“你同谁通的话？”

“密码室的女孩子。”

“她说了什么？”

“她说兹维和所有第一线人员几个小时前匆匆撤离了。”

“老人去哪里了？”

“欧洲某地。”

“他刚从欧洲回来。这次又为什么去？”

莫迪凯皱起眉：“你觉得老头儿会告诉我吗？老杂种太神秘了，我认为有一半的时间连他自己也不知道要去哪里。”

“找到他。”勒夫说道。

37

蒙特利尔

蕾拉在机场租了一辆车。她沿着高架路行驶，开得飞快。在她们的右边，横着一条封冻的河；左边，寒冷的浓雾漫过一处铁路站场，场面如同硝烟弥漫的战场。蒙特利尔市中心的灯火在她们眼前浮动。在飘落的雪花和低压的云层遮掩之下，灯光也变得影影绰绰。

“你以前来过这里吗？”蕾拉问道。自从离开戴高乐机场的咖啡餐厅，这是她第一次同她说话。

“没，从来没有。你呢？”

“没有。”

杰奎琳交叉双臂搂住自己的身体，打着寒战。暖气咆哮般吹着暖风，可是车里依然冷得厉害，她呵出的气都能看得见。“我连御寒的衣服都没有。”她说。

“你需要什么，卢西恩都会给你买的。”

所以，卢西恩会在蒙特利尔与她会面。杰奎琳向手上呵着气：“太冷了，连出门买东西都不方便。”

“蒙特利尔最好的时尚店都在地下。你一步也不用踏出户外。”

“我记得你说你从来也没来过这里。”

“的确没有。”

杰奎琳将头倚在车窗上，短暂地闭上眼睛。她们此前坐的是商务舱，蕾拉隔着走道，坐在她后面的一排。着陆前一个小时，蕾拉去上厕所。回到座位的时候，她递给杰奎琳一张字条："独自穿过移民局和海关通道，在赫兹租车的柜台同我会合。"

蕾拉下了高速公路，开上了勒内·莱维斯克大道。寒风呼啸着，穿过高耸的写字楼和酒店构成的峡谷。两侧的人行道盖上了雪，没有行人，看似荒原一般。她又向前驶过几个街区，停在一间大酒店门前。一位搬行李的侍者从里面奔出来，打开杰奎琳的车门："欢迎光临伊丽莎白女王酒店。入住吗？"

"是的，"蕾拉说道，"我们自己能搬行李，谢谢你了。"

侍者给了她一张停车票，然后自己坐到了方向盘后面，去为她们停车。蕾拉带杰奎琳走进又大又喧闹的大堂。这里尽是些日本游客。杰奎琳想不明白，出于什么原因他们会在如此寒冷的季节来到蒙特利尔呢。蕾拉刻意将右手上拎的包交到左手。杰奎琳强迫自己侧目回避。她训练有素，熟谙肢体语言的玄机，任何体态动作，她一见之下，便能读出其中意义。是啊，下一场戏的帷幕要拉开了。

塔里克就在酒店的酒吧里望着她们。自里斯本以来，他的容貌又变了。煤灰色的毛料裤，一件乳白色套头衫，意大利产运动夹克。他胡子修剪得很整齐，戴着一副小巧的金边眼镜，镜片擦得透亮。他的头发又添了几缕灰白。

他此前已看过多米尼克·伯纳德的照片了，然而见到真人，还是为她的容貌震撼。他不理解，沙姆龙和加百列怎么能忍心允许这样的一个女人置身于这样的险境。

他环顾大堂，知道他们也在此地，隐身在某处，扮作游客、商人、酒店雇员，他们是沙姆龙的观察哨。塔里克为了调动对方的人力资源，才将这位女郎从伦敦调到巴黎，又从巴黎调到蒙特利尔。不过沙姆龙的人显然重新集结了，而且相关资源也重新到位。他知道，自己一旦走近这位女郎，就等于第一次将自己暴露给了敌人。

他发觉自己其实是盼着这一刻的。藏在阴影里这么多年，终于，他要走到明处了。他想呐喊，我来了。瞧瞧，我是和你一样的男人，有血有肉，不是魔鬼。他对自己的工作丝毫不感到羞耻。恰恰相反，他以此为傲。他怀疑加百列是不是也有同样的感觉。

塔里克知道，与艾隆相比，他有一个巨大的优势：他知道，自己是要死的人，生命即将完结。他是从刀尖上滚过来的人，众多的敌人没能奈何他，自己的身体却最终背叛了他。知道了自己命不久长，反而可以将它化作武器——那是他平生拥有的最强大的利器。

塔里克站起身，展平运动夹克的前襟，穿过了大堂。

他们乘电梯到了第十五层，走过一道安静的走廊，来到1417号房间门口。他用一张电磁房卡开了门，随即又将卡装进自己的口袋。杰奎琳一进房间，沙姆龙教她的警觉心和记忆法便开始运转起来。小套间，分别独立的卧室和起居室。咖啡桌上摆着客房服务送来的托盘，盘上还有吃了一半的沙拉。一只服装塑胶套摊在地上，已经打开了，衣服还未取出来。

他伸出手道："卢西恩·达沃。"

"多米尼克·伯纳德。"

他露出微笑，温暖而自信："我的助手告诉我，你是位非常漂亮的女郎，不过我认为他的描述还是太对不起你的美貌。"

他的举止谈吐完全是法兰西风格。如果不是她事先知道他是位巴勒斯坦人，她会认定他是个家境富裕的巴黎人。

"你和我预想的不一样。"她照直说道。

“哦，是吗？你预想的是怎样？”他已经开始考验她了——她能感觉得到。

“尤瑟夫说你是个知识分子。所以我猜我要见的人应该是长头发，穿着蓝色牛仔裤，毛衣上还会有洞。”

“应该是更像个教授的人，对吗？”

“是，教授，就是这个字眼。”她努力露出微笑，“你看起来不是非常像教授。”

“那是因为我本来就不是教授。”

“我本想问问你是做什么的，可尤瑟夫要我别问太多问题，所以我想我还是说些简短愉快的话为妙。”

“同美貌女郎简短而愉快地清谈，那可是我很长时间没做过的事了。我想今后几天我会非常享受的。”

“你来到蒙特利尔很长时间了？”

“你向我发问了，多米尼克。”

“对不起，我只是……”

“别道歉，我开玩笑的。我是今天早晨到的。你也看到了，我的行李还都没拿出来呢。”

她从起居室走进了卧室。

他说：“别担心，我打算今晚睡沙发。”

“我原以为我们要装扮成情侣的。”

“确实如此。”

“要是酒店员工发现你睡在沙发上怎么办？”

“他们会认为我们吵架了。又或者他们会认为我工作到深夜，不愿意吵醒你，所以就在沙发上睡着了。”

“他们也许会吧。”

“尤瑟夫只说你很聪明，却没有说你还富有智谋。”

戏演得够长了。杰奎琳颇有些骄傲，因为是她主导了谈话，而不是他。这让她感到，自己手里至少还掌控着一些东西。

“你介不介意我抽烟？”

“完全不介意。”

她在唇间塞了支烟，打着了沙姆龙给她的打火机。她几乎凭想象就能感觉到无线电波正飞出天外，寻找接收者去了。

“我没有带够御寒的衣服。蕾拉说你会带我去采购的。”

“我很乐意。真抱歉一直不让你知道旅行的目的地。我向你保证，这样做确有必要。”

“我理解，”她顿了一下，“我猜我能理解吧。”

“回答我一个问题，多米尼克。为什么同意陪我共赴这项使命？你对你所做的事抱有真诚的信念吗？或者，你这么做仅仅是为了爱情？”

这个问题，偏巧在这一刻问出来，太过直白了，让人来不及仔细思量。她平静地将打火机放回手袋，说道：“我这样做是因为我相信爱情。你相信爱情吗？”

“我相信我的人民有权利拥有自己选择的故土。我从来也没有过爱情，太奢侈了。”

“对不起……”她本想叫他卢西恩，又不知为什么没有叫出口。

“你不想叫我的名字，多米尼克？你为什么不叫我卢西恩？”

“因为我知道这不是你的真名。”

“你怎么知道的？”

“尤瑟夫告诉我的。”

“你知道我的真名吗？”

“不知道，尤瑟夫不肯告诉我。”

“尤瑟夫是个好人。”

“我非常喜欢他。”

“多米尼克是你的真名吗？”

她有些措手不及：“你在说什么呢？”

“这是个简单的问题，真的。我想知道你的真名是不是多米尼克。”

“我的护照你看过的。”

“假护照很容易做。”

“也许你这样的人是很容易做！”她反击道，“听着，卢西恩，或者随便什么他妈的狗屁名字，我不喜欢你的问题，让我很不舒服。”

他坐下来，揉着太阳穴：“对不起，你是对的。请接受我的道歉。在中东的政治里打过滚的人，可能变得戒备过度、神经过敏。我希望你原谅我。”

“我需要检查一下我伦敦的电话留言。”

“当然可以，”他按下了电话的免提键，“告诉我号码，我替你拨。”

她背出了号码，他的手指跟着按下键盘。几秒钟后，听到了铃声，先是英国电话的两声嘟嘟，接着是她自己的录音提示。她脑海里浮现出一名技师的影子。他就坐在特拉维夫的一架电脑跟前，解读着电话的发出地：“蒙特利尔，伊丽莎白女王酒店，1417号房间。”她伸手去拿听筒，然而他伸手挡住，抬头看着她：“我也想听听，如果你不介意的话。我又开始戒备过度了。”

她有三条留言。第一条是位妇女，自称是多米尼克的母亲。第二条是朱利安·伊舍伍德，有一份文件他找不到了，希望她能抽空给他去个电话，帮他找找。第三条来自一个男人，他没有报名字。她立即听出了那是加百列的声音：“我就是想让你知道，我一直想着你。你不管需要面对什么，我都和你站在一起。我希望，很快能再见到你。祝福你。”

“你可以挂机了。”

他按下了免提键，然后挂断了通话：“这个声音不太像尤瑟夫。”

“他不是尤瑟夫。这是我认识尤瑟夫之前的一个男人。”

“听起来这个男人似乎依然很关心你。”

“不，他从来没真的关心过我。”

“可在我眼里你显然曾经很关心过他。也许你依然关心他。”

“我爱尤瑟夫。”

“是啊，我忘了。”他猛然站起身，“咱们去买东西吧。”

38

蒙特利尔

兹维·亚丁在机场接到了加百列和沙姆龙，接着驾车带他们进入蒙特利尔。他有一头浓密的卷发和一副浓密的大胡子，身材魁梧，像个橄榄球选手。由于他块头大，有不少人觉得他傻，他其实才不傻呢。加百列曾和他在学院里做过同学。虽说两人身型差异巨大，却是技击格斗课程中的一对搭档。没等课程结束，亚丁已经弄断了加百列两根肋骨。当时，加百列也还以颜色，一个肘锤，打得亚丁下巴脱臼。后来他俩被送到医务室治疗，亚丁这才承认，是沙姆龙唆使他下的手——他想测试一下加百列对疼痛的耐受力。加百列听了恨不得把沙姆龙的下巴也揍脱臼。

“人家说今晚要降温到零下三十度，”亚丁一边说一边沿着高速路往市中心疾驰而去，“我给你们带了些大衣和手套。我还给你带了这个，加百列。”

他递给加百列一只不锈钢枪盒，里面装的是一支点二二口径的伯莱塔点射手枪。加百列抚摸着枪筒和核桃木把手，枪摸上去是冷的。他合上盖子，将枪盒放在座椅下面。

沙姆龙说道：“谢谢您的天气预报，兹维，可是杰奎琳究竟去了哪里？”

亚丁迅速地介绍了此前的情况。从巴黎飞来的航班晚点二十分钟。亚丁的团队在她们通过移民局和海关后盯上了她们。那个女孩在赫兹公司租了车，把车开到了市中心的伊丽莎白女王酒店。她把杰奎琳交给一个男人，四十几岁，衣装体面，相貌也不错。他们上楼，进了一间房间。亚丁在酒店安插了一位特工，职务是前台领班。他说那家伙是当天早些时候入住的，使用的名字是卢西恩·达沃，房号1417。

“照片？”沙姆龙充满希望地问道。

“办不到，头儿，那样的条件下，不可能的。”

“是不是塔里克？”

“有可能。难说。”

“那女孩怎么样了呢？”

“交接完毕后她离开了酒店。勒内·莱维斯克大道上停着另外一辆车，把她接走了。我没有跟踪她。我觉得我们的人手分配不开了。”

“你有多少人？”

“三个有经验的男人，一个女孩是你从学院给我调来的。”

“他们是怎么布置的？”

“两名组员在酒店大堂，扮作购物者。另外两名在外面的车里。”

加百列说道：“咱们在大堂前台的朋友能不能把我们带进房间去？”

“当然。”

“我想在他电话上安个‘镜子’。”

“没问题。我从渥太华带来了一套家伙。我们可以在酒店另找个房间作为监听站。不过，那就需要一名组员长时间守在那儿。”

“为了监听电话而调动一名组员，绝对值得。”

“我会派新来的女孩去。”

“不，我需要派女孩上街。”

亚丁瞥了一眼沙姆龙：“新的问题来了，头儿。”

“什么问题？”

“勒夫。”

“勒夫怎么了？”

“我在等你的飞机时，曾经和站里联络过。”

“怎样呢？”

“莫迪凯在我们走后打过电话，询问日常维护的事情。显然，他告诉了勒夫，全站人都失踪了，因为才过了半个小时，勒夫就从行动部中心发了信息，询问到底他妈的出了什么事。”

“怎么答复勒夫呢？”沙姆龙厌烦地问道。

“我编了一套故事，交给秘书小姐去应付了。她汇报说，我们收到一条加拿大情报部门的内线报告，据说伊斯兰圣战组织一名成员就住在魁北克市，所以我们全体赶去看看。勒夫随后又放了一炮：‘谁授权的？请提供伊斯兰圣战成员的姓名。’大致就是如此。你现在了解了吧，头儿？”

沙姆龙轻声骂了一句：“回去以后给他发个信儿，就说情报有误。”

“听着，头儿，我们回去以后还有很长的路要走。可你很快又要退休了，勒夫就有可能接手这个位子。他可以让我过得很惨。他就喜欢这一套，这个畜生。”

“我来操心勒夫吧。你照我说的做就是。”

“听从指令，对吗，头儿？”

亚丁的手机轻轻鸣叫起来。他掀开手机，凑到耳边：“喂？”

过了一阵。

“什么时候？”

又过了一阵。

“在哪里？”

又是一阵，这次稍长些。

“粘着他们。不过别忘了你是在和谁打交道。保持安全距离。”

他挂断了通话，将手机丢在仪表盘上。

“什么事儿？”沙姆龙问道。

“他有动作了。”

“杰奎琳呢？”

“他们在一起。”

“在哪里？”

“看样子他们是去购物了。”

“给我照片，兹维。我需要确定的确是他。”

加拿大有两个蒙特利尔。一个地表的蒙特利尔，入冬后它就成了雪域荒原。冰冷的北极风在摩天楼之间咆哮，在河边的老城街巷间逡巡呼啸。还有一个地下的蒙特利尔，那里是灯火的迷宫，商店、咖啡厅、酒吧、时尚时装店、自由市场蜿蜒蛇行，密布于市中心的地下。游客大可以走过几个街区而不用踏足户外半步。

这倒是个合适的地方，可以画个句号了，就是此地，杰奎琳心想。两个世界，两层天地，两套现实。我是杰奎琳·德拉克罗瓦，是模特。我还是多米尼克·伯纳德，伦敦伊舍伍德艺术馆的秘书。我是萨拉·哈勒维，来自马赛的犹太女孩，以色列情报机构的特工。我的层面比蒙特利尔还要丰富。

她和他并排走。他的一只手轻轻搭在她肩头，为的是替她引路，帮她穿过晚间的购物人群。一张张面孔，从杰奎琳眼前涌过，像万花筒里的图像。她审视着他们，漂亮的法国男孩女孩们、阿拉伯人、非洲人、犹太人——这就是蒙特利尔，一张种族的拼图。如果不是这里粗钝的法语口音，她也许会忘了自己已离开了巴黎。

他在查看，查看他们有没有受到跟踪，杰奎琳看得出来。他会在店门前停下来，突然改变方向，找寻借口重复走一段路。她希望沙姆龙的团队能应对得法。否则，塔里克会发现他们的。

他们穿过了圣凯瑟琳街下面的一组专卖店。在一家店里，她买了一件及踝的内衬羽绒大衣。在另一家店里买了顶皮毛的帽子。在第三家店里，买了两条牛仔裤和几条加长内裤。最后，在一家专卖户外用品的店里，她买了一双保暖靴。从始至终他都不离她左右。她走进更衣间试穿牛仔裤的时候，他也守在门口，笑容可掬地看着导购小姐。所有的东西都由他用信用卡买单，持卡人的名字是卢西恩·达沃。

购物结束后，他们朝酒店走去。她想，你们还在等什么？现在下手，干掉他。可他们不能在这里下手，不能在蒙特利尔的地下商城做这种事情。几分钟之内，整个购物中心就会被封锁。加百列和他的队员都会成为瓮中之鳖。他们会被捕、遭到审讯。警方会找到线索，牵出以色列的情报机构，沙姆龙会吃不了兜着走的。

他建议晚餐前去喝杯咖啡，于是他们来到酒店附近的一间咖啡馆。他呷着咖啡的时候，杰奎琳百无聊赖地翻看着一本旅游指南。某一刻，他从口袋里拿出一个处方药的药瓶，然后吞了两枚药片。五分钟过后——她知道时间，因为整个出行过程中，她都在运用沙姆龙的警觉训练法——一名灰衣男子在邻桌坐下，他将自己的公文包放在地上：黑色皮革，两侧是软皮的，金色锁扣。男子坐了几分钟，起身走开了，将包留在身后。塔里克喝完咖啡，若无其事地将公文包和杰奎琳的东西一道拿起来。

两个蒙特利尔，两重现实，回酒店的路上，杰奎琳想着。在一重现实里，他们刚刚去购物了。在另一重现实里，塔里克刚刚花了一个小时，查看他们是否遭到跟踪。而且，塔里克还拿到了他的枪。

加百列出现在大堂服务台前，询问哪里的餐厅有好吃的。前台服务生名叫吉恩，矮小、整洁，一抹小胡子，脸上带着酒店行业惯有的僵硬微笑。加百列快速地说着法语。那侍者以相同的语言应答着他，有一家很棒的巴黎风格小店，名叫亚历山德拉；接着递给他一本折叠好的导游地图，又告诉了他地址。加百列将地图塞进他夹克衫内侧胸口的口袋里，谢过前台，走了。然而他没有出门上街，而是大步穿过大堂，乘上电梯，来到十五楼。

他迅速穿过走廊，右手拿着一只塑料购物袋。袋子是从大堂的一间精品店里拿的，袋里装的是一部酒店的制式电话，外面裹着餐巾纸。他来到房间门口，从口袋里拿出地图，打开。其中包着一张信用卡样子的卡片，那就是塔里克的房卡。把手上挂着“请勿打扰”的牌子。加百列将房卡插入槽口，再拔出，开门进屋，又静静地合上房门。

为了设立指挥所，亚丁在雪立顿酒店订了套房，距离勒内·莱维斯克大道的伊丽莎白女王酒店只有几个街区。加百列走进套房的时候，沙姆龙已经在里边了，一道的还有亚丁和一名黑发女孩，据亚丁介绍，她叫黛博拉。她让加百列联想起莉亚——牵起许多的记忆，却是他此时此刻不愿意发生的。床上摊着一张巨幅的蒙特利尔街区图。沙姆龙将眼镜推到了额头上，正一边踱步，一边揉着鼻梁骨。加百列给自己倒了杯咖啡，紧紧握住，温暖着自己的双手。

亚丁说：“他们回房间了。‘镜子’传回了他们的谈话，效果太完美了。干得漂亮，加百列。”

“他们说了些什么？”

“大多是些无关紧要的。我派了个人去收取磁带。如果有什么紧急情况，那伙计会打电话报告。”

“他们出门都去了哪些地方呢？”

“主要是买东西，不过我们认为塔里克可能拿到了一支枪。”

加百列猛地放低了手里的咖啡杯。

“当时是黛博拉跟踪他们，”亚丁说道，“她看见了整个经过。”

她迅速描述了咖啡厅里的场景。她说的是美国口音的英语。

“杰奎琳表现如何？”

“她看起来不错。有点累，不过气色还好。”

电话铃响起。亚丁不等它响第二声就接起来。他无言地听了一阵子，然后放下听筒，抬头看着沙姆龙：“他刚刚在圣丹尼斯大街一家餐厅订了一张桌子。”

“那一带什么状况？”

“咖啡馆、商店、酒吧、迪厅，大致是那样，”亚丁说，“很繁忙，很波西米亚风。”

“这样的地方我们能展开监控行动吗？”

“绝对能。”

“在这种地方，杀手能不能接近目标？”

“没问题。”

加百列说道：“逃逸路径怎么样？”

“我们有几条路可走，”亚丁说，“你可以向北，到外山区，或是去皇家山区，又或者向南直接上高速公路。其他队员可以隐藏在老城区。”

外面有人轻声敲门。亚丁先是隔着门对外面喃喃说了几句，然后才开了门。一名娃娃脸的金发蓝眼男子走进房间。

“我拍了一些他们的录像。”

沙姆龙说道：“咱们来看看。”

小伙子将便携摄像机连接在电视机上，将录像带播放出来：杰奎琳和那个卢西恩·达沃穿过地下购物中心。录像是从上一层隔着栏杆拍摄的。

沙姆龙微微一笑：“是他，没错了。”

加百列说道：“你从这个角度怎么能知道？”

“瞧瞧他。看看这些照片。就是同一个人嘛。”

“你肯定？”

“是的，我肯定！”沙姆龙关掉电视，“你怎么回事啊，加百列？”

“我只是不想杀错了人。”

“就是塔里克，相信我。”沙姆龙低头看着蒙特利尔的城区图，“兹维，圣丹尼斯大街在哪儿，指给我。我今晚就要把事儿办完，然后回家。”

39

蒙特利尔

他们于晚上8点离开了酒店房间，乘电梯来到大堂。晚间的入住人潮已经结束。一对日本夫妇正在请一位陌生人替他们拍合影。塔里克停下来，转过身，用戏剧化的动作敲打自己的口袋，似乎丢失了什么重要的东西。照相一结束，他立即再次迈开脚步。一阵呼啸从酒店的酒吧里传出来，一帮美国人正在看一场足球转播。他们乘坐电梯，又来到地下的蒙特利尔，然后走了一小段路来到地铁车站。他刻意地总是让她走在他的右侧。她记得，他是个左撇子——显然，一旦情况紧迫他必须伸手拔枪的时候，他不愿意她出手扭住他的胳膊。她努力地想要回忆起他喜欢用什么枪。马卡洛夫，对，就是它。塔里克喜欢用马卡洛夫。

他穿过车站，似乎对道路很熟悉的样子。他们乘上一趟列车，一路向东来到圣丹尼斯大街。他们踏足于那条拥挤的大街的时候，寒冷几乎逼得她喘不过气。

"……也许会发生在某个安静的地方，彻底远离人们视线，也可能发生在繁忙的大街上……"

她垂下眼皮，尽力抵御着冲动，不去找寻她心里的那个人。

"……你也许能看见我赶到，也许不能。如果我真的来了，你不能看着我，要熟视无睹。不能紧张慌乱或者喊出我的名字。你一点声息都不……”

“有什么不对吗？”他问，看也不看她一眼。

“我只是快要冻死了。”

“离餐厅不远了。”

他们走过一排相连的酒吧。嘈杂的蓝调从一处地下客栈渗溢出来。又经过一间旧唱片店、一家素食餐厅、一家文身店。有一群浑小子从他们身边走过。其中一人还对杰奎琳说了些不三不四的话。塔里克只冷冷盯了他一眼，他就闭嘴走开了。

他们来到餐厅。那是一幢维多利亚式的旧房子，距离街边稍稍有些远。他带她走上台阶。侍者帮他们脱去外套，带他们上楼，来到一张临窗的桌前。塔里克面对窗户坐下。她看得出，他的双眼正在扫描着楼下的街道。服务生来点单了，杰奎琳要了一杯波尔多葡萄酒。

“达沃先生？”

“来点苏打水就好，谢谢。”他说，“我想我今晚有些头痛。”

由此向北半个街区，在圣丹尼斯大街的另一侧，就是那家意大利餐厅。为了进门，加百列和黛博拉必须向下走过一段结了冰的阶梯。临窗的桌子已坐满，不过加百列所在的位置足够近了。他可以看见街对面窗户里的杰奎琳，看见她黑色的长发。沙姆龙和兹维在户外，守在一部租来的面包车里。在街区的南端，靠近老城的边缘，亚丁的一名组员正坐在一辆逃逸备用车的方向盘后面。在相隔一个街区的西边，另一名组员守候在桑吉内大街上的另一辆车里。塔里克被四面围定了。

加百列点了葡萄酒，却一口没喝。他还点了沙拉和意粉，然而食物的气味令他作呕。那女孩接受过良好的内部培训。她搀着他。她和侍者调情。她和另一桌的一对夫妇搭话。她吃光了自己的食物，又替加百列吃了一部分。她握住了他的手。加百列再一次别别扭扭地将她和莉亚做起了比较。她的气味，她的近乎纯黑眼中闪出的金光，她讲话时会飘浮起来的修长双手。加百列望向窗外，望向圣丹尼斯大街的人行道。然而他的心神已经回到了维也纳，仿佛正陪着莉亚和丹尼坐在犹太人区的饮食店里。

他出汗了。他能感到凉凉的汗水顺着背脊淌下去，沿着一根根肋骨流淌着。伯莱塔手枪就放在风雪大衣的正面口袋里。大衣就挂在他座椅的椅背上，所以加百列的大腿能够舒服地感受到手枪的重量。那女孩正说着话。“也许我们应该远走高飞，”她说，“加勒比海，圣巴茨，温暖的地方，有好酒好菜的地方。”加百列心不在焉地听着——他时机恰当地点着头，甚至还不时应和几句——然而大半的心思却在盘算着如何杀死塔里克。这样的念头并不会令他愉快。他一边思量着，心里却没有愤怒抑或是复仇的欲望；他的状态犹如在狂风里完成某项艰巨的任务，或是在逆水里行船，又或是正在屏着呼吸，修复一幅五百年老画上的一处剥落。

他想象着一旦干掉塔里克后的图像。黛博拉可以照顾自己。他会负责照顾杰奎琳。他要拽着她，尽快远离尸体。亚丁的一名组员会开车在圣丹尼斯接应他们，那是一辆租来的绿色福特，他们会直奔机场。沿途他们会换一次车。到了机场，他们会去私家飞机登机厅，登上本杰明·斯通的包机。如果一切按计划进行，次日下午，他就能抵达以色列了。

可如果他们不能……

加百列将失败的画面从脑海里赶了出去。

恰在此时，他的手机轻声鸣响起来。他将它贴在耳边，静静地听着，没有回话。他终止了对话，将电话递给了女孩，站起身，套上大衣。伯莱塔碰撞了他的胯部。他把手伸进大衣口袋，攥住了枪柄。

他已经提前付过账了，这样他们离开时就不会引起注意。女孩引路，他们穿过了餐厅大堂。加百列火急火燎的。到了外面，他几乎在台阶上滑倒。那女孩伸手抓住他的臂膀，稳住了他。他们走上人行道，周围并无塔里克和杰奎琳的踪影。加百列转身面对着女孩。他吻了她的脸颊，然后将嘴巴凑近她的耳朵："你看到他们了要告诉我。"

他将脸埋在女孩头颈的一侧。她的头发盖住了他的脸，她的气味同莉亚惊人地相似。他用左手揽住她。他的右手依然在口袋里，紧紧攥着伯莱塔的手柄。

他又在心里重新演练了一遍。脑海里播出的画面犹如特工学院里的一堂课。转身，径直走向他。不要犹豫，不要徘徊，径直走上去。趋近，右手拔枪，开始射击。别管路人怎样，心里唯有目标。在他死去之前你也无异于恐怖分子。如果需要，左侧口袋要放一梭备用子弹。别被人逮住。你是君主。那一刻你比世上任何人都更金贵。如果警察来搅局，照样射杀了他。无论如何都不可以被捕。

"他们来了。"

她轻轻推了他，将两人的身体分开。加百列转过身，开始过马路，只有在避让来往车辆的时候，目光才会暂时离开塔里克。他的手汗已经沾湿了枪柄。除了自己的呼吸声、耳膜以下热血的涌动声，他听不见别的声音了。杰奎琳抬头看过来，他们的目光刹那间相交。接着，她猛然望向别处。塔里克抓着她的手肘。

加百列从口袋里拔出伯莱塔，这一刻，一辆汽车从街角猛冲出来，加速朝他身上撞来。他只得快步闪身避开。接着，那车戛然而止，将加百列同塔里克和杰奎琳隔在两边。

面朝塔里克的车后门开了。他把杰奎琳向前一推，强迫她上了车。她的手袋从肩上滑下来落在马路上。塔里克朝加百列狞笑着，钻进车里，坐在了杰奎琳身边。

那车疾驰而去。加百列穿过马路，拾起杰奎琳的手袋。接着，他回到餐厅，去接那女孩子。他们一道沿着圣丹尼斯大街走。加百列打开杰奎琳的手袋，翻看着里面的东西。里面有她的钱夹、她的护照、一些化妆品，再有，就是加百列在画廊里给她的那枚金色打火机。

“你当时就该射击，加百列！”

“我没机会。”

“你大可以从车顶棚射进去！”

“扯淡！”

“你有机会的，可你犹豫了！”

“我犹豫，那是因为如果我一枪打不穿车顶棚，子弹有可能射进街对面的餐厅里，有可能又伤了一条无辜路人的性命。”

“你从前可是义无反顾的，才不会顾虑失手了会怎样。”

面包车加速从人行道开下来。加百列坐上车后部的载货区，女孩就在他对面，神情专注地盯着他。加百列闭上双眼，努力想静静地思考一阵子。实在是一场彻底的灾难。杰奎琳走了。她没有护照，没有身份证件，更重要的是，她失去了追踪方式。他们原本有一个重大优势：可以全程知晓她的位置。如今这个优势不复存在。

他回想象着事件的过程。塔里克和杰奎琳离开餐厅。汽车突然闯出来。塔里克将杰奎琳推到后座上。塔里克朝加百列狞笑。

加百列闭着眼睛。浮现在脑海里的，是鬼魅般的塔里克，正向他挥手。他的手段，如同范戴克隐藏图画的画笔。他什么都知道，加百列心想，他知道我会到圣丹尼斯大街来找他，是他带我去的。

沙姆龙又开口了：“你首先要对杰奎琳负责，不是她身后餐厅里的人。你应该当时就开枪，不计任何后果！”

"就算我打中了他，杰奎琳还是会被带走。她在车上呢，引擎还没熄火。他们会把她带走，我完全没法阻止。"

"你可以朝汽车开枪。我们也有可能在街上堵住他们。"

"这难道是你想要的？在蒙特利尔的大街上来一场枪战？你会制造又一起利勒哈默尔悲剧的。又一次安曼惨败，又一次情报部门的大灾难。"

沙姆龙转过头，瞪了加百列一眼，然后继续盯着前方。

加百列说："现在怎么办，阿里？"

"我们去找到他们。"

"怎么找？"

"我们很清楚他们要去哪里。"

"单凭我们自己，不可能在美国找到塔里克。"

"你有何建议，加百列？"

"我们需要向美国人发警报，告诉他们塔里克多半就要来了。我们也得告知加拿大人，也许他们可以在边境上拦住他。如果我们运气好，他们还没入境就能被截住。"

"告诉美国人和加拿大人？究竟对他们怎么说呢？告诉他们我们越界执行任务了？如今我们有麻烦，请他们擦擦屁股？我认为华盛顿和渥太华不会有什么良性反应的。"

"那我们怎么办？束手等待？"

"不，我们去美国，加强总理周围的安全警戒。塔里克跑这么远一定有企图。最终他一定会有所行动。"

"如果他的目标不是咱们的总理呢？"

"眼下，总理的保安警戒是我唯一的焦点。"

"杰奎琳听了这话可太欣慰了。"

"你懂我的意思，加百列，别和我玩文字游戏。"

“你忘了一件事情，阿里，她已经没有护照了，”加百列举起她的手袋，“都在这里呢。没有护照她怎么过得了边境？”

“很明显，塔里克可以另做一本假的。”

“又或者，他根本没打算把她带过边境。也许他打算先杀了她。”

“所以说你当时就该开枪，加百列。”

40

魁北克省，萨布雷瓦

杰奎琳一直试图记住道路的标牌。40号公路穿过蒙特利尔。10号公路过河。135号路进入乡村。如今是133号公路，一条两车道的省级路，横跨魁北克省的南部。蒙特利尔的都市风景如此迅速地让位于广袤空旷的乡村，显得很唐突。一轮暗月浮出地平线，它的光晕犹如圈冰霜做的光环。冬风卷着雪，在柏油路上打转，看起来如同一场沙尘暴。偶尔，黑暗中会冒出一两件东西来，突兀地矗立在雪地里的谷仓、灯光昏暗的农舍、一片漆黑的农机具商店……眼前，她看见一片霓虹灯火。再近些，她才看出来，那些灯光拼出了一个乳房巨大的女人的轮廓。这是间穷乡僻壤里的脱衣舞厅。她不知道他们从哪里弄来的女孩子。也许这里的人就喜欢看自己的姐姐、妹妹、女朋友站在桌上裸舞。穷山恶水啊，她心想。有什么样的地方，就会创造什么样的字眼儿和它相配。

经过一个小时的行驶，他们距离美国边境只有数英里了。她想，我的护照和其他东西都被扔在圣丹尼斯大街的马路上，他怎么把我弄过边境呢？我的护照和我的追踪打火机……

一切都来得太快。那一刻，看到加百列后，她转头望向别处，心里做好了准备，等待着预期中的情节。接着，一辆车杀出来，她被粗暴地推进去，手袋摔落了。车开动了，她吆喝着他，要求掉头回去，把她的手袋捡回来，可他完全置之不理，吩咐司机加快速度。直到那一刻，杰奎琳才认出来，司机原来竟是蕾拉。开过几个街区后，他们换了一辆车。这次开车的是在地下咖啡馆为塔里克送公文箱的男人。他们开到了一个叫作蒙纽特的地方，在那里，他们换了最后一次车。这一次，是塔里克自己做司机。

此时他正在出汗。杰奎琳能够看到他的皮肤闪着光，那是仪表盘上柠檬绿色的荧光的反射。他的脸色变得死人一样惨白，双眼下有深色的眼圈，他的右手还在颤抖。

“拜托你可不可以解释一下，在蒙特利尔的时候到底是出了什么事？”

“那是安全警戒的常规手段。”

“你觉得那也可以叫作常规？太常规了，既然是常规，我为什么不可以回去把手袋捡回来？”

“我经常会遭到以色列情报部门和它的西方友邦的监视。巴勒斯坦运动内部的敌人也会监视我。我的本能告诉我，有人正在蒙特利尔盯着我们。”

“这么神秘的把戏害得我弄丢了手袋和里面所有的东西。”

“别担心，多米尼克。我会给你都补上的。”

“有些东西没法补。”

“比如那只金色的打火机？”

杰奎琳感到胃里一阵抽痛。她想起了尤瑟夫，在前往豪恩斯洛的路上，他曾把玩过这支打火机。

上帝啊，他知道了。她改换了话题：“其实，我担心的是我的护照。”

“你的护照也可以换新的。我会带你去蒙特利尔的法国领事馆。

你对他们说东西丢了或是被偷了，他们会给你发一本新的。”

不行，绝不能让他们发现这是本假护照，不然我会在加拿大入狱的。

“这些人为什么要盯上你？”

“因为他们想知道我要去哪里，和什么人会面。”

“为什么？”

“因为他们不想让我成功。”

“你想要完成什么不得了的使命，让他们这么关心呢？”

“我只不过想给所谓的和平进程带去少许公平的成分。我不希望我的人民只接受一小块祖先的土地，还仅仅是因为美国人和一小撮犹太人如今愿意赏还给我们的。他们只不过是把自己桌上的面包渣送给我们。我不要残渣剩饭，多米尼克。我要一整块面包。”

“半块总比什么也没有强。”

“我尊重你的意见，可是不能同意。”

风雪的漩涡之中，一块公路标牌浮现出来。边境线就在前方三英里。

杰奎琳说：“你带我去哪里？”

“去另外一边。”

“没有护照你打算怎么把我带过境？”

“我们有另外的安排。”

“另外的安排？这是什么意思？”

“我给你准备了另外一本护照。加拿大护照。”

有一块路标，距边境还有两英里。

“当然咯，那不是你的护照。”

“等一下！尤瑟夫向我保证过，你不会要我做任何违法的事情。”

“你没有去做违法的事情。那是一处开放的边境，护照也是绝对有效的。”

“也许是有效的，不过不是我的！”

“是不是你的不要紧。没人会问你的。”

“我不会拿着假护照进入美利坚合众国的！停车！我要下车！”

“如果我让你下去，还没走到下一站你就冻死了。”

“那就找个地方把我放下！反正我得下车！”

“多米尼克，我们把你从伦敦带出来的目的，不就是让你帮我越过边境吗？”

“你们撒谎了！你和尤瑟夫都撒谎了！”

“是啊，我们认为稍微误导你一下是有必要的。”

“稍微！”

“不过那些现在都不重要了。重要的是我需要过境，我需要你的帮助。”

此刻距离边境还有一英里。她可以看见前方交叉路口白色的灯光。她不知该怎么办。按理，她大可以对他说不，可接下来他又会怎样呢？转过头来杀了她，把尸体抛在雪里，自己穿越边境？

她琢磨着如何对他使诈——先答应他，然后在边境上向官员发出警报。不过塔里克会杀了她，再杀了边境巡警。接下来就会立案调查，以色列情报机构的所作所为就会暴露。对阿里·沙姆龙来说，那是一场最难堪的惨败。她只有一个选择，将游戏继续玩下去，寻找机会，向加百列发出警报。

她说：“让我看看护照。”

他递给她。

她打开护照，看了一眼姓名：海伦娜·萨罗。接着她看了看照片，是蕾拉。与自己隐约有些相像，倒还瞒得过去。

“你决定了？”

杰奎琳说：“继续开吧。”

他开进了路口上的边境广场，戛然踩住了刹车。一名边境巡警从岗亭走出来，说道：“晚上好。今晚你们要去哪里？”

塔里克说：“伯灵顿。”

“公干还是旅游？”

“真不巧，是我姐姐病了。”

“真遗憾。你预计住多久？”

“一天，最多两天。”

“请出示护照。”

塔里克递了过去。那官员接过来，检查着姓名和照片。接着他往车里望去，看着他们两个的脸。

他合上护照，递还给他们：“旅途愉快，小心行驶。气象预报说今晚会有大风暴。”

塔里克接过护照，挂上一挡，缓缓驶过边界进入美国佛蒙特州。过了一会儿，等他们完全驶入边境线以内，他才将两本护照放进自己口袋。他掏出一把马卡洛夫手枪，用枪管指住了她额头的一侧。

41

华盛顿特区

亚西尔·阿拉法特坐在麦迪逊酒店总统套房的办公桌后面，正在埋头处理一批文件，耳边听着深夜车流的啸声从第十五街潮湿的路面上传过来。他停顿片刻，朝嘴里丢了一枚突尼斯枣子，然后又吞下几勺酸奶。他对饮食极其挑剔，不吸烟，不喝酒，咖啡也从来不碰。这样的习惯，帮助他在严酷的革命生涯中生存下来，换作别人，可能早已垮掉了。

按计划，当晚他已没有访客了，所以他换下了制服，套上一件蓝色的运动衫。他秃顶了，同往常一样，他布袋形状的脸庞上留着一副几天没刮过的大胡子。他带着老花镜，一双青蛙一般的眼睛显得更大了。他的下嘴唇很厚，向外突出，让他看起来好似一个马上就要哭出来的小男孩。

对于书面材料和所见过的面孔，他的记忆力犹如照相机，这使他面对成堆的文件时，依旧可以迅速地工作。他一边看文件，一边时时停下来，或在备忘录的空白处做笔记，或在某处签上自己的名字。如今他掌管着加沙地带和约旦河西岸的一大块地方，这在几年前，还是看起来不可能的事情。他的巴勒斯坦政权负责掌管一切世俗行政的大小事情，其中包括垃圾回收和学校教育。想当初，他还是世界上最著名的游击队员。这变化真是天差地别。

他撂开手上的工作，打开一份皮革封面的文件。这是一份临时协议的副本，他即将在纽约的联合国总部签署这份文件。这项协议一旦签字，他的平生事业将再向前迈进一步，巴勒斯坦国就此诞生。这比起他事业起步时预想的蓝图要逊色许多，当时他的梦想是要摧毁以色列。不过，眼前这样的结果，是他所能达到的最佳方案了。巴解运动内部，有些人盼他失败，甚至有人盼他去死。都是些激进主义者、梦想家。如果他们当道，巴勒斯坦人恐怕永远会流散各地，寄居在难民营里。

一名副官在敲门。阿拉法特抬头看着他进来。“抱歉，打搅你了，阿布·阿马尔[1]，不过总统先生打电话找你。”

阿拉法特微笑着。就在并不太久的数年之前，这也是不可能发生的。“这么晚了他想干什么呢？”

“他说他夫人进城去了，他有些闷，问你愿不愿意去白宫陪陪他。”

“现在？”

“是啊，现在。”

“做什么呢？”

副官耸耸肩：“谈话吧，我猜。”

阿拉法特站起来，脱掉运动衫，套上通常穿的卡其布制服，戴上传统的阿拉伯头巾。他戴的是黑白相间的农夫式头巾，前端打了一个结，形状犹如巴勒斯坦的地图。副官又回来了，带来一件大衣，披在了阿拉法特的肩上。他们一起步入门厅，随即被一群保安人员包围了。这其中有些是他自己的保镖，其余的是美国外交安全局的官员。

[1] 阿布·阿马尔（Abu Amar），亚西尔·阿拉法特的昵称。

他们沿着走廊走，阿拉法特在众人的中心。他们走进一部专用电梯，乘电梯径直来到车库。阿拉法特钻进了一辆豪华加长车。不久后，他的车队已经疾驰在第十五大街上，直奔白宫而去。

阿拉法特望着窗外。如此深夜在雨中疾行，有些像早年的情形。当年他从来不曾连续两天在同一个地方过夜。有时候他甚至会在半夜临时改变住宿地点，因为他的敏锐直觉感觉到了不妙的征兆。他一向避开公共场所——从不在餐厅就餐，不去影院或剧场。由于缺乏阳光，他的皮肤变得斑斑驳驳。以色列人和巴解内部的敌人数百次想要他的命，却都被他的生存技能瓦解了。有些人就没有他那么幸运。他想到了自己的老朋友和第二把手，阿布·吉哈德。此人曾领导过被占领土上的斗争，与阿拉法特共同组织过约旦河西岸和加沙地带的起义。正因为这个，以色列人在突尼斯的一幢别墅里谋杀了他。阿拉法特知道，如果没有阿布·吉哈德，也就不会有他的今天——今天，他行驶在华盛顿的大街上，去秘密会见美国总统。他的老朋友看不到这些了，多么遗憾。

车队穿过宾夕法尼亚大道的栅栏，进入白宫地界。又过了片刻，阿拉法特的专车停在了白宫的北门廊下。

一名海军陆战队军官迈上一步，打开车门："晚上好，阿拉法特先生。这边请。"

詹姆斯·贝克维兹总统正等候在总统官邸的会客厅里，看上去似乎刚刚走下游艇的甲板。他穿着一条褶皱的卡其布裤子和一件圆领毛线衫。他身材高大，满头银发，举止文雅。他的面庞黝黑，散发出青春般的气息和活力，尽管他已经是年近七十的老人了。

他们在炉火边坐下，贝克维兹守着一杯威士忌，阿拉法特呷着一杯蜜茶。贝克维兹还是议员的时候，曾是以色列的坚定同盟，并且力主反对美国承认巴解组织——千真万确，他曾一贯称阿拉法特和巴解组织为“嗜血的恐怖主义者”。如今，这两个男人却成了实现中东和平的亲近盟友。他们都需要对方的支持才能实现成功。阿拉法特需要贝克维兹向以色列施压，要他们在谈判桌上做出让步；贝克维兹需要阿拉法特约束羁縻极端主义和原教旨主义者，使得谈判能得以进行。

过了一个小时，贝克维兹提到了伊利亚胡大使和大卫·摩根索的谋杀案：“我们中情局的总监们告诉我，你的老朋友塔里克很可能是这两个案子的操刀之人，不过他们还没有证据。”

阿拉法特微笑着：“我丝毫也不怀疑那就是塔里克干的。不过，如果中情局的人想找到证据，我恐怕他们会悲哀地徒劳一场。塔里克做事，不会留下证据的。”

“如果他继续杀害犹太人，会给最终达成协议带来更多的困难。”

“恕我直言，总统先生，塔里克之所以构成一个因素，那是因为你和以色列人允许他成为一个因素。他的行为不代表我。他的行为不是来自巴勒斯坦政权控制的地区。他不能代表那些渴望和平的巴勒斯坦人民发言。”

“说得都对，不过你不能做些什么来劝阻他吗？”

“塔里克？”阿拉法特缓缓摇头，“我们的确曾经是亲近的朋友。他是我最好的情报官员之一。不过他离我而去，因为我们决定放弃恐怖主义，开始和平谈判。我们已经有好多年没有交谈过了。”

“也许现在他会听听你的意见了。”

“我恐怕塔里克除了他自己不会听取任何人的意见。他是个着了魔的人。”

“我们每个人都是如此，尤其是到了我这把年纪。”

“还有我这个年纪。”阿拉法特说道，“不过我认为，塔里克中的邪魔恐怕有所不同。你想啊，他是个命不久长的年轻人，他想在离开这世界之前解决一切问题。”

贝克维兹惊讶地扬起眉毛：“命不久长？”

“根据我的情报，他长了一个严重的脑瘤。”

“以色列人知道吗？”

“知道，”阿拉法特说道，“我亲自告诉他们的。”

“告诉谁了？”

“他们的情报部门首脑，阿里·沙姆龙。”

“这么重要的情报，他们的首脑为什么没有同中情局分享？我很奇怪。”

阿拉法特笑出了声：“我猜你从来没见过阿里·沙姆龙。他是个旧式学校里出来的狡猾斗士。沙姆龙有个老习惯，他从不让自己的左手知道右手在做什么。你知道以色列情报部门的座右铭是什么吗？”

“我恐怕是不知道了。”

“‘你的战斗，是诡诈之道。’阿里·沙姆龙把这话奉为圭臬啊。”

“你认为沙姆龙可能在玩什么把戏？”

“在沙姆龙身上一切皆有可能。你要明白，以色列的情报部门内部，有人想要塔里克死，无论政治上要付出多么大的代价。不过另外一些人，我认为，他们恐怕还盼他成功。”

“沙姆龙属于哪一类呢？”

阿拉法特皱皱眉：“我要是知道就好了。”

将近午夜时分，总统陪着阿拉法特来到他的汽车旁边。他俩很不搭配，一个是高大、贵气的总统；一个是黄褐皮肤、身材矮小、头戴包巾的革命者。

贝克维兹说道："我知道，明天签字仪式以后，你要去道格拉斯·坎农家里参加招待会。道格拉斯和我是好朋友。"

"他和我也是朋友。他比大多数美国政治家更早看到了巴勒斯坦斗争的正义性。那需要巨大的勇气，对他尤其如此，他可是来自纽约的参议院啊。那里的犹太势力尤为强大。"

"道格拉斯一向坚守自己的立场，从来不玩弄政治筹码。这正是他不同于那些纽约的流俗政客的地方。你见到他请替我带去最热忱的问候。"

"我一定会的。"

他们在北门廊下郑重地握了手，接着，阿拉法特转身走向自己的豪车。

"请再帮我一个忙，阿拉法特先生。"

巴勒斯坦人转过身，扬起一边的眉毛："什么？"

"小心你的身后。"

"那是一贯的。"阿拉法特说。接着他钻进了豪车的后座，消失在视野里。

42

佛蒙特州，伯灵顿

“你的名字不是多米尼克·伯纳德，你也不在伦敦的画廊工作。你效命于以色列情报部门。我们之所以要仓皇离开蒙特利尔，是因为你的朋友加百列·艾隆要杀我。”

杰奎琳口干舌燥。她感到自己的咽喉似乎被锁死了。她想起了加百列在伦敦对她说的：多米尼克·伯纳德对这个男人没什么可畏惧的。如果他逼你，你就反过来逼他。

“你究竟在说些什么呀？我不知道谁是加百列·艾隆！你他妈的赶快停车！你他妈的要带我去哪儿！你有毛病吧？”

他用枪敲打了她额头的一侧。这一下又快又狠，她的眼泪立刻涌上来。她伸手捂住头，发现血已流出来。“你个畜生！”

他不理她。“你的名字不叫多米尼克·伯纳德，你也不在伦敦的画廊工作。你效命于阿里·沙姆龙。你是个以色列特工。你是为加百列·艾隆工作的。在蒙特利尔的大街上，穿过马路朝我们走来的人就是加百列·艾隆。他是来杀我的。”

“我觉得你还是闭嘴，别说这些昏话了！我不知道你在说些什么！我不知道什么加百列，我也不知道谁是阿里·沙姆龙。”

他又打了她，又是一记来去无踪影的猛击。击打部位与前一次完全相同。疼痛太剧烈了，无论怎样控制她还是禁不住哭了出来："我说的是实话！"

又是一记猛击，出手更重了。

"我的名字叫多米尼克·伯纳德！我在伦……"

又一记，比以前更重。她感觉自己就要失去知觉了。

"你个畜生，"她说着，抽泣着，用手指按住伤口，"你带我去哪里？你要对我怎么样？"

他再次忽略了她，如果他的目的是把她逼疯，那么这办法很奏效。当他再次开口时，他的语气里露出一丝怜悯，倒好像他在为她难过。他打算瓦解她的心理防线，让她相信，她已经被抛弃了，完全是在孤军奋战。

"你和加百列·艾隆一同去了突尼斯，扮作爱侣，他当时策划了对阿布·吉哈德的谋杀行动。"

"我这辈子都没到过突尼斯，更别说和什么加百列·艾隆！"

他再次举枪打她，不过这次她看清了击打的来路，举起双手隔挡。"求你，"她哭道，"别打我了。"

他放下枪，好像根本就没打算举起来。"比起上一次我见他的时候，他看起来有点显老了。我猜这也难免，考虑到他所经历的一切。"

杰奎琳感到了自己内心的抵抗，她不肯就此崩溃。这就是情报工作的现实。以前，那只是一场猎奇，她可以获得一份满足，让她感到自己除了身体和脸蛋还有更多的价值。然而眼前的现实才是谍战的真实本质，肮脏而暴力，她自己恰好深陷其中。她必须想个办法掌握主动，或许她可以弄清楚他的计划和意图；又或许她可以想办法警示加百列和沙姆龙；也许可以自己找到自救之路。

"他们会来抓你的，"她说，"加拿大和美国一半的警力此刻多半正在找我们呢。你永远也到不了纽约。”

“说真的，我料想除了你的朋友加百列和沙姆龙，没有谁会找我们。我估计他们都不敢向加拿大官方求助，因为加拿大人和美国人多半根本不知道他们就在此地。如果他们现在发现了，你所效命的机构就会身陷十分难堪的境地。”

他从口袋里掏出一块手绢给她捂伤口：“顺便说一句，从你走进尤瑟夫的生活那一刻起，我们就知道你在为机构工作。”

“怎么知道的？”

“你真的想知道这个？”

“是的。”

“好吧，不过首先你必须回答我几个问题。你真的是法国人吗？”

所以，他并不是什么都知道。她说：“是，我是法国人。”

“你是否也是犹太人？”

“是的。”

“多米尼克·伯纳德是你的真名吗？”

“不是。”

“你真名叫什么？”

她想，我的真名是什么？我真的是杰奎琳·德拉克罗瓦吗？不，那只是马瑟尔·兰伯特给一个马赛靓妞取的名字。如果我就要死了，我要与我出生时的名字相伴。

“我的真名叫萨拉，”她说，“萨拉·哈勒维。”

“多美的名字。好吧，萨拉·哈勒维，我想你毕竟有权利知道，你为什么会深陷如此狼狈的境地。”他望着她，看她作何反应，然而她只是径直盯着他，带着冰冷的敌意。“顺便再告诉你，你要是愿意，可以叫我塔里克。”

他不间断地讲了将近一个小时。他显然颇为自得。说到底，他毕竟挫败了世界上最令人生畏的情报机构。他告诉她，他们是如何发现加百列应招归队，就为了抓到他。他告诉她，他们已经向自己系统内部的所有特工发出了警报。他还告诉她，尤瑟夫一接触到她，就立即向他的直属上级汇报了这位法国丽人的情况。

“我们告诉尤瑟夫，继续和你幽会，同时我们查了你在巴黎的底细。我们发现了一个破绽。小破绽，可破绽就是破绽。我们在伦敦拍到了你的照片，把它同突尼斯和加百列合作的那个女人做了对比。随后我们告诉尤瑟夫，要他深化同这个多米尼克·伯纳德的关系。我们要求他同这个多米尼克建立一种情感的纽带：信任的纽带。”

她想起了他们之间漫长的谈话。他的长篇大论，悉数巴勒斯坦人民的苦难。他坦白背上伤疤的来历，回顾沙提拉的恐怖之夜。从头至尾，她认为自己在掌控局面，自己是施展骗术的操盘之人。谁料恰恰相反，尤瑟夫才是。

“等我们觉得你们俩的关系培育得差不多了，我们就告诉尤瑟夫，让他向你索要一个非常特殊的帮助：你愿不愿意陪伴一位巴勒斯坦重要角色共赴一项重要的秘密使命？你演了一出十分逼真的拉锯戏，不过最终你还是答应了。那自然不在话下，因为你根本就不是多米尼克·伯纳德，不是什么伦敦画廊里的小秘书，你是萨拉·哈勒维，以色列情报部门的特工。阿里·沙姆龙和加百列认定这重要角色就是我，他们的判断不错，因为我以前也惯用没有疑点的女性做我的掩护。他们把你置于极其危险的境地，因为他们想得到我。不过现在我要以彼之道，还治彼身了。我要用你来把艾隆钓到我手里。”

“放了他吧，”她说，“你让他受的苦够多了。”

“艾隆受过苦？加百列·艾隆谋杀了我的哥哥。比起他给我的家庭带来的苦难，他受的苦算得了什么。”

“你哥哥是个恐怖分子！你哥哥活该去死！”

“我哥哥是为人民战斗的。他不该像条狗一样被人射杀在床上。”

“那是很久以前的事，都过去了。杀了我，放过加百列吧。”

“你很高尚嘛，萨拉，不过你的朋友加百列可不会甘心从我手上再失去一个女人，他会奋起一战的。闭上眼睛好好休息下吧。我们今晚还要赶好长的路呢。”

塔里克的车疾驰经过白石大桥，进入皇后区境内，此时天色已近破晓。他经过拉葛迪亚机场的时候，车流开始变得稠密起来。曙色已经奏响前奏，将东方的天空映成了浅灰色。他打开收音机，听了一段路况广播，接着他将音量调低，专心驾车。又过了几分钟，东河出现在眼前。杰奎琳已经可以看见最初的几缕阳光从下曼哈顿的摩天楼上反射出来。

他下了高速路，沿着布鲁克林的街道行驶。现在天已经亮起来，自打昨天下午以来，她又一次看清了他的脸。连夜驾驶对他产生了影响。他脸色苍白，双眼充血，眼皮紧绷。他只用一只右手开车，左手放在大腿上，握着马卡洛夫手枪。

她看了看街标，科尼岛大道。这一带是中东和亚洲人的社区。有一些花里胡哨的巴基斯坦露天市场，其中有些水果摊位一直挤上了人行道。有些黎巴嫩和阿富汗餐厅，几家中东旅行社，一家卖地毯和瓷砖的商店。还有一座正面是绿白相间仿大理石的清真寺，耸立在一座砖结构的商用建筑之上。

他转进一条居民区的僻静街道，街名是帕克维尔大道。他慢慢驶近一块街区，来到第八大街的街角，在一幢方形的建筑前停下。这是一座三层砖结构的房子，一层是一家熟食店。他熄灭引擎，短促地按了两声喇叭。二层的公寓里，一盏灯短促地闪了一下。

“我下车给你开门，等着我，”他平静地说，“别开门，如果你开车门，我就杀了你。我们下车后，直接走进楼里，上楼梯。如果你发出声音，或者想逃跑，我就杀了你。你懂了吗？”

她点点头。他将马卡洛夫放进外套的前襟下面，然后下了车。再接着他绕过车身，为她开了门，伸手把她拽出来。他关了门，两人迅速穿过马路。一楼的门虚掩着。他们穿过一道丢满废纸的小门厅。厅里有一辆生锈的自行车，没了轮胎，正斜靠在油漆剥落的木质嵌板上。

塔里克走上楼梯，一路紧紧攥着她的手。他手上的皮肉又热又潮湿。楼梯间里弥漫着咖喱和松节油的味道。一扇门开了，黑暗中短暂地闪现出一张面孔，那是个穿白袍的大胡子男人。他瞥了塔里克一眼，随即缩回他的公寓里，轻轻关上了门。

他们来到一道标着2A的门廊里。塔里克轻轻敲了两次门。

蕾拉开了门，伸手先把杰奎琳拽了进去。

43

纽约市

一个小时后，阿里·沙姆龙来到了第二大道和第四十三大街的路口，这里是以色列驻联合国外交使团的驻地。他穿过一群抗议示威的人，微微低着头，走进了大楼。一位使团的保安人员正在大堂等着他。在保安陪同下，沙姆龙来到一间密室。总理就在里面，身边围着三位面色焦灼的副官。他用手指敲打着桌面。沙姆龙坐下来，望着总理的办公室主任说道："给我一份他的日程表，然后离开这间屋子。"

副官们出去后，总理说道："蒙特利尔发生了什么事？"

沙姆龙向他作了一番详细汇报。等他说完，总理闭上双眼，用手指捏着自己的鼻梁："我打断了你的退休生涯，请你出山，为的是重振机构的声威，阿里，可不是为了再制造一起灾难！我们在蒙特利尔的踪迹，还没有被加拿大方面发觉吧？"

"没有，总理阁下。"

"你认为你手下的那位特工还活着吗？"

"难说，不过形势显然相当严酷。希望渺茫。以往落在塔里克手里的女性结果都不太妙。"

"这回媒体又有得忙了。我已经看得见标题了：法兰西时尚丽人实为以色列秘密特工！真操蛋，阿里！”

“没有任何依据把她和机构牵连在一起。”

“有人会把故事挖掘出来的，阿里，总有这样的人。”

“如果有人敢，我就会利用像本杰明·斯通这样的朋友摆平他。我可以向你保证，这件事情绝对可以推脱得干干净净。”

“我不要什么干干净净！你向我承诺过，要取来塔里克的人头，而且不留一点痕迹，不惹一丝麻烦！塔里克的人头我还等着要呢，而且杰奎琳·德拉克罗瓦的性命也得给我保住。”

“我们想要的也是这个结果，总理。你的安全是我们首要考虑的。”

沙姆龙拿起日程表，开始阅读起来。

“联合国的仪式之后，要到金融区去会见一些投资人，接着是要在纽约股票交易所露面。再接下来，你要去乌尔多夫参加由锡安会主持的一个午餐会。”沙姆龙抬头看了一眼，又道，“这是上半天。午餐后，你要去布鲁克林访问一个犹太社区中心，在那里讨论和平进程的问题。然后回到曼哈顿，参加一轮鸡尾酒会和招待会。”

沙姆龙放下日程表，望着总理：“这样的安排，简直是保安工作的噩梦。我要求把艾隆全天安排在你身边。”

“为什么是艾隆？”

“因为他在蒙特利尔见过塔里克一面。如果塔里克出现，加百列能认得出他。”

“告诉他，他必须穿礼服。”

“我觉得他不会有礼服的。”

“弄一套来。”

这是一间小公寓。陈设简单的起居室，两个灶台的厨房，其中的陶瓷水池碎裂了，一间单人睡房，一间湿气弥漫的卫生间。窗户上都挂着厚实的窗帘，彻底遮住了日光。塔里克打开储藏间的门，里面有一个很大的硬木衣箱。他把箱子拎进起居室，放在地上，打开。黑色华达呢裤子，折叠得整整齐齐，白色正装夹克，白衬衫和领结。在隔层里，还有一个皮夹。塔里克打开它，审视着里面的东西：一张纽约驾照，名字是艾米利奥·冈萨雷斯；一张富士信用卡；一张音像店的租借卡；几张不同商家的收据；还有一枚标着假身份的名牌。凯末尔的活儿干得地道。

塔里克望着照片。艾米利奥·冈萨雷斯是个谢顶男人，所剩下的头发是灰白相间的颜色。他有一副浓重的唇须。他的脸颊比塔里克的饱满，不过几颗棉球即可补足了。他从箱子里拿出衣物，小心地搭在一把椅子的椅背上。接着他从箱子里取出最后一件东西——一只皮革小包，里面装着洗漱化妆用品。再接着，他进了卫生间。

他将洗漱用品放在水池边，将冈萨雷斯的照片放在镜子下面的架子上。塔里克看着镜子里的自己。他几乎认不出自己的脸了，眼窝下是深色的黑眼圈，两颊瘦削，皮肤苍白，嘴唇全然没了血色。一部分原因是睡眠不足，他已经记不起来上一次睡觉是什么时候了。然而更主要的原因是他的疾病。肿瘤已经缠住了他：手足麻木，耳鸣，难忍的头痛，疲劳。他活在世上的时间所剩不多了。他来到了历史的这一刻，这个地点，而自己拥有的时间也不多了。

他打开小皮包，拿出一把剪刀和一把剃须刀，开始修剪自己的须发。他花了近一个小时才完工。

改头换面是项大工程。头发染成银色，戴上假唇须，加厚脸颊，他变得同照片上的人惊人地相似了。不过塔里克明白，他的举止细节同外貌一样，也十分重要。如果他学得像，那么不会有哪个保安或警察对他质疑。如果他的举手投足就像一个搞自杀袭击的恐怖分子，他就会在美国的监狱里等死。

他进了起居室，拿起衣服，穿上了那身侍者的制服。接着他又回到卫生间，最后照了照镜子。他的秃顶是刚做出来的。他梳了梳剩下来的稀疏头发，模模糊糊地感到一阵压抑。死在陌生的土地，顶着一个陌生人的名字，戴着一张陌生的面具。他寻思着，对于他所经历的一生，这也许是一个合乎逻辑的下场。眼下只有一件事要做了：在剩下的时间里，确保他的生命不会浪费在一份失败的信念之中。

他走进了卧室。

他一进门，蕾拉就站起来，面带警惕，举起了枪。

“是我啊，”他用阿拉伯语轻轻说道，“放下枪，别走火伤了人。”

她照他的话做了，然后惊叹地摇摇头：“太妙了。连我都完全认不出你了。”

“要的就是这个效果。”

“你显然是入错了行。你应该当演员啊。”

“所以，万事俱备。我们就等着加百列·艾隆了。”

塔里克看看杰奎琳。她四肢摊开，躺在小床上，手腕、脚踝被四只手铐锁住，嘴巴被沉厚的绝缘胶带封住了。

“我当时就觉得好有意思，因为你刚到蒙特利尔的酒店，还不到几分钟，就给你在伦敦的公寓打电话，说是要检查留言。我给巴解组织工作的时候，我们发现以色列人能够监听到世界上任何一通电话，通过一条保密专线直接转接特拉维夫的总部。显然你在伦敦的电话也是如此。你拨通了那个号码，就等于向总部报告，你当时正在蒙特利尔的伊丽莎白女王酒店。”

塔里克坐在床沿上，柔和地将杰奎琳脸上的头发拨开。她闭上双眼，努力想避开他的触碰。

“我要再使用一次你们这套设备，用它来欺骗阿里·沙姆龙和加百列·艾隆。蕾拉自己就是个好演员。等我做好了准备，向目标进攻的时候，蕾拉假扮作你，拨通你在伦敦的号码。她会告诉总部我在哪里、打算做什么，你的总部会告诉沙姆龙，沙姆龙会迅速将加百列·艾隆派往现场。显然，我事前就能知道加百列会来。如此一来，我就占尽先机了。”

他拿出马卡洛夫，用枪管抵住她的下巴：“如果你做个乖女孩，好好表现，可以给你一条活路。蕾拉打过电话以后，她就必须离开这个地方。阿里·沙姆龙是不是会在此地发现一具锁在床上的尸体，就取决于她高不高兴了。你懂我的意思了吗？”

杰奎琳用冷冷的愤怒目光盯视着他。他用枪口戳着她颈部柔软的肌肤，直逼得她呻吟出声为止。

“你懂我的意思吗？”

她点点头。

他站起来，将马卡洛夫塞进裤腰带里。接着他走进起居室，穿上一件大衣，戴上手套，出门去了。

这是个寒冷的下午，天气晴好，阳光朗照。塔里克戴上一副太阳镜，立起大衣的领子。他走到科尼岛大道，漫步走过一排商店，一直来到一家专卖中东货的杂货店。伴随着入口处的小铃铛一声轻响，他走进了拥挤的商店，随即就沉浸在浓重的气味之中。有咖啡和香料、烤羊肉，还有蜂蜜和烟草。

有位十几岁的少年站在柜台后面。他身穿一件扬基汗衫，说着一口语速很快的摩洛哥口音阿拉伯语，正在讲电话。

“枣子，”塔里克用英语说，“我在找干枣。”

男生停顿片刻：“后排左边。”

塔里克穿过狭窄的走道，来到商店的深处，枣子都在货架顶部。

塔里克伸手去抓的时候，他都能感到马卡洛夫在挤压着背部。他把枣子拽下来，看着标签。突尼斯产的，多么美好。

他付了钱，走出店门。他从科尼岛大道向东走，经过安静的居民区街道，经过了几幢公寓楼和几幢小砖房，一直来到纽科克大道地铁站。他买了张票，走下阶梯，来到小小的月台上。两分钟后，他登上了一列往曼哈顿去的Q线列车。

加百列渐渐觉得自己可能永远也找不到塔里克了。此刻他正坐在一辆黑色面包车的后座，疾驰在派克大道上，周围坐着的都是总理的其他保安人员。他们之前数英尺远的地方，正是总理的加长豪车。在他们的右手边，是一辆警卫摩托车。加百列穿着一件灰色正装，那是他从另一名保镖那里借来的。上衣太大，裤子太短。他觉得自己像个傻小子，好像一个人要进高档餐厅，却没有得体的穿戴，不得不去借一套运动衫。不过不重要了。他有更重要的事要操心。

到目前为止，还没出过什么问题。总理同一些高端银行家一同喝了咖啡，讨论了一番以色列的商业机遇问题。接着他参观了纽约股票交易所。加百列全程不离他的左右。他滴水不漏，务求万全。他注视过每一张面孔——银行家、交易者、清洁工、街上的过客——他要找塔里克。他记得塔里克的脸。在蒙特利尔的圣丹尼斯大街上，他一脸讥讽地微笑着，将杰奎琳推进车里，扬长而去。

他不知道她是否还活着。他想到了在塔里克手里殒命的一连串女性：巴黎的美国人、阿姆斯特丹的妓女、维也纳的女店员。

他向另一位保安官员借了一部手机，向身在使团驻地的沙姆龙询问。沙姆龙什么消息也没有。加百列中断了通话，轻声咒骂着。他开始感到希望渺茫。看来他们又败在塔里克手里了。

车队开进了乌尔多夫酒店的停车库。总理从豪车里出来，同几个人握了手，在引导陪同下来到了豪华的礼宾大厅。加百列紧随其后，只有几步之遥。总理走进大厅的时候，上千人起立，开始鼓掌欢迎。喧声如雷，足以覆盖住枪声。总理走上讲坛，沉醉在热烈的欢迎之中。加百列缓缓在大厅里游走，找寻着塔里克。

塔里克在百老汇-老佛爷街车站下了Q线列车，又登上了一列上城区五号线。他在东区第八十六大街下车，从列克星敦大道漫步穿过城区，来到第五大道，一路浏览着宏大的旧式公寓楼和砂石建筑。接着他向上走过两个街区，来到第八十八大街。他到一座俯瞰着公园的公寓楼前停下。一辆精英饮食公司的卡车正停在第八十八大街的中心。一些穿白色制服的侍者端着盛有食物的托盘和酒水，正在进入公寓楼的大门。他看了看自己的腕表，要不了多久了。他穿过第五大道，坐在一条阳光下的长凳上，等待时机。

杰奎琳闭上双眼，努力整理思路。塔里克打算用以色列机构的资源和技术引诱加百列钻进陷阱。她想象着他伪装的新扮相，连她自己也几乎没认出来，而他们已经在一起面对面共处了十八个小时了。对加百列来说，要想认出他，即使不是不可能，也会非常困难。塔里克是对的，他会占尽一切先机主动，加百列没法觉察他的踪迹。

蕾拉进屋来了，双手捧着一杯茶水，手枪插在身前的牛仔裤里。她慢慢踱着步，望着杰奎琳，喝着茶。接着，她坐在了床沿："跟我说说，多米尼克。你们在蒙特利尔的时候，你和塔里克做过爱吗？"

杰奎琳盯着这个女孩，琢磨着此时此刻问这样的问题有什么用意。女孩掀起杰奎琳的衬衫下摆，露出她的肚子，将滚烫的茶水浇在她皮肉上。

胶带遮盖了杰奎琳的尖叫声。那女孩轻柔地朝灼痛的地方吹了吹气，然后将杰奎琳的衬衫盖了回去。即使是棉布的轻轻触碰还是让她皮肉生疼。她闭上眼，感到自己的热泪从颊上滚下来。

蕾拉说道：“我再问你一遍。你有没有和塔里克做过爱？”

杰奎琳摇摇头，仍然闭着双眼。

“那你太不幸了，”她说道，“人家告诉我，他可是个情场高手。巴黎的那个女孩子给我说过所有的细节。要是这么说，我认为塔里克后来杀了她那是她的幸运，因为再也不会有男人和她那样做爱了。她的爱情生涯将会一而再再而三地失望。”

杰奎琳意识到，她休想活着踏出这扇门了。蕾拉是个变态狂，她不会存心放她一条生路的。说真的，她多半会把杰奎琳的死当作一桩乐事。不行，她心想，如果她要去死，就必须死得有价值。她要拼死解救加百列。

可是，该怎么做呢？

她必须自己创造机会脱身。要做到这个她必须先骗蕾拉把她放下床。

隔着胶布，她竭力嘟囔着说出：“我要上厕所。”

“你说什么？”

杰奎琳更加奋力地又说了一次。

蕾拉说：“真的非上不可，那就上吧。”

“拜托了。”杰奎琳说。

蕾拉将空马克杯放在地上，从裤子皮带里抽出枪：“记着，你现在对我们已经没有任何用处了。如果你想逃跑，我就一枪打烂你这张美丽的小脸。听懂了吗？”

杰奎琳点点头。

蕾拉开始给手铐开锁，先是手，再是脚。

“站起来，”蕾拉说道，“慢慢地。走，慢慢地，手放在头后边，走到卫生间。”

杰奎琳照着她的吩咐做了。她进了卫生间，转过身，打算关门。蕾拉伸手挡住门，用枪指着杰奎琳的脸：“你知不知道你在做什么？”

“求你了。”杰奎琳说。

蕾拉看了一眼。卫生间没有窗户，除了一扇门，别无出路。“你上完以后敲敲门，多米尼克。我没叫你出来就不许出来。”

杰奎琳脱下牛仔裤，坐在马桶上。现在怎么办？要想找机会杀出去，得先找个武器。也许可以用马桶水缸的陶瓷盖子砸她。不行，太大，太沉。她在卫生间里四下查看着：香波瓶，肥皂，剃须泡沫，一次性剃须刀，指甲锉。

指甲锉！

它就放在水池边上，镜子的下面。一把金属制的指甲锉，一端是圆头的，一端是尖的。杰奎琳想到了她在间谍学院里的自卫课程。最小的物件也能成为致命武器，只要进攻方选准攻击部位：眼睛、耳朵、咽喉。她小心翼翼地拾起小锉刀，她用手掌横握住刀身，刀尖一英寸左右的长度露在手掌外缘以外。

可我这一招能行吗？

杰奎琳想到了塔里克，想到了他对加百列的企图。她想到蕾拉马上要对她下手了。她撩起衬衫，看了看肚子上的灼伤。

她站起来，敲了敲门。

“慢慢地开门，双手放在头后面，走出来。”

杰奎琳将锉刀裹在右手掌心，开了门，双手放在脑后。接着，她走进了起居室。蕾拉就在那里，用枪指着杰奎琳胸口。“回到卧室去。”她说，用枪比划了一下。

杰奎琳转过身，朝卧室走；蕾拉跟在后面，只隔着一步距离，双手伸直，紧紧握着枪。杰奎琳在床边停下来。

蕾拉说道：“躺下，用手铐铐住你自己的右手。”

杰奎琳犹豫着。

蕾拉喝道：“快点！”

杰奎琳倏地转身。与此同时，她用大拇指将锉刀刀尖顶了出来。蕾拉完全措不及手。她没有开枪射击，而是本能地举手隔挡。杰奎琳本来是瞄准她的耳道戳进去的。然而蕾拉稍一闪避，锉刀刀尖恰好撕裂了她颧骨上的皮肉。

这一刀割得很深，血立时涌出来。蕾拉痛得号叫起来，枪也脱手了。

杰奎琳没有屈从本能，顺手去抢枪，而是逼迫着自己对那女孩刺出了第二刀。她抽回手来，抡出一道长长的弧线。这一次，刀锋刺入了蕾拉颈部的 侧。

热血溅在了杰奎琳的手上。

她的手松开了锉刀。刀柄矗立在蕾拉的脖子上。她望着杰奎琳，眼神里混合着痛苦、恐怖、极度的惊讶，她的双手抓住了脖子里的金属物件。

杰奎琳伸手捡起了摔落的手枪。

蕾拉从颈子里拔出锉刀，扑向杰奎琳，眼里喷出杀人的怒火。

杰奎琳举起枪，射穿了她的心脏。

44

纽约市

塔里克站起身，穿过第五大道。他走到公寓楼的入口，拿起放在门廊里的一箱香槟酒。一个穿着围裙、头发十分油腻的男人抬头看着他：“你这是要什么呀？”

塔里克耸耸肩，依旧端着酒箱：“我叫艾米利奥·冈萨雷斯。”

“那又怎样？”

“我是被派来的。我在精英饮食公司工作。”

“那我怎么会不认识你呢？”

“这是我第一次为他们工作。我今天一早才接到电话。那个男的告诉我赶紧赶到这里——有个大派对，需要帮手。所以我就来了。”

“是啊，确实是个大派对，我再多要几个帮手也不嫌多呢。还是个重大的场合，有这么多的保安。”

“那……”

“那什么那。还他妈站着干什么？端到楼上去，然后赶紧回来。”

“遵命，先生。”

在小小的公寓里，一声枪响犹如炸响的炮弹，当然会有人听见。

杰奎琳必须迅速离开，不过她得先做一件事。她必须警告加百列，向他报告塔里克的企图。

她跨过蕾拉的尸体，抓起电话，拨通了伦敦的号码。听到了自己的录音之后，她又按下了三个数字。一连串的滴答声，接着是一声嗡嗡的铃声，再接着是个年轻女性的声音。

“喂。”

“我找阿里·沙姆龙，紧急情况，十万火急。”

“口令。”

“耶利哥。拜托了，要快。”

“请等候。”

那女人不急不火的语气令人抓狂。又是一阵滴答声和铃声，这一次沙姆龙的声音总算响起来。

“杰奎琳？真的是你吗？你在哪儿？”

“我不确定。布鲁克林的某处，我想是吧。”

“等等。我让总部查清精确的地址。”

“别把我抛下！”

“我没有。我还在呢。”

她哭了出来。

“出什么事了？”

“塔里克正在行动呢！他装扮成了一个侍者。他的样子和在蒙特利尔的时候完全不一样了。他本来打算用秘密热线把加百列引上钩，不过我已经用指甲锉和枪杀了蕾拉。”

她意识到自己的声音多半有些歇斯底里。

“那女的就在你旁边？”

“是，紧挨着我，在地上。哦，阿里，太恐怖了。”

“你必须赶快离开。只需告诉我一件事：你知道塔里克要去哪里吗？”

“不知道。”

这一刻，她听见楼梯上沉重的脚步声。

糟了！

她悄声道：“有人来了！”

“快撤！”

“可只有一个出口。”

她听见了敲门声，两声脆响似乎把整个公寓都震动了。

“阿里，我不知道该怎么办。”

“安静，等着他。”

又是三声敲门，敲得更响了。没有脚步声。不管是谁在敲门，总之他还没有离去。

接下来的声音她没有预料到。一声粗暴的巨响，紧接着是木头碎裂的声音。噪声太响了，以至于杰奎琳以为会有几个人冲进屋来。不过只有一个男人，正是当天早上塔里克带她进楼时露出一张脸的男人。

他双手紧紧攥着一支棒球棍。

杰奎琳撇下电话听筒。那个男人看了看蕾拉的尸体，又看了看杰奎琳。接着他举起球棒，向她冲过去。杰奎琳举起枪，勉力射出两颗子弹。第一颗击中肩部，将他的身体旋转过来，第二颗撕开他的后背，将脊柱从中切断。她走上前去，又补了两枪。

房间里硝烟和火药气味弥漫，地上墙上都溅满了血。杰奎琳俯身捡起电话。

“阿里？”

“感谢上帝你回来了。仔细听着，杰奎琳。你必须马上离开此地。”

"别废话，阿里！我去哪里？"

"显然，你的位置在布鲁克林，帕克维尔大道和东区第八街的路口。"

"我对这个他妈的完全没有概念。"

"离开公寓楼，朝帕克维尔大道走。向左转，走上帕克维尔大道，沿着它走，走到科尼岛大道。从科尼岛大道向右转，不要过马路，沿着路走，会有人接应你。"

"谁？"

"执行我的指令，立刻撤离！"

通话中断了。

她将听筒丢在地上，抓起落在床边地上的外套，穿在身上，把枪放进前面的口袋，迅速走出去。她执行沙姆龙的指令，不久之后，她就来到了科尼岛大道，从一家家商店的店门前走过去。

一英里之外，在海洋大道，一座犹太社区中心的讲坛上，加百列就站在总理身边几英尺远的地方。此刻总理正在给一群学生讲述马察达要塞的故事。总理保安团队里的另一名队员轻轻拍了拍加百列的肩膀，耳语道："有你的电话，听起来很紧急。"

加百列走到大堂。另一名保镖递给他一部手机。

"喂？"

沙姆龙说道："她还活着。"

"什么！她在哪儿？"

"在科尼岛大道上，正朝你那儿走，她走在马路的西侧，一个人。去接应她。我让她向你报告余下的情况。"

加百列掐断了谈话，抬头望去："我需要一辆车，马上！"

两分钟后，加百列沿着科尼岛大道向北疾驰，他的眼睛扫视着人行道上的行人，找寻着杰奎琳的踪影。沙姆龙说她会在马路西侧，然而加百列两边都没放过，生怕她万一太害怕或太慌张而弄错了方向。他看到了一块块路牌：L大道，K大道，J大道……

见鬼了！她究竟在哪里？

在科尼岛大道和H大道的路口，他看到了她。她的头发散乱，脸庞浮肿。她遮掩不住自己亡命遁逃的神态，不过依然保持着镇静和从容。加百列看到，她的双眼缓缓地来回扫视着。

他迅速做了一个掉头，停在了马路牙子上，伸手打开了副驾边上的车门。她条件反射地向后退了几步，把手伸进了藏枪的口袋。接着，她看到了他，她的镇静把持不住了。“加百列！”她一声轻呼，“感谢上帝。”

“上车。”他沉静地说。

她爬上车，关了门。

加百列把车重新驶入车流，迅速地给了一大脚油门。

驶过几个街区，她说：“靠边。”

加百列转入一条辅道，停下来，引擎依然转动着。“你没事吧，杰奎琳？发生了什么？全都告诉我。”

她开始哭泣，起初很轻柔，接着她全身抽搐起来，苦苦地呜咽着。加百列把她揽进怀里，轻轻搂着她。“都过去了，”他温柔地说，“都过去了。”

“求你再也不要离开我，加百列。和我在一起，加百列，和我在一起。”

45

纽约市

塔里克往来穿行在一间间俯瞰中央公园的房间里，任由宾客们将杂物垃圾不经意地放在他的椭圆托盘上：空玻璃杯、剩菜盘子、揉烂的餐巾、烟蒂。他瞥了一眼自己的腕表。蕾拉应该已经打过电话了，艾隆多半正在路上。一切很快就要收场了。

他穿过图书室。一对法式落地窗通向露台。尽管天冷，仍有几个客人站在户外欣赏景致。塔里克一踏上露台，恰好听见远处的警笛响彻天空。他走到栏杆前，抬头朝第五大道望去。只见一列车队，警车开道，摩托车护卫。

尊贵的客人就要到了。

可是艾隆究竟在哪里呢？

塔里克抬眼望去。这时，一个身着皮草大衣的女人向他招着手。他太专注于渐近的车队了，以至于忘记了自己此刻正扮演一名侍者。

那女人举起喝了一半的葡萄酒杯："请替我把这个拿走，好吗？"

"当然，太太。"

塔里克穿过平台，站到那妇女身边。她正在和她的朋友说话。她看也不看，伸手打算将杯子放在塔里克的托盘上。然而高脚杯没有立稳，翻倒了，红色的酒浆溅在塔里克白色的夹克上。

“哦，天哪，”那妇女道，“抱歉。”接着她转过头，好似什么也没有发生过，继续谈话。

塔里克端着托盘回到厨房。

“你他妈的怎么回事儿？”说话的正是那位油腻头发、穿围裙的男人，他叫罗德尼，是老板。

“有个女的把酒洒在我身上了。”

塔里克将一整盘垃圾放在水池边的台面上。与此同时，他听见欢呼声响彻整个寓所。贵宾刚刚进入了房间。塔里克拾起一张空托盘，往厨房外走去。

罗德尼说道：“你知道你这是去哪里？”

“回去工作。”

“你这个样子怎么行？你现在就在厨房值班。快去，帮忙洗盘子。”

“我可以把夹克弄干净。”

“那可是红酒，伙计。这夹克已经毁了。”

“可是……”

“快去，动手洗盘子。”

道格拉斯·坎农说道：“阿拉法特总统，再次见到你太高兴了。”

阿拉法特微笑道：“我也一样，议员先生。我现在是不是该称呼你坎农大使？”

“叫我道格拉斯就好了。”

坎农用他熊掌般的巨手有力地握住了阿拉法特的小手。坎农是个高大的汉子，肩宽背厚，长了一头奔放茂密的灰发。他的肚子已经开始发福，不过肚腩被一件裁减十分得体的蓝色运动夹克巧妙地遮掩住了。《纽约客》杂志曾经称他是“当代伯里克利[1]”，一位聪颖博爱的学者，从学术界冉冉升起，成为参议院最有权威的民主党人之一。两年前他中断退休生涯而复出，出任驻伦敦圣詹姆斯宫的美国大使。不过，他在一次恐怖袭击中受了重伤，大使生涯也遭到中断。如今他身上全然没了受伤的痕迹。坎农紧握着阿拉法特的手，将他推入派对。

“居然有人想刺杀你，我很伤心，道格拉斯。你现在看来完全康复了。我和祖勒给你送的花，你收到了吗？”

“是啊，收到了，整间病房里它们是最漂亮的，非常感谢你。不过别为我浪费太多时间了，来，这边请。还有好多人有兴趣认识你呢。”

“这个我不怀疑，”阿拉法特微笑着说，“请带路。”

加百列疾速驶过布鲁克林桥进入曼哈顿。杰奎琳已然恢复了镇定，她已经详细地陈述了以往四十八小时的经历，从西斯罗机场附近的公寓开始讲起，一直讲到布鲁克林发生的一连串恐怖的事件。加百列听着，强行克制自己的情绪，尽力不让塔里克的所作所为激起愤怒，只有这样，他才能冷静地判断，发现塔里克的真实意图。

有一个细节引起了他的注意。为什么塔里克要让蕾拉假扮杰奎琳，通过热线电话将加百列引向她呢？

答案多半十分简单，因为他认为，加百列所在的位置同他预计出手攻击的位置不同。可是为什么呢？如果他来纽约，为的是刺杀以色

[1] 伯里克利（Pericles，约公元前495—公元前429），古希腊奴隶主民主政治的杰出代表，雅典黄金时期最著名的政治家之一。

列的总理，刺杀这位和平缔造者，那么他理当认为加百列就在总理身边。加百列毕竟刚刚在蒙特利尔见过塔里克。

加百列想到了范戴克笔下的画作：宗教题材的图画在表面，下面却是个相当丑陋的妇女。一张画，两重现实。整个行动的策划犹如这张画，塔里克每一个回合都占了上风。

该死的，加百列。相信你的本能直觉，有什么可怕的！

他拿起手机，拨通了沙姆龙在外交使团的号码。沙姆龙接起电话的时候，加百列简洁地说道："阿拉法特在哪里？"

他听了一阵子，然后说："该死！我认为塔里克装扮成侍者了。告诉大伙儿我这就来。"

他掐断了电话，望着杰奎琳："你还拿着那女人的枪吗？"

她点点头。

"还有子弹吗？"

杰奎琳除下弹夹，数了数剩下的弹药。"五发。"她说。

加百列向北转弯，开上了富兰克林罗斯福大道，一脚油门踩到了底。

塔里克走到厨房门口，顺着走廊窥望派对现场。随着闪光灯嚓嚓作响，众宾客纷纷同阿拉法特摆姿态合影。塔里克摇摇头。同样就是这帮人，十年前写文章说阿拉法特是个残忍的恐怖分子。如今他们把他视作戴着头巾的摇滚明星了。

塔里克在室内搜寻着艾隆。一定出了什么差错。也许蕾拉没能拨通电话，也许艾隆在使什么计策。无论何种情况，塔里克知道，他不能等得太久了。他比任何人都更了解阿拉法特，老头儿最喜欢最后一刻临时改变计划。这么多年他就靠这一手生存下来。他随时都有可能走出派对现场，塔里克会失去刺杀他的最佳时机。

他原本计划将两人都杀了——艾隆和阿拉法特，这将是全剧的终场，最后的报复——不过看情形这个计划实现不了了。一旦他杀了阿拉法特，保镖们会围攻他。他会还击，逼得他们对他下杀手。我无论怎么死，也比死于肿瘤好些。艾隆会错过整场好戏，而他的性命也就保住了。阿拉法特这个怯懦的叛徒就没那么好运了。

这时罗德尼拍拍塔里克的肩膀："快洗盘子，哥们儿，否则今天就是你最后一次给派对做服务生了。"

罗德尼走开了。塔里克走进储藏间，扭亮了灯。他伸手摸到了橱架的顶层，拿出了一个小时前他藏好的那包突尼斯干枣。他拿着枣子进了厨房，将它们码在一个白色瓷盘里。接着他迈开脚步，在人群中穿行起来。

阿拉法特站在主客厅的中央，周围簇拥着六七名副官和安全人员，以及一群祝福道贺的人。坎农大使就站在他身旁。塔里克走上前去，马卡洛夫枪的枪柄挤压着他的腹部。此刻阿拉法特离他只有十英尺远，然而他和塔里克之间还隔着五个人，其中就包括一名保镖。阿拉法特个子太矮了，塔里克隔着人群几乎看不到他，只能看见他那条黑白相间的头巾。如果此刻他抽出马卡洛夫，保镖一定会发现他，然后向他开火。塔里克不得不靠得再近些，然后才能拔枪。为此，他必须借着手里的枣子施展计策了。

现在，塔里克面临另一个问题。阿拉法特周围的人群太密集了，他没法再走近。站在他眼前的是一名高大的汉子，身穿煤灰色正装。塔里克拍拍他的肩，那男人略一转身，看着托盘和塔里克的白色夹克，说道："不用，谢谢。"

"这是给阿拉法特总统的。"塔里克说。那男人不情愿地向旁边让了一步。

接着塔里克遇上一名妇女。他再一次拍拍她的肩膀，等着她向旁让开一步，然后朝目标又接近了三英尺。不过现在，他站在了阿拉法特的一名副官面前。他正打算再次拍拍他的肩膀，却听见一部手机的铃声鸣响起来。副官伸手从西装胸前口袋里摸出手机，迅速放在耳边。他专注地听了一会儿，随后将手机放回口袋，向前倾下身，在阿拉法特耳边嘀咕着。接着阿拉法特便转身对坎农说："不好意思，我恐怕有些紧急的事情要处理。"

塔里克心想：该死的！不过这老东西一贯有狗屎运。

阿拉法特说道："我需要个私密的地方打个电话。"

"我认为我的书房应该适合你的需要。来吧，这边请。"

阿拉法特离开人群，在坎农和他的众保镖陪同下，他走过一条长长的走廊，来到豪华公寓的深处。片刻后，他们进了一间房间，消失不见了。阿拉法特的一名保镖立刻就位，守在了门口。又过片刻，坎农的副官重新来到了派对现场。

塔里克知道他此刻该出击了，否则就再也没机会。他穿过客厅的人群，沿着走廊来到保镖面前。塔里克看得出，眼前这位应该是阿拉法特贴身卫队中的一员，他应该知道，这位巴勒斯坦领袖最喜爱的，莫过于突尼斯干枣了。

"阿拉法特先生的一位助手请我把这个带给他。"

保镖看看盘子里的枣，又看看塔里克。

塔里克心想，咱们有两条路，要么你太太平平地放我进去，要不然我就掏出枪来打爆你的脸，然后自己进去。

保镖抓了一颗枣子扔进嘴里，然后打开门，说道："把盘子放在桌上，然后赶快出来。"

塔里克点点头，迈步进屋。

加百列将车当街停在第八十八大街上。他下了车，也不理会一名巡警的吆喝，大步流星地奔向第五大道上的公寓楼入口，杰奎琳紧紧跟在他身后。他们走进大堂的时候，有三个人正在等他们：一名阿拉法特贴身卫队的成员，一名美国外交安全处的特工，还有一名纽约市警察局的警察。

一名门卫正把守着一部电梯。等五个人一道进了电梯，他就按下了十七楼的按钮。

外交安全处的特工说道："我希望你能绝对确定，我的朋友。"

加百列掏出伯莱塔手枪，把第一颗子弹推上膛，然后塞回了外套里。

门卫叫道："耶稣上帝啊。"

这是一间小小的书房。雕花的古董书桌，嵌着皮革装饰，装饰吊顶上射出幽幽的灯光，书架上摆满了一卷卷史籍和传记，大理石壁炉里烧着木柴的炉火。阿拉法特正在打电话，他听得很专心。接着，他用阿拉伯语嘟囔了几句，挂上了听筒，抬头看着塔里克。一见到盛了枣子的盘子，他的脸上绽出孩子般的灿烂微笑。

塔里克用阿拉伯语说："愿您平安吉祥，阿拉法特总统。您的副官让我把这个给您送来。"

"枣！太棒了。"他拿起一枚，略微察看了一眼，然后咬了一口，"这枣是突尼斯的，我敢肯定。"

"我相信您是对的，阿拉法特总统。"

"你说的阿拉伯语有巴勒斯坦口音。"

"因为我就是巴勒斯坦人。"

"巴勒斯坦什么地方？"

"大灾难之前，我们家住在上加利利，我在黎巴嫩的难民营里长大。"

塔里克将枣子放在书桌上，解开了夹克纽扣，为了便于抽出马卡洛夫。阿拉法特微一仰头，摸着自己的下嘴唇：“你不舒服，我的兄弟？”

“我只是有点累了。我一直在卖力干活。”

“疲劳的滋味我知道的，我的兄弟。我自己就睡不好觉，折磨我好多年了。我也见过周围的人如何为了这个受罪。可你不仅仅是疲劳，你病了，我的兄弟。我看得出来。我对这种事有很强的直觉。”

“您说得对，阿拉法特总统。我这些日子是不舒服。”

“你到底得的什么病，我的兄弟？”

“哦，阿拉法特总统，您太忙、太关系重大了，请不要为我这种普通人操心。”

“这就是你的不对了，我的兄弟。我一向把自己视为全体巴勒斯坦人的父亲。我的人民中有一人受苦，就等于我在受苦。”

“您的关心对我太重要了，阿拉法特总统。”

“是肿瘤，对不对，我的兄弟？你的病是某种癌症吧？”

塔里克什么也没说。阿拉法特突然间改变了谈话的方向：“跟我说说，我的朋友，我的哪位副官让你给我送这些枣的？”

塔里克心想，好吧，他的求生本能依然和往常一样强烈。他想起了很久以前在突尼斯的一个夜晚。那是一次冗长的会议，典型的阿拉法特风格，从午夜开始直拖到黎明。中间有人送来一份包裹，收件人是阿拉法特本人，来自一名伊拉克驻安曼的外交官。包裹在桌上放了一阵子，没有打开，最后，阿拉法特站起来，说道：“包裹里有炸弹，塔里克！我闻得出来！把它拿走！”塔里克拿了包裹，交给法塔赫的专家去检查。老头儿的直觉是对的，是以色列人设计把炸弹送到了巴解组织高层会议的会场。如果阿拉法特打开包裹，所有的高层领导人就全都升天了。

塔里克说道："他没告诉我他的名字，就是叫我把枣子送来。"

阿拉法特伸手又从盘里拿了颗枣子："好奇怪，你怎么看起来好面熟。我们见过吗？"

"很不幸，没有。"

"你确信吗？你可要知道，我能记住每一张面孔。"

"我确信，阿拉法特总统。"

"你让我想起了一名旧日的同志——他曾随侍我的左右，不论顺境逆境。"

"可惜我只是一名劳工。"

"这个人救过我的命。他保护我免受敌人伤害。我都想不起来他一共多少次救过我的命。"阿拉法特仰头对着天花板，闭着双眼。过了一阵子，他又道："我尤其记得有一天夜里，我被召去大马士革同阿萨德总统的哥哥开会。我的这位朋友恳求我不要去。那是很早以前了，阿萨德和他的秘密警察想要我的命。会晤按计划完成了，然而我们将要上车回贝鲁特的时候，我的这位朋友告诉我，我们的处境不安全。你知道吗，他得到消息，叙利亚人要伏击我的车队刺杀我。我们让车队照旧出发，作为诱饵，这位兄弟设法把我隐藏在大马士革，就在叙利亚人的眼皮底下。到了当晚夜深的时候，我们得到信息，车队在大马士革城外遭到袭击，我们有几个人遇害了。那是个很悲伤的夜晚，可我还活着，多亏了那个人。"

"很有意思的故事，阿拉法特总统。"

"允许我再讲一个吗？"

"可我多半得走了。"塔里克说，伸手去掏马卡洛夫。

"拜托了，只要一会儿工夫。"

塔里克犹豫着说道："当然，阿拉法特总统。我愿意听您的故事。"

“坐下，我的朋友。你一定累了。”

“这样不大合适吧。”

“那就随你的意，”阿拉法特应道，“那是在贝鲁特围城期间。以色列人打算彻底解决巴解组织，一劳永逸。他们也想要我的命。我到哪里，以色列人的炸弹和火箭就砸到哪里。他们似乎总是知道我的行踪。于是我的这位朋友开始调查。他发现以色列的情报部门在我的下属中发展了几名间谍。他发现以色列人给这些间谍配了无线电定位设备，所以他们就能始终掌握我的行踪。他把间谍抓起来，逼他们认了罪。他想给那些有二心的人做个榜样，让他们知道这种行为是不能容忍的。于是他要我签署命令对这些人处以极刑。”

“你签了吗？”

“我没有。我告诉那个人，如果我处决了这些叛徒，他们的兄弟姐妹就都成了我的仇人。我告诉他，这些人可以用别的方法予以惩罚。让他们同革命阵营一刀两断，驱逐、流放。在我，这是比死刑更厉害的惩罚。我还告诉他一件事。我告诉他，不管犯了多大的罪，我们巴勒斯坦人不要自相残杀。我们已经有太多的敌人了。”

“那个人如何反应？”

“他生我的气了，说我是个笨蛋，我的高层僚属里只有他有胆子这么对我说话。他有一颗雄狮的心，这家伙。”阿拉法特顿了顿，又道，“我许多年没见过他了。我听说他病得很重，命不久长了。”

“我听了很难过。”

“等我们建立了自己的国家，我要报答他，因为他为解放运动做了那么多大事。等我们有了自己的国家、自己的学校，巴勒斯坦的孩子们都会学习他的英雄事迹。在乡村，他们会围着夜晚的篝火讲述这个人的传奇故事。他会成为巴勒斯坦人的大英雄。”阿拉法特压低了声音，“可他要是现在做了什么傻事，那就做不成英雄，只能变成人们记忆中的又一个疯子。”

阿拉法特直盯住塔里克的眼睛，平静地说：“如果你非要做的话，我的兄弟，那就做吧，手脚要利索。可如果你的兴头儿过去了，那我建议你离开这里，要快，想个办法让自己有尊严地度过余生吧。”

阿拉法特微微扬起下巴。塔里克垂下眼睛，浅浅地笑着，缓缓系上夹克纽扣：“我认为您是把我错当成另一个人了。祝您安康，我的兄弟。”

塔里克转身出了房间。

阿拉法特看了看保镖，说道：“进屋来，把门关上，你这个笨蛋。”他长出一口气，努力平复着自己颤抖的双手。

他们赶到了，加百列和杰奎琳并肩走进公寓，其他保安人员左右相随。突然出现了五个十分焦躁不安的人，众宾客为之一惊，派对现场一时间静了下来。加百列把手放在夹克里，紧紧攥着伯莱塔的枪柄。他迅速环顾室内，至少有六七个穿白色上装的侍者在人群中走动着。他看了看杰奎琳。她摇摇头。

道格拉斯·坎农加入了他们，一道走过门厅，来到了俯瞰第五大道和公园的大客厅里。三名侍者正穿梭在宾客中间，分发着开胃菜和香槟，其中两名侍者是女性。杰奎琳看着那个男的：“不是他。”

这一刻，她发现一名穿白上装的男子消失在厨房门后。她只瞥了他一眼，却已十分肯定：“加百列！就是他！”

加百列看着坎农：“阿拉法特在哪里？”

“在我的书房打电话。”

“书房在哪儿？”

“就在走廊尽头！”

加百列疾步穿过宾客，跑过走廊。待他夺门而入，却发现一名保镖正举枪直指他的胸口。阿拉法特安详地坐在书桌后面。“我认为他已经走了。”阿拉法特说道，“不过，我还在——不承你照料了。”

加百列转身奔出了房间。

塔里克迅速穿过厨房。那里有扇后门，直通一个送货的楼梯间。他迈步出门，又迅速回手关上门。楼梯平台上放着几个香槟酒箱。他推动箱子抵住后门。它们的分量不够，不足以把门堵死，只能延缓开门的速度，不过这也是他的目的。他走下楼梯，来到下一个楼梯平台，抽出马卡洛夫，等待着。

后门关上的时候，加百列冲进厨房，伯莱塔已抄在手里。他疾奔着闯过去，要把门打开。把手扭动了，门却推不开。

杰奎琳也跟了进来。

加百列退后一步，用肩头向门上撞去。门开了一点，同时他听见门外一声闷响，一箱酒落地，紧跟着是玻璃敲碎的声响。

他再次推门。尽管仍有些阻力，不过这一次门被推开了。

他再推，门完全开了。加百列来到楼梯平台，向下望去。

塔里克正站在下一个楼梯平台上，双脚分开，双手端平了马卡洛夫。

加百列但见枪口闪过一道昏暗的火花，随即感受到子弹撕破了自己的胸口。他想着自己这样的下场倒也合适。他第一次杀人就在公寓楼的楼梯间里，如今他也要以同样的方式死去了。真是首尾相和，如同一件优秀的音乐作品。他不知道塔里克是不是对此早有预谋。

他还能听见塔里克跑下楼梯。接着是杰奎琳在俯身看——一张美丽的脸出现在他的面前。接着她的脸变成了一汪水，随即又被另一张脸替代，那是范戴克画作上的妇人的脸。再接着，他就失去了知觉。

加百列昏迷过去了，杰奎琳尖叫着："叫救护车！"然后她站起来，抬脚往楼梯下奔去。

她听见头顶有位保安人员叫道："停下！"她不理会他。

她能听见塔里克的脚步声隆隆，在楼梯间里回响着。她伸手从口袋里拔出在布鲁克林公寓里缴来的枪，她想，今天我已经开过两次杀戒了，我可以再来它一次。

她奔跑着，脚下的阶梯似乎没完没了。她试图想起公寓在第几层。十七楼——是啊，没错。她可以确定。她走过一道门，上面标着第八层。

她想，继续，杰奎琳，别放慢。他生病了，他快死了。你可以逮住他。快跑！

她想到了加百列，他就在楼上，他的生命正在渐渐枯萎。她强迫自己跑得更快些。她冲下楼梯，由于跑得太快，双脚几乎有些失控。她假想着，自己如果追不上塔里克，杀不死他，就救不了加百列的命。

她想到了加百列邀她参加行动的那一天，想到了绕着瓦勒堡山丘的单车之旅，又一次感觉到了创造新纪录时大腿灼烧的感觉。

再来一次！

她一路冲到了最后一层。那里有一扇金属消防门，正在缓缓地闭合。

塔里克就在前面！

她一把扯开消防门，箭步冲出去。在她眼前是一条走廊，大约有五十英尺长，尽头又是一道门。在走廊的中段，正是塔里克。

他显然是累坏了。他的脚步开始踉跄，步伐小，动作也不协调了。他回头一望，脸上洋溢着长距离奔逃带来的痛苦。杰奎琳举起枪，迅速发出一组连射。第一枪从他的头顶飘过，不过第二颗子弹正中左肩头，将他撂倒了。倒地的一瞬，他的手枪也脱手了，沿着走廊滑了出去，一直滑到了尽头的门上。杰奎琳继续向前走，同时又一次开火了，一枪，一枪，又一枪，直到子弹打完，她才确信塔里克·阿尔·胡拉尼已经死了。

接着，走廊尽头的门开了。她举枪对准走进来的男人，却发现他是阿里·沙姆龙。他走近了，帮她松开握枪的手，把枪放进他的大衣口袋。

“加百列在哪里？”

“楼上。”

“他的情况严重吗？”

“我想是的。”

“带我去找他。”

杰奎琳看着塔里克的尸体：“他怎么办？”

“让他躺在这儿，”沙姆龙说道，“让狗舔干他的血。带我去见加百列。我要见加百列。”

46

耶路撒冷，3月

加百列醒了。他看了看腕表的荧光表面，然后闭上眼睛。5点15分。他躺着，力图想起自己睡了多久了。他想回忆起自己什么时候从沙发上爬起来，又爬到床上的，然后又过了多久才失去知觉的呢？他是真的睡着了吗？在梦中，他的神志太活跃了，以至于他觉得自己从没睡过觉。

他非常安稳地躺着，等待着，看看睡眠会不会再一次把他带走，然而没有用。接着有声音传来，为晨祷报时的人呼喝着。呼声从西尔万传来，飘过了欣嫩子谷的上空。一座教堂的钟声从亚美尼亚区传来，虔诚笃信的人醒来了；没有信仰或是信仰塌方的人，别无选择，唯有同前者一道觉醒。

他用指尖试探自己的胸口，看看还有没有疼痛。比昨天好些，每天都在一点点好转。他小心翼翼地从床上滚下来，走到了厨房，做咖啡，烤面包。他是个犯人，像任何犯人一样，他乐于遵守程式化的生活规律。

他的牢房完全没有牢房的样子，而是一间舒适安全的公寓，俯瞰着锡安门。有凉爽的瓷砖地，白色小地毯，白色的家具。这让加百列联想到医院，从许多方面来看，这里也的确是医院。他穿上件汗衫，那是一件灰色的棉质套头衫，端着自己的早餐穿过落地窗，来到阳台上的小桌前。

他一边等着天光放亮，一边细细品味空气中的每一种气味，正是它们共同构成了耶路撒冷独一无二的气息：蒿草和茉莉，蜂蜜和咖啡，皮革和烟草，丝柏和桉树。破晓了。手边没有可供修复的画作，耶路撒冷的日出就成了加百列的艺术品。最后的星辰融化在天空里。山，将耶路撒冷同约旦河西岸的沙漠隔开，山脊后面，太阳探出了头。第一缕阳光，是从白垩色的橄榄山的山坡之间渗进来的。接着金色的火焰便点燃了圆顶大教堂的穹顶。再接下来，阳光洒落在圣母安息堂，将这座教堂的东面变成了绯红色，而余下的部分掩盖在深深的阴影之中。

加百列吃完了早餐，端着盘子回了厨房，十分精细地在水池里把它们洗干净，然后放在池边晾干。现在干什么呢？上午的时光里，他有时会留在室内读读书。近来他喜欢去散步，每一次都会走得更远些。昨天，他走到了斯科普斯山的山腰。他发觉这样有助于他思考，有助于他回顾、梳理案情。

他洗过淋浴，穿好衣服，走下楼梯。刚走出公寓楼，走上大街，他就听见一连串声音：一声沙哑的低呼，一辆汽车的关门声，一辆摩托车的转弯声。那都是沙姆龙的瞭望哨。加百列不去理会他们，拉上外套拉链，挡住清早的寒气，迈步走了起来。

他沿着耶路撒冷大道走，穿过雅法门，进入老城。他漫步穿过喧闹的市集。成堆的鹰嘴豆和扁豆，成摞的大饼，成袋的精研咖啡和香料分芳飘逸，男孩子们兜售着银质饰品和咖啡壶。有一个阿拉伯男孩将一尊橄榄木的耶稣雕像塞在加百列手里，开出了一个超贵的价格。他有一双塔里克式的棕色眼睛，目光锐利逼人。加百列把雕像还给男孩，又用完美无瑕的阿拉伯语告诉他太贵了。

离开了市集的喧闹，他又漫步走进了静谧迂回的小巷，渐渐转向东方，向圣殿山走去。空气渐渐和暖起来，快开春了。背景的天空是无云的蔚蓝，不过太阳升得还不够高，不能穿透层层迷阵般的古城区。加百列在阴影中飘飘悠悠地走，在这个宗教的奉献与宗教的仇恨剧烈碰撞的地方，在众多信仰者中间，他，是个无神论者。他猜想他和所有人一样，也在寻求答案。虽然是不同的答案，毕竟也是在寻求答案。

他漫步了很久，思考着。他沿着昏暗阴冷的街巷，漫无目标。有时候他不知不觉就来到一道上锁的大门前，或是面对一面希律一世国王的石墙。有时候他会面对一座沐浴着晨光的庭园。有几刻，他会觉得眼前一亮，种种事物似乎一下子变得清晰了。紧接着他又会步入另外一条曲曲弯弯的街巷，阴影重新笼罩，他发觉自己距离真理依然遥远。

他来到一条巷子，是通往维亚多·勒罗沙大道的。在他眼前几英尺，一道光柱正好落在石板路面上。他看见两个男人，一个是戴黑色犹太帽的哈希德派教徒，另一个是阿拉伯人，头顶飘着白色的包巾。他们相互迎面走来，各自目不转睛，没有点头致意，没有目光交流，在各自的路上继续走。加百列走到了贝哈拜德，离开了老城区。

当晚沙姆龙召加百列到太巴列吃晚餐。他们在露台的一对煤气炉下吃着东西。加百列本不想去，不过他还是尽力扮演着客人的优雅角色——听老头儿讲他的故事，自己也分享几个自己的故事。

“今天勒夫向我递辞呈了。他说，如此重大的行动，而要对行动部总监保密，他没办法在这样的组织里供职。”

“他也有道理。你接受了吗？”

“我没有别的选择，”沙姆龙微笑道，“可怜的小勒夫，他的位置是保不住的。我们已经斩杀了毒蛇。我们砍下了塔里克组织的首脑，锁定了他的爪牙。勒夫完全是个圈外人了。我向他解释了我发动这次行动的理由。我告诉他，总理需要绝对的机密，所以很遗憾，我不得不瞒着我的副手。可惜还是没法安抚勒夫。”

“还有其他那些问题少年呢？”

“他们都会走掉的，”沙姆龙放下叉子，抬头看加百列，“扫罗王大道的执行官套房里会多出几个空位。我能把你勾引回来吗？行动部主任的位子怎么样？”

“没兴趣。再说了，我一向就不适合坐在总部办公室里。”

“我也觉得你不适合，不过我要是不试试游说你一下，就没法原谅自己。”

“美国人那里怎么样？有没有恢复优雅的姿态？”

“很慢，不过一定会的。他们似乎接受了我们编的故事。我们就说，我们事先在塔里克的组织里打入了特工，后来又暴露了。万般无奈只得采取行动，保护特工的生命。他们依然震怒，因为我们没有事先通知。”

“这也是可以理解的，想想那样的结局。你怎么对他们说的？”

“我对他们说，我们一直不知道塔里克就在纽约，直到后来杰奎琳自己逃出来，我们才接到警报。”

“他们信了？”

“现在连我自己都信了。”

“我的名字没出现吧？”

“好几次。阿德里安·卡特还想再会会你呢。”

“哦，上帝。”

“别担心，我不会再让他和你说话了。”

加百列获准离开美国之前，被迫接受了八个小时的问讯：中央情报局、联邦调查局、纽约市警察局。沙姆龙就坐在他身边，好像被告席旁边的辩护律师——反对，抗议，以各种方式阻挠。最后问讯演化成了一场骂战。两天后，所有针对塔里克的行动细节出现在《纽约时报》上，消息来源是所谓的“西方和中东的匿名情报人员”。加百列的名字出现在报道里，还有杰奎琳。

“我敢肯定是卡特给《纽约时报》透的风。”加百列从老头儿的语气里嗅出一股敬佩的意思。过去这么多年，他也曾有一两次利用媒体曝光过自己的对手。“我想他也有理由生我的气。我当着他的面对他撒谎，不承认我们知道巴黎刺杀是塔里克干的。”

“勒夫也一定说过什么。”

“当然。我是管不了卡特的，但小勒夫会付出沉重代价。”沙姆龙将他的盘子推出几英寸，用拳头盖住了自己的嘴巴，“至少我们善于大胆行动的声誉算是又回来了。不管怎样，我们毕竟在曼哈顿腹地干掉了塔里克，还救了阿拉法特的命。”

“我是没什么功劳的。”

“你这是什么话？”

“塔里克差点杀了我。他本来也可以杀了阿拉法特，只不过最后一刻心软了。他为什么放阿拉法特一条生路？”

“阿拉法特对塔里克进他房间的事讳莫如深。显然，他说了些什么，让塔里克改变了主意。”

“有尤瑟夫的线索吗？”

沙姆龙摇摇头：“我们会继续找他的，不在话下，不过我怀疑我们还能不能找得到。他此刻多半潜入阿富汗的深山了。”

“本杰明·斯通呢？”

“在加勒比海上他的游艇里逍遥着呢。”沙姆龙陡然间变了话题，“我今天去看杰奎琳了。”

“她怎么样？”

“你干吗不自己问她？她想见你。”

“我必须回耶路撒冷去。”

“为什么，加百列？还要浪费时间和那些疯疯癫癫的人逛老城？去看那女孩子吧，花点时间陪她。谁知道，也许你会开心起来的。”

“我什么时候可以离开？”

“依着我的专业意见，你一旦离开以色列就别想保证安全了。”

“我要回家。”

“这儿就是你的家，加百列！”

可加百列只是缓缓摇摇头。

“我对你做了什么了吗，加百列？你为什么这么恨你的人民和你的国家？”

“我不恨任何人。我只是在这里得不到安宁。”

“那你是想跑回欧洲去？回到你的那些画里？替我做件好事，离开耶路撒冷几天，租辆车，在你自己的国家里好好看看，重新认识她。也许你会喜欢的。”

“我还没准备好。我情愿待在耶路撒冷，直到你给我自由为止。”

“你见鬼了，加百列！”沙姆龙一拳捶在桌子上，震得盘子直颤，“你过去这么多年一直在修补别人的东西和别人的生活，就是没修复你自己。修画，修破船。你还修复了衰败的情报部门。你修复了杰奎琳和朱利安·伊舍伍德。你甚至还用奇异的方式修复了塔里克——你坚持要我们把他葬在上加利利。好了，现在该修复你自己了。滚出那间公寓，好好生活，别等有一天你一觉醒来发觉自己已经是个老头儿了，就像我这样。”

“你的那些盯梢的是怎么回事呢？”

“我安排他们是为了你好！”

“把他们撤了。”

沙姆龙一咧大嘴：“成，你自己陪自己吧。”

加百列当晚回耶路撒冷的路上，他琢磨着，老头的事情办得够顺的。勒夫和那些反对党要走了，塔里克死了，机构的声誉恢复了。几个礼拜的工夫成绩不小了啊，阿里。真不坏啊！

加百列先向南，穿过内盖夫和埃拉特的荒凉山坡，经过红海。他花了一天的时间在沙滩上晒太阳，不过很快就按捺不住，又折向北行，走最便捷的路径经过西内盖夫来到比尔谢巴，接着，取道黑带高速路，穿过朱迪亚和西岸地区。

不知为什么，他选择了令人煎熬的蛇形路，由此来到马萨达要塞的东面，在古老的要塞遗址间徜徉了一番。加百列避开了观光客的老套路，没去死海。他花了一个下午在希布伦和杰宁逛阿拉伯市场。他希望能看到沙姆龙的面孔，看着他同那些戴白头巾的商贩讨价还价，旁边，还会有约旦河西岸暴动时的老兵紧紧盯着他。

他驱车驶过耶斯列山谷，就在阿弗拉以外，通往拿撒勒的路上，他在定居点的农场门口停下来。那是他童年时居住过的地方，他想进去。去做什么？看什么呢？他的父母早就去世了，如果有奇迹，他真的撞见个熟人，他又能说什么呢？恐怕只能对他编一番瞎话吧。

他继续赶路，一路向北。在前往加利利的路上，漫山开遍了野花。他沿着湖岸开了一程，来到古老的山城萨法德，然后进入戈兰。他在路边停下，不远处有一个德鲁什族的牧羊人，正在看护着牲口。加百列望着加利利的落日，多年来第一次有一种近乎于满足、近乎于安宁的感觉。

他回到汽车里，经过戈兰，来到舍莫纳镇以外的一座集体农场。

正是星期五晚上，他走进餐厅，去吃安息日晚餐。和他一起坐着的，是一群来自农场的成年人。他们都在农场做工，脸庞晒得黝黑，手上生了老茧。他们并不理会他。过了一阵子，其中的一位老者问他的姓名、从哪里来。他说他叫加百列，老家在耶斯列山谷，不过已经离开家很久了。

翌日早晨，他穿过贫瘠的海岸平原，沿地中海向南行驶，经过阿卡、海法、凯撒利亚、内坦亚，最终来到了赫兹利亚的海滩边。

她正依靠着栏杆，双臂交叉，望着海上的落日。风吹起她的头发，一缕缕遮着她的脸。她穿着宽松的白色女式衬衫，戴着一副太阳镜，俨然一副深居简出的隐士形象。

加百列等着她发现他。她迟早会的。她接受的是沙姆龙的训练，伟大的沙姆龙教出来的学生，有谁会发现不了自己阳台下站着个男人呢。她终于发现了他，脸上立刻绽出微笑，随即又慢慢收敛。她举起手，勉强地挥动着，似乎是被隐秘的火焰灼烧了。加百列低下头，迈开了脚步。

他们在她家阳台上喝着冰镇白葡萄酒，浅浅地谈着话，回避谍战、沙姆龙、加百列的伤势之类的话题。加百列对她讲了自己的旅行。杰奎琳说，早知如此她也愿意同行。接着又道歉，说自己不该这样说，因为她没有这个权利。

“为什么隔了这么久，你又来到这里，加百列？你从来不会没有理由就去做一件事的。”

他想再听一次塔里克所讲的故事。就是那天晚上，从边界到纽约的路上，塔里克对杰奎琳所讲的那一段。他一边听她讲，一边望着海，望着风掀起了沙子，月光洒在波涛上，然而他始终专注痛切地听着。待她说完，他还是没法拼接出整幅图画。一切似乎像一幅未完的画作，或是一首缺了音符的乐曲。她留他吃晚餐。他编了个谎话，说自己在耶路撒冷有急事。

“阿里告诉我你想离开。有什么计划？”

“在英格兰有个叫韦切利奥的男人在等着我。”

“你确定这样回去安全吗？”

“我没事的。你呢？”

“我的故事铺天盖地，报纸电视，满世界都是。我再也无法回到过去的生活了。我只能留在这里，没别的选择。”

“对不起，我把你牵连进来，添这么多麻烦，杰奎琳，我希望你能原谅我。”

“原谅你？不，加百列——正相反，真的。我感谢你。我得到了我最想要的。”犹豫一阵，她又道，“应该说，几乎得到了一切。”

她陪他走到海滩。他吻了她的嘴，抚摸了她的头发。接着他转身走回自己的汽车。中间他停下来回头望她，她却已经走了。

他饿了，于是没有径直回耶路撒冷，而是在特拉维夫停下吃饭。他把车停在巴尔夫街，步行到沙因克因大街，悠闲地逛过一家家时髦的咖啡店、先锋时尚店，心里又联想到了蒙特利尔的圣丹尼斯大街。他有种感觉，有什么人在跟着他。不是某个具体的人，只是一张熟悉的脸闪现了许多次——一种颜色，一顶帽子。

他在报亭买了份报纸，来到一家餐厅，在摆放在人行道上的圆桌前坐下。这是个暖和的晚上，人行道上挤满行人。他点了沙拉三明治和啤酒，然后打开报纸，读着头版头条的文章：“本杰明·斯通，傲岸独行的出版人、企业家，已经失踪，据怀疑，他是在圣马丁附近的加勒比海上落水的。权威人士认为，斯通在半夜里从他的豪华游艇上落入水中。”

加百列合上报纸，回忆着。

“本杰明·斯通怎么样？”

“在加勒比海上他的游艇里逍遥着呢。”

菜来了，于是他折起报纸放在一张空椅子上。再一抬头，却看见人行道上有个男人，修长，俊美，黑色的卷发，胳膊上挎着位金发的以色列姑娘。加百列放下叉子，直盯住他，将一切审慎的涵养和情报人员的自制都抛在了九霄云外。

毫无疑问，他是尤瑟夫·阿尔·陶菲吉。

加百列把钱放在桌上，离开餐厅。他跟了尤瑟夫整整三十分钟，沿着沙因克因大街，接着是艾伦比，最后转到滨海大道。脸可能会搞错，可是一个人走路的姿态就像指纹一样独一无二。加百列在伦敦跟踪过尤瑟夫几个星期。他的步态烙在了加百列的记忆里。胯部的动作，背部的曲线，走起路来似乎总是踮着脚尖的样子，错不了，准备出击！

加百列想回忆起他到底是左撇子还是右撇子，想象着他站在自己公寓的窗前，除了内裤什么也没穿，左手戴着银色腕表。他惯用右手。如果他接受过本机构的训练，应该是把枪藏在左胯部。

加百列加快脚步，缩短他们之间的距离，同时拔出伯莱塔。他用枪口抵住了尤瑟夫的后背底部，然后迅速把手伸进夹克里，从枪套里把他的枪抄在自己手里。

尤瑟夫想扭过身子。

加百列手上加力，枪口压得更紧了。“别动，不然打断你的脊椎。继续往前走。”加百列用希伯来语说。尤瑟夫没有动。“让你的女朋友自己散散步。”

尤瑟夫朝她点点头，她迅速走开了。

“走。”加百列说。

“去哪里？”

“海滩。”

他们穿过滨海大道，尤瑟夫在前，加百列在后，枪顶着尤瑟夫的腰眼。他们走下一段阶梯，横穿海滩，一直到大路上的路灯变得微弱为止。

加百列先开了口：“你是谁？”

“去你妈的！你以为你是谁，凭什么把我绑了！”

“我没杀了你算你走运了。反正我知道你是塔里克组织里的一员。你也许是来以色列埋炸弹的，或是在街市里杀人的。你就算老实告诉我你是谁，我还是有可能杀了你。”

“你没有权利这样对我说话！”

“是谁指挥你？”

“你以为是谁呢？”

“沙姆龙？”

“真好。大家都说你是个非常聪明的人。”

“为什么？”

“你想知道为什么，你去找沙姆龙谈。我只是按他吩咐办事。不过我得告诉你，你下回要是再敢跟我来这一套，我就杀了你。我可不管你以前是什么人。”

他伸出手，掌心向上。加百列把枪还给他。他把枪放回枪套，随即转身，横穿过昏暗的沙滩，回归到海景大道的明亮灯火之中。

上加利利的山上电闪雷鸣，加百列沿着湖岸行驶，直奔沙姆龙的别墅。拉米守候在大门口。加百列摇下车窗，拉米把头探进来，迅速地察看着车内。“他在阳台上。车停这里。步行进去。”

拉米伸出手。

"你不会真的认为我要枪毙了那老东西吧？"

"赶紧他妈的把枪给我，艾隆，否则别想进去。"

加百列把自己的伯莱塔递给他，走上了步道。灯光从山坡上流溢出来，照亮了滚滚的层云，风掀动着湖面的浪涌，水鸟尖声的鸣叫响彻天空。他抬头望见阳台上的沙姆龙，一盏煤气灯照出了他的人影。

加百列来到阳台，他发现沙姆龙还在原来的位置，只是此刻他没有俯瞰身下，而是凝望着风暴中群山。这时候，闪电停了，风住了，湖面平息下来，水鸟的鸣声也歇了。声音全无，只剩下沙姆龙的煤气灯嘶嘶作响，释放着光明。

是，沙姆龙开口了，的确还有个真实的尤瑟夫·阿尔·陶菲吉，可他死了，死于沙提拉，长枪党的屠杀之夜，与全家人一同罹难。沙姆龙的一位特工在杀戮过后进入他们的住处，取得了家人全部的身份信息。阿尔·陶菲吉一家在黎巴嫩没有亲属了。只有一个舅舅在伦敦，他从未见过自己的外甥。数日后，一名男童出现在西贝鲁特的一家医院。他伤得很重，没有身份证件。医生问他姓名，他说他叫尤瑟夫·阿尔·陶菲吉。

"他背上的伤是怎么来的？"加百列不解道。

"机构安排的医生做上去的。男孩在西贝鲁特医院里接受治疗，联合国开始寻找这位在伦敦的神秘舅舅。他们对他讲了这孩子的遭遇。于是这个'舅舅'就设法把他接到了英国。"

他还是个孩子，加百列心想，十三四岁吧。沙姆龙是怎么找到这么一位的？又是怎么训练他的？如此布置，简直是如鬼如魅。

沙姆龙用手指重重打了个响板，连站在外面车道上警戒的拉米都听见了，急忙抬头张望。

“就这样，我们在敌人阵营里藏了个特工。一个孩子，他身遭巨祸，经历残酷的摧残，背上有伤，肚子上有灼痕，仇恨以色列。一个迟早要成为战士、要向毁了他一家的敌国报仇雪恨的孩子。”

“不得了。”加百列说。

“长大以后，尤瑟夫开始同伦敦的巴勒斯坦极端组织接触。塔里克组织里的一位‘星探’注意到了他。他们审查了他。他们认为他很清白。他们把他安排在情报和策划部门工作。如此一来，机构就在世界上最危险的恐怖组织里埋了自己的钉子。他非常受重视，他的材料递送路径是有史以来最短的：只经过一个人，我。”

沙姆龙坐下来，伸手指了指一张空椅子——加百列依然站着。

“几个月前，尤瑟夫给我们送了报告，内容十分诱人。组织内部有传言，塔里克得了脑瘤。塔里克命不久长了，继承人的争夺正在进行中。塔里克的高层都在觊觎他的位子。还有一件事，塔里克不打算就这样安安静静地离去。他打算在自己上天堂之前在人间留下个小地狱。他要杀一两名大使，炸几座机场，也许还想打下一架大客机。”

“所以巴黎出事后你来找我。你对我说得很悲凉，什么机构再也不能雷厉风行了，什么机构内部难以协调动作了。我真像个傻子，居然答应了你。与此同时，你又悄悄漏风给塔里克，我要回来找他算账。于是游戏开始了。”

“他的组织壁垒森严。即使是内部的人，也必须区划分明。我知道他是很难就范的人，所以必须引诱他犯错误。我认为如果我用加百列·艾隆做饵，他会被激怒的。我认为我可以让他先出击，让他暴露自己，趁机我就能一剑刺穿他的胸膛。”

“所以，你派我盯着尤瑟夫，也就是你自己的特工。你告诉我他的弱点是好女色。这是生活中他的本色。我观察了他两天，他每天都有新女人。她们是不是也是机构的人？”

“她们是尤瑟夫自己的妞儿。尤瑟夫一向有本事自己找姑娘。”

“我请杰奎琳来帮我。本来预计是很快解决的，不过尤瑟夫自己对她有兴趣，尤瑟夫还想见她。我要你把她撤出来，可你逼我把她留在那儿。”

沙姆龙交叠双臂，垂下了下巴。显然，他想看看加百列自己能推演出多少。

“尤瑟夫告诉他的人，他可能是被盯上了。他还告诉他们，他在约会一位法国姑娘。他告诉他们她可能是以色列特工。塔里克大喜，他一直在等的就是这个。他让尤瑟夫请那女孩参加一个虚构的使命。他知道杰奎琳会上钩的，因为他们知道她是机构的人。”

“精彩。加百列。”

“她自己知道吗？”

“杰奎琳？”

“是啊，杰奎琳！她知道真相吗？”

“当然不。她爱你，绝不会同意去欺骗你的。”

“你当时为什么不对我说真话？”

“那你告诉我，加百列，如果当时我跑到康沃尔郡，让你放弃隐居生活，充当引诱塔里克的诱饵，你会干吗？当然不会。”

“所以你就拿我的生命当钓饵，还有杰奎琳的！”

“纽约发生的事我很抱歉。这和我预先想象的相去太远了。”

“可是他是要死的人了。干吗不由着他的肿瘤要了他的命？”

“因为他的组织没有他还会运转，而且会比以往更危险更难以预料。还因为我们自己的机构也在踉踉跄跄。机构需要新的契机，重新赢得政府和以色列人民的信任。”

“要是政府和人民发现是你导演了这出戏，那怎么办？”

“总理知道其中全部内情的。”

“民众呢？”

“他们通过报纸又能知道什么呢？”

“为什么不能？因为我这样的人也许会和本杰明·斯通一样消失？”

沙姆龙什么也没说。

加百列摇摇头：“你干得出来的，对吧？如果我碍了你的事，你会杀了我。怪不得你夜里睡不好觉。”

“这种事儿总得有人做，加百列！我不做的话，谁来？如果我们的敌人认定机构是软弱的，他们就会来测试我们的底线。随便什么时候他们就有可能杀几个犹太人。叙利亚人可能再从山那边杀过来，憋足了劲要把我们赶下海。要是全世界都袖手旁观，也许还会再出个希特勒，要伸手把我们全灭了。也许我是一次次地为难你了。也许我使用的手段让你厌恶，可是心底里你庆幸有我。这会让你今晚睡好觉的。”

“为什么？”加百列说，“为什么这么多年对我撒谎？干吗不直来直去？为什么要这样精心编制骗局？”

沙姆龙勉力地微微一笑。

“我有没有给你讲过我们那天夜里抓捕艾希曼的故事？”

“这段我听过一百遍了。”

“不过不是完整的故事。”沙姆龙闭上眼，微微抽搐着，似乎那是段苦涩的记忆，“我们知道那畜生每天晚上坐同一班公交车回家，我们要做的就是等他一下车就上去逮住他。演练过一百次了，演练的时候我可以十二秒钟就完成抓捕。不过那天晚上，刚从车上下来，我就跌倒了。艾希曼差点逃脱，就因为我跌倒了。你知道我为什么跌倒，加百列？我跌倒是因为我忘了系鞋带。当然，最后我抓到他了。我在那天晚上学到了最宝贵的一课：一定要面面俱到，务求万全。”

“所以今晚尤瑟夫从我桌前走过也不是巧合？”加百列问道，“你派他去，让我看见他。你想让我知道真相。”

沙姆龙把头向前微微一倾。说得不错。

加百列回到耶路撒冷的公寓，已经凌晨4点了。在桌上放着一个大号的办公信封。其中有三个小信封：一封里装着上午飞往伦敦的机票，另一封是三本不同国籍的护照，第三封里塞满了美元和英镑的现金。加百列将小信封全部放回大信封，带着它走进卧室。他在卧室里把其他行李收进自己的旅行袋。航班还有五个小时才起飞。他想睡一觉，却知道自己是睡不着的。他想驱车再去赫兹利亚。杰奎琳。除了她，没有什么是真实的。唯有杰奎琳。他走进厨房，做了咖啡。然后走上阳台，等待黎明。

尾　声

康沃尔郡，纳瓦斯港

不知是什么原因，皮尔醒了。他翻身侧卧，从床头柜上抓起手电筒，照着自己的手表，3点15分。他关了电筒，清醒地躺在黑暗里，听着房檐上的风声呜咽，听着母亲和德里克的争吵，隐隐从隔壁传来。

他只能零零星星地听到他们的对话。于是他闭上双眼，因为他听说，闭目时比睁眼时耳力强些。“新剧本卡壳了，”德里克说，“想不出合适的开场……家里有个孩子真碍事……让他回伦敦找他父亲吧……又可以单独在一起……做情人……”皮尔紧紧闭上眼睛，不让泪水从脸上滚下来。

他正打算用枕头盖住眼泪，却听见外面码头上传来了响声。一辆小汽车咯咯的引擎声犹如一辆轮子破损的牛车。他坐起来，甩开毯子，双脚踩上了凉凉的木板地。他拿着电筒来到窗前，向外望去。一盏尾灯拖曳在车后，沿着码头朝牡蛎养殖场方向飘去。

汽车消失在树丛中，过一阵子又出现了。现在，皮尔直直地盯住了车头灯，他看清了，是一辆名爵，就停在老工头的房子前。皮尔举起手电筒，对准了汽车，将灯光闪动了两次。名爵的车灯也眨了眨眼，作为回应。接着引擎熄火了，车灯也灭了。

皮尔爬回床上，将毯子拉到脖子上。德里克和母亲还在争吵，不过他才不在乎。陌生人回到了纳瓦斯港。皮尔闭上眼睛，很快入睡了。

作者按

《暗杀艺术家》是一部虚构作品，除此而外，不应作别的解读。书中描绘的一切人物、地点、事件，要么是作者想象的产物，要么是虚拟地借用其名称。如果其中人物同现实中在世或不在世的人物有什么相似之处，则纯属巧合。

但是，为了给故事和人物增加逼真的效果，我借用了以色列情报部门和巴勒斯坦游击队的谍战事件。例如，1988年巴解组织暴动领导人阿布·吉哈德遇刺的情节，就大致与实际情形相仿，只不过略作加工而已。弗朗西斯科·韦切利奥确有其人，他是意大利绘画大师。事实上，他是提香·韦切利奥的一个不为人知的哥哥。不过，书中描写的《牧羊者的爱慕》却是一件虚构的作品。很遗憾，书中描写的伦敦画廊在现实中并不存在，它的主人也并无其人。

致 谢

本书若无大卫·布尔的慷慨相助，定不能成书。大卫·布尔诚然属于顶级艺术品修复师。我曾有幸在他公司度过了许多欢愉的时光。他不计回报地贡献了自己的时间和专业知识，使我不仅能在他的工作室里徜徉，更可以在他的知识记忆库里自由穿梭。为此，我报以极大的谢忱。对于大卫的夫人，天分出众的特蕾莎·朗耶尔，同样致以谢忱。感谢露西·彼松南，她曾是国家美术馆的文物保护工作者，努力向我传授了X射线分析的基础知识。感谢麦克斯韦·安德森，他是惠特尼美国艺术博物馆的馆长，感谢他的友情和帮助。本书若有错讹、疏漏，或是对事实有所扭曲，与他们毫不相干。

沃尔夫·布利策，他是我在CNN工作时的朋友和同事，在以色列情报组织方面，他慷慨地帮助我填补了研究工作中的空白。路易斯·托斯卡纳是《双重特工》的作者，该书是关于瓦努努核武器情报泄露事件的开山之作。路易斯阅读了我的书稿，并给我提供了他的真知灼见。格伦·惠顿是中情局技术部门的前任主管，他为我解答了所有关于监听技术的问题。

艾恩·特里温是伦敦韦登菲尔德与尼科尔森出版社的执行董事，

他审读了我的书稿，又一如既往地给予我明智的意见。约瑟夫·芬德和马克·T. 沙利文提供了无法估量的道义支持，从始至终为我带来欢笑。安德鲁·尼尔为我们敞开了他家的大门，同我们分享了他在伦敦报业的非凡经历。厄尼·莱尔斯解答了我的所有关于半自动手枪的问题，并用格洛克手枪和勃朗宁手枪为我作了优美的示范。

特别感谢彼得·怀特和宝拉·怀特，谢谢他们在西康沃尔郡的陪伴， 那是一个引人入胜的星期，我们历经了一次难忘的赫尔福德河泛舟之行。再有，感谢伦敦科内利森艺术用品店，感谢店里可敬可贵的员工。致谢蒙特利尔的伊丽莎白女王酒店。致谢菲利斯·雅各布和伯纳德·雅各布，谢谢他们的关爱、支持，以及在他们陪同下的布鲁克林街巷漫游，我永远不会忘记。

为了准备这部书稿，我阅览了几百本书，其中有几本非常有益：丹·拉维夫与约西·梅尔曼合著的《每一位间谍都是传奇》、戈登·托马斯的《犹太勇士基甸的间谍》、马丁·吉尔伯特的《以色列：历史与大屠杀》、大卫·赫斯特的《枪炮与橄榄枝》、维克多·奥斯特洛夫斯基与克莱尔·霍伊合著的《以欺诈之道》、大卫·B. 汀泞与达格·克里斯汀森合著的《重装警察》、阿布·伊亚德的《我的家园，我的土地》、迈克尔·巴佐哈与埃坦·哈勃合著的《寻找红色王子》、乔纳森·丁布尔比的《巴勒斯坦》、阿兰·哈特的《阿拉法特》、多纳·F. 莱恩的《大屠杀和马赛的犹太人》。

衷心感谢纽约国际创意管理的团队成员：杰克·霍纳、约翰·德·拉尼；当然，还要致谢我的文学经纪人埃斯特·纽伯格，你们的支持和友情意味着我的整个世界。

最后，致谢兰登书屋的天才团队——安·葛多芙、安迪·卡彭特、克莉丝汀·基德、斯比尔·平克斯、莱斯利·厄斯那，致谢我的编辑丹尼尔·梅那克。与他这样天才卓异的人一起工作实为荣幸！

图书在版编目（CIP）数据

暗杀大师.1，暗杀艺术家/（美）丹尼尔·席尔瓦（Daniel Silva）著;王臻译.——南京：江苏凤凰文艺出版社，2018.4

（读客外国小说文库）

书名原文：The Kill Artist

ISBN 978-7-5594-1672-8

Ⅰ.①暗… Ⅱ.①丹… ②王… Ⅲ.①长篇小说－美国－现代 Ⅳ.①I712.45

中国版本图书馆CIP数据核字（2018）第046232号

图字：10-2016-203号

书　　名　暗杀大师1：暗杀艺术家

著　　者　（美）丹尼尔·席尔瓦
译　　者　王　臻
责任编辑　丁小卉　姚　丽
特邀编辑　王　品　刘　雨
责任监制　刘　巍　江伟明
策　　划　读客文化
版　　权　读客文化
封面设计　读客文化　021-33608311
出版发行　江苏凤凰文艺出版社
出版社地址　南京市中央路165号，邮编：210009
出版社网址　http://www.jswenyi.com
印　　刷　三河市吉祥印务有限公司
开　　本　890mm x 1270mm 1/32
印　　张　12.5
字　　数　300千
版　　次　2018年4月第1版　2018年4月第1次印刷
标准书号　ISBN 978-7-5594-1672-8
定　　价　52.00元

如有印刷、装订质量问题，请致电010-87681002（免费更换，邮寄到付）
